잠 못 이루는 그대

your sleepless nights

달

잠 못 이루는 그대 3

초판 1쇄 인쇄 2017년 6월 22일
초판 1쇄 발행 2017년 6월 29일

지은이 이청
발행인 오영배
기획 박성인
책임편집 김보나
디자인 권지연
제작 조하늬

펴낸곳 (주)삼양출판사 · 단글
주소 서울시 강북구 도봉로 173
대표 전화 02-980-2112 **팩스** / 02-983-0660
편집부 전화 02-980-2116 **팩스** / 02-983-8201
블로그 blog.naver.com/dan_gul
출판등록 1999년 3월 11일 제9-00046호

ISBN 979-11-283-9188-0 (04810) / 979-11-283-9185-9 (세트)

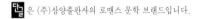 은 (주)삼양출판사의 로맨스 문학 브랜드입니다.

잠 못 이루는 그대

you sleepless nights

vol.3

이청 장편소설

단글

| 차 례 |

12.
사랑. 그래, 사랑

집으로 돌아와서 우진은 아주 충실하게 자신의 약속을 지켰다.

밖에서 하던 키스보다 현관 입구에서 나누는 키스가 더 길었다.

옅은 그의 갈색 눈동자가 위험하게 번쩍이는 걸 깨달은 화요가 우진의 어깨를 탁탁 치며 불만을 표시했고, 우진은 아주 신사적으로 물러섰다.

우진은 아무 일도 없었다는 것처럼 주방에 들어서서 상을 차릴 준비를 했다. 화요도 그를 도운 덕에 테이블에는 금세 그럴싸한 가벼운 저녁상이 차려졌다.

두 사람은 테이블에서 토스트를 사이좋게 나눠 먹었고, 후식으로 산처럼 쌓여 있는 초콜릿을 먹는 것도 잊지 않았다.

우진은 포장지를 벗긴 초콜릿을 화요의 입에 넣어 주었고, 화요는 그의 손가락이 입술에 스칠 때마다 얼굴에 열기가 치밀어 오르는 것을 모른 척해야만 했다.

"맛있어요?"

화요가 작은 입술을 오물거리며 초콜릿을 먹는 걸 본 우진이 아주 만족스러운 얼굴을 하고 있었다. 화요는 자신이 벌써 열 손가락 넘는 초콜릿을 먹어 치웠다는 사실을 애써 잊으려고 노력하며 고개를 끄덕였다.

"이사님도 드셔 보세요."

습관적으로 그녀가 '이사님'이라는 말을 입에 담은 순간, 우진의 눈이 번쩍였다. 마치 기회를 노리고 있던 맹수가 사냥에 나서는 것처럼 우진의 손이 능숙하게 화요의 턱을 잡아 당겨 위로 올렸다. 아차, 하는 순간에 어느새 그의 입술이 자신의 입술에 닿아 있었다. 그의 혀가 화요의 입 안쪽을 느릿하게 문지르더니 곧 떨어졌다.

"……그러네요, 진짜 맛있다. 달지만."

맛있는 음식을 맛본 사람처럼 만족스레 웃는 우진의 숨소리가 가까웠다. 화요는 제 바로 앞에 있는 남자의 얼굴을 멍하니 올려다보았다.

이 사람이 정말로 내 남자라는 게 아직도 실감이 나질 않았다.

"우진 씨."

화요가 작지만 또렷한 목소리로 우진을 부르자 그가 눈을 깜빡였다.

"오늘……."

초콜릿 때문인지 혹은 다른 이유에서인지 지독하게 단 침이 입에 고였다. 그 침을 어렵사리 삼키며 화요가 촉촉한 눈동자로 우진을 올려다보았다.

"저,"

"오늘 밤 나랑 함께 있어 줄래요?"

화요가 말하려던 것보다도 더 빠르게 우진이 입을 열었다. 마치 그녀가 무엇을 그리 망설이며 말하려고 했던 것인지 다 알고 있다는 것처럼.

"아니, 같이 있어요. 우리."

우진의 조용한 목소리가 화요의 귀에 가깝게 닿았다. 곧 귓불에서 달콤한 통증이 퍼졌다. 말랑말랑한 살덩이를 이 끝으로 살짝 문 우진이 귓가에 낮은 숨을 불어넣었다.

"오늘 처음부터 나는 이럴 생각이었어요. 화요 씨는요?"

또다. 이 남자는 또 이렇게 대답이 뻔한 질문을 던지고 있었다. 내가 당신에게 싫다고, 아니라고 말할 수 있을 리가 없는데.

"……역시 우진 씨는 비겁해요."

"맞아요. 내가 좀 비겁하죠."

그렇게 쉽게 인정해 버리면 어쩌느냐는 말을 화요는 또다시 꾹꾹 삼켰다. 자신을 비겁하다 말하는 남자의 얼굴이 세상 모든 걸 다 가진 사람처럼 행복해 보였다. 틀림없이 화요의 대답이 무엇인지 알고 있는 얼굴이었다.

작게 한숨을 내쉬며 화요가 그의 어깨를 슬며시 밀어냈다.

"화요 씨?"

우진의 얼굴에 순간적으로 당황한 기색이 스쳐 지나갔다. 그것에 조금 우월감을 느끼며 화요는 입을 열었다.

"씻고 싶어요."

그녀의 말에 우진이 그대로 굳어졌다. 화요는 처음으로 우진이 자신의 앞에서 무표정한 얼굴을 하고 있는 걸 보았다. 하지만 이상하게도 그 얼굴이 무섭지는 않았다.

웃음기조차 없는 입가에서 느껴지는 건 평소의 여유가 아니라 그에게서 좀처럼 보기 힘든 조급함이었다.

"……화요 씨, 정말 가끔 엄청 대담하네요. 내 심장이 오래 못 버틸 것 같아."

저는 늘 그래요. 당신 때문에 심장이 아플 정도로 세게 뛰거든요. 부끄러움 때문에 차마 하지 못할 말을 삼킨 화요가 의자를 뒤로 밀며 자리에서 천천히 일어섰다.

"다녀올게요."

평소보다 좀 더 작은 목소리로 속삭이듯 중얼거린 화요가 얼른 욕실이 있는 곳으로 도망치듯 사라졌다. 혼자 남겨진 우진은 한동안 자리에 멍하니 앉아 그녀가 사라진 방향을 바라보았다.

시선을 돌리니 화요가 먹다 남은 초콜릿이 아직도 산처럼 쌓여 있는 게 보였다. 그는 그중 하나를 집어 올려 포장지를 까서 입 안으로 초콜릿을 집어넣었다. 무심코 눈썹을 찌푸릴 정도의 단맛이 입 안에 확 퍼져 나갔다. 평소 같으면 다들 이걸 무슨 생각으로 먹는 건지 모르겠다고 생각했을 그 단맛이 지금은 좋았다.

"달아."

그렇게 중얼거리는 우진의 입가에 옅은 미소가 걸려 있었다.

끼긱—

침대의 스프링이 삐걱거리는 소리와 함께 화요의 몸이 침대 위로 쓰러지듯 눕혀졌다. 어둠에 익숙해진 눈에 바로 앞에 있는 남자의 얼굴이 또렷하게 보였다.

사람들이 넋을 놓고 보게 되는 그 콧날이, 그 입술이, 그 눈이 지금 화요를 향해 감출 수 없는 욕망을 고스란히 드러내고 있었다. 눈을 마주하는 게 무서워서 화요가 슬그머니 고개를 돌렸다. 그러자 낯선 목소리가 그녀의 얼굴을 잡아당겼다.

"고개 돌리지 마요."

평소와는 전혀 다른 목소리에 몸이 꿈틀거렸다. 자신의 위에서 내리누르듯 그르렁거리는 남자의 뜨거움이 닿은 피부에 고스란히 전해졌다.

순식간에 어쩔한 열기가 머릿속을 채웠다. 어둠 속에서 그의 옅은 갈색 눈동자가 짐승의 눈처럼 빛나는 것이 또렷하게 보였다.

마치 위험한 맹수를 앞에 두었을 때 느끼는 두려움과 동시에 아름다운 맹수에게 홀린 것 같은 아득함이 교차하듯 심장을 움켜쥐었다.

"날 봐요. 난 화요 씨만 보고 있으니까."

딱딱한 그의 손가락이 긴장 때문에 굳어진 화요의 뺨에 닿았다. 그 손가락이 천천히, 아주 천천히 아래로 내려갔다. 간지럽히는 것 같은 동작으로 움직인 손가락이 화요의 목 언저리를 부드럽게 쓸어내렸다. 특별할 것 없는 그 동작에도 몸이 굳어졌다.

우진은 긴장하지 말라는 것처럼 입술로 손가락이 훑은 곳을 문질렀다. 오히려 그 동작에 더욱 소름이 돋아 화요는 저도 모르게 우진의 팔을 움켜쥐었다. 그의 팔에 단단하게 힘이 들어간 것을 깨달은 화요가 달게 숨을 내뱉었다.

피부에 닿는 공기가 차가웠다. 하지만 우진에게 닿는 부분은 뜨거웠다.

조금 마른 입술이, 딱딱한 손가락이 헤엄치듯 드러낸 살갗 위에서 움직였다. 숨이 흐트러지고, 눈가가 조금 젖어 왔다. 누군가에게 닿는다는 것이, 누군가가 자신을 원한다는 것이 이렇게 기분 좋은 일이라는 걸 처음 알았다.

물론 그 누군가가 아무나인 건 아니었다. 자신에게 고개 돌리지 말라고, 난 너만 보고 있다고 말하는 이 남자가 아니면 안 된다.

커다란 몸으로 자신을 억누르려는 게 아니라 지키려고 하는, 동시에 탐내는 우진이 사랑스러웠다. 사랑스럽다는 그 마음이 부끄러움을, 두려움을 완전히 앞섰다.

"우진 씨……."

그의 이름을 부르며, 말로는 전할 수 없는 것을 전하고 싶어서 화요는 그가 그러는 것처럼 그의 몸을 당겼다. 우진이 자신을 갖고 싶어 하는 것만큼 그녀 역시 우진이 갖고 싶었다. 그가 자신의 것이라는 걸 확인하고 싶었다.

우진이 화요의 목덜미를 강하게 빨았다. 헐떡이는 숨소리가 귓가를 스치자 그것에 자극받은 것처럼 화요가 우진의 목을 끌어안았다. 그의 손가락이 자신의 아래를 훑어 내리는 것처럼 움직이고 있었다. 한 손에 잡히는 가느다란 발목을 잡아당기며 우진이 속삭였다.

"당신이 너무 많이 달아."

눈물이 고여 흐릿한 시야 너머로 우진의 얼굴이 번져 보였다.

키스를 조르는 것처럼 화요가 우진을 불렀다. 입술이 겹쳐지고, 누가 먼저랄 것 없이 두 사람이 서로를 탐했다. 농염한 입맞춤 후에 다시 이번에는 단 통증이 찾아왔다.

그 단 통증에 잠식당하지 않으려는 것처럼, 저도 모르게 화요가 아랫입술을 깨물었다.

"안 돼, 설화요."

그 예쁜 입술을 상처 입히지 말라며 우진이 제 입술을 또 겹쳤다. 비명처럼 터진 신음 소리가 격렬한 침대의 삐걱거림에 묻혔다.

창가에서 누군가가 켠 불처럼 환한 달빛이 쏟아지듯 방 안을 밝혔다. 화요의 눈에 여유라고는 조금도 느낄 수 없는 얼굴을 한 우진의 모습이 보였다. 아득함에 정신을 차릴 수 없는 와중에도 그게 기뻤다.

이제 이 남자가 내 남자라는 실감이 조금 날 것 같았으니까.

푹신푹신하다. 우리 집 이불에 대체 내가 무슨 짓을 한 거지 싶을 정도로 자신을 감싸고 있는 이불이 기분 좋았다. 인터넷에서 운송료 포함 2만 6천 4백 원을 주고 산 극세사 이불에서는 결코 느낄 수 없는 폭신함과 보드라움이었다.

'어라? 전에도 한 번 이런 적이 있었던 것 같은데.'

익숙한 감각, 익숙한 생각에 기시감을 느끼며 화요가 부스스 눈을 떴다. 얇은 커튼을 친 창에서 부드러운 파란빛이 쏟아지듯 들어오고 있었다.

아직 새벽인 모양이라고 생각하며 화요가 작게 하품을 하였다. 그녀를 끌어안은 누군가가 따뜻하고 커다란 손으로 화요의 머리칼을 장난치듯 만지작거리고 있었다.

"잘 잤어요?"

졸음기가 전혀 느껴지지 않는 그 목소리는 아주 다정했다. 멍하던 화요는 자신의 이마에 입을 맞추는 사람이 우진이라는 걸 깨닫고 몸을 움츠렸다. 머리칼을 만지작거리던 손이 슬금슬금 허리까지 움직이고 있었다.

밤새 그에게 시달렸던 화요는 빨리 우진을 멈추려고 하였다.

"이사—"

아, 또 실수했다. 잠에서 덜 깼던 화요가 자신의 실수에 퍼뜩 정신을 차렸다. 그녀가 뭐라고 미처 말하기도 전에 우진의 손이 그녀의 몸을 바짝 당기더니 그녀의 목덜미를 가볍게 물어 버렸다.

"아!"

"화요 씨가 너무 키스를 좋아하는 것 같아서 벌칙을 바꾸려고요."

우진의 터무니없는 말에 기겁한 화요가 고개를 휙 들어 올려 그를 노려보았다.

"아, 아니에요! 저 키스 안 좋아해요!"

"응? 키스하고 싶어서 일부러 자꾸 나 이사님이라고 부르는 거 아니었어요?"

우진이 의아하다는 얼굴로 고개를 갸웃하였다. 정말 말도 안 되지만, 화요는 그런 그를 보고 순간 귀엽다는 생각을 하고 말았다.

"그게 아니라요. 계속 이사님이라고 불러서, 쉽게 고칠 수가 없는걸요."

"안 돼요. 빨리 고쳐요. 나 화요 씨가 '우진 씨'라고 부르는 거 듣는 게 좋단 말이에요."

우진이 양손으로 화요를 끌어안은 뒤 그녀의 어깨에 입을 맞추었다. 간질간질한 감각에 화요가 자신도 모르게 키득거리며 그의 가슴을 슬그머니 밀었다.

"노력할게요. 익숙해질 수 있게."

"응, 나도 열심히 옆에서 도울게요. 이제 벌칙을 이사님이라고 부를 때마다 화요 씨가 키스해 주는 걸로 할래요? 아무래도 그 편이 더 좋을 것 같지 않아요? 화요 씨는 부끄러워서라도 열심히 내 이름 부르는 거에 익숙해지려고 할 테고, 나는 화요 씨가 실수해도 화요 씨가 키스해 주니까 기분 좋고."

우진의 말에 화요가 얼굴을 팍 찌푸렸다. 암만 봐도 자신에게는 좋은 게 하나도 없는 일인 것 같았다.

"……근데요. 우진 씨. 생각해 보니까, 저는 그 벌칙을 받아들이겠다고 한 적이 없는 것 같은데요."

워낙 자연스럽게 우진이 상황을 몰고 가서 깜빡 넘어갔지만, 곰곰이 생각해 보니 자신이 굳이 부끄러움을 무릅쓰고 우진의 벌칙을 받아들일 이유가 없었다. 그 사실을 꽤 많이 늦게 깨달은 화요가 어이없다는 얼굴로 우진을 보았다. 우진은 그 시선을 짐짓 모르는 척하며 고개를 갸웃하였다.

"그랬나요? 기억이 안 나네."

또 귀여운 척! 저 사람 저거 알고 하는 거야, 틀림없어! 화요는 눈꼬리를 위로 삐죽 들어 올리며 우진을 더더욱 세차게 노려보았다.

"에이, 그게 뭐가 그리 중요해요."

좋은 게 좋은 거 아니냐며 우진이 화요를 다시 끌어안았다. 마치 덩치 큰 짐승이 애교를 부리는 것처럼 우진이 화요의 몸에 자신의 얼굴을 비비며 장난을 쳤다. 화요는 입에서 자연스럽게 터져 나오는 웃음을 멈출 수가 없었다.

"아하하, 간지러워요."

그만하라며 화요가 우진의 어깨를 밀자 그는 얼른 그녀의 손을 당겨 그 손에도 몇 번이나 소리 내어 입을 맞추었다. 새벽녘부터 참 기운도 넘친다며 화요는 우진의 넓은 등을 가볍게 두들겼다.

"우진 씨, 저 힘들어요. 기운 하나도 없단 말이에요."

"응. 화요 씨 많이 피곤한 모양인지 곤히 자더라고요."

"네? 어?! 설마 저 자는 모습 봤어요?"

이런 이른 새벽에 봐도 보기 흉한 곳 하나 없는 이 남자에게 무방비하게 자는 모습을 보였다니. 온몸을 태워 버릴 것 같은 부끄러움에 얼굴을 가리려던 화요는 한 가지 사실을 깨닫고 움찔하였다.

"……우진 씨. 잠 얼마나 못 잤어요?"

화요의 질문에 우진의 몸이 순간적으로 굳어졌다. 그는 화요에게 늘 보여 주는 예의 그 다정한 미소를 지으며 화요의 뺨을 쓱 쓰다듬었다.

"괜찮아요, 나 건강ㅡ"

"얼버무리지 말고요! 얼마나 못 잤어요? 설마 중국 출장 가서 계속 못 잤어요?"

화요는 얼른 자리에서 몸을 일으켰다. 감춘 것 하나 없는 자신의 몸이 우진의 눈에 고스란히 보인다는 사실을 부끄러워하는 것도 잊어버린 채, 그녀는 걱정스레 물었다.

"우진 씨, 중국 출장 가기 전에도 잠 못 잤죠? 오늘로 며칠째 예요?"

"……이 주 정도 된 것 같아요."

어쩔 수 없다는 얼굴로 우진이 한 말에 화요는 놀라 크게 숨을 들이쉬었다. 2주? 2주나 잠을 못 잤다고?

"평소에도 자주 그러니까 걱정 안 해도 괜찮아요."

화요가 자신을 걱정하는 것을 알아차린 우진이 그녀를 안심시키기 위해 입을 열었지만, 그 말에 안심할 수 있을 리가 없었다.

2주라니. 아무리 건강한 사람이라도 그 정도로 잠을 못 자면 몸도 성하지 못하리라. 안타까워진 화요가 손을 들어 우진의 눈가를 조심스럽게 문질렀다.

넓은 가슴과 뚜렷한 선을 그리며 갈라진 배는 보기 좋게 잡힌 근육으로 딱딱했지만, 눈가의 여린 살은 부드러웠다. 손끝에 닿는 살갗의 감촉이 좋아 화요는 몇 번이고 그곳을 쓸어내려 주었다. 그 손길에 우진이 기분 좋은 듯 눈을 감고 스스로 화요의 손에 얼굴을 비볐다.

"우진 씨. 정말 괜찮아요?"

"……나 지금 피곤해 보여요?"

우진은 혹시나 화요에게 꼴불견인 모습을 보이고 있는 게 아닌가 싶어 불안해지고 말았다. 하지만 우진의 걱정과 달리 화요는 고개를 저었다.

사실 그녀의 눈앞에 있는 차우진은 얄미울 정도로 평소 모습

그대로였다. 이대로 옷만 갈아입는다면 당장 회사로 일하러 갈 수 있을 것 같았다.

"다행이다. 혹시 화요 씨한테 보기 흉한 모습을 보였나 걱정했는데."

눈가를 가늘게 좁히며 웃는 우진의 얼굴에서는 좀처럼 결점이라는 걸 찾을 수 없었다. 화요는 한숨을 쉬었다. 그 걱정을 해야 하는 건 우진이 아니라 바로 자신이었다.

혹시 자면서 침을 흘린 건 아닐까? 코를 골지는 않아? 이는 안 갈았나? 지금 나 괜찮나? 제 몸을 돌아보려던 화요는 그제야 자신이 시트에서 빠져나온 탓에 벗은 몸을 그대로 드러내고 있다는 걸 깨달았다.

귓불이 얼얼하게 달아오르는 것을 느끼며 시트를 끌어올리는 화요를 보고 우진은 웃었다.

어느새 창문 너머의 희미하던 새벽빛이 차츰 선명하고 밝은 빛으로 변해 가고 있었다.

"이제 슬슬 아침이네요. 화요 씨는 더 자도 돼요."

화요의 헝클어진 머리카락을 살살 빗겨 쓸어 넘겨주며 우진이 말했다.

"오늘 중요한 일 없으면 작업실 가지 말고 여기서 쉬어요."

"우진 씨는요?"

"음…… 나도 화요 씨랑 같이 있고 싶긴 한데, 오늘은 회사 가 봐야 해요. 어제 한국 오자마자 바로 화요 씨 보러 간 거라서 일 엄청 쌓였을 거예요. 하하."

화요는 얼굴을 찌푸렸다. 지금 당장 쉬어야 하는 사람은 자신이 아니라 눈앞에 있는 이 남자였다. 저를 보고는 쉬라 하면서 정작 본인은 일을 하러 가겠다고 하니, 한숨이 절로 나왔다.

"우진 씨. 오늘 꼭 가야 해요?"

조심스럽게 화요가 던진 질문에 우진이 놀란 듯 눈을 크게 떴다. 그러더니 그는 신난 아이처럼 웃으면서 대답했다.

"화요 씨 그렇게 나랑 같이 있고 싶어요?"

"아니, 그게 아니라―"

오전에라도 좀 쉬고 가라는 말을 하려던 화요는 우진이 시무룩한 얼굴을 하고 있는 걸 보고 하던 말을 멈추어야만 했다.

"……화요 씨는 나랑 같이 있고 싶지 않아요?"

"아뇨, 같이 있고 싶어요! 그게 아니라는 게 그런 뜻인 게 아니라요. 그러니까 내가 하고 싶은 말은요―"

내가 지금 뭔 말을 하는 거람. 이대로는 계속 말이 꼬일 것 같다는 생각에 화요는 솔직한 생각을 털어놓았다.

"그냥 조금이라도 쉬었으면 좋겠어요. 아무리 우진 씨가 지금 건강하다고 해도 자꾸 그렇게 무리하면 큰일 나요."

"걱정해 줘서 고마워요. 근데 정말 괜찮아요. 나 이렇게 계속 살았는데, 아직 멀쩡하잖아요."

우진이 픽 웃었다. 아무리 화요를 안심시키기 위해 한 말이어도 스스로 한 말이 우스웠다.

그림자처럼 달라붙는 두통, 그리고 악몽과 평생을 싸우며 살았다. 겉보기에는 멀쩡할지 몰라도 자신의 깊숙한 어딘가는 썩어 문드러져 있는 게 아닐까 생각하며.

그런 삶을 과연 멀쩡하다고 표현해도 되는 걸까?

그래도 우진은 스스로를 속여야 했다. 괜찮다고.

그렇지 않으면 도저히 지금까지 버티지 못했을 터였다.

그리고 지금은 화요를 속여야 했다. 이 사람에게 자신의 진짜 모습을 보여 주는 건 겁이 났으니까.

'겁많은 당신은 진짜 나를 알면 도망갈지도 몰라.'

그는 전날, 화요와 나누었던 대화를 떠올렸다. 당신에게 사랑받기 위해 거짓말을 하는 내 모습이 당신의 눈에는 어떻게 보일까, 그렇게 생각하는 것만으로도 가슴이 무거워졌다.

"하지만, 우진 씨—"

화요가 무슨 말을 더 하려고 하자 우진이 고개를 저었다.

"잠을 안 잔 건 아니에요. 정확히는 한 십 분 정도는 잤어요."

"……그건 잤다고 하는 게 아니라 졸았다고 하는 거예요."

옳은 지적에 할 말이 없는 우진이 하하 웃었다.

"맞아요. 졸았어요, 십 분. 그걸로 충분해요."

화요와 정신없이 사랑을 나누고 난 후, 그는 자신의 품에 안긴 가녀린 어깨를 끌어안고 눈을 감았다. 아주 간절히 원하던 무언가를 가졌다는 만족감 때문인지 잠들 수 있을 것만 같았다.

실제로도 그는 자신의 말대로 잠이 들었다.

하지만 그는 곧 눈을 떴다. 그리고 자신의 양팔 안에 화요가 얌전히 안겨 있는지를 확인하였다. 그 행동을 서너 번 되풀이하던 그는 결국 잠들기를 포기하였다.

우진은 새벽 동이 틀 때까지 그렇게 잠든 화요를 보고 또 보았다.

잠들어 있는 그녀가 제 환상일까 봐 불안하고, 또 불안해하며.

"화요 씨. 나는요. 아무래도 화요 씨가 정말 너무 많이 갖고 싶었나 봐요."

이런 사람이 처음이라, 이런 감정도 처음이라 미처 몰랐다.

너무 좋은 건 손에 넣었다고 생각해도 그 불안함이 완전히 사라지지 않는다는 것을.

"눈을 떴는데, 내 옆에 당신이 없으면 어쩌지? 자꾸 그런 생각이 들었어요."

평소와 달리 우진의 입가에 떠오른 미소가 애틋한 감정을 띠고 있었다.

"어머니가 집을 나갔을 때는…… 생각했어요. 어쩔 수 없지. 원래 이곳을 떠날 사람이었으니까. 나는 그래서 잊었어요. 그 사람을."

혜진이 죽었다는 걸 알았을 때도 생각했다. 어쩔 수 없지. 자신이 울어도, 화를 내도 이미 떠나 버린 그 아이가 돌아오는 건 아니다. 그러니까 우진은 어머니 때와 마찬가지로 미련을 갖지 않으려고 했다.

대신 혜진에 대한 건 잊지 않았다.

그래서 그는 잊지 못하는 괴로움을 알고 있었다.

잊고 싶어도 잊을 수 없는 존재에 대한 애정의 무게는 언제나 그의 발목을 단단히 붙잡고 있었다. 그가 앞으로 나아갈 수 없게 만들려는 것처럼.

"그런데 나, 화요 씨는 절대 못 잊을 거예요. 포기할 수도 없을 거예요. 그래서…… 하― 답지 않게 불안했나 봐요. 나 원래 이런 사람 아닌데."

정말 내가 피곤하긴 한가 보다며 우진이 눈가를 문질렀다. 무심코 새어 나간 진심이 부끄러웠다. 좋아하는 여자 앞에서 이런 말이나 하는 자신이 꼴사납게 느껴졌다.

다른 사람 앞에서는 얼마든지 능숙하게 행동할 수 있었다. 남을 속이는 것도, 남을 이용하는 것도 아무렇지 않았다. 그 대가로 상대에게 비난을 받아도 미움을 받아도 그게 뭐 대수냐고 생각했다.

하지만 누구보다 속이고 싶은 상대 앞에서는 어째서인지 꼭꼭 숨겨둔 진심이 자꾸 새어나갔다.

사랑이 사람을 이렇게 불안하게 만드는 거였구나. 우진은 화요가 작곡한 '상사병'의 노래 가사를 떠올렸다.

'내 앞의 넌 세상에서 제일 빛나. 네 앞의 난 세상에서 제일 작아.'

당시에는 그냥 무심하게 넘겼던 그 가사가 지금은 정말 절실하게 공감되었다.

우진이 화요의 가슴에 얼굴을 묻었다. 화요의 몸이 움찔하는 게 느껴졌지만, 그녀는 그를 밀어내지 않았다. 손끝에서 미끄러지는 실크 같은 피부에 머리를 기댄 그는 아무것도 하지 않았다. 그저 양팔로 단단히 그녀를 끌어안고 조용히 침묵할 뿐이었다.

"……맞아요, 우진 씨 지금 엄청 많이 피곤한 거예요. 지친 거예요. 그러니까 지금은 쉬어야 해요."

화요가 손을 들어 올려 우진의 머리를 천천히 쓸어 넘겼다. 옅은 갈색 머리칼이 손가락에 감기는 것이 기분 좋아 그녀는 몇 번이고 그의 머리를 쓰다듬어 주었다.

'이 사람을 위해 나는 뭘 해 줄 수 있을까?'

차우진은 자신을 위해서라면 무엇이든 해 주려는 남자였다.

손이 닿지 않는 꿈에 안타까워하며 발을 동동 구를 때 손을 내밀어 준 사람이었고, 선천적인 소심함에 주눅 들 때마다 자신의 어깨를 다독여 준 사람이었다. 자신이 위험에 빠졌을 때는 누구보다 먼저 달려와 주는 사람, 아무리 시시콜콜한 말이라도 잊지 않고 기억해 주는 사람.

그에 비해 자신이 우진을 위해 해 준 것은, 해 줄 수 있는 것은 별로 없었다.

사실은 화요 역시 우진에게 똑같은 것을 돌려주고 싶었다. 말로 표현할 수 없는 사랑스러움, 몸으로도 나눌 수 없는 그리움.

사랑하는 사람에게는 언제나 좋은 것만 주고 싶다. 그 마음이 가슴을 가득 채우고도 흘러넘쳐 마음을 전부 적신다.

"우진 씨."

지금 이 순간, 자신이 우진을 위해 해 줄 수 있는 게 무엇인지 알고 있었다. 잠들지 못하는 그를 위해 자신이 해 줄 수 있는 건 하나뿐이었다. 그러나, 노래를 해 주겠다는 그 말이 쉽게 입 밖으로 나오질 않았다. 노래하기 위해서는 우선 그에게 자신에 대해 설명해야 했다.

우진 씨, 나는 로렐라이예요. 노래로 사람을 현혹시켜 죽게 만들었던 이야기 속의 요정과 같은 힘을 가지고 있어요. 하지만 내 노래는 사람을 죽이거나 현혹시키는 건 아니에요. 그저 사람을 잠재워요.

이렇게 말한다면 그는 어떤 얼굴을 할까? 미친 사람을 보듯 자신을 볼까? 아니면 기분 나쁜 존재를 본 것처럼 대할까? 그것도 아니면 화요의 능력이 아주 유용하겠다면서 반길까?

어느 쪽이든 화요가 원하는 반응은 아니었다. 이 사람에게는 그저 '설화요'라는 한 사람으로, 그와 함께 있는 것을 바라는 한 명의 여자로 보이고 싶었다.

가족 외에 사람에게는 단 한 번도 밝힌 적이 없는 비밀이었다. 1년이나 동거하던 예전 남자 친구에게조차 말하지 않았다.

남들보다 더 겁 많고, 남들보다 조금 특이한 트라우마를 갖고 있는 그녀에게 제 비밀을 고백한다는 건 아주 많은 용기가 필요한 일이었다.

"실은요. 저, 비밀이 하나 있어요."

그래도 용기를 내고 싶었다. 그 용기가 설령 반쪽짜리라도 좋았다. 지금 그를 도울 수만 있다면.

"비밀?"

우진이 부스스 몸을 일으켜 화요의 얼굴을 들여다보았다. 그와 눈을 똑바로 마주한 화요는 긴장한 얼굴로 고개를 끄덕였다.

"지금은 자세한 건 말할 수 없어요."

"……괜찮아요, 화요 씨가 말하고 싶지 않다면 아무 말 안 해도 괜찮아요."

비밀이라면 나도 갖고 있으니까. 우진이 그렇게 속으로 삼킨 말을 알 리 없는 화요가 조금 안심한 얼굴을 하였다.

"고마워요, 우진 씨. 그런데요. 그 비밀이 뭔지는 말할 수 없는데요, 그게 우진 씨한테 도움이 되는 건 분명해요. 제가 당신을 잠들게 할 수 있거든요."

거기까지 말한 화요가 조심스레 말을 멈추었다. 우진이 혹시 어이없다는 얼굴로 자신을 보고 있는 게 아닐까 걱정이 되었다. 하지만 고개를 번쩍 든 우진은 화요의 예상과는 달리 부드러운 얼굴로 그녀를 보고 있었다.

"화요 씨가 나를요? 어떻게요? 설마 자장가를 불러 주나요?"

장난스럽게 한 그의 말이 진실에 가까웠기에 화요는 어색하게 웃었다.

"맞아요, 자장가. 제가 자장가를 불러 주면 우진 씨는 잘 수 있어요."

"……내가 좋은 노래를 들으면 잠이 오는 사람이라?"

아, 그런 말을 한 적이 있었구나. 화요는 언젠가 그가 했던 말을 떠올렸다. 좋은 노래를 들으면 잠이 온다고 말하던 그를 위해 자신이 일부러 화장실에서 녹음해 온 노래를 들려주었던 일도.

이번에도 그런 거짓말을 할 수 있었다. 우진은 아마 화요의 말에 조용히 고개를 끄덕여 줄 것이다.

"아니요. 그런 게 아니에요. 나는 반드시 노래로 사람을 잠재울 수 있어요."

완전하지는 않지만, 그래도 거짓이 아닌 진실을 화요가 털어놓았다. 사랑하는 사람에게는 솔직하고 싶다는 생각이 그녀에게 용기를 준 덕분이었다.

"그 이유에 대해서는 아직 말씀드릴 수 없어요. 제가 준비가 안되었으니까. 하지만…… 언젠가 반드시 말씀드릴게요. 그러니까 지금은 그냥 제가 당신을 위해 노래 부를 수 있게 해 주세요."

조심스럽게 말을 마친 화요가 깊고 무거운 숨을 내쉬었다. 그게 뭐냐며 우진이 제 말을 비웃을지 모른다는 두려움이 그녀의 마음 안에 아직 남아 있었다.

"……화요 씨가 '직접' 노래 불러 주는 거예요?"

녹음된 파일을 통해서가 아니라, 혼자 숨어 부르던 노래가 아니라 날 위해서 직접?

우진이 천천히 눈을 깜빡였다. 기분 탓인지 눈 안쪽이 아릿하게 아파 왔다. 이게 무엇을 뜻하는 것인지 그가 생각해 볼 틈도 없이 화요가 고개를 끄덕였다.

"네. 그래도 괜찮나요?"

그것은 물어볼 필요가 없는 말이었다.

괜찮은 게 아니라 좋았다.

화요가 자신을 위해 노래해 준다는 그 말은 '좋아한다'는 말보다 더 크게, 더 무겁게 우진에게 다가왔다. 비록 자신의 정체에 대해 말한 건 아니었지만, 그녀가 스스로 자신의 노래에 대한 이야기를 꺼낸 것이 기뻤다.

그녀의 안에서 자신이 정말로 소중한 사람이라는 걸 느낄 수 있었으니까.

"나는 좋아요. 화요 씨만 괜찮다면 들려주세요. 듣고 싶어요."

우진이 진심을 담아 한 말에 화요가 웃었다. 우진의 심장이 무심코 쿵, 내려앉을 만큼 맑은 미소였다.

"그럼 오늘 오후에 회사 간다고 먼저 김 비서님에게 연락해야죠, 우진 씨."

화요의 말에 우진이 재빨리 사이드 테이블 위로 손을 뻗어 휴대전화를 집어 올렸다. 그가 서둘러 김 비서에게 '오늘 오후에 출근합니다.'라는 문자를 보내는 걸 보고 화요는 작게 웃었다.

그녀는 휴대전화를 다시 사이드 테이블 위에 되돌려 둔 우진을 침대에 눕혔다. 그리고 자신 역시 그 옆에 누웠다. 우진이 팔을 내밀어 자연스럽게 제 팔 위에 화요의 머리를 두게 하였다.

우진이 힘들까 봐 화요는 그냥 눕겠다고 했지만, 역시 그의 고집을 꺾을 수 없었다.

"한시라도 화요 씨랑 떨어지는 거 싫어요."

아이 같은 그의 투정에 얼굴을 붉힌 뒤, 화요는 그의 팔을 베고 누웠다. 우진의 입꼬리가 실룩이는 걸 보며 화요가 작은 한숨과 함께 천천히 노래를 시작하였다.

아무런 반주 없이 낮게, 가늘고 고운 목소리가 허밍을 시작하였다.

"'빗방울처럼 쏟아지는 별빛 사이로 당신 웃음이 반짝 빛났어요.'"

화요의 입에서 흘러나온 노래는 아직 아무에게도 공개한 적 없는 자작곡이었다.

그 날은 아주 외롭고 슬펐던 날이었고, 그녀는 드물게 새벽까지 잠을 설쳤다. 뜬눈으로 밤을 지새우며 퉁퉁 부은 눈을 문지르던 화요의 머릿속에 불현 듯 악상이 떠올랐다.

그렇게 해서 나온 노래는 듣는 사람을 행복하게, 기분 좋게 할 수 있는 노래였다.

그녀는 이 노래로 우진을 편하게 잠들게 해 주고 싶었다.

"'혼자라면 외로웠을 이 시간이 외롭지 않네요. 당신과 함께라서.'"

9년 전이나 지금이나 다를 바 없이 자신을 안심시키는, 그리고 편안하게 만들어 주는 그 소리에 우진이 스르르 눈을 감았다.

변함없이 아름다운 노랫소리였다. 조금 전까지 간간이 느끼던 불안이나 두려움이 눈 녹은 것처럼 서서히 사라져 갔다.

자신에게 닿아 있는 화요의 체온이, 자신의 심장에 울리는 그녀의 노래가 우진을 다독였다.

깊고 느리게 우진이 숨을 삼키고 뱉었다. 자신이 안고 있는 이 사람이 환상이 아니라는 것을 증명하는 것처럼, 그의 가슴에 화요의 노래가 닿고 있었다.

지금은 잠들어도 되는 걸까, 당신이 여기 있어 준다면?

"우리는 언제나 함께였고, 함께이겠죠."

그러니까 지금은 곤히 쉬어요. 당신이 눈을 떴을 때도 나는 당신의 옆에 있어요. 노래에 담긴 화요의 마음이 우진에게 고스란히 전해졌다.

화요의 어깨를 끌어안고 있던 우진의 손에서 힘이 천천히 빠져나갔다. 느릿하던 호흡이 서서히 규칙적인 것으로 변해 갔다. 이마를 그의 가슴에 대고 있는 화요는 그가 숨을 내쉴 때마다 움직이는 것을 느꼈다.

이윽고 그가 완전히 잠들었음을 안 화요가 슬그머니 고개를 들었다. 눈을 감은 채, 잠들어 있는 남자의 얼굴이 편안해 보였다. 화요가 웃으면서 그의 반듯한 콧날을 만지작거렸다. 간지러운 듯 우진은 살짝 미간을 좁혔지만, 잠에서 깨지는 않았다.

화요가 그런 우진을 향해 속삭이듯 중얼거렸다.

"우진 씨. 내가 로렐라이라서 다행이에요."

내 노래가 당신에게 이렇게 조금이라도 도움이 되니까.

태어나서 처음으로, 그녀는 자신에게 이런 힘을 준 신에게 감사하였다.

「불면증(Insomnia). 잠이 드는 데 어려움을 겪음, 혹은 잠을 자고 일어나도 제대로 체력 회복이 되지 않는 수면 장애. 1개월 미만의 불면증은 대부분 일시적인 것으로 불면증을 유발하는 원인을 제거하면 증상이 완화가 된다.」

ZIN에 있는 제 작업실에서 한 권의 책을 술술 읽어 내려가던 화요는 푸욱 한숨을 쉬며 책을 탁 덮었다.

「불면증, 어떻게 하면 고칠 수 있는가?」라는 이 책을 서점에서 발견하고, 얼른 구입한 후로 그녀는 시간이 날 때마다 계속 이 책을 읽고 있었다.

우진이 겪고 있는 고통에 대해 조금이라도 더 이해하고 싶기 때문이었다.

실제로 화요는 이 책을 읽으면서 불면증 환자가 겪는 고통에 대해 많이 알게 되었다. 하지만 문제에 대한 지식이 생겼다고 해서 문제를 해결할 지혜까지 생기는 것은 아니었다.

자신이 원한 건 이런 게 아니었다는 생각에 화요는 책을 옆으로 쓱 밀어 버렸다.

사실 우진의 불면증을 고치는 일은 간단할지도 모른다. 그를 위해 계속 노래를 부르면 될 테니까.

문제는 그게 근본적인 해결책이 아니라는 점이었다.

'눈을 떴는데, 내 옆에 당신이 없으면 어쩌지? 자꾸 그런
생각이 났어요.'
'정신과 의사가 그러더군요. 내 불면증은 아마 불안에서
기인하는 거라고. 무언가를 또 잃을지 모른다는 그런 불안.'

우진이 자신에게 했던 말이 떠오르자 가슴이 아릿하게 아파
왔다. 겉으로 보기에는 아무렇지 않아 보이는 그에게 얼마나 깊
은 상처가 있는 것인지 짐작할 수조차 없었다.

애초에 이런 건 제 전문 분야가 아니니 책 한 권을 읽는다고
해서 우진을 도울 수 있을 리가 없었다.

그래도 어떻게든 그를 편안하게 만들어 주고 싶었다. 우진에
대한 애정이 깊어질수록 그에 대한 걱정도, 안타까움도 그렇게
점점 커다랗게 번졌다.

책상에 턱을 괸 화요는 중얼거렸다.

"……누구 불면증에 대해 잘 아는 사람이 없으려나."

잘 알지 못하는 분야라 너무 막막하니 절로 그런 생각이 떠올
랐다. 눈을 감고 복잡한 생각에 잠겨 있던 화요는 순간, 머릿속
에서 흐릿한 얼굴 하나를 떠올렸다.

분명 고등학교 동창 중에 정신과 의사인 친구가 한 명 있었다

는 사실이 떠올랐다. 평소에는 연락을 자주 하는 사이는 아니었지만, 그래도 연락을 못 할 정도로 아주 데면데면한 사이는 아니었다.

화요는 얼른 휴대폰에서 전화번호를 뒤져 고등학교 친구의 이름을 찾아보았다. 친구의 번호가 바뀌지 않았기를 바라며 그녀는 전화를 걸어 보았다.

몇 번의 신호음이 울린 후, 친구가 전화를 받았다.

〈여보세요? 너 설화요냐? 진짜 설화요가 나한테 전화한 거야?〉

거의 반년 만에 연락이 된 것임에도 불구하고 수화기 너머에서 들려오는 친구의 목소리가 밝았다. 화요는 그 사실에 안심하며 반갑게 인사를 하였다.

"응, 나 화요야. 오랜만이야, 잘 지내지?"

〈당연히 나야 잘 지내지! 넌 그동안 어떻게 지내기에 연락도 안 하고 사냐? 자주 연락 좀 해라. 이 오빠가 아주 섭하다, 응?〉

고등학교 때 친구들과 사이가 나쁜 편은 아니었다. 다만 유진이와 거리를 두었던 이후, 자주 만나지 않게 된 친구가 몇 명 있었다.

특히 동성 친구가 아닌 이성 친구들은 더더욱 대하기 어려웠다. 화요의 갑작스러운 전화를 기분 좋게 받아준 친구는 그런 친구 중 한 명이었다.

화요는 그 사실에 미안함을 느끼며 사과하였다.

"미안. 어쩌다 보니 연락 자주 하는 게 힘들었어."

그녀의 상투적인 사과에 친구는 별 트집 없이 수긍하였다.

〈하긴 사는 게 다 그렇긴 하지. 나도 요새는 논문 준비할 것도 있고 해서 얼마나 정신이 없었는지 저번 주는 아주 지옥이었어.〉

"아, 혹시 바쁜데 내가 전화 건 거면 미안—"

〈아냐, 아냐. 바쁜 건 저번 주에 끝났어. 네가 아주 기똥차게 타이밍을 맞춰서 전화했다고 지금 감탄하던 찰나다. 하하. 그나저나 뭐하고 지냈냐? 음악 쪽 일 계속하는 거야?〉

"응. 이번에 좀 큰 프로젝트 하나 맡아서 정식으로, 내 이름으로 곡을 낼 수 있을 것 같아."

은근한 기쁨과 뿌듯함을 담아 화요가 한 말에 친구는 마치 제 일처럼 기뻐해 주었다.

〈오오! 진짜? 축하해! 노래 나오면 바로 알려 줘! 내가 간호사들한테 말해서 우리 병원에 계속 네 노래 깔아 놓으라고 할게.〉

신경정신과에 울려 퍼지는 아이돌 노래라. 요새는 병원에서도 가요를 틀어 두는 경우가 많으니 이상할 건 없을지도 모른다.

하지만 병원과는 어울리지 않는 그 광경을 상상해 보니 쓴웃음이 절로 나왔다.

〈이로써 우리 1학년 3반 패밀리 중 두 명이나 예술가가 있구만. 세계가 인정하는 천재 화가 차유진 선생님, 앞으로 세계를 놀래킬 작곡가 설화요 선생님. 이 두 예술가의 공통점은 연락을 뜸하게 한다는 거네.〉

"……."

유진의 이름을 들은 화요의 머릿속이 순간 새하얗게 변하였다.

"유, 진이랑 연락하니?"

그녀가 간신히 정신을 차리고 던진 질문에 친구는 당연하다는 어조로 대답했다.

〈가끔은 하지. 연락을 얼마나 뜸하게 하는지 이건 뭐 죽었는지 살았는지 모르겠다 싶을 때쯤이긴 하지만. 넌 유진이랑 연락 아예 안 해?〉

"그, 연락처를 몰라서."

할 말이 없었던 화요가 억지로 빈곤한 변명을 대자 친구는 별 의심 없이 그녀의 말에 수긍하였다.

〈그래? 그럼 나한테 물어보지 그랬냐. 내가 알려 줬을 텐데. 아! 그럼 그래서 저번에 유진이가 네 이야기 물어봤나 보네.〉

"유진이가 나에 대해 물어보았다고?"

〈응. 너 요새 뭐하고 지내냐고 뭐 그런 거 물어보더라. 한 번 보고 싶다는 이야기도 했었고.〉

심장이 쿵쿵 요란하게 뛰었다. 어느새 휴대전화를 잡고 있는 화요의 손에 힘이 꾹 들어갔다.

어째서 갑자기 유진이가 날 보고 싶어 하는 걸까?

〈우리도 이제 고등학교 졸업하고 연차가 좀 됐잖냐. 그래서 다들 뭐하고 지내나 얼굴 한 번씩 보고 싶다, 이랬더니 유진이는 네 생각 많이 난다고 너 보고 싶다고 하더라고. 사실 유진이가 너 되게 많이 챙겼잖아. 꼭 물가에 내놓은 아이 같다면서.〉

친구의 그 말에 화요의 입가에 쓴웃음이 떠올랐다. 그의 말대로 고등학생 시절 유진이 자신을 많이 신경 써 준 건 사실이었다.

하지만 유진은 딱히 화요에게만 다정하게 대한 게 아니었다. 그는 모든 친구에게 정이 깊고, 배려심 있는 소년이었다. 그래서 남자, 여자 할 것 없이 모두 유진을 좋아하였다. 화요 역시 유진과 친구라는 사실이 자랑스러울 정도였다.

〈우린 솔직히 걔가 너 좋아하는 줄 알았다니까. 나중에 미국에서 쭉쭉빵빵한 여자 친구랑 같이 찍은 사진 보여 주기 전까지는.〉

수다스러운 동창 덕에 화요는 조금 안심하였다. 아무래도 유진이가 자신의 안부를 물은 것도, 자신을 만나고 싶다 한 것도 그냥 순전히 옛 친구를 그리워하는 마음에서 인 모양이었다.

한결 가벼운 기분으로 화요가 말했다.

"나도 오랜만에 모두 보고 싶다."

마음에 여유가 생긴 덕인지 화요는 진심으로 그렇게 말할 수 있었다. 친구는 화요의 말에 뛸 듯이 기뻐하였다.

〈오, 정말이지, 설화요? 그럼 너 우리 모임 잡히면 꼭 오기다? 알았지?〉

"알았어. 언제 예정인데?"

〈아, 그게 사실은…… 아직은 미정이야. 유진이가 얼마 전에 한국 들어왔나 본데, 워낙 바쁜 놈이라 그놈 시간 날 때 일정 좀 맞춰 보려고.〉

"응, 난 대부분 괜찮으니까 날짜 잡히면 알려 줘."

〈그래? 알았어. 그러면 내가 연락할 테니까 꼭 와라. 알았지?〉

절대 꼭 약속을 지키라는 친구의 엄포에 화요는 웃으며 알았다고 대답하였다.

〈그나저나 웬일로 전화한 거야? 무슨 일 있어?〉

한창 떠들던 친구가 그제야 화요가 전화 건 이유를 궁금해 하였다. 화요 역시 잊고 있던 용건이 떠올랐기에 얼른 본론을 꺼냈다.

"있지. 혹시 불면증에 걸린 환자한테 좋은 치료법 같은 거 없을까?"

〈불면증? 음…… 좋은, 까지는 모르지만 치료법이 아예 없는 건 아니지.〉

"진짜!? 어떻게? 어떤 방법이 있어? 부작용 같은 거 없는 방법이야?"

평소에는 좀처럼 큰 소리를 내는 일이 없는 화요가 큰 소리를 내자, 친구는 당황한 듯 잠시 대답이 없었다. 화요는 곧 자신이 지나치게 흥분했다는 사실을 깨닫고 어색하게 헛기침을 하였다.

"저기, 실은…… 내가 아는 사람도 불면증이 되게 심하거든. 어릴 때부터 줄곧 불면증을 앓았다고 하고. 만성 불면증이래. 2주 동안 1시간도 못 잘 때도 많다고 했어."

〈아, 그 정도면 되게 심각한 편이네, 그거 진짜 괴로울 텐데.〉

화요가 한숨과 함께 털어놓은 사연에 안타까움을 느낀 것인지 친구는 자세한 이야기를 들려주었다.

〈불면증은 원인이 여러 가지가 있어. 신체적인 문제에 의한 것도 있고, 정신적인 문제에 의한 것도 있고. 혹은 그 어느 것에도 속하지 않는 이유로 잠을 못 자는 경우도 있거든. 원인이 스트레스인 경우에는 약물치료로 효과를 보기도 하고. 다만 처음에는 효과가 있더라도, 내성이 생기니까 결국 소용이 없어.〉

사실 의사가 불면증 환자에게 처음부터 약물 치료를 권유하는 경우가 거의 없었다.

한 번 약에 의존하기 시작하면 내성이 생길 때마다 환자는 점점 더 강한 약을 찾게 되는 일이 많았다. 심지어 투입하던 약물을 중단할 경우에는 더 심한 불면증에 시달리게 되거나 약물 의존성에 의한 부작용을 겪는 사례도 있었다.

화요 역시 책을 통해 어느 정도는 그런 지식을 얻었기에 친구의 말에 고개를 끄덕일 수 있었다.

〈네가 아는 사람은 어떤 점이 원인인지는 모르겠지만—〉

"그 사람도 스트레스, 라고 할까. 어쨌든 정신적으로 불안정한 부분이 있어서 잠을 잘 못 자는 것 같아. 그 사람은 마치 잠을 자는 게……."

두려워 보였다. 마치 잠을 자는 행위 자체가 죄인 것처럼.

화요는 대표실에서 선잠에 빠져 있던 우진의 모습을 떠올렸다. 악몽에 시달리는 그는 고통스러워 보였다. 어쩌면 그런 악몽과 마주하는 두려움 때문에, 무의식적으로 그가 잠드는 걸 거부하는 건 아닐까.

〈그렇다면 사실 방법은 하나뿐이야. 뻔한 이야기지만, 스트레스가 되는 요인을 제거하는 거지.〉

"스트레스가 되는 요인을 제거……할 수 없는 경우에는?"

〈……음, 어려운 질문이네.〉

친구의 목소리에 곤란하다는 기색이 담겼다. 화요는 자신이 어리석은 질문을 던졌다는 걸 깨달았다. 그런 방법을 알았더라면 이 친구는 진즉에 그 방법부터 알려 주었을 터였다.

"그 사람도 자신의 스트레스가 무엇 때문인지 알아. 그런데 이미 그건 그 사람이 해결할 수 없는 부분이거든. 이럴 때는 뭔가 좋은 방법이 없을까?"

수화기 너머는 한동안 조용하였다. 역시 자신이 너무 어려운 말을 꺼낸 걸까 싶어 화요는 미안해졌다. 그녀가 이대로 그냥 통화를 마무리 짓자고 생각하는 찰나, 친구가 이런 일이 있었다며 말문을 열었다.

〈최근에 내가 치료했던 환자 중에서 한 명이 꽤 불면증이 심한 사람이었는데, 그 환자도 어릴 때부터 불면증을 앓았다고 했어. 할 수 있는 방법은 다 써 봤는데 큰 효과는 못 봤거든. 근데 그 사람 최근에 상당히 상태가 호전되었어.〉

"정말? 어떤 치료법을 쓴 건데?"

〈사랑.〉

"……응?"

〈사랑이라고.〉

친구의 입에서 나온 엉뚱한 말에 화요가 눈을 깜빡거렸다. 사랑? 불면증을 치료한 게 사랑이라고? 지금 이게 정신과 의사 입에서 나올 말이야?

〈그 환자가 말이지. 연애를 시작 했나 본데, 여자 친구랑 아주 얼마나 알콩달콩한 러브 스토리를 찍고 있는지 내가 들으면서 막 외로워 죽을 것 같ㅡ〉

투덜거리듯 떠들던 친구는 자신의 말이 원래 논점에서 어긋났다는 걸 깨닫고 작게 헛기침을 하였다.

〈흠, 흠. 이게 아니라, 어쨌든. 그 환자의 말을 빌리자면 여자 친구가 정말 엄청나게 그 환자를 사랑하는 모양이더라고. 그런 사람과 만난 게 기적처럼 느껴진다느니, 운명 같은 사랑이라느니 막 그런 말을 하는데 이건 뭐 내가 치료를 위한 카운슬링을 하는 건지 남의 커플 염장질을 들어 주려고 하는 건지…… 아씨, 이거 자꾸 딴 데로 새네, 이야기가.〉

한참 또다시 딴 이야기를 하던 친구가 한숨을 푹 쉬었다. 변함없는 친구의 유쾌한 모습에 화요는 작게 웃음을 터트리고 말았다. 어쩐지 자신이 9년 전, 교복을 입은 설화요로 되돌아간 기분이었다.

〈어쨌든, 다시 한 번 말하자면 네가 아는 그 사람에게 도움이 될 만한 건 사랑이야.〉

"불면증을 치료하는 게?"

〈불면증뿐만이 아니라 모든 마음의 아픔을 치료하는 만능약

이. 아니, 정확히는 사랑받는다는 안도감을 통해 얻는 높은 자존
감이 중요한 거지. 자존감이 높은 것과 자기애가 강한 건 사실
다른 거거든.〉

자존감이 높은 사람은 상처를 받는 일이 있어도 금방 다시 그
상처를 극복할 수 있다. 한두 번의 실패와 상실로 자신을 잃어버
리지 않는다. 하지만 자기애가 강한 사람은 한 번 상처를 받으면
그 상처가 쉽게 아물지 않는다.

〈겉으로 보기에 당당하고 자신감 넘쳐 보이는 사람이 사실은
자존감이 낮은 경우는 꽤 많아. 사람은 누구나 자신의 약점을 감
추고 싶어 하거든. 문제는 남을 속이는 것뿐만이 아니라 자신도
그렇게 속인다는 거지. 나는 괜찮다고. 하지만 사실은 그렇게
속이는 게, 참는 게 좋은 건 아니야. 괜찮지 않다는 걸 분명히 인
지할 필요가 있지.〉

화요는 우진이 자신을 향해 몇 번이고 했던 말을 떠올렸다.

'괜찮아요.', '건강해요.'

그 말이 진짜가 아니었을 거란 걸, 그의 불면증이 증명하고 있
었다.

〈물론 사랑이 반드시 어떤 마음의 병이든 고쳐 준다고는 할
수 없어. 마음의 병이라는 게 그렇게 고칠 수 있는 거라면 나 같
은 직업은 왜 있겠어. 다만…… 사랑받는다는 건, 사랑한다는 건
사람을 행복한 기분으로 만들어 주잖아. 그게 마음을 안정시켜
준다고 생각해, 나는. 아! 이건 내 개인적인 의견이다? 의학적 견

해가 아니라?〉

수화기 너머에서 친구가 정말 멋쩍게 웃으며 한 말에 화요는 잠시 침묵하였다. 친구는 역시 내 말이 많이 썰렁했냐며 걱정스레 물었지만, 깊은 생각에 잠겨 있는 화요는 그 말에 대답할 수가 없었다.

사랑. 그래, 사랑.

어쩌면 친구의 말이 맞을지도 모른다. 그녀는 우진에게도 그것이 필요하다는 생각이 들었다. 누군가에게 사랑받는 안도감이, 누군가를 사랑하는 자신감이 그를 안정시켜 줄지 모른다. 그리고 지금 그 역할을 수행할 수 있는 건 아마도 자신뿐이리라.

"……아냐, 도움 많이 되었어. 고마워."

〈그래? 그럼 다행이고. 그나저나 네 남자 친구도 꽤 힘들겠다.〉

"응, 남자 친구? 어? 남자 친구!?"

〈응. 네가 아는 그 불면증이라는 사람, 네 애인 아니야? 그렇지 않고서야 소심해서 남 일에 참견도 못 하는 설화요가 이렇게 오지랖을 부릴 리가 없는데?〉

놀리는 것 같은 친구의 말투에 화요는 아무 말을 할 수 없었다.

그의 말은 맞는 말이었다. 아무리 남의 사정이 딱해도 화요는 자신이 과연 상대에게 도움이 될 수 있을까 생각하며 망설이는 타입이었다. 그래서 우진을 위해 이렇게 필사적으로 무언가를 하는 제 모습이 스스로도 낯설었다.

〈나 빼고 다들 행복하게 사는 거 보니까 내가 배가 아프긴 하

다만, 형식상 좀 묻자. 어떤 사람이야?〉

친구의 물음에 화요는 눈을 깜빡거렸다. 차우진이 어떤 사람이냐고? 머릿속에 우진에 대한 것이 가득 떠올랐지만, 그를 한두 마디 말로 표현하는 것은 어려웠다.

고민하던 화요는 일단 제일 먼저 생각난 말부터 꺼냈다.

"어…… 일단 잘생겼어."

〈오! 미남! 그리고 또?〉

"키도 크고, 몸매도 엄청 좋고, 멋있고, 다정해."

〈야. 너 애인이라고 너무 띄워서 말하는 거 아냐? 잘생기고, 키 크고, 몸매 좋고, 멋진데 다정하기까지 한 애인이라니 그게 실존하기는 하는 남자야?〉

"아니야! 진짜야!"

심지어 가끔 귀엽기까지 하다는 말을 입 안으로 꾹 삼키며 화요는 고개를 저었다.

"정말 나한테는 엄청 과분할 정도로 멋진 사람이야. 되게 사소한 것에서도 날 많이 배려해 주고 신경 써 주는 사람이거든. 그 사람, 초콜릿을 별로 좋아하지도 않는데, 내가 초콜릿 좋아한다고 하니까 가게에 있는 초콜릿을 전부 사서 나랑 같이 먹어 주고 그랬어."

정말 사소한, 남들이라면 그냥 웃으며 듣고 말았을 화요의 말에도 우진은 관심을 가졌다. 그동안 그가 자신에게 주는 모든 게 고마웠지만, 더 큰 기쁨은 그런 작은 곳에서 찾아왔다.

그를 좋아한다는 감정을 뚜렷하게 자각하고 있는, 그와 연인인 지금이라면 알 수 있었다.

정말 좋아하는 상대의 일이라면 아무리 사소하고 작은 것이라도 알고 싶고, 이해하고 싶다는 감정을.

"그래서…… 그래서 그 사람이 힘든 걸 보면 나도 괴로워. 무언가를 해 주고 싶고."

다시 풀이 죽은 화요가 조심스럽게 한 말에 수화기 너머의 친구가 아무 말이 없었다.

〈……내가 인간적으로 일하면서 남의 커플 알콩달콩 그들만의 세상 이야기 듣는 건 그래도 괜찮았는데, 친구가 애인 자랑하는 거 들으니까 막 너무 옆구리가 시리다. 아, 나도 올해는 예쁘고, 몸매 좋고, 멋지고 귀여운데 기왕이면 나랑 음식 취향도 맞는 애인님이 좀 생겨야 하는데.〉

"야, 나 지금 진짜 심각―"

〈괜찮아. 네 애인도 곧 괜찮아질 거야.〉

아까까지는 장난스럽던 친구의 목소리가 진지했다. 그가 갑자기 왜 그렇게 말하는지 알 수 없었던 화요가 물었다.

"왜 그렇게 생각하는데?"

〈네가 그 사람 많이 좋아하잖아.〉

줄곧 이어지던 농담 같은 말 다음에는 따뜻한 진심이 들려왔다.

〈그러니까 괜찮아. 넌 지금보다 더 많이 그 사람을 사랑하고,

또 사랑해. 많이 안아 주고, 많이 사랑한다고 말해 줘. 사랑은 표현해야만 전해지는 거니까.〉

사랑은 표현해야 전해진다는 그 말이 화요의 마음속에 단단히 박혔다.

우진은 아버지와는 사이가 좋지 않고, 어머니는 그가 어릴 적 그를 두고 떠났다. 누군가가 그를 안아 주었던 일이, 누군가가 그에게 진심 어린 사랑을 전한 일이 과연 얼마나 있었을까.

가족 간의 애정과 연인 간의 애정이 서로 다른 부류라는 걸, 화요도 알고 있었다. 하지만 설령 색이 다른 사랑이라도, 구멍이 난 심장에는 반드시 사랑을 채워야만 했다.

그렇지 않는다면 언젠간 완전히 망가진 심장이 더는, 그 어떤 기쁨도, 즐거움도, 행복도 느끼지 못할 테니까.

〈다음에 우리 다 만날 때, 그 애인님 좀 데려와 봐. 하도 소심해서 평생 연애 못 할 것 같던 널 이렇게 만든 그 남자가 어떤 사람인지 나도 좀 궁금하네.〉

전화를 끊기 전, 친구가 한 말에 화요는 생각해 보겠다며 웃었다. 자신의 멋진 애인을 자랑하고 싶은 마음이 반, 오랜만에 만난 친구들에게 놀림 받을 생각에 부끄러운 마음이 반이었다.

"고마워. 다음에 보자."

그 인사를 끝으로 제법 길었던 통화가 끝났다. 화요는 책상 위에 둔 불면증에 관한 책을 힐끔 본 뒤, 그것을 서랍 안에 넣어 두었다.

지금 자신이 할 수 있는 일이 우진을 사랑하는 것뿐이라면, 온 힘을 다해서 그를 사랑해야겠다는 생각이 들었다.

아직 뜨끈뜨끈한 휴대전화를 잡은 화요는 우진에게 메시지를 보냈다. 어디냐고 묻는 그녀의 메시지에 몇 초도 되지 않아 대표실이라는 답이 왔다. 화요는 자리에서 벌떡 일어서서 대표실로 향하였다.

문을 열고 들어가서 가장 먼저 그를 안아 주자. 그리고 부끄러움을 꾹 참고 그에게 키스를 한 뒤, 사랑한다고 말하자.

우진이 어떤 표정을 지을까 생각하며 화요는 조용히 웃었다.

예선 때와는 달리 조용한 분위기에서 릴라 프로젝트의 결선 진출 멤버들이 결정되었다.

결선은 참가자가 충분한 준비를 할 수 있도록 보름 뒤라는 넉넉한 시간이 주어졌다. 그 덕에 프로젝트 팀원들 얼굴에도 여유가 생겼다.

특히 그중에서도 베일의 신규 앨범 작업과 릴라 프로젝트 작업을 병행하던 윤 차장의 얼굴은 세상 끝까지 갔다 무사히 살아 돌아온 사람 같았다.

"자, 화요 씨. 다 알 거라고 생각은 하는데, 일단 처음이니 인사부터 나누죠."

화요는 자신의 앞에 있는 네 명의 소년을 한 번씩 힐끔 본 뒤 고개를 끄덕였다.

오늘은 윤 차장에게 베일 신규 앨범에 곡을 주기로 약속한 후 잡은 첫 미팅 날이었다.

"여기는 베일 리드 보컬 요셉이고요. 이 친구는 랩 담당인 현우, 여기는 서브 보컬 알렉, 그리고 마지막으로 댄스 담당인 태일이. 그리고 여기는 이번에 우리 전속 작곡가로 계약한 설화요 작곡가님. 너희가 부른 상사병을 작곡하신 분이 이분이야."

화요는 윤 차장의 소개에 따라 맞은편에 있는 소년들을 다시 한 번 살펴보았다.

하얀색에 가까운 금발이 곧잘 어울리는 아이가 요셉, 눈매가 조금 사나운 아이가 현우, 눈이 좀 처지고, 곱슬머리인 아이가 알렉, 웃고 있는 얼굴이 왕자님 같은 아이가 태일.

멤버들의 이름과 얼굴을 머릿속에 주입시키며 화요가 속으로 크게 심호흡하였다.

TV에서 화요가 만든 노래를 부르던 아이돌이 제 앞에 앉아 싱글벙글 웃고 있는 상황은 암만 생각해도 거짓말 같았다.

먼저 말을 걸어야 하나, 말아야 하나. 화요가 눈치를 살피는 가운데 요셉이 반가운 얼굴로 고개를 숙였다.

"안녕하세요! 베일의 요셉이라고 합니다."

"안녕하세요."

조금 딱딱한 웃음을 지으며 화요가 마주 고개를 숙이자, 그 옆에 있던 알렉이 얼른 고개를 쑥 내밀었다.

"와, 진짜 듣던 대로 엄청 귀엽게 생기셨네. 안녕하세요, 알렉이라고 합니다!"

"귀엽……?"

화요가 난데없는 그 말에 놀라 눈을 휘둥그레 뜨자 알렉이 푸른 기가 감도는 눈을 깜빡이며 웃었다.

"윤 차장님이 설화요 작곡가님 되게 귀여운 분이라고 하셔서 실물이 궁금했는데, 보니까 진짜 귀여우시네요."

"그치? 우리 화요 씨 되게 귀엽지 않아?"

어느새 윤 차장이 귀여운 막내 동생을 보는 큰 언니 같은 자애로운 눈빛으로 화요를 보고 있었다. 화요는 대체 윤 차장이 다른 사람들에게 자신을 어떻게 설명하고 다니는 건가 싶어서 쑥스러워졌다.

"설화요 작곡가님, 나이 몇 살이세요?"

알렉이 호기심 가득한 얼굴로 화요에게 사적인 질문을 던지자 옆에 있던 현우가 얼른 그의 뒤통수를 가감 없이 때려 버렸다.

"아악!"

"죄송합니다. 얘가 예쁜 여자만 보면 정신 못 차리고 꼬리 흔드는 버릇이 있어서요."

"아씨, 이현우! 내가 무슨 개냐?! 꼬리를 흔들긴 누가 꼬리를 흔들어?"

"왜? 너 개 같은 거 사실이잖아. 팬들도 너 멍알렉이라고 부르는 거 몰라? 그러니까 너는 개새끼."

"야이씨! 그건 욕이잖아! 그리고 팬들이 부르는 그건 내가 마치 시베리안 허스키처럼 섹시하고 멋지다는 표현이지!"

알렉과 현우가 쓸데없는 일로 성을 내며 다투기 시작하였다. 멍하니 그것을 지켜보던 화요는 저도 모르게 푸   , 웃음을 터트렸다. 한숨을 쉬던 요셉과 태일은 화요의 웃는 모습을 보고 조금 안심한 얼굴을 하였다.

"죄송합니다. 저희가 좀 많이 시끄럽죠?"

태일이 머쓱한 얼굴로 한 말에 화요는 고개를 저었다.

"아니에요, 다들 사이가 좋아서 보기 좋네요."

"아, 그건 그렇죠. 연습생 생활을 길게 같이 하기도 했고, 아무래도 전 소속사에서는 '그런 일'이 있었으니까."

요셉이 언급한 '그런 일'이 헬로우의 정 사장에 대한 이야기라는 걸 눈치챈 화요는 살짝 얼굴을 굳혔다. 그러고 보니 화요뿐만이 아니라 이 아이들도 모두 정 사장의 피해자였다.

"맞아, 맞아. 우리 진짜 ZIN 아니었으면 전쟁 통에 헤어진 이산가족 꼴 될 뻔했잖아요, 감사합니다, 윤 차장님!"

"나한테 말고 차 이사님한테 감사해. 차 이사님이 헬로우에서 가장 재능 있는 건 너희라고, 너희는 꼭 데려오자고 해서 데려오신 거니까."

윤 차장의 말에 베일 멤버들이 모두 고개를 끄덕였다.

"물론 이사님한테 엄청, 엄청, 엄청 감사하고 있죠. 저희 이번 앨범 완전 대박 터트리는 걸로 보답하겠습니다! 그러니까 화요 누님께서 이번에 힘 좀 많이 써 주세요."

윤 차장을 향해 화사하게 웃던 알렉이 이번에는 화요를 향해 윙크를 날리며 애교를 부렸다.

"화요 누님?"

정작 화요는 알렉의 입에서 나온 말에 당황하여 제대로 대답도 못 하고 눈을 깜빡거렸다. 그러자 이번에는 태일이 알렉의 볼을 꼬집었다.

"아, 죄송합니다. 얘가 연상의 미인을 보면 바로 누나라고 부르고 싶어 하는 못된 버릇이 있어서요."

"아씨! 미친! 볼을 왜 꼬집어!"

미인이라니. 그 말이 입에 발린 말이라는 생각을 하면서도 화요의 입가가 느슨해졌다. 오빠들 사이에서 자란 화요는 자신의 앞에 있는 네 명의 소년이 마치 붙임성 좋은 남동생처럼 귀엽게 보였다.

태일이 슬그머니 알렉에게서 몸을 돌리자 이번에는 다시 현우가 알렉의 목에 팔을 휘감아 헤드록을 걸었다.

"네가 자꾸 그렇게 나대니까 내가 이렇게 고생하는 거잖아."

"웃기네! 넌 막내 주제에 무슨 소리야!? 이거 안 놔!?"

"그러니까 누가 초면에 그렇게 들이대랬냐?"

"아— 나는 괜찮아요. 누나라고, 불러도 돼요."

멤버들이 옥신각신하는 걸 본 화요가 그들을 중재하기 위해 얼른 나섰다. 그러자 정작 반응은 알렉이 아닌 요셉이 더 빨랐다.

"어?! 진짜요? 그럼 저도 누나라고 불러도 되나요?"

"네? 아, 괜찮아요."

화요가 얼떨결에 고개를 끄덕이자 요셉이 정말 기쁘다는 얼굴로 환하게 웃었다.

"고맙습니다, 화요 누나. 사실 저 누나 만나는 거 정말 엄청 기대하고 있었거든요."

어, 나를? 요셉의 말에 화요는 당황하여 눈을 깜빡이며 손가락으로 자신을 가리켰다. 그러자 옆에서 지켜보고 있던 윤 차장이 피식 웃으면서 요셉의 어깨를 두들겼다.

"요셉이 얘가 작곡에도 관심이 많거든요. 지금 작곡 공부 하고 있다고 그랬지, 너?"

"네. 나중에는 제 자작곡도 발표하고 싶어요. 어, 물론 그때까지 공부를 좀 많이 해야 할 것 같긴 하지만요."

조금 수줍게 웃는 요셉의 얼굴이 귀여웠기에 화요의 입가에 부드러운 미소가 걸렸다.

"맞아요, 누나. 제가 얘 자작곡 들어봤는데 아직은 뭐, 세상에 내놓기에는 창피한 수준이라서 공부 좀 많이 해야겠더라고요."

"……야, 알렉."

옆에서 껴든 알렉이 자신의 험담을 하자 요셉이 팍 얼굴을 찌푸렸다.

"그 정도면 그래도 나쁘지 않았잖아."

"아니, 완전 별로였어. 진짜 구리던데."

알렉이 정색을 하며 시비를 걸자 요셉이 주먹을 치켜 올렸다.

한창 혈기왕성한 10대답게 소년들은 또 저들끼리 투닥거리며 싸우기 시작하였다.

화요는 아련한 눈으로 '베일=감성 아이돌'이라는 대외적인 이미지를 머릿속에서 지웠다. 힐끔 보니 그 옆에 있는 윤 차장은 '어휴, 저 시끄러운 비글 놈들' 같은 얼굴로 고개를 절레절레 젓고 있었다.

그동안 윤 차장이 이 아이들을 통제하느라 얼마나 고생했을지, 그 모습이 눈앞에 훤히 보이는 것만 같았다.

"야! 비글들! 이제 그만 슬슬—"

위이이잉—

윤 차장이 베일 멤버들을 말리며 본격적으로 미팅을 시작하려고 하던 그때, 테이블 위에 있는 윤 차장의 휴대전화가 울렸다. 액정을 확인한 윤 차장은 화요를 향해 말했다.

"화요 씨, 미안해요. 나 잠깐 전화 좀 받고 올게요."

"네, 다녀오세요."

윤 차장이 서둘러 전화를 받으며 사내 카페 밖으로 빠져나갔다. 화요가 멍하니 그 뒷모습을 보고 있자니 빈 옆자리로 쓱, 태일이 다가왔다. 길고 촘촘한 속눈썹과 커다란 눈동자가 마치 만화 속에 나오는 왕자님 같은 소년이었다.

"요셉이가 사실 예종대 작곡과 입시 준비 중이에요. 그래서 누나에 대한 거 알고 계속 만나보고 싶다고 했거든요."

그동안 별말 없이 조용히 있기만 하던 태일이 화요를 향해 해사하게 웃었다.

"그리고 저는 예종대 실용음악과 준비 중이에요."

아아, 그래서구나. 화요는 그제야 요셉과 태일이 왜 자신에게 유독 관심을 갖는지 알 것 같았다.

화요가 나온 예종대는 교수진이며 커리큘럼이 좋아서 연예인 지망생뿐만이 아니라 신인 연예인들도 많이 다니는 학고였다.

"그렇구나. 우리 학교는 실기 비중 높으니까 두 사람 다 괜찮을 거예요. 예종대에 좋은 교수님들 많으세요. 가서 배우면 도움 되는 게 많긴 할 거예요."

자신 역시 재수까지 해 가며 간 대학이었다. 그 대학에서 정말 많은 것들을 배웠고 좋은 사람들을 알았기에, 화요는 자신의 모교에 관심을 갖는 소년들에게 친밀함을 느꼈다.

화요와 태일이 학교에 대한 대화를 나누기 시작하자 요셉과 싸우던 알렉이 다시 옆에서 끼어들었다.

"누나, 누나, 누나! 예종대 재학생 중에 예쁜 사람 많다면서요? 사실이에요?"

알렉의 말에 요셉과 현우가 동시에 한숨을 푹 쉬었다. 태일이 기가 막힌다는 얼굴로 물었다.

"왜? 너도 지금부터 예종대 입시 준비하게?"

그 말에 알렉은 완전 진지한 얼굴로 고개를 끄덕였다.

"응. 예쁜 사람 많으면."

그 말이 끝나기 무섭게 다른 소년들이 야유하였다.

"넌 절대 안 돼, 인마."

"그래, 맞아. 너같이 불순한 그런 의도를 가진 애가 들어갈 수 있는 곳이 아니야, 예종대는."

"거기 실기가 장난 아니래."

저들끼리 심각한 아이들의 모습이 귀여웠다. 화요는 자신의 고등학생 시절도 이런 느낌이었을까, 생각하며 웃었다.

얼마 전 고등학교 동창과 오랜만에 연락을 한 탓인지, 아니면 유진에 대한 이야기를 들어서인지 종종 그때 생각이 났다.

"저, 그래서 말인데요. 누나. 누나 연락처 좀 알려 주실 수 없나요?"

"어? 응? 네?"

혼자 멍하니 옛날 일을 생각하던 화요는 갑작스러운 요셉의 말에 놀라 정신을 차렸다. 아까까지는 자기들끼리 싸우던 소년들이 어느새 모두 반짝반짝 빛나는 눈으로 화요를 보고 있었다.

"누나한테 묻고 싶은 것도 많고, 배우고 싶은 것도 많아서요."

요셉이 수줍게 말을 마치자마자 알렉이 얼른 고개를 끄덕였다.

"저도요, 저도요! 누나에게 배우고 싶은 게 아주 많습니다!"

"넌 작곡에 관심도 없잖아."

"오늘부터 관심 갖기로 했어."

"네가 관심을 갖는 건 작곡가 누나겠지, 멍청아."

"아씨, 이현우! 내가 자꾸 멍청이라고 하지 말랬지?"

"왜? 듣는 멍청이 기분 나쁘니까?"

"야!"

그동안은 조용히 미소를 지으며 아이들을 지켜보았던 화요가 결국 작게 웃음을 터트렸다. 아직 자신이 그렇게 나이를 먹었다고는 생각하지 않지만, 귀여운 어린 소년들과 함께 있다 보니 괜스레 마음이 들뜨는 것 같았다.

아이들의 시선이 자신에게 몰린 걸 깨달은 화요는 웃음을 멈추고 작게 헛기침을 하였다.

"어, 요셉 군. 좋게 봐 주는 건 고마운데…… 내가 누군가한테 뭘 알려 주고 그럴 만한 사람은 아니라서."

"아니에요! 저 누나가 작곡하신 '상사병' 진짜 너무 좋아서 처음 곡 받은 날, 정말 하루 종일 '상사병' 생각만 했어요. 멜로디가 너무 좋았거든요. '숨'도 그렇지만, 그런 느낌이 제가 진짜 좋아하는 스타일이에요."

요셉의 목소리가 얼마나 절절한지 마치 사랑 고백을 듣는 것만 같았다. 화요는 자신의 노래가 칭찬받고 있다는 기쁨과 부끄러움에 얼굴을 붉혔다.

"좋게 봐 줘서 고마워요. 아직 나도 부족한 점이 많아서 배우고 있는 사람이라…… 사실 작곡에 관한 건 정서유 선생님한테 묻는 게 더 좋을 것 같아요."

부담감에 에둘러 거절하는 화요의 말에 요셉이 눈썹을 축 늘어트렸다. 마치 비오는 날 버림받은 강아지 같은 소년의 얼굴에 화요의 마음이 조금 아파 왔다.

"……제가 초면에 너무 실례했죠. 죄송합니다."

"앗, 아니에요! 그래서가 아니라, 정말 제가 아직 그럴 만한 사람이—"

화요가 아니라며 양손으로 손사래를 치는 찰나, 화요의 등 뒤에서 익숙한 향이 그녀를 확 감싸 왔다.

"맞아. 초면에 너무 들이댔지. 반성해."

어? 화요는 깜짝 놀라 고개를 들어 올렸다. 그녀의 동그란 눈에 칼 같은 단정한 턱 선이 들어왔다. 그것만으로도 자신을 등 뒤에서 끌어안다시피 몸을 밀어붙이고 있는 상대가 누구인지 알 수 있었다.

"우— 이사님?"

습관적으로 우진 씨라고 그를 부를 뻔했던 화요가 황급히 제 실수를 바로잡자 우진이 천천히 시선을 아래로 내렸다. 그와 눈이 마주친 화요는 저도 모르게 어깨를 움찔하였다.

남들 눈에는 어떻게 보일지 모르지만, 화요의 눈에 보이는 우진은 누가 보더라도 불쾌해 보이는 얼굴이었다. 그가 대체 무엇 때문에 저런 얼굴을 하고 있는 건지, 그리고 여긴 왜 온 건지 알 수 없는 화요는 어리둥절할 뿐이었다.

화요와 눈을 한 번 마주친 우진은 천천히 고개를 들어 올리더니 이번에는 모여 있는 베일 멤버들을 보았다. 베일 멤버들도 갑자기 회의실에 들이닥친 우진을 향해 얼른 인사를 하였다.

"어, 이사님!"

"안녕하세요, 차 이사님."

"어쩐 일이세요?"

모여 있는 사람이 많으니 자연히 말도 많았다. 멤버들이 반가움 반, 의아함 반으로 우진을 보며 질문을 던지더니 곧 말로 형용하기 어려운 표정을 지었다.

"오랜만이다. 새 앨범 준비는 잘 되어 가고 있어?"

평소에는 늘 존댓말을 쓰는 남자가 반말하는 걸 들으니 어쩐지 가슴속이 간질간질한 것 같았다. 그의 낮은 목소리에 반말조의 말투가 잘 어울렸다. 그가 자신에게 이런 식으로 말하면 어떤 느낌일까. 그것을 상상해 본 화요는 어쩐지 기분이 이상해지는 것 같아 조심스럽게 숨을 뱉었다.

"네, 지금 안 그래도 그것 때문에 화요 누나랑 미팅을―"

"화요 누나?"

화요의 기분 탓이 아니라면, 그리고 멤버들의 착각이 아니라면, 우진이 말을 내뱉는 순간 주변 온도가 3도 정도는 내려간 것 같았다. 그 냉기에 요셉이 얼어붙어 아무 말도 못 하자 옆에서 알렉이 조심스럽게 입을 열었다.

"어, 누나가 누나라고 불러도 된다고 해서……."

"누나?"

우진은 결코 긴 말을 하지 않았다. 하지만 그는 짧은 단어 한마디를 내뱉을 때마다, 주변 온도를 점점 싸늘하게 만드는 재주를 보여 주었다. 화요는 저도 모르게 어깨를 움츠렸다.

그가 이렇게 기분 나쁘다는 티를 풀풀 내는 건 드문 일이었는데, 동시에 불쾌함의 이유를 분명하게 보여 주는 것도 드물었다.

"왜 설화요 씨가 '누나'야? 너희와 이 사람의 아빠가 같아? 아니면 엄마가 같나?"

높낮이가 없는 우진의 목소리에 베일 멤버들이 너나할 것 없이 입을 쩌억 벌렸다. 화요는 허둥지둥 자신의 어깨를 감싸고 있는 우진의 팔을 탁탁 내리쳤다.

"이, 이사님! 제가 그러라고 했어요! 제가 그렇게 해도 된다고 했어요!"

화요가 허둥지둥 외친 말에 우진이 다시 고개를 숙였다. 평소에는 마냥 다정한 눈이 마치 화요를 야단치는 것처럼 매서웠다.

"화요 씨."

"네, 네."

그의 입에서 무슨 말이 나올지 알 수 없어 바짝 긴장한 화요가 침을 꼴깍 삼켰다. 우진의 딱딱하고 긴 손가락이 그녀의 입술을 툭 건들이듯 스쳤다. 마치 그녀의 입이 얄미워서 꼬집어 주고 싶다는 것 같은 동작이었다.

"이사님, 금지라고 했잖아요."

우진의 말에 화요는 어이가 없어졌다. 그녀는 지금 자신을 지켜보는 네 쌍의 눈이 있다는 것도 잊은 채, 큰 소리를 냈다.

"여긴, 회사잖아요!"

"근데요?"

"이름으로 부르면 안 되죠!"

"왜요? 회사에는 화요 씨가 날 이름으로 부르면 안 된다는 규칙이라도 있어요?"

대체 왜 이런 쓸데없는 문제로 이 사람과 입씨름을 벌여야 하는 걸까. 화요는 머리를 부여잡고 싶었다.

전에는 찬바람 쌩쌩 불던 '차우진 이사'가 어느 순간부터는 다정하고 좋은 '차 이사님'이더니 지금은 유치한 질투나 하는 '우진 씨'로 변해 버린 이유를 도통 알 수 없었다.

"그런 규칙은 없지만, 공과 사는 구분해야죠."

"공과 사 구분하고 있잖아요."

"어디가요!?"

"지금 키스 안 하고 참고 있잖아요. 화요 씨가 날 이사님이라고 두 번이나 불렀는데도."

정말 대단히 참을성이 좋지 않느냐는 얼굴을 한 우진에게 화요는 할 말을 잃었다. 아무래도 말로 이 사람을 이기는 건 불가능할 것 같았다. 이건 뭐 말이 통해야지.

그런 생각을 하며 고개를 옆으로 쓱 돌린 화요의 눈에 멍청한 표정을 짓고 있는 네 명의 소년이 들어왔다.

아— 화요는 그 순간, 멤버들과 똑같은 얼굴을 하였다. 맞아. 지금 여기 회사고, 사내 카페고, 미팅 중이었지, 나.

화요는 저도 모르게 주변을 한 번 둘러보았다. 불행 중 다행인지, 넓은 카페 안에는 다른 사람들이 없었다.

회사 안에서 쓸데없는 소문이 퍼질 일은 없겠다는 생각에 가슴을 쓸어내리던 것도 잠시.

불안하게 주변을 살피던 화요는 입구 근처에 서서 눈을 반짝반짝 빛내고 있는 윤 차장을 발견하였다. 화요와 눈이 마주친 윤 차장은 환하게 웃더니 양손을 펼쳐 의미를 알 수 없는 손동작을 하였다.

"윤 차장. 왔어요?"

우진 역시 윤 차장을 발견하고 인사를 건넸다. 윤 차장은 여전히 한 팔로 화요를 끌어안다시피 하고 있는 우진을 보며 히죽히죽 웃었다.

"네, 제가 눈치 없이 와 버렸네요."

"윤 차장은 눈치가 빠르죠. 진짜 눈치 없는 건 얘네고."

우진이 턱 끝으로 베일 멤버들을 가리켰다. 화요는 멤버들의 얼굴에 억울함과 표현 못 할 분노가 어리는 것을 보았다. 아니, 이 아이들이 대체 무슨 잘못을 했다고?

"내 화요 씨한테 집적거리잖아요."

우진이 진심처럼 한 말에 화요는 얼굴을 들 수가 없었다. 아무리 남자티가 난다 하더라도 화요의 눈에는 아직 어리게 보이는 소년들이었다. 지금 이 남자는 그 소년들에게 질투하느라 이런 낯부끄러운 행동을 사람들 앞에서 하고 있는 거구나.

"에이. 애들 상대로 우리 이사님이 너무 열 내시네. 이 아이들이 아직 이사님한테 대적할 만한 클래스는 아니죠."

윤 차장이 웃으며 베일 멤버들을 훑어보았다. 아까부터 꿀 먹은 벙어리처럼 입을 다물고 있던 멤버들 중 제일 눈치가 없는 알렉이 불쾌하다는 얼굴로 얼른 입을 열었다.

"윤 차장님! 그게 무슨 말씀이세요? 우리가 무슨 애에요?! 그리고 다른 애들은 몰라도 솔직히 저 정도면 이사님이랑 비교해 볼 만하죠. 얼굴 괜찮지, 키 크지, 몸매 좋지! 무엇보다 아직 젊지!"

"넌 젊은 게 아니라 어린 거지."

알렉의 말에 조용히 현우가 한마디를 보태자 알렉의 얼굴이 구겨졌다. 그 틈을 타 우진이 조용히 입을 열었다.

"알렉 정."

우진이 부른 자신의 풀네임에 알렉이 헉, 하는 얼굴로 그를 보았다. 우진은 자신을 향해 약간 겁먹은 얼굴을 한 알렉에게 말했다.

"까불지 마라."

"……넵, 이사님."

우진의 심상치 않은 분위기에 알렉은 금방 꼬리를 내렸다. 윤 차장이 배를 잡고 웃기 시작하는 가운데, 화요는 지금 이 순간이 꿈이었으면 좋겠다는 생각, 꿈이 아니라면 그냥 이대로 도망쳐 버리고 싶다는 충동을 느끼며 이마를 부여잡았다.

"아하하! 왠지 이사님이 화요 씨한테 유독 잘해 준다 싶었는데 역시 둘이 뭐가 있었구나! 암만 그래도 이사님 너무 애들한테 그러지 좀 마세요. 요셉이 쟤 완전 얼음땡이잖아요."

박장대소와 함께 터져 나온 윤 차장의 말에 우진은 힐끔 요셉을 보았다. 그러자 본능적인 두려움 때문에 요셉이 움찔거리며 몸을 뒤로 슬그머니 뺐다.

"······애들이 원래 무서운 걸 모르잖아요. 그러니까 미리 내가 경고를 해 두는 게 더 낫죠."

잦아들던 윤 차장의 웃음이 다시 커졌다. 화요는 한숨을 푹 쉬었다. 그녀는 제 안에 있는 멋진 '차 이사님'이 어디로 사라져 버린 것만 같아서 조금 슬퍼졌다.

"윤 차장님. 죄송한데, 미팅 다음에 다시 해요. 오늘은 안 될 것 같아요."

화요의 말에 윤 차장이 웃으면서 고개를 끄덕였다.

"그래요, 화요 씨. 애초에 오늘은 가볍게 인사부터 하자고 부른 자리였어요. 첫 만남이 너무 충격적인 만남이 되어 버렸지만."

그 말에 베일 멤버들이 동시에 고개를 끄덕였다. 업무 미팅 나와서 갑자기 이런 낯 뜨거운 장면을 실시간으로 목격하게 될 줄 누가 알았을까.

"자, 애들아. 오늘 미팅은 이대로 끝. 가자, 가자. 이사님 화나시면 완전 무서우니까 빨리 우린 자리 비켜드리자."

윤 차장이 박수를 짝짝 치면서 한 말에 베일 멤버들이 자리에서 일어섰다.

"그럼 다음에 뵈어요, 누― 컥!"

무심코 화요를 누나라고 부르려던 알렉이 목이 졸린 개구리

같은 소리를 내더니 얼른 우진의 눈치를 살폈다. 현우가 고개를 절레절레 저으며 알렉을 끌고 먼저 나가 버렸다. 태일이 싱긋 웃으면서 화요와 우진에게 고개를 숙였고, 요셉은 약간 아쉬운 얼굴로 화요를 보았다.

"오늘 대화 많이 못 나눠서 아쉬웠어요. 다음에 작업실 구경시켜 주세요, 설화요 작곡가님."

우진이 눈을 치켜뜨거나 말거나 할 말을 다한 요셉을 보며 태일이 한숨을 쉬더니 그의 뒤통수를 탁, 때려 주었다.

"가자. 이 눈치꽝아."

"어? 야, 왜!"

소년들이 나가 버린 후, 윤 차장이 어깨를 으쓱하였다.

"확실히 애들이 무서운 걸 모르긴 하네요. 앞뒤 분간도 못 하고 이사님 애인한테 저러는 걸 보면."

윤 차장이 장난스럽게 한 말을 들은 우진이 조용히 그녀를 불렀다.

"윤 차장."

"네?"

"화요 씨랑 내가 사귀기 시작한 건 최근이고, 내가 화요 씨를 좋아하게 된 건 이 사람이 ZIN과 계약한 후부터예요."

난데없는 우진의 말에 화요는 눈을 동그랗게 뜨고 그를 올려다보았다. 갑자기 왜 윤 차장에게 이런 말을 하는지 알 수 없었다. 하지만 그의 표정이 제법 진지한 것을 보니 이유 없이 이 말을 꺼낸 건 아닌 모양이었다.

"하하. 걱정 마세요. 이사님. 설화요 씨 실력은 이미 다들 인정해요. 사내에서 이상한 말 생길 일 없을 테니까요."

"아."

그 말을 들은 화요가 깨달았다. 우진이 무엇을 걱정해서 일부러 그런 말을 꺼낸 것인지를.

자신과 우진이 연인 사이라는 걸 알게 된 사람들은 틀림없이 화요가 ZIN에 오게 된 경위에 대해 여러 가지 소문을 만들어 낼 가능성이 있었다.

우진은 윤 차장에게 그런 가능성이 생기지 않도록 해 달라는 말을 돌려 한 셈이었다. 윤 차장이 화요를 보고 싱긋 웃었다.

"이사님이 화요 씨 정말 많이 좋아하나 보다."

"네, 제가 많이 좋아해요. 그래서 제가 매달렸죠."

아니, 그게 뭐 자랑스러운 일이라고 저런 얼굴로 저런 말을 하는 걸까? 화요는 어딘지 모르게 우쭐거리는 것 같은 우진의 얼굴을 어이없다는 듯 보았다.

그 시선을 눈치챈 우진은 얼른 화요와 눈을 맞추더니 눈을 가늘게 접으며 웃었다. 그 웃음에 머릿속이 순간적으로 또 멍해졌다.

평소에는 주름 하나 없는 눈가에 웃음 때문에 생긴 잔주름마저 멋지게 보일 정도니 눈에 쓰인 콩깍지가 보통 심각한 게 아닌 모양이었다.

"……아, 그럼 훼방꾼은 이만 가봐야겠네요. 화요 씨, 나중에 연락 다시 할게요. 그리고 이사님은 좀 작작하세요. 여기 회사거든요?"

아주 눈꼴이 시리다며 윤 차장이 투덜거렸다. 우진은 윤 차장이 그러거나 말거나 무심한 얼굴을 하였다.

윤 차장이 고개를 절레절레 저으며 카페 밖으로 빠져나가는 것을 본 화요가 아주 크고 깊은 한숨을 내쉬었다. 그녀는 여전히 자신을 끌어안고 있는 우진의 손을 찰싹 내리쳤다.

"이사님."

"우진 씨."

화요가 부르는 호칭이 마음에 들지 않는지 우진이 얼른 그녀의 호칭을 지적하였다. 에이, 진짜.

"……우진 씨. 이리로 와서 앉아 봐요."

제 맞은편을 가리키는 화요의 명령에 우진은 곧이곧대로 그녀의 말을 따랐다. 화요는 딴에는 매섭게 보이려고 눈을 가늘게 뜨며 우진을 노려보았다.

"우진 씨, 진짜 왜 이래요?"

"내가 뭘요?"

설마 정말 몰라서 이렇게 묻는 건 아니겠지. 화요는 팔짱을 꼈다.

"우진 씨. 아까 그랬죠? 공과 사를 구분한다고. 근데 우진 씨가 지금 제 일 방해했잖아요."

"방해 안 했어요. 난 그냥 가볍게 경고한 거예요. 애들이 아직 앞뒤 분간 못 하니까 알려 줘야죠."

"……아직 애들이에요. 그냥 나랑 친해지고 싶은 마음에 누나라고 부르겠다고 한 거고."

"안 돼요. 남자가 여자랑 친해지고 싶어 하는 것 자체가 문제에요. 누나? 하. 처음에는 누나, 누나 하다가 그게 곧 너 된다니까요."

우진은 이미 화요가 무슨 말을 하더라도 제 뜻을 굽힐 생각이 없는 모양이었다. 여전히 팔짱을 낀 채, 화요는 우진을 보았다.

처음에는 당당하던 우진이 서서히 화요의 말 없는 압박에 무너지기 시작하였다.

"……화났어요, 화요 씨?"

화요가 아무 대답이 없자 우진이 얼른 테이블 위에 있는 화요의 손을 잡았다. 화요는 여전히 말이 없었지만, 우진의 손을 뿌리치지는 않았다. 그 사실에 안도하며 우진이 얼른 입을 열었다.

"화 내지 마요, 화요 씨. 걱정되어서 그랬어요. 아무리 저런 어린애들이라도 나 없는 데서 화요 씨가 다른 남자랑 친해지는 게 싫어요. 내가 생각해도 되게 유치하고 속 좁다는 거 아는데, 정말……"

"여긴 어떻게 알고 오셨어요?"

우진이 속사포처럼 퍼붓는 변명 같은 말을 뚝, 자르며 화요가 묻자 우진은 다시 당당하게 대답했다.

"저번에 들었잖아요."

"저번에? 언제…… 아!"

화요는 자신과 윤 차장이 전화로 오늘 미팅 약속을 잡았던 날을 떠올렸다. 분명 우진이 출장에서 돌아오자마자 자신의 작업실로 찾아왔던 날이었다.

"그 날 제가 윤 차장님과 미팅이라고 말했잖아요. 설마 제가 거짓말했을까봐 오신 거예요?"

"그럴리가요, 마침 카페에 오고 싶어서 들렀어요."

우진의 속이 훤히 보이는 거짓말에 화요의 표정이 더욱 험악해졌다. 그것을 본 우진이 얼른 말을 덧붙였다.

"진짜예요, 화요 씨. 나 못 믿어요?"

"……우진 씨가 어쩐 일로 카페에 온 건지 이해가 안 가서요."

"커피 마시고 싶어서요."

우진이 시치미를 뚝 떼며 또다시 거짓말을 하자 화요가 얼굴을 팍 찌푸렸다. 우진의 커피는 전부 김 비서가 챙기는 것을 알고 있다는 말이 목구멍까지 차올랐다.

"우진 씨. 지금 입에 침도 안 바르고 거짓말하네요."

좀처럼 삐딱한 말을 하는 일이 없는 화요가 툭 내뱉은 말에 우진이 씩 웃었다. 그는 고개를 옆으로 천천히 기울이며 입을 작게 벌렸다. 벌린 입 틈에서 끝이 뾰족한 붉은 혀가 스르르 나오더니 모양 좋은 입술을 몇 번 훑었다. 보고 있는 화요의 얼굴이 벌겋게 익을 정도로 야릇한 모습이었다.

화요가 부끄러움에 눈 둘 곳을 몰라 하는 동안에도 우진의 눈이 화요에게 고정되어 있었다. 우진이 혀끝으로 입술을 건드릴 때마다 화요는 마치 제 입술이 그의 혀에 닿는 것 같은 감각에 어쩔 줄 몰라 하였다.

"오늘은 직접 와서 커피를 사가고 싶은 기분이었을 뿐이에요."

그렇게 말한 우진이 몸을 앞으로 기울였다. 우진과의 거리가 가까워지자 화요가 숨을 크게 들이쉬었다. 긴장으로 굳어진 화요의 눈에 제 눈을 맞춘 뒤, 우진이 소곤거리는 것 같은 목소리로 입을 열었다.

"이제 믿어 줄래요? 내 거짓말."

제 말이 거짓말이라고 스스로 말해 버린 남자의 미소가 짓궂었다. 화요는 어쩔 수 없이 위아래로 고개를 끄덕였다. 우진의 입에 다시 만족스러운 미소가 걸렸다.

"역시 이 방법이 효과가 있다니까요."

"……우진 씨, 너무해요."

앞으로도 계속 이 남자의 이 수법에 당하는 게 아닐까. 화요가 투덜거리자 우진이 쿡쿡 웃으며 그녀의 손등 위를 손끝으로 부드럽게 간질였다.

"알았어요, 앞으로 화요 씨 방해 안 할게요. 오늘은 내가 진짜 잘못했어요."

우진의 계속되는 사과에 토라졌던 화요의 얼굴이 조금 풀어졌다.

"……아까 애들, 정말 좋은 애들 같았어요. 그러니까 우진 씨가 걱정할 일 전혀 없어요."

화요는 상사병을 부르던 베일의 모습을 떠올렸다.

네 명의 멤버 모두 안정적으로 제 파트를 소화할 뿐만 아니라 메인 보컬인 요셉의 가창력이 상당했다. 그런 괜찮은 아티스트와 작업하고 싶다는 욕심이 당연히 그녀에게도 있었다.

"응. 이제 더 이상 참견 안 할게요."

우진이 진지하게 고개를 끄덕이며 한 말에 화요는 이제 완전히 굳은 얼굴을 풀어 버렸다.

"근데 윤 차장님에게 말한 건, 괜찮은 건가요? 혹시 우진 씨가 곤란해지거나 그런―"

"그런 일 없어요. 말했잖아요. 나는 오히려 말하고 싶다고. 화요 씨가 내 애인이라고 자랑하고 싶어요. 사람들한테."

그 말이 조금의 거짓도 없는 진심이었다고 말하는 우진의 얼굴이 다정했다. 아까 전, 윤 차장에게 우진이 했던 말을 떠올린 화요는 약간 눈 안쪽이 뜨거워졌다.

아까도 그가 걱정한 건 자신의 체면이 아니라 오로지 화요에 대한 것이었다.

"그래도 화요 씨가 싫으면 앞으로 안 할게요. 윤 차장이나 베일 애들은 화요 씨랑 내 사이 막 떠들고 다니진 않을 테니까 걱정하지 마요."

우진의 모든 결정에는 화요의 의사가 가장 중요한 것 같았다.

당신이 싫으면, 당신이 원치 않으면.

몇 마디 말만 들어도 우진이 자신을 얼마나 소중하게 생각하는지 알 수 있었다.

나는 이 사람에게 정말 사랑받고 있구나. 무언가 뜨겁고, 부드러운 게 자신의 가슴을 두들기고 있는 것 같은 감각이었다. 이 감정이 대체 무엇일까 생각하던 화요는 제 손등 위에서 느껴지는 우진의 체온으로 깨달았다.

자신이 지금 기뻐하고 있다는 것을.

남들 앞에서야 부끄러우니 화를 냈지만, 사실은 우진이 알기 쉬운 질투를 하는 게 기뻤다. 자기 멋대로만 행동할 것 같은 이 남자가 내 뜻을 존중해 주려고 하는 것도 기뻤다. 한 번도 타인에게 받아 본 적 없는 애정에 화요는 코 안이 시큰거렸다.

"우진 씨."

"응?"

"……고마워요."

화요의 진심 어린 인사에 우진이 조용히 웃었다. 그녀가 왜 고맙다고 말하는지 그 마음을 헤아리고 있는 것처럼.

이상했다. 울 이유도 없건만 눈물이 나올 것 같았다. 화요는 눈물이 터져 나오기 전에 얼른 자리에서 일어섰다.

"우진 씨! 나 잠깐, 화장실이요!"

부끄러워서 평소라면 못 할 말을 하며 화요가 얼른 카페 밖으로 뛰쳐나갔다. 달려가는 그녀의 눈가가 조금 젖어있다는 걸 우진은 알아차렸다.

그 뒷모습을 물끄러미 보던 우진은 화요가 시야에서 사라지자 휴대전화를 꺼내들었다. 그대로 잠시 생각에 잠겨있던 그는 한숨을 내쉰 뒤, 윤 차장에게 전화를 걸었다.

"여보세요, 윤 차장? 나예요. 응. 한 가지 말해 두고 싶은 게 있어서요. 네, 맞아요. 앞으로 아무리 바빠도 미팅에는 반드시 윤 차장이 동석하고, 나에게 상황 보고해요. 베일뿐만이 아니라 다른 아티스트랑 미팅할 때도 마찬가지예요. 뭐? 여자? ……여자 가수랑은 괜찮아요. 그래요. 들어가요."

전화를 탁 끊은 후, 우진은 미간 사이를 가볍게 문질렀다.

또 거짓말을 했다는 죄책감이 그의 작은 양심을 쿡쿡 찔렀다. 화요 앞에서는 그녀의 일에 관여하지 않겠다고 해 놓고, 결국은 또 참질 못했다.

하지만 어쩔 수 없었다.

아까 그 어린 소년들이 화요에게 웃으며 차례로 얼굴을 들이미는 걸 본 순간, 마치 속에서 불꽃이 튀는 것만 같았다. 평소 성질대로였으면 절대 그냥 넘어갈 수 없는 일이었다. 그걸 참기 위해 우진이 얼마나 애를 썼는지는 이루 말할 수가 없었다.

마음 같아서는 앞으로 화요가 절대 다른 남자들과 만날 일이 없도록 만들고 싶었다. 상대가 어리건 나이가 많건, 일 상대건 아니건 그건 중요하지 않았다. 자신이 이렇게 속 좁은 남자였나 싶을 정도로 화요가 마주하는 모든 상대가 싫었다.

그는 조금 수줍음을 담은 그녀의 그 예쁜 미소가, 상대의 기분을 헤아려 주는 그 다정한 눈빛이 온전히 자신에게만 향하길 바랐다. 그런데 그걸 꾹꾹 참고 이해심 넘치는 애인 노릇을 하려니 죽을 맛이었다.

그래도 어쩔 수 없었다. 우진이 좋아하는 여자는 자신의 말 한마디에 울고 웃는, 섬세한 사람이었다. 그런 사람에게 자신의 검고 깊은, 교활한 밑바닥을 드러냈다가는 모처럼 얻은 소중한 사람을 놓치게 될 게 분명했다.

그렇지 않기 위한 거짓말. 당신을 안심시키기 위한 거짓말.

'때로는 좋아하는 사람을 위해서 능숙한 거짓말을 하는 것도 하나의 방법이에요. 상대도, 나도 상처 입지 않을 수 있는 좋은 방법.'

오페라를 보던 날. 그녀에게 했던 말이 마치 스스로를 옭아매는 족쇄와 같았다. 그녀를 위한다는 이유로 하는 거짓말이 하나, 둘 쌓일 때마다 가슴이 무거워졌다. 휴대전화를 만지작거리는 우진의 눈이 쓸쓸한 빛을 품고 있었다.

"……이상해."

당신이 곁에 있는데도 당신이 아직도 멀리 있는 것 같아. 우진은 눈가를 문질렀다.

그의 밤은 아직도 잠들지 못하는 밤이었다.

13.
여전히 사랑에 목마른 순간들

우진과 화요가 정식으로 연인이 된 지 제법 시간이 지났다.

그동안에도 우진은 한결같이 다정하고 상냥한 모습을 보여주었다.

사랑 받는 행복이라는 게 이런 거구나, 라고 화요가 생각할 만큼 우진의 애정은 깊었다.

처음에는 '대체 왜 이 사람이 나를 좋아하는 걸까?'라고 생각하던 화요의 머릿속에서 그런 생각이 사르륵 녹아사라질 정도였다.

불과 몇 달 전만 하더라도 상상조차 할 수 없는 나날이었다.

그토록 간절하게 꿈꾸던 작곡가로서의 생활, 사랑하는 사람과 보내는 애정 어린 시간.

하지만 이렇게 행복하고 충실한 나날을 보내고 있음에도 불구하고, 화요에게는 떨칠 수 없는 걱정이 있었다.

"우진 씨. 요새도 잠을 잘 못 자요?"

전망 좋기로 유명한 어느 유명 레스토랑 안.

화요는 제 앞에서 미간을 쓱 문지르며 작게 한숨을 쉬는 우진을 보고 걱정스럽게 물었다. 화요가 기억하는 것만 해도 벌써 세 번째였다. 그러자 우진이 얼른 화요를 향해 다정스럽게 웃었다.

"어제 잠깐 잤어요."

"어제 언제요?"

"화요 씨랑 전화 통화 끊고 나서 바로요. 화요 씨 목소리 들으면 잠이 잘 오거든요."

"얼마나요?"

화요의 집요한 질문에 우진은 근사한 미소를 지었다. 예전 같으면 그 얼굴을 마주하자마자 바로 얼굴을 붉혔겠지만, 화요는 더 이상 예전의 그녀가 아니었다.

"우진 씨."

엄한 표정으로 화요가 그의 이름을 부르자 우진은 바로 입을 열었다.

"십 분이요."

"……그건 잤다고 하지 않아요, 우진 씨."

"그 정도면 충분해요. 아, 이거 내가 잘라 줄게요."

그렇게 말한 우진은 웨이터가 화요 앞에 가져다준 접시를 제 쪽으로 당겨 접시 위 스테이크를 먹기 좋은 크기로 썰어 주었다. 그가 더 이상 이 이야기를 하기 싫어한다는 걸 깨달은 화요는 몰래 한숨을 쉬었다.

우진과 보내는 시간이 길어지면 길어질수록, 화요는 그의 불면증이 얼마나 심각한지를 알게 되었다.

한번은 그의 집에서 대량의 수면제와 진통제를 발견한 적이 있었다. 진통제야 집에 상비약으로 두는 약이었지만, 우진의 집에 있는 약은 그 양이 보통 사람들과 비교했을 때 월등히 많았다.

화요가 약통을 보고 슬픈 얼굴을 하자 우진은 이제 약 없이도 밤이 한결 편하다고 말했다.

하지만 그녀의 마음은 전혀 편하지 않았다.

"자, 다 됐어요."

"……고마워요."

우진이 화요 앞으로 다시 접시를 밀어 주었다. 접시 위에 있는 고기가 모두 먹기 좋은 크기로 잘려있었다. 우진의 일이 신경 쓰이긴 했지만, 기껏 그가 잘라 준 스테이크를 안 먹을 수도 없었기에 화요는 일단 포크를 고쳐 잡았다.

"아—"

우진이 정말 자신 있게 추천할 만하구나 싶을 정도로 스테이크는 입에서 살살 녹았다. 그 황홀한 맛에 화요의 눈썹이 귀엽게 축 내려갔다.

와인으로 입술을 가볍게 축이던 우진은 화요의 동글동글한 눈이 맛있는 음식을 먹은 기쁨으로 반짝이는 것을 보며 낮게 웃었다.

그 웃음소리에 화요가 퍼뜩 정신을 차리고 앞을 보자 그는 시치미를 뚝 뗀 얼굴로 와인을 마시고 있었다.

화요가 뚫어져라 우진을 보자 한동안 딴청을 피우던 그가 그녀를 마주 보더니 웃었다. 무심코 한숨이 나올 만큼 달콤한 그 웃음에 삐죽거리던 화요의 입술이 제자리로 돌아갔다.

우진은 전보다 더 많이, 더 자주 화요를 향해 웃었다. 그뿐만 아니라 그녀를 보는 그의 눈에는 언제나 애정이 느껴졌다.

회사 사람들도 '요새 차 이사님은 예전과 다르다'고 말할 정도로 우진은 달라졌다.

하지만—

"왜요, 화요 씨?"

어째서일까. 화요는 아직 우진과의 사이에서 얇은 벽을 느꼈다. 너무 얇아서 이것이 벽이라는 걸 눈치채지 못할 정도로 얇고 투명한 벽.

그러나 분명히 두 사람 사이에 존재하는 벽.

"……우진 씨."

"응?"

함께 있을 때는 더 이상 채울 수 없을 만큼, 이 사람으로 내가 가득 채워진다고 느낄 때도 있다. 그러나 당신이 옆에 있어도 사실은 옆이 텅 빈 것처럼 느껴지는 순간이 있다.

그 모순의 이유가 무엇인지 화요는 고민했다.

'넌 지금보다 더 많이 그 사람을 사랑하고, 또 사랑해. 많이 안아 주고, 많이 사랑한다고 말해 줘. 사랑은 표현해야만 전해지는 거니까.'

자신이 우진의 불면증에 대해 상담했을 때, 친구가 해 주었던 조언이 떠올랐다.

'역시 아직 내가 많이 부족한 걸까?'

깊은 생각에 잠겨 있던 화요는 자신을 향한 시선을 느꼈다. 고개를 휙 들어 올려보니 우진의 옅은 갈색 눈동자가 조용히, 그저 조용히 화요를 지켜보고 있었다.

그 눈동자와 마주한 순간, 괜히 먹먹한 마음에 아무 말도 할 수 없어졌다.

"……아무것도 아니에요."

사랑은 어떻게 표현해야 하는 걸까. 사랑한다는 말로도, 서로의 체온을 나눈 행위로도 이 감정을 다 전할 수 없다면 나는 어떻게 해야 하는 걸까.

우진과 자신의 사이에서 느껴지는 미묘한 거리감이 제 탓이라 생각한 화요의 얼굴이 슬그머니 어두워졌다. 풀죽은 그녀가 깨작깨작 음식을 먹는 사이, 우진이 불쑥 입을 열었다.

"아, 화요 씨. 그러고 보니 내일모레 시간 괜찮아요?"

"내일모레요? 음…… 아마 괜찮은 것 같아요."

그날 무슨 약속이 있었던가, 없었던가. 가물가물한 기억을 더듬으며 화요가 어정쩡하게 대답하자 우진이 예쁜 아이를 새 장난감으로 꾀는 사람 같은 목소리로 말했다.

"그럼 동물원 안 갈래요? 이번에 동물원에 새끼 여우 태어났대요. 생후 한 달째."

"어, 정말요?"

화요는 우진의 말에 눈을 반짝 빛냈다. 새끼 여우라니. 그것도 생후 한 달이라니. 얼마나 귀여울까.

기본적으로 동물이라면 다 좋지만, 그녀는 그중에서도 여우가 특별히 좋았다. 세련되면서도 교활하게 생긴 주제에 가끔 바보같이 엉뚱한 행동을 하는 점이 귀여웠고, 그런 주제에 맹수라는 점이 또 좋았다.

"화요 씨 여우 좋아한다고 했잖아요."

우진의 말에 화요는 얼른 고개를 끄덕이며 환하게 대답하려고 하였다. 하지만 그녀는 곧 멈칫하였다. 내일모레? 어라? 그러고 보니…….

"아! 미나!"

화요는 그날 오랜만에 미나를 만나기로 했던 사실을 떠올렸다. 그녀에게 상담하고 싶은 일이 있던 찰나에 마침 둘 다 쉬는 날이 겹친다는 걸 알고 오랜만에 잡은 약속이었다.

"미안해요, 우진 씨. 그날 안 될 것 같아요. 친구 만나기로 했거든요."

"……흠음, 어떤 친구인데요?"

얼핏 듣기에는 여자 이름 같아도 혹시 또 모르는 법이었다. 우진이 속으로 약간 경계하며 던진 질문에 화요는 곧바로 제 친구에 대한 정보를 술술 털어놓았다.

"저 대학 동기인데요, 같은 과는 아니지만 제일 친하게 지낸 친구예요. 키도 크고, 얼굴도 엄청 예쁜데 심지어 성격도 좋아요."

화요가 제 친구의 자랑을 시작하자 우진은 안심하였다. 그녀가 말하는 '미나'는 성별이 여자인 게 분명했다.

"미나랑 저랑 둘 다 쉬는 날이 잘 안 맞아서 요새는 얼굴 잘 못 보다가 오랜만에 시간이 맞아서요. 미안해요, 우진 씨."

화요가 귀엽게 눈썹을 축 늘어트리며 말하자 우진이 고개를 저었다.

"뭐가 미안해요. 친구랑 한 약속이 먼저면 당연히 그 약속이 더 중요하죠. 화요 씨랑 난 또 다음에 시간 맞추면 되잖아요. 그날 재미있게 놀다 와요. 맛있는 거 먹고, 재미있는 이야기 잔뜩 하고. 혹시나 사고 싶은 거 생기면 골라 놨다가 나랑 사러 가고."

응? 마지막 말이 뭔가 이상한 것 같은데? 우진의 말을 얌전히 듣고 있던 화요가 마지막 말에 살짝 얼굴을 찌푸렸다. 사고 싶은 게 생기면 바로 사면 그만이지 그걸 대체 왜 골라 놓으라는 거지?

화요가 영문을 모르겠다는 얼굴을 하고 있자 그녀의 속마음을 알아차린 것처럼 우진이 웃었다.

"쇼핑하자는 핑계로 데이트하려고요."

"……우진 씨, 우리 매일, 매일 만나고 있어요. 이게 데이트잖아요."

거의 매일 회사에서도, 집에서도 두 사람은 같은 시간을 공유하고 있었다. 덕분에 화요는 자신이 우진과 사귀기 시작한 게 벌써 한 1년이 넘은 것 같은 기분이었다.

"그래도 부족해요. 나는 화요 씨랑 더 많이 있고 싶어요. 그리고 화요 씨가 좋아하는 걸 해 주고 싶고, 화요 씨한테 좋은 것만 주고 싶어요."

우진이 냅킨으로 입가를 가볍게 훔치며 한 말에 화요는 문득 그가 자신에게 주었던 작은 보석 케이스를 떠올렸다.

케이스 안에 들어 있던 건, 남들은 특별한 날에만 받을 것 같은 목걸이였다.

반짝반짝한 보석이 달려 있는 비싸 보이는 예쁜 목걸이.

부담감에 화요는 그것을 받을 수 없다고 했고, 우진은 씁쓸하게 웃었다. 그 표정에 가슴이 덜컥 내려앉아 결국 목걸이를 받긴 했지만, 그녀는 좀처럼 그것을 목에 걸 수 없었다.

어쩐지 그 목걸이가 제 물건이 아닌 것 같다는 생각이 들었으니까.

"그래야 화요 씨가 날 더 좋아해 줄 것 같으니까."

우진의 목소리에 알기 쉬운 감정이 서려 있었다. 마치 버림받는 걸 두려워하는 아이 같은 말에 화요는 잠시 굳어 버렸다.

아아. 역시 이 사람은 불안한 거구나. 그게 우진 씨와 나 사이의 벽이 되는 거구나.

우진이 불안을 느끼는 이유가 역시나 제 잘못이라 자책하며 화요는 억지로 가볍게 입을 열었다.

"우진 씨가 자꾸 그렇게 말하면 저 정말 이것저것 다 사 달라고 하는 수가 있어요? 제가 엄청 비싼 거 사 달라고 하면 어쩌려고 그래요."

"사 달라고 해요. 화요 씨 애인 능력 있는 남자예요. 화요 씨가 하고만 싶다면 '이 매장에 있는 거 전부 다 주세요.'라는 말도 할 수 있게 해 줄게요."

장난처럼 한 말에 암만 봐도 장난이 아닌 대답이 돌아오자 화요가 그대로 굳어졌다. 우진의 눈이 진지했다. 정말 어느 브랜드 매장에서 '여기서부터 저기까지 전부 다 주세요.'라는 말을 하게 되는 게 아닐까 생각하며 화요가 얼른 말을 돌렸다.

"……미나랑 재미있게 놀고 올게요."

"응, 잘 다녀와요. 그리고 빨리 와요. 다녀와서는 나랑 재미있게 놀게."

화요를 보는 우진의 눈이 나른한 달콤함에 젖어 있었다. 그의 긴 손가락이 못된 장난이라도 치려는 것처럼 화요의 손등을 쓰다듬었다.

마침 테이블 옆을 지나던 사람들이 힐끔 자신들을 보는 걸 모르는 척하며 화요는 얼른 빈 손에 와인 잔을 쥐었다.

붉게 달아오른 제 얼굴을 와인에 취한 탓으로 돌리려는 것처럼.

"……야, 설화요. 너 지금 뭐라고 했어?"

명동에 있는 한 카페 안. 미나와 마주 앉은 화요는 자신을 향해 도저히 믿지 못하겠다는 얼굴을 하고 있는 미나에게 다시 한번 했던 말을 되풀이했다.

"나 이번에 베일 신규 앨범으로 정식으로 작곡가 데뷔―"

"아니, 그거 말고! 너 그거 말고 앞에! 앞에 뭐라고 했어? 너 차우진 이사랑 사귄다고 하지 않았어?"

차라리 네가 외계인이랑 사귄다고 해도 이것보다는 놀랍지 않을 거라는 얼굴로 미나가 입을 쩍 벌렸다. 평소에는 도도하고 차가운 인상의 친구가 그런 얼굴을 하자 귀여웠다.

"응. 나 우진 씨랑 사귀고 있어."

제법 담담하게 말한 화요가 앞에 있는 머그컵을 만지작거렸다. 머그컵 안에는 우진의 머리색과 닮은 부드러운 갈색 라떼가 찰랑이고 있었다.

'나 정말 별것도 아닌 걸로 당신 생각을 하는구나.'

다녀오면 자신과 같이 놀자던 그 남자가 지금쯤 뭘 하고 있을까 생각하며 화요는 라떼를 한 모금 마셨다.

"하— 야. 화요야."

한동안 충격에 빠진 사람처럼 말을 잇지 못하던 미나가 이윽고 정신을 차린 듯, 진지하게 화요를 불렀다. 화요가 미나를 향해 고개를 끄덕이며 말해 보라는 눈빛을 보냈다.

"오성급 호텔 뷔페 초대권이 오성급 호텔 소유권으로 변했구나."

"풉."

미나의 미묘한 비유에 화요는 저도 모르게 입에 있던 커피를 뿜을 뻔하였다. 화요가 테이블 위에 있던 티슈로 입가를 훔쳐 내는 사이, 미나는 아직도 못 믿겠다는 얼굴로 중얼거렸다.

"차우진? ZIN의 차우진이랑 내 친구 설화요가? 하, 이거 지금 꿈 아니지?"

"내가 볼 한 번 꼬집어 줄까?"

친구를 위한 마음에 화요가 제 양손을 들어 올리며 묻자 미나가 정중히 거절하겠다는 것처럼 손을 저었다.

"너 그동안 대체 뭐가 어떻게 되어서 차 대표랑 사귀게 된 거야?"

아, 이걸 어떻게 설명해야 할까. 화요는 어디서부터 시작해야 할지 모르겠다는 생각에 우선 한숨부터 한 번 푹 쉬었다.

"설명하자면 복잡한데, 결정적인 계기는…… 아마 민우 때문이라고 생각해."

화요는 민우가 자신을 스토킹 하던 일을 계기로 우진과 가까워졌다고 생각하며 대답하였다.

실제로 우진이 매일 차로 그녀를 집까지 데리러 오고, 데려다주면서 함께 보내는 시간이 늘어났으니까. 그뿐만 아니라 화요가 우진의 옆집으로 집을 옮기게 된 것도 결국 민우 때문이었다.

"민우? 네 찌질이 구남친? 그 인간이 왜?"

"……민우랑 헤어지고 나서 개가 나한테 협박 문자 보내고 그랬거든."

"뭐!? 야! 너, 너…… 그걸 왜 이제 말해?! 무슨 일 당하진 않은 거지? 괜찮았던 거야?"

미나가 다급하게 화요의 얼굴을 요리조리 살피기 시작하였다. 화요는 미나를 안심시키기 위해 활짝 웃으며 미나의 손등을 가볍게 두들겼다.

"나 괜찮아. 멀쩡하잖아."

"……내가 진짜 너 때문에 못 산다, 이 모질아. 그런 일 있었으면 말을 했어야지. 그걸 왜 이제 말해?"

"미안. 그때는 그냥 큰일이 아니라고 생각하기도 했고, 처음에는 민우가 그러는 것인지도 몰라서…… 어쨌든 정말 괜찮다니까. 우진 씨 도움을 많이 받았어."

화요의 말에 미나가 큰 숨을 내쉬었다. 내가 너 때문에 제 명에 못 죽을 것 같다고 투덜거리며 미나는 이마를 문질렀다.

"그래. 네 연애가 어떻게 시작된 건지는 대충 알겠다. 불안하고, 무서울 때 옆자리 지켜 주는 사람이 있으면 자연히 마음이 흔들리는 법이지. 일종의 흔들다리 효과 같은 거."

"흔들다리 효과?"

"몰라? 사람이 불안한 상황에 처하면 그때 느끼는 불안 증세 때문에 자신의 감정을 착각한다는 이론."

"착각……."

착각일까? 우진에 대한 내 마음이?

분명 화요는 민우의 스토킹 행위로 인해 극도로 심한 스트레스를 받고, 불안을 느꼈다.

우진은 그런 자신을 옆에서 지켜 주고, 도와주었다. 그때 분명 화요는 우진에게 고마움과 설렘을 느꼈다.

하지만 분명 그 전부터 그에게 이상한 감정을 느낄 때가 있었다.

처음 헬로우 녹음실에서 잠든 그를 보았을 때부터.

어쩌면 그때부터 우진과의 깊은 인연이 시작된 것일지도 모른다는 생각이 들었다.

화요가 혼자 생각에 잠겨 있자 자신이 말실수를 했다고 생각한 미나가 얼른 입을 열었다.

"아, 말이 그렇다는 거지! 살다보면 그런 식으로 시작되는 연애도 있는 거니까. 어쨌거나 그 구질구질한 똥차 걷어차고 나니 금방 새 차 오는 거 봐. 역시 세상은 넓고 남자는 많다니까. 난 그동안 네가 뭐가 부족해서 그딴 놈 참고 사나 싶어 속이 아주 터질 지경이었어."

미나는 팔짱을 낀 채, 얼굴을 팍 찌푸렸다. 그동안 집세도 제대로 내지 않고, 집안일도 돕지 않는 민우를 보면서 그의 멱살잡이를 하고 싶은 게 한두 번이 아니었다.

말로는 세상에 다시없을 사람처럼 다정하게 행동하지만, 막상 그가 하는 짓을 보면 진상도 이런 진상이 따로 없었다.

그때마다 미나는 남자 보는 눈이 없는 친구를 보면서 답답함에 가슴을 부여잡을 수밖에 없었다. 심지어 화요와 민우가 처음 만났던 클럽에 화요를 데려갔던 게 자신이었기에 미나의 속앓이는 남다를 수밖에 없었다.

"야, 화요야."

"응?"

"차 이사는 사람 괜찮은 거 맞아?"

미나는 우진에 대한 몇 가지 소문을 떠올리고는 얼굴을 굳혔다.

업계에서는 우진의 소문이 썩 좋지가 않았다.

걸어 다니는 냉동 인간, 악마 같은 차 이사. 교활한 뱀 같은 남자.

다소 유치하기는 해도 그의 인간성을 고스란히 드러내는 별명은 무엇 하나 마음에 드는 게 없었다.

그가 정말 그 별명대로의 인간이라면 당장에라도 순해 빠진 제 친구를 두들겨 패서라도 눈을 뜨게 해 줘야겠다는 생각에 미나가 남몰래 주먹을 불끈 쥐는 찰나.

"……우진 씨는 괜찮아. 민우랑 달라."

조금 전까지는 늘 그렇듯 담담한 얼굴로 웃고 있던 화요가 드물게 화가 난 것 같은 목소리로 대답했다.

"사람들이 우진 씨를 오해해서 그래. 사실은 다정한 사람인데."

ZIN의 차우진 대표이사가 사실은 다정한 사람이라. 미나는 턱을 괴고 피식 웃었다.

아마 업계 사람들에게 이 이야기를 하면 대부분이 정색하며 그 헛소문의 출처는 대체 어디냐고 말할 게 분명했다.

미나는 직접 우진을 마주한 적은 없었지만, 소문이 그리 과장된 건 아니라고 생각했다.

실제로 우진과 일한 적이 있는 직장 동료에게 직접 그에 대한 이야기를 들은 적도 있었다.

'차우진, 그 인간 진짜 생긴 건 하늘이 내린 선물 같은데 성격은 악마가 내린 저주 같더라니까요. 모델 일 할 때 내가 현장 스태프로 몇 번 봤는데…… 이게 막 다른 연예인들이 그러는 것처럼 대놓고 재수 없게 구는 그러는 게 아니고요. 겉으로는 조용히 넘어가고, 나중에 뒤에서 엄청…… 어휴, 하여간에 진짜 내가 이제까지 봤던 사람 중 제일 무서

운 사람이었어요.'

아마 그 직장 동료의 말은 100% 사실에 가까울 것이라 미나는 생각하였다. 하지만 그렇다고 해서 화요가 거짓말을 하는 것도 아니었다.

거짓말을 하는 건 사람들도, 화요도 아닌 바로 우진일 테니까.

누구든 좋아하는 사람에게는 좋은 모습만 보이고 싶은 법이니까.

하지만 그건 딱히 나쁜 일이 아니다.

미나는 악마 같은 차 이사가 제 친구한테는 잘한다면 그걸로 족하다는 결론을 내리며 고개를 끄덕였다.

"뭐, 그래. 모두한테 사랑이 넘치는 것보다는 너 하나한테만 사랑을 퍼 주는 남자가 낫지. 그래서?"

미나의 갑작스러운 질문에 화요는 어리둥절한 얼굴로 고개를 갸웃하였다. 그러자 미나는 답답하다는 듯 말했다.

"내가 보기에 오늘 우리 만남의 목적이 단순히 오랜만에 회포를 풀기 위한 자리만은 아닌 것 같은데? 애인 자랑이냐 아니면 연애 상담이냐. 전자면 난 그냥 오늘 집에 빨리 갈란다."

헉. 화요는 눈을 동그랗게 뜨고 미나를 보았다. 마치 유성 매직으로 크게 '어떻게 알았어?'라고 써 놓은 것 같은 얼굴이었다.

"척하면 척이지. 내가 널 한두 해 알았니? 우리 약속 잡던 날,

너 이상하게 말이 많았잖아. 넌 꼭 그럴 때 뭔가 일이 있는 거거든."

미나가 손가락을 탁 튕기며 으스대자 화요는 쓴웃음을 지었다. 미나는 미아리에서 돗자리를 깔아도 하루아침에 떼부자가 될 만큼 눈치 빠른 친구였다. 그리고 그런 친구이기에 우진에 대한 일을 상담하려고 마음먹은 것이기도 했다.

"있지. 미나야."

"응."

"내가, 그…… 많이 좋아하고 있다고 표현을 하고 싶은데. 그 표현이 많이 부족한 것 같아. 어떻게 하면 내 마음을 전할 수 있을까?"

더듬더듬 화요가 꺼낸 말은 매끄럽지 않았기에 미나는 잠시 생각에 잠겼다. 폼으로 설화요 절친 소리를 듣는 게 아닌 미나는 곧 그녀의 말을 나름대로 해석한 뒤, 정리해 보았다.

"그러니까, 말하자면 너 지금 애인에게 진한 애정 표현을 하고 싶다는 거야?"

"어!? 그, 그런 건가?"

뭔가 내가 생각한 거랑 좀 많이 뉘앙스가 다른 것 같은데. 화요가 이상하다며 머리를 갸우뚱하는 찰나.

"그럼 야한 속옷 입고 침대 위로 밀어 넘어트려 버려."

"야! 그런 거 말구!!!"

화요가 벌겋게 익은 얼굴로 버럭 소리를 질러 버리자 미나가

킬킬거리며 웃었다. 주변에 있던 사람들이 얼굴을 찌푸리며 자신들이 있는 테이블을 보자 화요는 얼른 고개를 숙였다.

그사이에도 미나는 뭐가 그리 웃긴지 배를 잡고 웃고 있었다.

다른 곳에서는 일 잘하는 커리어 우먼이건만 자신 앞에서는 마치 장난꾸러기 소녀 같은 친구의 모습에 화요는 한숨을 쉬었다.

웃을 만큼 실컷 웃은 미나가 숨을 고른 뒤, 말했다.

"왜? 사귄 게 얼마나 됐다고 벌써 권태기를 느껴?"

"아니야, 그런 게 아니라…… 우진 씨가 내가 자길 좋아하는지 아닌지 불안해하는 것 같아."

"흐음. 왜 그렇게 생각하는데?"

눈을 천천히 깜빡거리며 묻는 미나를 향해 화요는 느낀 것을 솔직하게 털어놓았다. 자신을 향한 그의 다정한 눈빛이 때때로 슬퍼 보일 때가 있다는 것, 그리고 그가 때때로 자신에게 던지는 말 속에 불안함이 숨어있다는 것.

"'그래야 화요 씨가 날 더 좋아해 줄 것 같으니까.'라. 보통은 되게 낭만적인 말인데, 그게 왜 신경이 쓰인다는 거야?"

미나가 턱을 괸 채 고개를 갸웃하였다. 화요는 우진의 불면증이나 그의 사정에 대해 잘 모르는 사람은 이해하기 어려울 수도 있겠다는 생각에 조심스럽게 입을 열었다.

"그 사람, 사실은 불면증이 있어."

"불면증? 흐음. 차 대표 전에 모델이었지? 그 업계에서는 생각보다 불면증 환자가 많다더니 진짜인가 보네."

"우진 씨는 그전부터 계속 불면증을 앓았대. 2주 동안 1시간도 못 잘 때가 대부분이야."

"……그건 진짜 심하네."

미나는 화요만큼이나 걱정스러운 얼굴로 그녀의 이야기를 들어 주었다. 제 친구가 어디 가서 함부로 남의 비밀을 말하고 다닐 사람이 아니라는 걸 아는 화요가 천천히 말을 이어 갔다.

"그래서 나 고등학교 때 친구 중에 신경정신과 의사가 있어서 상담을 좀 했는데…… 안정감이 생기면 불면증이 좋아지는 경우도 있다고 했거든."

"아. 그래서 좋아하는 마음을 표현하고 싶다고 한 거구나."

화요가 고개를 끄덕이자 미나가 진지한 얼굴로 생각에 잠겼다.

한동안 두 사람은 아무 말 없이 제 앞에 놓여 있는 찻잔을 내려다보았다.

"내 나름대로 많이, 표현하려고 노력했는데 아직 부족한 것 같아."

좋아한다고 말하고, 양팔로 힘껏 그를 안아 주고, 부끄러움을 꾹 참고 입을 맞추고. 그럴 때마다 우진은 기쁘다는 얼굴로 웃었지만, 그때뿐이었다. 화요는 자신이 우진의 텅 빈 부분을 완전히 채워 주지 못하고 있다는 생각이 들었다.

"……그럴 때가 있지. 말로도, 행동으로도 상대를 안심시킬 수 없을 때가."

무엇을 떠올린 것인지 미나의 눈이 아련한 빛을 띠고 있었다.

"그럴 때는 조금 극단적인 행동이 도움이 될 때가 있어."

"극단적인 행동? 어떤?"

무언가 실마리를 잡을 수 있을 것 같다는 생각에 화요가 몸을 앞으로 바짝 숙여 미나를 보았다.

"음, 예를 들자면⋯⋯ 그 누구에게 한 번도 보여 준 적 없는 모습을 상대에게 보여 주는 것 같은 행동. 아니면 다른 사람에게는 절대 말 못 할 비밀을 털어놓는다거나."

사람은 제 아무리 사랑하는 이라 하더라도 다른 사람을 소유할 수 없다. 그렇기에 상대를 원하면 원할수록 갈증에 가까운, 공복에 가까운 허무함을 느낄 때가 있다.

"그러니까 상대에게 특별한 '너'를 주는 거야. 오로지 당신만이 알고 있는 '내'가 있다고 생각하게 만드는 거지."

위험한 비밀 이야기를 하는 것처럼 미나의 목소리가 낮고 은밀하였다.

"너도 그런 느낌 받은 적 있지 않아? 남들이 모르는, 나만이 아는 그 사람의 비밀이나 일면을 발견하면 느껴지는 우월감."

나만이 아는 비밀.

화요는 우진이 자신에게 기대어 집을 나간 어머니에 대한 이야기를 털어놓던 밤을 떠올렸다.

그에 대한 연민과 애정으로 가슴이 아파 오는 가운데, 이 사람의 이런 약한 모습을 볼 수 있는 건 나뿐이라는 은밀한 희열을 느꼈던 것 역시 사실이었다.

"상대에게 너도 그걸 줘. 그게 때로는 말이나 행동보다 더 효과적이거든."

미나의 말에 화요는 심장이 쿵쾅거리며 뛰는 걸 느꼈다.

마침 비밀이라면 딱 한 가지가 있었다.

평생 가족 외의 사람에게는 단 한 번도 밝힌 적이 없는 비밀이.

화요는 우진에게 그 비밀을 털어놓지도 않고, 제 힘을 썼다. 하지만 우진은 그날 이후 단 한 번도 화요에게 그 일에 대해 묻지 않았다.

그녀의 비밀은 아직도 그렇게 혼자만의 비밀로 남아 있었다.

"만일 그렇게 하고 싶을 정도로 차 대표를 좋아하는 게 아니라면 그냥 지금을 적당히 즐겨. 끝이 아름다우려면 그것도 나쁘지 않은 방법이니까."

아무 말 없이 생각에 잠긴 화요를 향해 미나가 다소 메마른 조언을 하였다. 화요가 그 말에 무어라 형용할 수 없는 얼굴을 하자 미나는 풋, 웃어 버렸다.

"네가 그럴 수 있을 리가 없겠지만."

"……나 그 사람 좋아해. 정말로."

화요는 미나에게 말한다기보다 스스로에게 말하는 것처럼 중얼거렸다. 미나는 아무 말 없이 화요의 말을 들어 주었다.

"나는…… 사실 막 그렇게 말을 잘하는 타입도 아니고, 성격이 애교가 많은 것도 아니잖아. 귀엽지도 않고. 그래서 내가 이러니까, 그 사람을 불안하게 만드는 게 아닐까 하는 생각이 들었어."

고개를 들어 화요는 창밖을 보았다. 창밖에서 팔짱을 낀 어느 연인이 웃으며 지나가는 모습이 보였다.

남자 친구를 향해 여자 친구는 귀엽게 웃으면서 그의 어깨에 가볍게 제 머리를 대고 있었다. 여자 친구의 사랑스러운 행동에 남자가 행복한 듯 웃고 있었다.

다정한 커플의 모습에 화요 역시 슬며시 미소를 지었다. 저들처럼, 화요 역시 우진을 행복하게 만들어 주고 싶었다.

'화요야. 명심해. 네가 누구인지 말할 상대는 앞으로 단 한 명뿐이라고 생각하렴. 네가 평생을 함께할 사람. 네가 무슨 일이 있어도 믿을 수 있는 사람. 그런 사람 외에는 그 누구에게도 말하면 안 된단다. 네가 로렐라이라는 걸.'

새 유치원에 가던 첫날, 화요를 향해 엄마가 했던 말이 아직도 생생하였다.

평생을 함께할 사람, 무슨 일이 있어도 믿을 수 있는 사람.

오로지 그런 사람에게만 털어놓아야 하는 자신의 비밀은 결코 가벼운 게 아니었다. 우진에게 이 비밀을 밝히는 게 과연 옳은 선택인 걸까 싶은 생각에 마음이 무거워졌다.

"설화요."

해답 없는 생각에 잠겨 있는 화요를 향해 미나가 조용히 그녀의 이름을 불렀다. 그 소리에 이끌려 화요가 숙였던 고개를 들어 미나를 보았다.

"너도 불안한 거지?"

마치 화요의 걱정이 무엇인지, 그녀의 마음속을 꿰뚫어 보는 것 같은 미나의 말에 화요는 천천히 숨을 내뱉었다.

미나의 말대로였다. 우진을 안심시켜 주고 싶다는 것 이상으로, 화요 자신 역시 안심하고 싶었다.

"응. 불안해. 만일 내 진심이 우진 씨한테 너무 무거워서 그 사람에게 오히려 폐가 된다면……."

거기까지 말한 화요는 말을 마치지 않고, 입을 다물었다. 제 친구의 신중한 성격을 알고 있는 미나가 쓴웃음을 지었다.

"괜찮아. 해 보기 전부터 결과에 대해 두려워할 필요는 없어."

용기를 주는 것처럼 미나가 테이블 위에 있는 화요의 손등을 토닥였다.

"원래 그런 거잖아. 누군가를 사랑하게 되면 상처를 안 받을 순 없어. 그런데 말이야. 상처를 받았다고 해서 거기서 멈추면 정말 그걸로 끝이야."

사랑에도 용기가 필요했다. 조금 다쳐도 앞으로 나아가는 용기가.

그 용기를 친구에게 나눠 주려는 것처럼 미나가 화요의 손을 꼭 잡았다. 화요 역시 미나의 손을 마주 잡았다.

문득 자신이 정말로 행복한 사람이라는 생각이 들었다. 이렇게 진심으로 걱정해 주는 친구가 있다는 사실에 괜히 눈 안쪽이 따끔거렸다.

"……근데 방금 내가 한 말 좀 멋있지 않았어? 이거, 나중에 가사로 써먹어도 돼."

딱딱한 분위기를 풀어 버리려는 것처럼 미나가 장난스럽게 말하더니 윙크를 하였다. 화요가 작게 웃음을 터트렸다. 손을 잡아 주고, 등을 토닥여 주는 친구 덕에 이제 완전히 결심이 섰다.

평생 혼자 감추려던 비밀을, 사랑하는 남자에게 털어놓을 각오가.

"고마워, 미나야."

화요의 얼굴에 이제 불안함이나 망설임이 완전히 사라졌다는 것을 깨달은 미나가 기분 좋게 웃었다.

"고마우면 오늘 저녁은 네가 좀 쏴."

"알았어."

기분 좋게 웃으며 화요가 고개를 끄덕이자 미나가 얼른 양손을 앞으로 모아 쥐었다.

"정말!? 그럼 오늘 우리 꽃등심 먹자! 1등급!"

"야! 안 돼! 너 고기 엄청 많이 먹잖아!"

방금 전까지 느꼈던 감동이 어딘가로 민들레 홀씨처럼 홀홀

날아가 버리고 말았다. 절대 안 된다고 고개를 저으려던 화요는 순간, 멈칫하였다.

그러고 보니 미나에게 상담하고 싶은 게 하나 더 있었다.

"……꽃등심 1등급 말고 2등급은 괜찮을 것 같아."

"오? 진짜? 오오오오오! 짠순이 설화요가 웬일이야?! 하긴 이제 명색이 ZIN 전속 작곡가님이니까, 그 정도는……."

"대신! 부탁 하나만 들어주라."

"부탁? 뭔데?"

이번에는 또 뭔 말을 하려고 이러느냐는 미나를 향해 화요가 귓불을 살짝 붉히며 수줍게 부탁하였다.

"나랑 뭐 좀 골라 주라."

토요일, 오후 4시.

평소라면 휴일이고 뭐고 일에 매달려 있을 우진이 입가에 기분 좋은 미소를 지은 채, 주차장에 세워 둔 제 차에 기대어 휴대전화를 들여다보고 있었다.

그가 보고 있는 것은 몇 시간 전쯤 화요에게 온 문자였다.

「우진 씨, 오늘 데이트할래요?」

그 메시지를 벌써 몇 번째 읽는 것인지 우진은 이제 메시지가 도착한 시간까지 정확히 욀 수 있었다.

이제까지 한 번도 먼저 데이트를 하자는 말을 꺼낸 적이 없는 화요가, 처음으로 한 데이트 신청이었다. 그것도 얼굴을 보고 하는 게 부끄러웠는지 아침까지만 해도 아무 말이 없다가, 불현듯 갑자기 메시지로.

드르륵—

감동을 곱씹던 우진이 휴대전화 진동 소리에 정신을 차려 보니 화요에게 전화가 걸려 온 참이었다. 그는 바로 달콤한 목소리로 전화를 받았다.

"어디에요, 화요 씨?"

〈저, 지금 주차장 근처— 아, 우진 씨가 보여요!〉

자신이 보인다는 말에 우진은 얼른 고개를 들어 주차장 입구를 보았다. 엘리베이터에서 내린 화요가 자신을 보고 한 번 깡충 뛰더니 손을 흔드는 모습이 보였다. 우진은 자꾸 실룩이는 입가를 억누르며 마주 손을 흔들어 주었다.

"우진 씨, 미안해요! 내가 늦어서……."

자신을 향하는 화요의 발걸음이 평소보다 불안하였다. 무심코 그녀의 발을 힐끔 본 우진은 화요가 평소에는 좀처럼 신지 않는 높은 힐을 신었다는 걸 깨달았다.

어라? 그러고 보니 오늘은 뭔가 다르다.

우진은 얼른 다시 화요를 보았다. 눈앞에 있는 화요는 평소처럼 예뻤지만, 동시에 평소보다도 훨씬 예뻤다. 눈썰미 좋은 우진은 화요가 입은 얇은 크림색 코트와 무릎까지 오는 옅은 분홍빛 원피스가 평소에는 못 보던 옷이라는 걸 알아차렸다.

선명한 크림색도, 갓 핀 벚꽃 같은 연한 분홍색도 화요의 하얀 피부 톤과도 무척 잘 어울렸다.

예쁘다. 두말하면 입이 아프고, 굳이 소리 내어 말할 필요가 없다고 생각할 정도로의 눈앞의 설화요는 예쁘고 귀여웠다.

다만, 딱 한 가지 신경 쓰이는 점이 있었다.

"제가 분명 시간 보고 준비했는데…… 우진 씨?"

우진이 자신을 물끄러미 쳐다보고 있다는 걸 깨달은 화요가 천천히 눈을 깜빡였다. 촘촘한 속눈썹이 위아래로 움직일 때마다 우진의 심장도 같이 덜컹덜컹 움직였다.

역시 예쁘다. 정말 예쁜데 말이지.

"무슨, 일 있어요? 혹시 안 어울려요? 이상해요?"

말 없는 우진 때문에 불안해진 것인지 화요가 어쩔 줄 몰라 하며 자신의 팔이며 다리를 보았다. 우진은 지금 그녀의 머릿속에서 '치마가 너무 짧나? 색이 나랑 안 어울리나? 옷이 안 맞나?!'라는 생각이 팽이처럼 빙글빙글 돌고 있다는 걸 알아차렸다.

하지만 우진은 아니라는 대답을 바로 할 수가 없었다.

정말 너무나 신경 쓰이는 게 한 가지 있었으니까.

그는 천천히, 아주 천천히 화요를 향해 손을 뻗었다.

커다란 검은 구슬 같은 눈동자가 긴장으로 굳어졌다. 우진의 손이 자신에게 닿을 거라 생각하고 습관적으로 화요가 눈을 질끈 감는 찰나, 우진의 손은 화요의 얼굴을 지나쳐서 그녀의 코트 깃 뒷부분에 닿았다.

어라? 뭔가 이상하다는 걸 깨달은 화요가 눈을 뜨는 것과 동시에 우진이 손을 당겼다. 그러자 어째서인지 등 뒤에서 어색한 감각이 느껴졌다.

"……화요 씨. 이건 원래 옷에 붙은 장식품이에요?"

"네? 어?"

화요는 당황하여 고개를 뒤로 돌리려고 하였다. 우진은 그녀가 꼬리를 쫓는 고양이처럼 제자리에서 한 바퀴 빙글 도는 것을 보고 웃음을 참으며 입을 열었다.

"옷 벗어 봐요, 화요 씨."

다른 때 같았으면 그 난데없는 요구에 굳어 버렸을 화요는 뭔가 이상하다는 걸 깨닫고 우진의 요구대로 순순히 코트를 벗으려다가 깨달았다.

자신이 지금 입고 있는 코트에는 옷걸이가 끼워져 있다는 사실을.

한 손에는 새 코트를, 한 손에는 옷걸이를 든 화요가 그 자리에서 굳어 버리자 우진은 결국 웃음을 터트리고 말았다.

"……."

물론 화요는 쥐구멍에 들어가고 싶은 심정이었다.

'아니, 어떻게 이걸 모를 수 있지?'

스스로 생각해도 어이가 없었다. 코트를 입을 때, 우진이 주차장에서 기다리고 있다는 사실에 서두르느라 분명 허둥거리기는 했다.

하지만 설마하니 그렇다고 해서 옷걸이째 코트를 입고 나왔을 줄이야.

어쩐지 이상하게 옷이 좀 끼는 것 같긴 했지만, 그걸 어젯밤에 과자 먹고 자서 그런가 보다 생각한 자신의 둔함도 어이가 없었다.

"어…… 코, 코트를 급하게 입고 나오느라 몰랐어요."

우진이 자신을 뚫어져라 보았던 이유가 이것 때문이었구나 싶어서 부끄러워진 화요가 벗어 든 코트를 다시 입을 생각도 못 하고 고개를 숙였다.

"흠. 나랑 빨리 만나고 싶어서 서두르다가 그런 게 아니고요?"

우진이 조금 의미심장하게 물은 말에 그녀의 귓불이 붉게 물들었다. 그것을 본 우진은 얼른 양손으로 화요의 허리를 잡아 휙 당겼다. 당황한 화요가 작게 소리를 지르며 우진을 올려다보았다.

"어디 보자. 그럼 이제 새 옷이 얼마나 잘 어울리는지 좀 볼까요."

그렇게 말한 우진은 화요의 얼굴을 뚫어져라 쳐다보았다. 귓불에 있던 붉은 기가 볼로 옮겨 오는 걸 느낀 화요는 고개를 옆으로 휙 돌리며 투덜거렸다.

"새 옷 보신다면서요. 옷은 안 보고 왜 얼굴만 보세요."

"응, 옷을 볼 생각이었는데, 내 화요 씨가 너무 예뻐서 옷까지는 눈이 안 가네요. 얼굴만 보기에도 시간이 아까워서."

으이구. 화요는 못 말린다는 것처럼 우진을 흘겨보았다. 그래

봐야 눈가가 꽃잎처럼 붉게 물들어 있어서 우진의 눈에는 여전히 예뻐 보이기만 할 뿐이었다.

그녀의 눈가에 가볍게 키스한 우진이 웃으면서 그녀를 안고 있던 손을 풀어 주었다.

일단 차에 화요를 태워야겠다는 생각에 우진은 화요의 손에 있는 옷걸이를 받아 든 뒤, 그것은 트렁크에 대충 넣어 두고 조수석 문을 열어 주었다.

화요가 조심스럽게 자리에 앉은 후, 그도 바로 운전석에 앉았다.

"오늘 어디 가고 싶은 데 있어요?"

안전벨트를 매는 화요를 향해 우진이 질문을 던지자 화요가 일순 당황한 얼굴을 하였다. 커다란 눈을 데굴데굴 굴리며 생각에 잠기는 화요를 보고 우진 역시 조금 당황하였다.

드물게 먼저 그녀가 데이트를 하자고 했기에 가고 싶은 곳이 있는 줄 알았는데, 아무래도 그게 아닌 모양이었다.

"어…… 우리…… 여우 보러 가요! 애기 여우!"

한참을 생각한 끝에 화요가 외친 말에 우진은 소리를 내어 웃음을 터트릴 뻔하였다. 애기 여우라니. 어쩜 이렇게 말하는 것도 귀여울까. 우진이 입가에 힘을 꾹 준 채, 말했다.

"화요 씨, 괜찮겠어요?"

"네? 뭐가요?"

화요가 어리둥절한 표정을 지었다. 그녀는 우진이 무엇을 걱정하는지 모르는 게 분명했다.

우진은 화요의 조그만 발과 잘 어울리는 새 구두를 힐끔 보았다.

얼마 못 가서 발을 절뚝거리지 않을까 하는 걱정이 들었지만, 모처럼 들떠 새 옷과 새 구두로 치장하고 나온 그녀가 신경 쓰일 만한 말을 하고 싶지는 않았다.

얼마나 신이 났으면 세상에, 옷걸이째로 코트를 입은 걸 눈치도 못 챘을까.

아까 전, 화요가 천진난만하게 옷걸이를 등 뒤에 달고 온 모습과 그것을 깨닫고 부끄러워하던 모습을 차례로 떠올린 우진의 입가가 느슨해졌다. 그녀의 귀여운 실수가 자신을 만나기 위해 서두르다가 생긴 거라고 생각하자 기분이 좋아졌다.

다른 사람에게라면 상대가 슬퍼하건, 풀이 죽건 상관없이 당장 신발 바꿔 신고 오라고 했을 우진이 고개를 저었다. 여차하면 내가 안아 들고 오면 되지 않겠냐는 느긋한 생각을 하면서.

"아니요. 아무것도 아니에요. 그럼 동물원 가죠."

"아! 근데…… 생각해 보니까, 우진 씨는 괜찮아요? 주말이라 오늘 사람 많을 텐데."

우진이 사람 많은 곳을 그다지 좋아하지 않는다는 걸 뒤늦게 떠올린 화요가 슬그머니 그의 눈치를 보며 물었다. 우진은 콘솔 박스 안에 있는 선글라스를 꺼내어 쓴 뒤 히죽 웃었다.

"괜찮아요. 아무리 사람이 많아도 어차피 내 눈에는 화요 씨

밖에 안 보일 테니까."

이제 익숙해질 법도 하건만, 우진이 쏟아붓는 달달한 말에 화요는 또다시 부끄러움을 느꼈다.

'어쩜 사람이 이런 말을 자연스럽게 막 하지?'

눈을 내리깔고 있던 화요가 힐끔 우진을 보자 평소보다 훨씬 더 기분이 좋아 보이는 우진이 보였다.

그것을 본 화요의 얼굴에도 차츰 잔잔한 미소가 번졌다.

오늘은 평소보다 우진에게 더 잘해 주고 싶은 날이고, 우진이 기뻐했으면 하는 날이었으니까.

주말의 동물원은 두 사람이 상상했던 것보다도 훨씬 더 혼잡하였다. 날이 좀 풀린 덕인지 가족 단위의 입장객도 많았고, 커플도 많았다.

우진은 '떨어지면 안 되니까'라는 핑계로 화요의 손을 꼭 잡았고, 화요는 '이편이 더 떨어질 걱정이 없으니까'라는 핑계로 팔짱을 꼈다.

평소와는 다른 화요의 행동에 우진은 놀랐지만 그만큼 기뻐했다.

다른 연인들처럼 다정하게 팔짱을 낀 채, 우진과 화요는 동물원 이곳저곳을 돌아다녔다. 동물을 좋아하는 화요는 신이 나서 힘든 줄도 모르고 여기저기 우진을 끌고 다녔다.

하지만 한 시간 정도가 지나자, 화요의 걸음걸이가 눈에 띄게 느려지기 시작했다. 우진은 화요가 간간이 얼굴을 찌푸리는 걸 보고 슬슬 한계가 왔다는 걸 깨달았다.

우진의 제안으로 두 사람은 마지막으로 새끼 여우가 있는 어린이 동물원으로 향하였다.

"화요 씨."

벌떼같이 모인 사람들 틈에서 가까스로 새끼 여우 사진 몇 장을 찍은 후. 두 사람은 동물원 안에 있는 카페에서 비싸지만 그다지 맛은 없는 커피로 목을 축였다.

"오늘 혹시 무슨 날이에요?"

우진은 화요가 휴대폰으로 아까 찍은 사진을 다시 보는 걸 보며 줄곧 궁금했던 사실을 물어보았다.

휴대폰 속 새끼 여우를 보며 귀엽다를 연발하던 화요는 고개를 들어 우진을 보더니 의아하다는 얼굴을 하였다. 그 얼굴은 분명 '정말 모르세요?'라고 묻는 얼굴이었기에 우진은 아주 심각하게 생각에 잠겼다.

가만있어 보자. 오늘이 정말 무슨 날이지? 우리가 사귄 지 한 달……은 아니고, 100일……도 아니고.

도통 모르겠다고 생각하며 우진이 턱을 괴는 사이, 화요는 다시 한 번 무슨 말을 하려고 하였다.

그때, 화요의 옆으로 작은 무언가가 부딪히듯 달려들었다.

놀라 옆을 보니 장난감 인형을 들고 있는 어린 남자 아이가 화요를 보고 있었다.

아무래도 장난감을 가지고 놀다가 화요에게 부딪힌 모양이었다.

화요와 눈이 마주친 아이는 천진난만한 얼굴로 웃었다. 앞니 하나가 쏙 빠진 채 웃는 아이가 귀여웠기에 화요도 마주 웃어 주었다. 그러자 아이는 자신의 장난감을 자랑하고 싶다는 것처럼 쓱 화요 앞에 그것을 내밀었다.

"와, 로보트가 멋지네."

"로보트 아니야. 울트라 레인저 블랙이야."

어른이 그런 것도 모르냐는 얼굴로 한 대답마저도 귀여웠다. 아무래도 울트라 레인저라는 건 아이가 즐겨 보는 만화 영화 이야기인 모양이었다.

화요는 웃음이 터지려는 것을 꾹 참고 상냥하게 그러냐고 대답해 주었다. 아이는 자신을 다정하게 대해 주는 화요가 꽤 마음에 들었는지 묻지도 않은 울트라 레인저 블랙에 대해 술술 설명해 주었다.

"울트라 레인저 블랙은 엄청 세. 펀치 한 방으로 망토 괴물을 막 때려눕힐 수 있을 정도로 대단해!"

"와, 굉장하다."

화요가 정말 놀랍다는 것처럼 눈을 동그랗게 뜨자 아이는 더더욱 신이 난 듯 입을 열었다.

"그치? 나는 나중에 울트라 레인저 블랙이 될 거야!"

아이 특유의 천진난만한 이야기에 화요는 저도 모르게 웃음이 새어 나올 뻔하였다. 하지만 아이가 자신의 웃음을 눈치채기 전에 얼른 장난감으로 주의를 돌렸다.

"와, 울트라 레인저 블랙 대단하다. 이렇게 보니까 정말 엄청 강하게 생겼네."

장난감을 들여다보며 화요가 그렇게 말하자 아이는 잠시 쭈뼛거리며 주위를 둘러보았다. 그러더니 아주 중요한 비밀 이야기를 하는 것처럼 소리를 낮추었다.

"음…… 사실 이건 비밀인데. 블랙은 엄청 세긴 한데, 처음에는 엄청나게 약하고 겁쟁이였어. 열심히 노력해서 엄청 강해진 거야. 그런데 사람들 앞에서는 안 그런 척해. 친구들한테도 거짓말을 한다? 이상하지? 왜 친구들한테 거짓말을 할까? 친구들은 모두 블랙을 좋아하니까 거짓말을 할 필요가 없는데."

화요는 아이의 말에 가슴이 철렁하는 기분이었다.

좋아하니까 거짓말을 할 필요가 없다.

그것은 분명 아이이기 때문에 할 수 있는 단순한 생각인 동시에 아이이기에 할 수 있는 옳은 말이었다.

'역시 나도 당신에게 말해야 하는 거겠지.'

그런 생각을 한 화요가 우진 쪽을 힐끔 보았다. 그러자 우진은 아이를 마치 신기한 외계 생명체 보는 것 같은 눈길로 보고 있었다.

"정현아! 거기서 뭐하니!"

저 멀리서 아이를 부르는 아이 엄마의 목소리가 들렸다. 엄마의 목소리를 들은 아이가 밝은 얼굴로 손을 흔들어 보였다. 그 모습을 본 엄마가 어쩔 줄 몰라 하는 얼굴로 달려와서 얼른 아이의 손을 잡아당겼다.

"죄송합니다. 저희 아이가 실례를 했네요. 정현아! 누나랑 형 방해하면 안 되지. 가자."

엄마의 말에 아이는 순순히 고개를 끄덕이더니 화요를 향해 손을 저어 보였다. 화요도 웃으며 마주 손을 저어 주었다. 아이는 뭐가 그리 할 말이 많은지 제 엄마를 향해서도 또 무슨 말을 잔뜩 하기 시작했다. 그것을 보는 화요의 입가에 여전히 잔잔한 미소가 고여 있었다.

"……신기하네요."

우진이 마치 툭 내뱉듯 한 말에 화요가 그를 보았다. 이미 시야에서 사라진 아이의 뒷모습을 보는 우진의 눈은 뭐라 말할 수 없는 빛을 띠고 있었다.

"뭐가요?"

"아이가 낯선 사람에게 저렇게 친근하게 와서 말을 거는 거요."

"저 나이 때 아이들은 보통 저렇잖아요. 조금만 다정하고 상냥하게 대해 주면 말도 잘하고, 잘 웃고. 애초에 아이들은 자신의 주변에 있는 사람이 나쁜 사람이라고 의심하질 않으니까요."

생각해 보면 나도 너무 의심이 없어서 동네에서 바보 같은 짓을 자주 하고 다녔던 것 같은데.

동네 아저씨가 강아지를 데리고 산책 가는 걸 보고 따라갔다가 길을 잃고 엉엉 울었던 일이라거나, 처음 보는 사람이 큰 오빠랑 똑같은 교복을 입고 있다는 이유로 졸졸 따라가서 동네를 발칵 뒤집어 놓았다거나.

화요가 제 어린 시절을 떠올리며 들려준 이야기에 우진은 더더욱 신기하다는 얼굴을 하였다.

"그렇군요. 난 나한테 다정하게 대해 주거나 웃어 준 어른이 별로 없어서 그런지 어른이 '좋은 사람'이라고 생각한 적이 별로 없었던 것 같네요. 회장님은 늘 집에 없었고, 그 여자는 내 이름을 부른 적도 없고."

우진이 어깨를 으쓱하며 한 말에 화요는 살짝 굳어졌다. 아마도 우진은 정말 아무렇지 않기에 하는 말일 것이다. 그는 스스로 이것을 불행한 과거나 지울 수 없는 상처라고 생각하지 않을 터였다.

그런데 화요는 정작 우진의 그런 담담함에 더욱 가슴이 아파왔다.

그가 덧붙이듯 한 말에 더더욱.

"무엇보다 엄마가 아이를 찾으러 다니는 것도 신기하네요. 저런 게 모성이라는 건가?"

"……우진 씨."

무슨 말을 해야 할지 몰라 화요가 안타까운 음색으로 그를 부르자 우진이 퍼뜩 정신을 차린 얼굴을 하였다. 그는 화요가 자신을 슬픈 눈으로 보고 있다는 걸 깨닫고 얼른 웃으며 말을 돌렸다.

"아, 그나저나 아이들은 진짜 재미있어요. 나중에 커서 울트라 레인저 블랙인가? 정말 자신이 그런 히어로가 될 거라고 생각하는 게 신기해요."

화요는 우진이 일부러 다른 화제를 꺼냈다는 것을 깨닫고, 얼른 그의 말을 받아들였다.

"원래 애들은 그래요. 공룡이 되고 싶다는 아이도 있고, 비행기 조종사가 아니라 비행기가 되는 게 꿈이라는 아이도 있는 걸요."

"진짜요? 하하하."

우진은 믿지 못하겠다는 고개를 절레절레 젓더니 화요를 향해 궁금하다는 얼굴로 물었다.

"그럼 화요 씨는 어릴 때 꿈이 뭐였어요?"

"저, 저요?"

우진이 너무나 갑작스럽게 자신에게 질문을 던지자 당황한 화요는 엉겁결에 순순히 입을 열었다.

"무대에 서는 거요."

"무대?"

"아…… 아아."

자신이 말실수를 했다는 걸 깨달은 화요는 얼굴을 찌푸렸다. 하지만 그녀는 곧 생각을 바꾸어 장난스러운 어조로 말하였다.

"네, 어릴 때는 가수가 되고 싶었거든요."

"……그럼—"

"근데 저 낯가림 엄청 심하잖아요. 그래서 그냥 포기했어요."

괜한 걱정을 끼치고 싶지 않았기에 화요는 알기 쉬운 거짓말을 하였고, 우진은 알기 쉬운 그 거짓말에 기꺼이 속아 주었다.

"하긴, 화요 씨 낯가림이 심하죠. 아쉽네. 화요 씨가 가수였어도— 아니, 아니다. 아니에요. 화요 씨 가수 안 하길 잘했네. 내 화요 씨가 가수였으면 난 화요 씨 팬들한테 질투하느라고 매일 제정신이 아니었을 테니까."

우진이 미간을 잔뜩 찌푸리며 한 말에 화요는 작게 웃음을 터트렸다. 절대 있을 수 없는 일을 진지하게 말하는 그가 사랑스러웠다.

즐겁게 웃는 화요를 고요한 눈길로 바라보던 우진이 물었다.

"그럼…… 만약 선다면 어떤 무대에 서는 게 꿈이었어요?"

어떤 무대? 화요는 고개를 갸웃하였다. 하지만 기왕 이렇게 된 김에, 라는 생각으로 술술 자신의 꿈을 털어놓았다.

"무대는 올림픽 경기장 정도면 좋겠고요, 음, 관중석에는 야광봉을 든 관객이 잔뜩 있는 거예요. 그리고 그 앞에서 노래를 부르는 거죠. 아하하. 기분 엄청 좋겠다."

화요는 눈을 감고 상상해 보았다. 커다란 무대에 서서 별빛처럼 보이는 수많은 불빛에 둘러싸인 자신의 모습을.

"멋지네. 그게 화요 씨 꿈이었어요?"

"……아뇨. 사실은, 아닌 것 같아요. 그냥…… 난 한 번이라도, 한 명이라도 좋으니 누군가에게 내 노래를 끝까지 들려주고 싶어요."

아주 작게 중얼거림에 가까운 말을 뱉은 화요는 우진이 자신을 물끄러미 보고 있다는 것을 깨달았다. 무슨 생각인지 우진은 화요의 말을 파고들지 않았다.

묘한 침묵 속에서 화요는 완전히 식어 버린 커피를 한 모금을 들이켰다. 입 안에 퍼지는 커피의 맛이 아주 쓰게 느껴졌다.

그 쓴맛이 화요에게 불현 듯 한 가지 사실을 깨닫게 해주었다. 오늘 우진을 불러낸 목적은 자신의 옛 꿈과는 전혀 상관없는 것이었다.

화요는 휴대폰으로 시간을 확인하는 척하면서 일부러 가벼운 말투로 입을 열었다.

"아, 벌써 시간이 이렇게 되었네요. 우리 저녁 뭐 먹을까요? 우진 씨 먹고 싶은 거 먹으러 가요."

화요의 말에 우진이 턱을 만지작거렸다. 딱히 먹고 싶은 음식은 없었지만 그렇다고 해서 '아무거나'라고 대답할 수도 없었다.

뭐가 좋을지 생각하던 우진은 문득 화요가 신고 있는 구두를 떠올렸다.

"오늘 저녁은 내가 먹고 싶은 거 먹는 날이에요?"

"네. 우진 씨 뭐 먹고 싶어요? 오늘은 내가 저녁 살―"

"화요 씨가 해 준 요리."

화요가 말을 마치기도 전에 우진이 재빨리 대답했다. 그 말에 화요가 잠시 굳었다.

"전에 화요 씨한테 요리 수업 받기로 했는데, 회장님한테 전화와서 결국 그거 못 했잖아요. 그때 가르쳐 주기로 한 파스타, 오늘 가르쳐 줘요."

옅은 갈색 눈동자를 천천히 깜빡이며 우진이 미소 지었다.

"화요 씨 집에서."

우진이 다른 말을 한 것도 아닌데, 그 말에 이상하게 얼굴이 화끈거렸다.

가만히 생각해 보면 이제까지 자신이 우진의 집에 가는 일은 잦았지만, 반대로 우진을 제 집으로 데리고 간 적은 별로 없었다. 싫다거나 부끄러워서라기 보다는 단순히 기회가 별로 없었다.

"싫어요?"

화요가 무슨 대답을 할지 알면서도 묻는 우진의 눈빛이 교활했다. 화요는 얼른 고개를 저으며 집에 남아 있는 식재료가 무엇인지 얼른 헤아려 보았다.

다행히 페이스트도, 면도 아직 남아 있었다. 다른 재료들도 대부분 있으면 있는 대로, 없으면 없는 대로 요리를 할 수 있을 것 같았다.

"아뇨. 그런 건 아니고, 오늘은 크림 파스타 할 재료밖에 없는데. 우진 씨 괜찮아요?"

순전히 내 취향대로 만든 요리밖에 안 나올 것 같다는 불안감에 화요가 묻자 우진은 고개를 끄덕였다.

"난 좋아요. 화요 씨가 해 주는 거라면 뭐든지. 그리고 말했잖아요. 화요 씨랑 있을 수 있다면 어디든 좋다고."

"……모처럼 주말에 밖에 나왔는데, 생각보다 빨리 집에 가게 되었네요."

역시 번잡한 사람들 틈에 있는 것이 싫었던 게 아닐까. 우진의 속마음도 모른 채, 화요가 엉뚱한 생각을 하였다. 그러자 우진이 테이블 위에 있는 화요의 손 위로 제 손을 포개어 잡았다.

"난 둘만 있을 수 있는 집도 좋아요. 밖에서는 이런 것밖에 못하잖아요."

장난치듯 손바닥으로 몇 번 화요의 손등을 쓰다듬은 우진이 그녀의 손을 들어 올려 작게 입을 맞추었다. 예고 없는 그의 스킨십에 화요가 얼른 그의 손을 뿌리친 뒤, 우진을 흘겨보았다.

"우진 씨! 밖에서는 좀……."

"그러니까 이것만 했잖아요. 아, 빨리 돌아가서 화요 씨랑 단둘이 놀고 싶다."

그럼 지금 이건 노는 게 아니고 대체 뭐냐는 말은 입 안에 담아 둔 뒤, 붉어진 얼굴로 화요가 제 손을 등 뒤로 감추었다. 우진이 낮게 웃음을 터트렸다.

정말 기분 좋아 보이는 그 웃음에 토라진 얼굴을 하고 있던 화요도 결국 슬그머니 웃을 수밖에 없었다.

우진이 굳이 집으로 가자고 한 진짜 이유는 모른 채.

이상하다. 오늘의 목적은 분명 내가 우진 씨에게 요리를 알려 주는 거 아니었나.

"화요 씨. 양파 크기 이 정도면 괜찮아요?"

마치 10년 차 요리사가 칼질한 것 같은 다진 양파를 보여 주는 우진을 보며, 화요는 잠시 아무 대답을 하지 못했다. 우진은 자신이 무슨 실수라도 했나 하는 마음에 불안하게 그녀를 살폈다.

"우진 씨."

화요가 진지하게 제 이름을 부르자 우진은 얼른 고개를 끄덕였다.

"요리…… 못 한다는 거, 거짓말이죠?"

"네? 아뇨. 정말인데. 저 집에서 요리 안 하는 거, 화요 씨도 알잖아요."

집에서 해 먹는 거라고는 커피 내리는 것과 토스트 굽는 것밖에 없다는 우진의 말에 화요는 다시 한 번 우진이 손질한 야채를 보았다.

자신이 다진 것보다도 훨씬 더 곱고 예쁘게 다져진 양파와 페페로치노, 그리고 마늘까지.

화요가 처음으로 야채를 썰었던 때와는 비교가 불가능할 정도로 우진의 칼질은 완벽했다.

어쩌면 이 남자, 책만 보고도 요리를 술술 할 정도로 손재주가 좋은 게 아닐까.

화요는 프라이팬 앞에 서서 버터에 루를 볶기 시작하는 우진을 보며 생각했다. 기분 탓이 아니라면 자신이 시범 삼아 만든 루보다 우진의 루가 색이 더 곱고 선명했다.

"아, 이거 생각보다 어렵네요. 잘못하면 다 타겠는데."

입으로는 그렇게 말하면서도 우진은 절대 음식을 태우지 않을 것 같이 능수능란하게 움직이고 있었다.

화요는 자신이 더는 우진에게 알려 줄 게 없다고 생각하며 시무룩하게 포크를 챙겼다. 힐끔 보니 2인용 테이블 위에 우진이 가져온 와인 한 병이 있기에 찬장에서 와인글라스도 꺼내 들었다.

"면은 8분 삶는 거 맞죠?"

"네, 8분! 익은 정도 확인해 보고 체에 밭쳐서 물기 빼면 되요."

화요의 대답에 우진이 알았다며 고개를 끄덕였다.

어느새 고소하면서도 맛있는 소스 냄새가 집 안 가득 퍼지고 있었다.

'냄새도 내가 하는 것보다 맛있는 것 같아.'

요리 수업이고 뭐고, 오늘 한 번으로 더는 우진에게 가르쳐 줄게 없겠다는 생각이 들었다.

"화요 씨. 소스 맛 좀 봐 줘요."

화요는 얼른 달려가 그가 내미는 수저에 묻은 소스를 핥아 보았다. 냄새만큼이나 소스는 완벽했고, 역시나 자신이 만든 것보다도 맛있었다.

"어때요?"

"……우진 씨. 오늘로 우리 요리 수업은 끝내기로 해요."

"왜요?"

우진이 도저히 이유를 모르겠다는 얼굴을 하자 화요는 구슬프게 대답했다.

"배우는 사람보다 가르치는 사람 실력이 떨어져서 안 되겠어요."

솔직한 화요의 말에 우진이 작게 웃음을 터트리더니, 그녀의 볼에 입을 맞추었다.

"선생님 가르침이 좋아서 그래요. 아. 면 다 됐네. 접시에 담을게요."

화요가 말한 대로 면의 물기를 빼낸 뒤, 그 위에 소스를 듬뿍 올린 우진은 무언가 부족하다는 생각에 물끄러미 접시를 들여다보았다. 그것을 눈치챈 화요가 얼른 파스타 위에 파슬리 가루와 레몬즙을 뿌렸다.

우진이 그것을 신기하게 보더니 자신이 만든 것은 화요의 접시에, 그리고 화요가 만든 것은 제 접시에 담아 테이블로 향하였다.

두 사람이 먹을 접시가 차례대로 테이블 위에 놓였다. 파스타 외에도 발사믹 식초를 뿌려 만든 샐러드와 근처 카페에서 사 온

올리브 빵 덕에 테이블이 제법 풍성했다.

거기다가 우진이 가져온, 이름은 모르지만 틀림없이 비쌀 게 분명한 와인을 잔에 따라 두니 밖에서 먹는 것 못지않은 비주얼이 나왔다.

테이블 세팅을 끝낸 우진이 어느 레스토랑에서 그러는 것처럼 화요가 앉을 의자를 뒤로 빼 주었다. 그의 그런 행동에 제법 익숙해진 화요는 시무룩한 얼굴로 의자에 앉았다.

테이블 위에 놓여 있는 우진과 자신의 접시를 비교해 보니 더더욱 실력 차이가 두드러져 보였다.

이게 처음 만든 파스타라니, 말도 안 돼.

"……오늘은 내가 우진 씨한테 요리를 알려 주려고 했는데 결국 별 도움이 안 되었네요. 미안해요."

화요가 잔뜩 풀이 죽은 목소리로 한 말에 우진은 그게 무슨 소리냐는 얼굴을 하였다.

"도움이 안 되긴요. 화요 씨가 하나서부터 열까지 다 알려 줬잖아요."

"제가 안 알려 줘도 우진 씨는 알아서 잘했을 것 같아요."

"흠, 난 화요 씨 없으면 애초에 혼자 요리할 생각 자체를 안 했을 텐데?"

당신 없이는 나 아무것도 안 한다니까요. 우진이 덧붙인 그 말에 매우 단순하게도, 화요는 기분이 조금 좋아지고 말았다.

배가 고프다며 우진이 포크로 면을 돌돌 말아 입 안으로 밀어

넣자 화요는 조금 긴장하며 그 모습을 지켜보았다.

혹시라도 우진 씨 입맛에 안 맞으면 어쩌지? 아니면 자기가 만든 거랑 맛이 왜 다르냐고 그러면 어쩌지?

하지만 화요의 걱정은 기우였다.

"맛있다. 화요 씨가 만든 파스타, 내가 이제까지 먹어 본 크림 파스타 중에 제일 맛있네요."

우진은 정말 맛있다는 얼굴로 입가에 묻은 소스를 혀끝으로 핥았다. 그의 혀가 선이 또렷한 입술을 훑는 걸 보며 화요는 얼른 고개를 숙였다.

이 남자는 무슨 파스타 먹는 게 저렇게 섹시하담. 부끄러움을 감추려는 듯 화요는 우진이 만든 파스타를 입 안으로 넣었다. 식욕이 당기는 비주얼만큼이나 맛도 완벽했다.

"우진 씨가 만든 것도 맛있어요. 우진 씨는 아무래도 요리에 소질이 있는 것 같아요."

조그만 입을 오물거리며 화요가 한 말에 우진은 쿡쿡 웃었다.

"그래요? 그럼 나 혹시라도 회사에서 잘리면 가게나 차릴까요?"

우진이 아마 별생각 없이, 장난처럼 했을 그 말에 와인을 마시던 화요는 움찔하였다.

전에도 한 번 우진은 이런 농담을 던진 적이 있었다.

'나 만약에 이사직에서 잘리면 운전기사로 써 줄래요?'

우진은 비록 대외적으로는 '성격에 문제 있다'는 소리를 들을 지언정, 업무 능력은 제대로 평가받는 남자였다.

그런 남자가 무의식중에 이런 말을 한다는 것 자체가 회사 회장인 아버지와의 불화를 은연중에 알리는 것 같아 마음이 안 좋았다.

역시, 오늘 말해야 해. 화요는 깊고 무겁게 숨을 들이쉬었다.

그녀는 오늘, 우진에게 자신의 비밀에 대해 털어놓을 생각이었다.

하지만 그 전에 한 가지 확인해야 할 게 있었다.

"우진 씨."

"응?"

화요가 만든 파스타가 맛있다며 즐겁게 먹고 있던 우진이 왜 그러냐는 듯 눈을 깜빡였다. 긴장한 화요는 제 앞에 있는 파스타를 포크로 쿡쿡 찌르며 조심스럽게 입을 열었다.

"만약에…… 만약에 말인데요. 내가 말이죠. 무언가 우진 씨한테 말하지 않고 있는 게 있다면, 그럼……."

어렵사리 꺼낸 말을 어떻게 끝내야 할지 몰라 화요가 머뭇거렸다.

기분이 어떨 것 같아요? 내가 말해 주기를 바라나요?

머릿속에서 떠오른 말들은 결국 우진을 위한 질문이 아니라 자신을 위한 질문이었다. 이래서야 아무 의미가 없다는 생각에 화요는 입술을 살짝 깨물었다.

결국 비밀을 털어놓으려고 하는 행위 자체가 내 마음이 편해지자고 하는 일이 아닐까. 이거야말로 비겁한 게 아닐까.

자신을 잃은 화요가 갈팡질팡하던 찰나였다.

"괜찮아요. 어느 쪽이든."

우진이 들고 있던 포크를 딸각 소리를 내며 테이블 위에 내려놓았다. 퍼뜩 정신을 차린 화요가 그를 보니 어느새 우진의 접시가 텅 비어 있었다. 그는 정말 맛있다는 것처럼 싱긋 웃더니 다시 입을 열었다.

"화요 씨가 말하고 싶으면 말해요. 하지만 말하고 싶지 않다면 말하지 않아도 돼요. 난 어느 쪽이든 상관없어요. 화요 씨 마음이 편해지는 쪽이라면."

"하지만 우진 씨는,"

"내 마음은 언제나 화요 씨 마음과 같아요. 당신이 좋으면 나도 좋아요. 대신 화요 씨가 싫으면 나도 싫은 거고."

우진이 와인 잔을 들어 올려 잔 너머로 화요를 보았다. 투명한 잔을 사이에 두고 두 사람의 시선이 얽혔다. 평소보다 더 옅게 비치는 그의 눈을 마주하자 이번에야말로 결심이 섰다.

화요는 우진을 따라 하려는 것처럼 잔을 들어 올렸다. 우진이 눈을 가늘게 뜨며 물었다.

"뭘 위해 건배할까요?"

"우진 씨를 위해 건배할래요."

"날 위해? 음, 그럼 기왕이면 우리 두 사람을 위해서……."

우진이 픽 웃으며 능글거리는 말을 하려는 순간, 화요가 멋대로 자신의 잔을 우진의 잔에 부딪쳤다. 우진이 어라? 하는 얼굴로 그것을 보자 화요가 조금 긴장한 얼굴로 그를 보며 말했다.

"생일 축하해요, 우진 씨."

"생일? 아."

처음에는 어리둥절한 얼굴로 잔을 물끄러미 보던 우진이 그녀의 말에 놀라는 얼굴을 하였다. 그것을 본 화요는 쓴웃음을 지으며 자리에서 일어섰다.

"잠시만요."

그렇게 말한 그녀는 거실 쪽으로 향하였다. 다시 돌아온 화요의 손에는 포장된 작은 상자가 들려 있었다.

마치 첫사랑에게 처음 쓴 러브레터를 건네는 소녀처럼 수줍게 화요가 상자를 내밀었다. 우진이 잠시 말없이 화요를 바라보았다. 화요는 불안한 얼굴로 아무 반응이 없는 우진을 마주 보았다.

"우진 씨?"

"이거 나한테 주는 거예요?"

"여기 우진 씨랑 나밖에 없어요."

부끄러움에 화요가 돌려 말하자 우진이 웃으려다 실패한 것 같은 얼굴을 하였다.

"……생일 선물, 받는 거 몇 년 만인지 모르겠네요."

우진의 목소리가 평소보다 조용하였다. 그 말에 화요의 얼굴이 안타까운, 그리고 동시에 서글픈 것으로 변하자 우진은 얼른 밝은 목소리를 냈다.

"정말 받아도 되나요? 정말 나한테 주는 선물이에요?"

"응, 우진 씨 거예요. 그렇게 좋은 건 아니지만…… 우진 씨한 테 어울릴 것 같아서."

화요의 손에서 상자를 받아 든 우진이 아주 어색하게 그 상자를 만지작거렸다. 마치 태어나서 처음으로 선물을 받은 아이 같은 모습이었다.

"열어 봐도 되나요?"

화요가 고개를 끄덕이자 우진이 천천히 포장을 뜯기 시작하였다. 그 손길이 얼마나 조심스러운지 포장 안에 든 물건이 아니라 포장지를 선물로 착각한 게 아닐까 싶을 정도였다.

포장지를 벗겨 내자 안에서 제법 유명한 브랜드의 로고가 박힌 상자가 나왔다. 우진이 애용하는 브랜드였다. 안에 들어 있는 게 무엇일지 대충 짐작해 보며 우진은 상자 뚜껑을 열었다.

상자 안에 든 것은 우진의 예상대로 넥타이였다.

"우진 씨, 평소에 그런 색상 넥타이를 잘 매잖아요. 그래서…… 그걸로 골랐어요. 사실, 나 선물 같은 거 골라 본 적 없어서 미나한테 도와 달라고 했거든요. 미나는 센스가 좋아서 내 옷도 골라 주고……."

화요의 버릇 중 하나가 '부끄러우면 말이 많아진다'라는 것을 아는 우진이 미소 지었다. 손끝에 닿는 넥타이의 감촉이 부드러웠다. 그것을 쓰다듬으며 우진이 중얼거렸다.

"아까워."

"네?"

"아까워서 이거 못 하고 다닐 것 같아요. 화요 씨가 나한테 준 첫 선물이니까."

우진의 말에 화요는 한동안 아무 말도 하지 못했다. 자신은 그저 우진이 마음에 들어 할까 생각하며 골랐던 선물이 그에게는 더 큰 의미라는 걸 깨달았기 때문이었다.

"……아까워 마세요. 또 선물할게요. 우진 씨한테 어울릴 만한 게 보일 때마다 사 놓고 줄게요."

조금 더 그를 행복하게 해 줄 수 있는 말을 머릿속으로 찾아보았지만, 막상 입 밖으로 나오는 건 그런 바보 같은 말이었다. 그래도 우진은 그 말에 웃었다.

기쁜 듯, 그리고 어쩐지 조금 불안한 것처럼.

간간이 보던 우진의 그 얼굴에 화요의 마음 역시 불안해졌다. 넥타이를 만지작거리던 우진이 자신의 목에 그것을 대 보는 시늉을 하며 화요를 보았다.

그 눈이 무엇을 부탁하는 것인지 알아차린 화요는 얼른 우진의 앞에서 넥타이를 받아 들었다.

마침 그가 입고 있는 검은 셔츠에도 그녀가 선물한 넥타이의 색이 꽤 잘 어울렸다. 화요는 조심스럽게 넥타이를 우진의 목에 둘러 매듭을 만들었다. 평소에는 남자 넥타이를 맬 일이 없기에 예쁜 매듭을 만드는 게 상당히 어려웠다.

화요가 끙끙 앓으며 간신히 그럴싸하게 모양을 잡을 때쯤, 우진이 입을 열었다.

"화요 씨. 넥타이 선물이 무슨 의미인지 알아요?"

"네? 아니요."

선물에 무슨 의미가 있는 건가? 그러고 보니 넥타이를 선물로 고르고 싶다고 했을 때, 친구 미나가 묘한 얼굴을 했던 기억이 떠올랐다. 혹시나 안 좋은 의미라도 있는 건가 싶어서 화요는 불안해졌다.

"당신을 갖고 싶어요."

잘 익은 와인 향 같은 목소리로 우진이 내뱉은 말에 화요는 한동안 멍한 얼굴을 하였다. 우진은 제 목에 매인 넥타이의 끝을 손으로 들어 올려 쥔 채, 화요를 보고 있었다.

"화요 씨. 날 갖고 싶어요?"

우진이 그대로 멈춰선 화요의 손을 잡았다. 평소와 달리 웃음기 없는 눈과 목소리 때문에 등줄기에 오싹한 전류가 흐르는 것 같았다.

갖고 싶냐고? 당신이?

화요가 천천히 시선을 위아래로 움직였다. 눈앞에 있는 이 남자에게서 가끔씩 느끼는 건 두려움과 닮은 흥분이었다.

자신과는 다른, 자신에게는 먼 어떤 존재를 끊임없이 갈구할 때 생겨나는 충동.

휘핑크림이 녹은 커피 같은 연한 갈색 눈동자를 마주한 순간, 머릿속에 있는 무언가가 녹아 없어지는 기분이 들었다.

이성이라거나, 부끄러움이라거나 그런 것들이 더는 없었다.

이 남자와 자신 사이에 있는, 보이지 않는 벽을 깰 수 있는 건 지금뿐이라는 생각이 들었다.

화요가 제 손을 잡고 있는 우진의 손을 마주 잡았다.

그의 눈동자에 담긴 빛이 이제 불안인지, 기대인지, 아니면 유혹인지 알 수가 없었다.

어쩌면 그 모든 감정들이 색 없이 섞여 있을지도 모르는 눈을 들여다보며 화요가 입을 열었다.

"우진 씨. 할 말이 있어요."

이 남자가 갖고 싶다.

차우진이 갖고 싶다.

그동안 이런 욕망이 어디에 있었던 걸까 싶을 정도로 충동적인 기분이 들었다. 그에게 조금 더 조심스럽게 자신의 비밀을 밝혀야겠다는 계획도, 정말 이렇게 말해도 되는 것일까 하는 망설임도 이미 없었다.

비밀을 털어놓음으로 인해서 우진과 더 가까워지고 싶었다. 이 남자에게 사랑받고 있다는 안정감을 주는 것과 동시에 그만큼 자신도 이 남자를 사랑하고 있다는 확신을 갖고 싶었다.

"내가 우진 씨에게…… 노래를 불러 주었던 날 기억해요?"

"'지금'은 자세한 건 말할 수 없다던 그날?"

우진은 그날을 정확하게 기억하고 있었다. 맞다고 말하는 것처럼 화요가 천천히 우진의 머리카락을 만졌다.

"전에도 말했지만, 나에겐 비밀이 있어요. 가족 외에는 아무도 모르는 비밀이에요. 제일 친했던 친구에게조차 말한 적이 없어요."

다른 사람과 다르다는 사실이, 다른 사람을 상처 입힐 수도 있는 능력이 무섭고 무서워서 도망만 쳤다.

말을 하는 도중에도 자신조차 버거운 이 비밀이 우진에게도 짐이 되는 게 아닐까, 망설여졌다.

마치 어딘가에 숨어있는 두려움이 그녀의 팔을 당기고 있는 것 같았다.

하지만, 그 이상의 감정이 그 망설임을 억눌렀다.

"우진 씨. 혹시 로렐라이에 대해서 아나요?"

화요의 질문에 우진이 형식적인 대답을 하였다.

"네. 들어 본 적이 있어요. 아름다운 노래를 부르는 요정의 이름 아닌가요?"

"맞아요. 노래를 들은 사람을 죽음으로 몰고 갔다는 이야기 속의 요정이요."

거기까지 말한 후 화요는 잠시 말을 멈추었다. 이제부터 어떻게 로렐라이에 대해 설명해야 할지 생각하며 그녀는 천천히 입을 열었다.

"근데, 그 로렐라이는 이야기 속에만 있는 게 아니에요. 사실 그들은 실제로 존재하거든요. 겉보기에는 사람과 아주 똑같고, 다른 부분도 사람과 똑같아요. 엄청 오래 산다거나 늙지 않는다거나 그런 건 아니에요. 다만 그들은 노래에 '힘'을 갖고 있어요."

거기까지 말한 화요가 크고 깊게 숨을 들이쉬며 마지막 말을 뱉었다.

"나는 바로 그 로렐라이에요."

심장이 요란하게 쿵쾅쿵쾅 울렸다. 태어나서 처음으로 남에게 밝힌 비밀이었다. 우진이 자신을 어떤 눈으로 보고 있는지 두려워 고개를 들 수 없었다. 고개를 숙인 채로 화요가 말을 이어 나갔다.

"내가 노래를 한 날, 우진 씨 잠들 수 있었죠? 불면증이 심한데도. 전에도…… 헬로우 녹음실에서 만났던 때도. 기억나요?"

"기억나요."

고개를 숙인 화요의 귀에 우진의 대답이 조용히 들려왔다. 그나마 그 사실에 안심하며 화요는 말을 이어 갔다.

"우진 씨가 그렇게 잠든 건 내 노래 때문이었어요. 그리고 내 노래의 힘은…… 노래를 들은 사람을 잠들게 만드는 거예요. 이런, 이런 이야기…… 아마 우진 씨가 믿기 어려울 거라고 생각해요."

처음에는 차분하던 화요의 목소리가 점차 감정적으로 변하기 시작하였다. 그것을 깨달은 우진이 화요를 불렀다.

"화요 씨."

하지만 화요는 우진의 목소리를 듣지 못한 사람처럼 알아듣기 어려울 만큼 빠른 어조로 말했다.

"알고, 알고 있어요. 내 머리가 이상한 게 아닌가 의심도 들 테고, 대체 지금 내가 무슨 말을 하는 건가 싶어서 어이없을 수도 있을 거예요. 나도, 말하기 전까지 계속 망설였어요. 이걸 말하는 것 자체가 오히려 우진 씨에게 부담이 될지도 모른다고 생각했어요. 하지만……."

"화요 씨!"

우진의 커다란 손이 화요의 가녀린 팔을 잡아당겼다. 고개를 숙인 채, 계속 머릿속으로 외웠던 말을 기계처럼 뱉으며 떨던 화요가 깜짝 놀라 고개를 들었다.

눈앞에 있는 우진의 얼굴은 평소와 똑같았다. 그는 화요가 걱정한 것처럼 이상한 사람을 보듯 화요를 보지 않았다. 그리고 화요가 생각한 것처럼 기분 나쁘다는 얼굴로 화요를 밀어내지도 않았다.

그저 늘 그래왔던 것처럼, 아주 특별한 사람을 보는 눈으로 화요를 바라보고 있었다.

"이제 좀 괜찮아요?"

우진의 질문에 화요가 아까보다는 조금 진정된 얼굴로 고개를 끄덕였다.

"미안해요. 내가…… 좀 흥분했네요. 이걸 다른 사람에게 한 번도 말한 적이 없었거든요."

"당신이 로렐라이라는 걸? 아무에게도?"

"네. 그 누구에게도."

그 말을 들은 우진은 고개를 숙이더니 잠시 아무 말이 없었다. 화요는 역시 우진이 제 말을 믿지 못하는 건가 싶어 입술을 살짝 깨물었다.

"믿기, 어렵겠지만 거짓말이 아니에요. 내 노래는…… 사람을 잠들게 만들어요. 그래서 나는 다른 사람 앞에서는 절대로 노래를 하지 않으려고 하고요."

무언가 생각에 잠겨 있던 우진이 퍼뜩 정신을 차린 사람처럼 고개를 들어 화요를 보았다. 그는 울 것 같은 눈을 하고 있는 화요의 뺨에 제 손을 문지르며 대답했다.

"알아요. 거짓말 아닌 거. 화요 씨는 거짓말 못 하잖아요. 이런 거짓말을 할 사람도 아니고."

우진의 목소리에서 화요를 향한 절대적인 믿음이 느껴졌다. 당신이 그 어떤 말을 하더라도 난 당신을 믿을 수 있어요.

처음에는 조금 슬퍼서 시큰거리던 눈 안쪽이 이제는 반대로 조금 기뻐서 아려 왔다.

"다행이다……. 우진 씨가 아무 말도 없어서 불안했거든요. 혹시나 이상하게 생각할까 봐."

화요가 한숨처럼 내뱉은 그 말에 우진이 얼른 고개를 저었다.

"아니에요, 이상하게 생각하는 게 아니라…… 다만 지금 좀 혼란스러워요. 화요 씨가 로렐라이, 라."

하긴 그렇겠지. 제 연인이 갑자기 이상한 힘을 가지고 있다고 고백하면 누군들 놀라지 않을까. 화요는 우진의 마음 역시 이해는 갔기에 고개를 끄덕였다.

"그럼 화요 씨는…… 화요 씨의 노래는 사람을 잠재우는 힘만 있는 건가요? 내 기억이 맞다면 이야기 속에 나오는 로렐라이는 노래로 사람을 매혹시켜서……."

"죽게 만들죠. 아! 하지만 전 그런 건 아니에요! 아까도 말했지만, 사실 로렐라이라는 것 자체가 다른 사람이랑 크게 다른 건 없어요. 그냥 노래로 이런 저런 일을 할 수 있는 초능력자……? 같은 존재라고 해야 하나……. 음."

남에게 한 번도 자신에 대한 걸 설명해 본 적이 없던 화요는 아주 곤란해지고 말았다.

유일하게 자신에 대해 알고 있는 가족에게는 로렐라이에 대해 설명할 필요가 없었다. 어머니 역시 로렐라이였기 때문에 아빠와 두 오빠는 자연스럽게 자신을 받아들여 주었기 때문이었다.

이 사람에게 로렐라이를 대체 어떻게 설명해야 할까?

화요가 얼굴을 팍 찌푸리자 우진이 그녀의 뺨을 다시 한 번 쓰다듬었다. 그 다정한 손길에 화요의 굳어 있던 표정이 스르르 풀어졌다.

그사이 우진은 의자를 뒤로 밀더니, 한 팔로 화요의 허리를 잡아당겨 제 무릎 위로 그녀를 앉혔다. 화요가 깜짝 놀랄 틈도 없이 우진의 양팔이 화요의 허리를 단단히 감싸 안았다.

두근두근하는 심장 소리가 화요의 등 뒤로 고스란히 전해졌다.

"화요 씨. 나는 이대로 들을게요. 그러니까 서두르지 말고 천천히 말해 줘요. 아무리 오래 걸려도, 어떤 내용이라도 다 들어 줄게요."

잔잔한 목소리가 바닥에 무겁게 고인 공기를 밀어내는 바람처럼 다정했다.

마치 어린 날, 잠 못 이루는 늦은 밤에 엄마가 불러 주던 자장가처럼 그 심장 고동 소리가 마음에 닿았다. 화요가 깊게 숨을 들이마셨다가 내쉬었다.

이제 심장 박동은 완전히 제자리를 찾았다.

"현실 속의 로렐라이는…… 이야기 속에 나오는 로렐라이와는 좀 달라요. 자세한 것은 저도 모르지만, 아주 먼 옛날에는 노래로 여러 가지 특이한 힘을 사용하는 사람이 있었대요. 그리고 이야기 속에 나오는 로렐라이는 바로 그런 사람을 모티브로 만들어진 거였고요."

"그러니까 즉, 화요 씨 말은 로렐라이는 전설이나 소설 속에 나오는 것처럼 사람이 아닌 존재가 아니라, 특이한 힘을 가진 사람이라는 거죠?"

우진의 정리에 화요가 고개를 끄덕였다.

"흥미롭네요. 그런 사람이 존재하다니."

우진의 목소리에서는 정말 신기하다는 기색이 느껴졌다.

혹시나 그가 무서워하거나 믿지 못하면 어쩌나 걱정하던 화요는 안도의 한숨을 내쉬었다. 그녀는 엄마에게 들었던 로렐라이에 대한 이야기를 하나둘 털어놓았다.

"로렐라이에는 종류가 있어요. 우리는, 우리를 '매력'을 가진 로렐라이와 '힘'을 가진 로렐라이로 구분해요. 매력을 가진 로렐라이는 다른 사람이 보기에는 그냥 노래를 잘하는 사람으로밖에 안 보일 거예요. 실제로 우리가 보는 가수 중 꽤 많은 사람은 로렐라이기도 하고요."

"하지만 화요 씨는 그런 로렐라이와는 다른 거군요."

"네. 저는 '힘'을 가진 로렐라이에요. '힘'을 가진 로렐라이의 능력은 다 달라요. 어떤 로렐라이는 노래로 사람을 치료할 수도 있고, 어떤 로렐라이는 노래로 사람을 자신이 원하는 대로 조종할 수도 있어요. 그리고 어떤 로렐라이는 노래로 사람에게 싫은 것을 잊게 만들 수도 있죠."

화요는 오디션에서 만났던 소녀 혜리를 떠올렸다. 그녀가 노래를 부르는 동안 사람들이 모두 행복한 얼굴을 하고 있던 건 단순히 그녀의 노래 실력이 좋기 때문만은 아니었다. 그건 혜리가 가진 로렐라이의 '힘' 자체가 이끌어 낸 결과이기도 하였다.

"로렐라이는, 화요 씨 같은 힘을 가진 그런 사람들은 얼마나 있는 거죠?"

우진의 질문에 화요는 고개를 저었다.

"잘 모르겠어요. 우리는 노래하는 걸 들으면 상대가 로렐라이인지 아닌지 알 수 있지만…… 아까도 말한 것처럼 로렐라이는 겉보기에는 보통 사람이랑 똑같아서 다른 걸로는 알 수가 없거든요. 사실 제가 알고 있는 로렐라이에 대한 사실도 그렇게 많지는 않아요. 엄마한테 들은 게 전부라서요."

어쩌면 자신이 조금 더 적극적인 성격이었고, 호기심이 왕성했다면 로렐라이에 대한 조사를 했을지도 모른다. 자신의 뿌리에 대해 알고 싶어 하는 건 인간의 본능 같은 것이니까.

다만 화요의 경우, 자신의 '힘'을 너무 두려워하고 싫어한 나머지 의식적으로 그 본능을 무시해 왔다. 우진에게 자신에 대해 제대로 설명할 수 없다는 안타까움에 화요는 진즉 로렐라이에 대해 좀 알아볼 걸 그랬다는 후회를 하였다.

정작 우진은 화요의 두루뭉술한 설명으로도 별 문제가 없다는 듯 고개를 끄덕이더니 이런저런 질문을 던져 왔다.

"그럼 화요 씨 어머님도 로렐라이이신 건가요?"

"네. 엄마도 로렐라이예요. 아! 하지만 엄마는 저랑 달리 '힘'은 없어요. 그래서 노래를 불러도 딱히 아무 일도 생기지 않고요. 엄마는 노래 자랑 대회 나가서 상 타신 적도 있거든요. 하지만 저는……."

예전에는 그런 엄마가 얼마나 부러웠던가.

화요는 어린 시절, 자장가를 불러 주는 엄마를 보며 자신도 노래하고 싶다는 생각을 곧잘 했던 것을 떠올리며 살짝 웃었다. 우진은 화요가 아픈 기억을 떠올리고 있다는 걸 알아차린 듯, 물었다.

"……화요 씨가 다른 사람 앞에서 절대 노래를 부르려고 하지 않는 이유는 그래서였나요? 특별한 힘을 가진 로렐라이기 때문에?"

"네. '힘'을 가진 모든 로렐라이는 자신의 존재를 감추어야 해요."

로렐라이의 존재를 공개적으로 드러내면 안 된다는 건 말없이 지켜져 온 약속이었다.

노래로 사람의 마음을 조종하거나 상처를 치유할 수 있는 존재.

그런 존재가 세상에 알려진다면 어떤 혼란이 야기될지는 불보듯 뻔한 일이었다.

어렸을 때, 화요는 로렐라이의 존재가 세상에 알려지면 검은 양복을 입은 무서운 어른들이 나타나 자신을 납치해 갈 거라는 생각에 무서워하기도 했다.

물론 지금도 가끔 로렐라이의 존재가 밝혀지면 어린 시절 한 상상과 비슷한 일이 벌어지지 않을까, 걱정을 할 때가 있었다.

"하지만 우리는…… 정말, 아이러니하게도 사람들에게 노래를 들려주고 싶어 하는 마음도 갖고 있어요."

존재를 감춰야 하지만, 많은 사람들에게 노래를 들려주고 싶다는 그 모순된 감정.

화요 역시 그 모순된 감정 때문에 괴로웠다.

그 괴로움은 화요가 아직 어린 소녀일 때 거부할 수 없는 유혹이 되었다.

그렇다면, 한 번만. 딱 한 번만.

노래는 부르지 말고 피아노만 쳐 보자며 한 행동은 결국 그녀를 노래하게 만들었다.

음악에 이끌려 소리를 내는 것은 로렐라이의 본능이었다.

그 본능을 어린 소녀가 거스를 수 있을 리가 없었다.

그래서 무심코 했던 실수가 유진의 형을, 친구의 가족을 다치게 만들었다.

화요는 그날, 유치원에서 처음 노래를 불렀던 날보다 더 큰 후회를 해야만 했다.

아직도 가끔씩 그녀는 피를 흘리며 쓰러져 있던 청년의 모습을 떠올렸다.

그것은 제 비밀을 어렵게 털어놓는 지금 이 순간, 역시 마찬가지였다.

얼굴은 도저히 기억이 나지 않았지만, 그때 자신이 느꼈던 공포와 죄책감은 아직도 생생하게 남아 있었다.

화요는 자신의 허리를 감싸고 있는 우진의 팔을 더듬어 그의 손등 위에 제 손을 겹쳤다. 차가운 손끝에 닿는 우진의 뜨거움이 좋았기에 그녀는 손에 힘을 주어 그를 단단히 붙잡았다.

마치 고해성사를 하는 사람처럼 화요는 자신의 안에 꽁꽁 숨겨 놓았던 죄책감을 털어놓았다.

"우진 씨. 나는요. 노래 때문에 몇 번 큰 잘못을 한 적이 있어요. 첫 잘못은 내가…… 다섯 살 때였을 거예요. 무심코 유치원에서 노래를 부른 적이 있었어요. 평소에는 엄마나 아빠가 노래하면 안 된다고 하는 말을 잘 지켰는데, 선생님이 제가 그린 그림을 칭찬해 주신 게 너무 기뻐서 무심코 콧노래를 부른 거예요. 그런데 내가 노래를 하는 순간, 교실 안에 있던 모두가 쓰러져 버렸어요."

잠들다와 죽는다의 차이를 몰랐던 어린아이의 눈에도 그것은 기괴하고 무서운 광경이었다. 화요는 죽은 듯 잠들어 버린 아이들과 선생님을 보고 놀라 엉엉 울었다.

"그때 받은 충격이 커서 일주일 정도 엄청나게 앓았어요. 그 후에는 절대 남들 앞에서 노래를 부르지 않았고요. 그러다가…… 고등학교에 들어가서 도저히 참질 못하고, 또 노래를 부른 적이 있었어요."

화요가 '고등학교'라는 말을 하는 순간, 우진이 흠칫하였다. 하지만 제 비밀을 털어놓는 일에 빠져 있던 화요는 그것을 눈치채지 못하였다.

"놀러 간 친구네 집에 엄청 좋은 피아노가 있었는데, 그걸 만져 보니까 노래가 너무 하고 싶은 거예요. 그래서 못 참고 노래를 불렀는데…… 그 때문에 친구네 형을 다치게 만들었어요."

"……어쩌다가요?"

우진이 감정을 죽여 물은 말에 화요는 쓴웃음을 지었다.

"친구네 형이 잠이 들어서 쓰러졌는데, 문고리에 이마가 찢어졌거든요. 아마 그날이, 내가 살면서 가장 많이 피를 본 날이었을 거예요. 나는…… 너무 무섭고, 무서웠는데."

피가 철철 흐르는 남자가 사실은 죽은 게 아닐까. 부딪힌 상처가 심해서 이 남자에게 무슨 큰일이라도 생기는 게 아닐까. 눈을 감으니, 그런 생각에 겁먹어서 아무것도 못 하던 한심하고 어린 자신의 모습이 떠올랐다.

"그 다음에는…… 너무, 미안했어요. 내가 부린 욕심 때문에, 내가 한 잘못 때문에 누군가를 다치게 했다는 게. 근데 겁이 나서, 결국 사과를 하지 못했어요."

그 일이 있은 후, 한 번은 유진의 집 앞까지 찾아간 적이 있었다. 사과를 하기 위해 찾아갔으면서 결국 사과하지 못한 채, 몸을 돌려 집으로 돌아왔다. 진실을 털어놓았을 때, 자신을 괴물 보듯 볼 타인의 눈이 두려웠기 때문이었다.

"화요 씨 잘못이 아니었어요."

우진의 그 말에 화요가 작게 웃었다. 화요의 아빠가, 엄마가, 두 오빠가 늘 했던 말이었다.

네 잘못이 아냐. 운이 없었을 뿐이야. 넌 나쁘지 않아.

화요 역시 마음 한구석으로는 그런 생각을 하였다. 난 나쁘지 않아. 내 잘못이 아니야.

하지만 그럴 때마다 화요의 진짜 마음은 그것을 부정하였다.

"……아니요, 내 잘못이었어요. 나는 다른 사람과 다르니까, 내가 누군가를 상처 입힐 수 있다는 걸 늘 염두에 두고 선택하고 행동해야 해요. 그런데 내가 경솔했던 거죠. 다른 로렐라이들은 아마 훨씬 더 능숙하게, 잘 자신의 능력을 조종하고 감춘 채 살고 있겠죠. 노래로 누군가를 상처 주는 일이 없도록. 하지만 나는 아직도 미숙해요. 그래서 우진 씨에게도 실수했잖아요."

화요의 말에 우진이 어리둥절한 목소리를 냈다.

"나한테요? 화요 씨는 아무것도 실수한 적 없어요."

"헬로우 녹음실에서 우진 씨를 만났던 날이요. 그날, 운이 좋아서 우진 씨에게 별일이 없었지만, 잘못했으면 쓰러질 때 충격으로 뇌진탕이 왔었을 수도 있어요. 내 노래는 늘 그런 위험을 동반해요."

아무 일이 없었기에 망정이지, 혹시라도 정말 무슨 일이 있었다면— 자신이 이렇게 좋아하게 된, 이렇게 원하게 된 이 남자를 제 손으로 위험에 빠트렸을지도 모른다. 끔찍한 가정에 화요의 손끝이 차가워졌다.

"……화요 씨. 그건 잘못이 아니에요."

우진의 말에 화요는 고개를 저었다. 다정한 이 남자가 자신을 위로해 주리라는 건 짐작하고 있었다. 하지만 그렇다고 해서 이 다정한 말에 기대어 편해질 순 없었다.

"내 잘못이에요. 그리고 내 실수였어요. 애초에 내가 녹음실에 몰래 숨어들어 가지만 않았더라도—"

"설화요."

화요가 거듭 자신의 잘못을 강조하려고 하자 우진이 평소와는 다른 목소리로 그녀를 불렀다. 마치 짐승이 그르렁거리는 것 같은 낮은 그 목소리를 듣자 화요의 살갗에 소름이 돋았다.

화요가 조심스럽게 고개를 돌려 자신의 어깨 죽지에 닿아 있는 우진의 얼굴을 보았다. 성난 짐승 같은 목소리와 달리 그의 눈빛은 고요하였다.

"당신 잘못이 아니야. 그리고 실수 같은 건 더더욱 아니고."

우진이 화요의 몸을 더더욱 제 쪽으로 바짝 끌어당긴 후, 한 손으로 그녀의 고개를 잡았다. 우진의 얼굴이 가까워질수록 방금 마셨던 와인 향이 가까워졌다. 그 향이 가득 배인 우진의 체취에 이대로 취해 버릴 것만 같았다.

"화요 씨. 나는 운명이라느니 필연이라느니 그런 말은 믿지 않아요. 그런데 당신이라면 믿고 싶어. 내가 그날 그곳에서 당신과 만난 건 운명이었다고. 그러니 실수라고 하지 마. 당신과 나는 거기서 만나야만 했어. 만날 운명이었고, 만날 인연이었던 거야."

그렇게 말한 우진이 짧게, 스치듯 화요의 입술에 입을 맞추었다. 키스라기보다는 그저 접촉에 가까운 행위였다. 그런데도 어째서인지 그 짧은 입맞춤에 화요의 가슴이 조일 듯 아파 왔다.

슬픔과는 다른, 그리고 아픔과도 다른 감정 때문이었다.

"우진 씨. 기분…… 나쁘지 않아요?"

아무리 겉모습이 다른 사람과 똑같다고 하더라도 화요는 다른 사람과는 '다르다'.

그것을 알기에 겁이 났다. 화요가 어느 쪽을 택해도 괜찮다는 이 남자를 갖고 싶다는 생각으로 간신히 용기를 내서 밝힌 비밀이었다.

하지만 막상 그에게 사실을 털어놓고 나니 이번에는 무서웠다.

우진이 정말로 자신을 받아들여 줄 수 있을지가.

이럴 줄 알았으면 역시 말하지 않는 게 옳았던 건 아닐까. 화요가 잔뜩 긴장하여 우진을 보자, 그는 감정을 알 수 없는 얼굴로 그녀의 머리를 천천히 쓰다듬어 줬다.

"내가 왜 화요 씨를 기분 나빠 할 거라고 생각해요?"

우진의 말에 화요가 조심스럽게, 잔뜩 겁먹은 아이 같은 얼굴로 입을 열었다.

"그거야, 난 남들과 다르니까 우진 씨를 상처 입힐 수 있잖아요."

그 말에 우진이 얼른 고개를 저었다.

"달라요, 화요 씨. 화요 씨가 말하는 '남들' 역시 사람을 상처 입혀요. 그건 그냥 평범하고, 당연한 겁니다. 당신이 특별히 누군가를 상처 입히고 괴롭히는 존재인 게 아니에요."

그동안 줄곧 이 사람은 그런 생각을 해 왔던 걸까. 우진은 작게 어깨를 움츠리고 있는 화요가 애틋해서 견딜 수 없었다.

어쩌면 그녀는 계속 이렇게 자신을 남들과 다른, 나쁜 존재로 정의해 왔던 걸지도 모른다. 그렇기에 유독 사람의 눈치를 많이 보는 지금의 설화요가 된 건지도 모른다.

"화요 씨. 특별한 힘이 없다고 해도 사람은 누구나 다른 누군 가를 상처 줄 수 있어요. 대부분의 사람이 그래요. 우리는 원치 않아도 누구나 짧은 말 한마디로, 사소한 행동 하나로 누군가를 상처 입히고, 때로는 상처 받으며 살아가요. 그건 어쩔 수 없는 일이에요."

아마도 긴 시간 동안 줄곧, 자신 때문에 '친구의 형'이 상처 입 었다는 죄책감으로 살아 왔을 그녀에게 그건 그녀의 잘못이 아 니라고 말해 주고 싶었다.

우진은 화요 때문에 상처 받은 적이 단 한 번도 없었다. 그녀 를 원망해 본 적조차 없었다. 오히려 노래 부르던 그 소녀가 환 상이라고 생각했던 순간이 그에게는 더 충격이었다.

다시는 그 기적 같은 노래를 듣지 못할 거라는 건 그에게 절망 이나 다름없었다.

화요는 우진에게 그런 절망과 동시에 다시 한 번 기적 같은 노 래를 들을 수 있다는 희망을 준 사람이었다.

"화요 씨 역시 사람들에게 상처 받은 적이 있잖아요. 그 사람 들이 무언가 특별한 힘을 가지고 있기 때문에 당신을 상처 주었 나요?"

"······아니요."

이제까지 화요가 가진 것 같은 이상한 '힘'으로 자신을 괴롭힌 사람은 아무도 없었다.

화요의 재능을 믿고 지지하는 후원자처럼 굴던 정 사장도, 그녀와 함께 꿈을 이루기 위해 노력하는 것처럼 행동하던 민우도, 그밖에도 크고 작게 화요에게 상처 주었던 이들도 모두 평범한 사람이었다. 길을 가며 한 번쯤은 스쳐 지나간 적이 있을 법한 그런 사람들.

기억을 더듬어 그런 것들을 떠올리던 화요는 우진이 무슨 말을 하고 싶은지 어렴풋이 알 것 같았다.

"그러니까 당신 잘못이 아니에요. 당신이 특별히 나쁜 게 아니야. 어쩌다 보니 당신의 선택이 운이 나쁜 결과를 가져왔을 뿐이죠. 그 사실에 죄책감을 느끼지 마요. 당신이 그걸 가지고 아파할 필요는 없어요."

속삭이는 것 같은 목소리에 마음속으로 꼭꼭 잠가 두었던 빗장이 덜컹거리며 떨어져 나갔다. 속눈썹이 작게 고인 물에 젖어들자, 화요는 울지 않기 위해 수없이 눈을 깜빡였다.

"이제까지······ 아빠도, 엄마도, 오빠들도 모두 같은 말을, 했어요. 내가 나쁜 게 아니라고."

그 말이 한 번도 마음을 편안하게 해 준 적은 없었다.

그런데 거짓말처럼, 우진의 말이 그녀를 안심시켜 주었다.

우진을 마주 보듯 몸을 돌린 화요가 양팔 가득 그의 목을 끌어안았다. 우진은 화요를 밀어내지 않고 그녀의 어깨에 제 얼굴을 기대었다.

"그동안 많이 힘들었겠다, 우리 화요 씨."

아. 당신은, 정말.

우진이 다정스레 한 그 말에 커다란 눈에 가득 고여 있던 눈물이 주르륵 흘러내렸다. 마치 점점 부풀어 오르던 풍선이 빵 터져버린 것만 같았다. 울음소리를 내지 않으려고 노력하며 화요가 눈을 꼭 감고 입술을 꼭 깨물었다.

"괜찮아요, 화요 씨는 잘못한 거 하나도 없어요. 그동안 잘 참았어요. 잘했어요."

우진은 가끔 화요에게 '초능력자'같다는 말을 한 적이 있었다.

자신이 원하는 순간, 원하는 말을 주는 그녀가 마치 제 마음을 읽는 것 같다며.

화요는 그 말을 그대로 우진에게 돌려주고 싶었다.

"우진, 씨."

울음기가 배인 목소리로 화요가 우진을 불렀다. 대답 대신 우진이 화요의 등을 다정하고 부드럽게 토닥여 줬다.

그녀의 소리 죽인 울음이 완전히 멎을 때까지 계속.

그 덕에 화요가 한결 밝은 얼굴로 우진의 축 젖은 어깨에서 살그머니 고개를 떼어냈다. 그러자 우진이 조심스레 물어왔다.

"화요 씨. 한 가지, 물어봐도 괜찮아요?"

화요는 고개를 끄덕이며 아직 물기가 남은 눈으로 우진을 가만히 바라보았다.

"화요 씨는, 비밀을― 화요 씨가 로렐라이라는 말을 줄곧 아무에게도 한 적이 없었던 거죠? 그런데 왜 나에게는…… 오늘 나에게는 말해야겠다고 생각한 건지 알려 줄 수 있나요?"

우진의 입에서 무슨 말이 나올지 몰라 바짝 긴장했던 화요가 후우, 숨을 내쉬었다. 다른 질문이라면 몰라도 이 질문에는 아주 분명한 대답이 있었기에 화요는 망설이지 않고 입을 열었다.

"좋아하는 사람에게는 거짓말을 하고 싶지 않으니까요."

내가 당신을 얼마나 좋아하는지 증명할 수 있는 방법이 이것뿐이라고 생각했어요. 조심스럽게 화요가 덧붙인 그 말에 우진의 표정이 천천히, 아주 천천히 변했다. 화요가 미처 그 변화를 감지하지 못할 정도로 아주 천천히.

그 어떤 악함도, 더러움도 모르는 것 같은 새카만 눈동자를 가만히 보며 우진은 그녀와 오페라를 보던 날을 떠올렸다.

*'그래도 거짓말은 되도록 하고 싶지 않잖아요. 좋아하는
사람에게는 언제나 진실한 모습을 보여 주고 싶으니까.'*

그렇게 말하며 웃던 그녀의 얼굴이 평소보다 슬퍼 보였고, 아파 보였기에 그 모습이 아직도 기억 속에 선명하였다.

우진은 이미 그때부터 그녀가 그렇게 씁쓸하게 웃던 이유가 무엇인지를 알고 있었다.

좋아하는 사람에게 거짓말을 하고 싶지 않다던 그녀는 우진에게 감추고 있는 비밀이 있었다.

하지만 그것이 서운하지는 않았다. 화요에게 있어서 자신이 다른 사람과 다른, 평범하지 못한 사람이라는 비밀이 얼마나 무겁고 괴로울지 알 수 있었다.

그렇기에 그녀의 비밀을 알았던 날부터 그는 생각했다. 이대로 모르는 척하자고.

"어쩌면, 내가 말한 이 사실이 우진 씨에게 부담이 될지도 모른다고 생각했지만, 그래도 말해야 한다고 생각했어요. 그래서 많이 고민했어요. 하지만 내가 우진 씨에게 줄 수 있는 것 중 나에게 가장 중요한 건, 이거였으니까. 그러니까―"

우진을 위해 많이 고민하고 골랐을 말 한 마디, 한 마디가 마음에 담겼다. 그는 아마 평생 오늘을 잊지 못하리라 생각하며 자신의 무릎 위에 있는 연인을 올려다보았다.

화요가 언젠가는 비밀을 말해 줄 날이 올지도 모른다는 생각은 하였다.

그래도 아직은 아니었다.

아마도 조금 더 나중에, 조금 더 늦게. 지금보다 더 많은 시간이 필요할 거라고 생각했다.

우진은 그때까지 기다릴 수 있었다. 아니, 그녀를 위해서라면 평생 모르는 척하며 속아 줄 자신도 있었다.

그렇기에 식사를 시작할 때 화요가 물은 질문에도 '당신이 원하는 대로'라고 답했다.

자신이 말한 것처럼 그에게 제일 중요한 건 화요의 마음이었으니까.

그런데 오늘, 화요가 자신의 입으로 스스로 그 비밀을 밝혔다. 그게 무슨 의미인지 우진이 모를 리가 없었다.

가슴이 주체할 수 없는 감격과 기쁨으로 떨려 왔다.

"……오늘 내가 살면서 가장 귀한 선물을 받았네요, 화요 씨."

"네? 어…… 저 넥타이 그렇게 비싼 건―"

화요는 자신이 매 준 우진의 넥타이를 보며 약간 창피하다는 얼굴을 하였다. 화요의 입장에서는 눈이 휘둥그레질 정도로 비쌌지만, 우진에게는 그렇게 비싼 물건이 아니리라. 그런데도 이 넥타이를 아까워서 쓰지 못하겠다는 우진의 말이 기뻤다.

이것을 고른 화요의 마음을 아주 소중하게 여겨 준 것 같다는 생각이 들었기 때문이었다.

그래도 역시 이 넥타이 자체가 그렇게 귀한 건 아니라는 생각에 화요가 슬그머니 우진의 눈치를 보았다.

"아니요. 넥타이 선물도 기뻤지만, 그것보다도 더 좋은 걸 주었잖아요, 내게."

"어, 제가요?"

내가 당신에게 또 뭘 주었더라. 화요가 기억을 더듬으려는 것처럼 눈을 깜빡이자 우진이 그녀의 눈가에 작게 입을 맞추고 속삭였다.

"화요 씨가 나한테 준 말. 날 좋아한다는 말. 그러니까 거짓말을 하고 싶지 않다는 말. 당신이 가진 것 중 가장 좋은 걸, 중요한 걸 나에게 줬잖아요. 그러니까 오늘 내가 받은 그 말이, 살면서 받았던 선물 중 가장 좋은 선물이에요."

고마워요, 화요 씨.

그가 덧붙인 그 말에 화요의 눈 안쪽이 또 아릿하게 아파 왔다. 선물을 받은 사람은 당신이 아니라 사실 나라고, 이런 날 받아들여 줘서 고맙다는 말이 목구멍까지 치밀어 올랐다.

"……우진 씨. 나는요. 내가 가진 로렐라이의 '힘'이 왜 하필 이런 것일까 생각한 적이 많았어요. 으응, 아니, 계속, 줄곧 그렇게 생각했어요. 이런 쓸모도 없는 '힘'이 왜 나에게 있는 걸까."

영화나 만화 속에 나오는 것 같은 멋진 초능력도 아니고, 그렇다고 해서 일상생활에 큰 도움이 되는 능력도 아니었다.

어찌 보면 코웃음이 나올 정도로 별거 아닌 시시한 능력. 어린 마음에 그런 능력을 부끄럽게 생각했던 적도 있었다.

"그런데 우진 씨를 만나서, 우진 씨를 위해서 노래를 해 줄 수 있었을 때. 처음으로 의미를 깨달았어요. 내가 가진 노래가 왜 사람을 잠재우는 노래여야만 하는지를."

사랑하는 사람이 잠들지 못하는 밤에 노래를 들려주기 위해서.

단 한 순간의 쉼조차 스스로에게 허락하지 않는 사람을 편안히 쉬게 해 주기 위해서.

오로지 그 순간에, 내 노래에 의미가 생긴다.

"내 노래는 우진 씨를 위해서 존재했던 건가 봐요. 그러니까…… 앞으로는 당신을 위해서 노래하게 해 주세요."

떨리는 목소리로 화요가 한 부탁에 우진이 짧게 숨을 들이켰다.

처음 화요의 존재를 알았을 때, 바라던 순간은 바로 이것이었다.

작곡가를 꿈꾸는 그녀에게 최고의 환경을 마련해 주고, 다른 곳으로는 갈 수 없게 천천히 그녀를 자신의 곁에 옭아매었다.

처음에는 모든 것이 그녀의 노래를 이용하기 위해 한 일이었다.

하지만 지금은 달랐다.

아니, 처음 화요에 대한 감정이 무엇인지를 분명하게 자각했던 그 순간, 그때부터 제 모든 행동의 의미가 처음과는 달랐다.

우진은 답지 않게 울 것 같다는 생각을 하였다. 자신의 노래가 나를 위해 존재했다고 말하는 이 사람이 너무 사랑스러워서 마치 열병이 난 것처럼 온몸이 아프게 느껴질 정도였다.

당신이 지금의 나와 같으면 좋겠다. 나처럼 당신을 많이 생각하고, 나처럼 당신을 많이 좋아하고 그랬으면 좋겠다.

하지만 동시에 당신이 지금의 나처럼 느끼지 않길 바랐다.

이렇게 아프고, 이렇게 숨 막히는 기분 같은 걸 느낄 필요 없이 그저 당신은 좋았으면, 즐거웠으면, 행복했으면 좋겠다.

이제까지 한 번도 해 본 적 없는 바람을 마음에 담은 채, 우진이 작게 한숨을 쉬었다.

"물론, 우진 씨가…… 싫지 않다면요. 우, 우진 씨가 싫으면 안 할게요."

한숨을 쉬는 우진의 모습에 불안해진 것인지 화요가 고개를 숙이며 작게 덧붙였다. 자신이 그녀를 불안하게 만들었다는 사실을 깨달은 우진은 얼른 고개를 저었다.

"아니요, 싫지 않아요."

화요의 고백은 우진이 화요를 생각하는 것만큼, 화요 역시 우진을 생각한다는 증거였다. 그것이 지독하게 기뻤기에 우진은 숨을 집어삼키며 화요의 목덜미에 얼굴을 묻었다.

익숙한, 하지만 동시에 여전히 그리운 그녀의 향이 우진의 안을 채웠다.

"다행이다. 난 우진 씨가 혹시나 기분 나빠하거나 싫어할까 봐……."

절대 있을 수 없는 화요의 말에 우진은 픽 웃음이 나올 뻔하였다.

"그럴 리가 없잖아요. 화요 씨가 날 위해 노래를 불러 준다는 건, 내가 화요 씨의 아주 특별한 사람이라는 뜻 아닌가요?"

"네, 특별……해요. 원래 로렐라이는, 자신의 비밀을 평생 함께할 사람에게만…… 아!"

더듬거리며 말하던 화요가 짧은 숨을 뱉으며 몸을 굳혔다. 우진이 얼굴을 묻고 있는 목덜미에서 둔한 통증이 느껴졌다. 그 익숙한 통증 다음에 찾아온 것은 젖은 살덩이가 여린 피부를 문지르는 익숙한 감각이었다.

"우진 씨!"

한창 진지한 이야기를 하고 있는데 이게 뭐하는 짓이냐며 화요가 우진의 어깨를 탁탁 두들겼다. 우진이 슬그머니 고개를 들어 웃었다.

"화요 씨. 내가 미리 말해 두는 걸 깜빡했나 본데, 앞으로 화요 씨가 꼭 기억해야 할 게 하나 있어요."

"그게 뭔데요?"

우진의 숨이 닿을 때마다, 그의 입술이 스칠 때마다 느껴지는 감각을 무시하며 화요가 간신히 물었다.

"차우진에게 설화요는 '절대'적인 사람이라는 거."

우진이 힘주어 말한 '절대'라는 그 말의 의미가 무엇인지, 화요가 그것을 헤아리기 전에 그가 말을 이었다.

"나는 당신이 무슨 말을 하건, 당신이 어떤 행동을 하건, 당신이 설령 어떤 존재이건 간에 나는 절대 당신을 싫어할 수 없어요. 내가 당신을 기분 나쁘게 생각할 일 또한 없어요."

닿아 있는 몸보다 더 뜨거운 말이 화요의 마음속에 차곡차곡 쌓여 갔다. 비록 눈앞에 거울이 없지만 화요는 지금 자신이 어떤 얼굴을 하고 있을지 알 것 같았다.

세상에서 가장 행복한 사람의 얼굴을 하고 있을 게 분명했다.

"……나는 아마 우진 씨를 평생 못 당할 것 같아요."

우진을 위해 하고자 했던 고백은 결국 그가 자신에게 주는 애정의 깊이를 확인한 것에 지나지 않았다.

고맙고 미안한 마음에 화요는 손을 들어 우진의 부드러운 머리칼을 쓰다듬었다. 그녀의 손길에 우진이 기분 좋다는 것처럼 눈을 감았다. 그 모습에 자신의 노래를 들으며 편히 잠든 얼굴이 겹쳐지자 화요가 자신도 모르게 그를 향해 물었다.

"우진 씨. 며칠 째예요?"

그녀의 조용한 질문이 무엇을 의미하는 것인지 알고 있는 우진은 잠시 망설인 후, 솔직하게 대답하였다.

"음, 오늘로 5일째인 것 같네요."

5일 동안 단 한 번도 제대로 잠을 자질 못했다는 말에 화요가 한숨을 쉬었다.

우진의 머리를 쓰다듬던 화요가 언제나 우진이 자신에게 하는 것처럼, 그의 귓불을 애정 넘치는 손길로 만지작거렸다.

"오늘부터 매일 밤, 내가 우진 씨를 위해 노래할게요."

그 말을 들은 우진이 조금 놀란 얼굴을 하더니 곧 행복하게 웃었다. 그 얼굴을 마주한 화요도 행복하게 웃었다.

화요는 이제 더는, 그와의 사이에서 그 어떤 벽도 느끼지 못했다.

자신의 침실과는 달리 화요의 아늑한 침실에서는 따듯하고 부드러운 느낌이 났다. 마치 그녀를 안고 있는 것 같다고 생각하며 우진은 침대 위에 누워 있었다. 그리고 그런 그의 옆에는 당연한 것처럼 화요가 그의 팔을 베고 누워 있었다.

우진은 화요의 부드러운 살을 따라 장난치듯 손가락을 움직였다. 그러자 화요가 찰싹 소리가 나게 우진의 손등을 때렸다.

제법 매서운 그 손길에 우진이 시무룩한 얼굴을 하자 화요가 고개를 저었다.

"안 돼요, 우진 씨. 이제 잘 시간이잖아요."

마치 아이를 꾸짖는 엄마 같은 말투에 우진이 작게 웃었다.

"음, 오늘은 괜찮아요. 잠 안 자도 되니까 조금 더 이대로……."

그렇게 말한 우진이 화요의 목덜미에 얼굴을 묻으려고 하자, 이번에도 화요가 찰싹 소리를 내며 우진의 단단한 팔을 때려 주었다.

"안 돼요. 벌써 5일째라면서요."

"아직 5일밖에 안 된 거죠. 일주일 정도는 괜찮아요."

"안 돼요! 보통 사람은 5일이나 못 자면 엄청 몸이 상한다고요!"

왜 이 남자는 내 걱정을 몰라주는지 모르겠다는 생각에 화요가 우진을 새초롬하게 노려보자 그가 얼른 백기를 들었다.

"알았어요, 잘게요. 오늘은 이만 잘게요. 그러니까 화내지 마요, 화요 씨."

화요가 화를 내봐야 그다지 무섭지도 않을 테지만, 우진은 어쩔 줄 몰라 하며 화요의 눈치를 보았다. 그 사실에 조금 마음이 풀어진 화요가 작게 헛기침을 하였다.

그녀 역시 우진과 이렇게 애정을 나누는 것이 좋았지만, 지금은 그것보다도 중요한 게 있었다.

"우진 씨. 이제 불러도 돼요?"

목을 가다듬은 뒤, 화요가 묻는 말에 우진이 얼른 고개를 끄덕였다. 그런 그가 귀여워 보여 무심코 웃음이 나올 것만 같았다. 자신의 귀에 닿은 우진의 팔에서 느껴지는 고동 소리에 귀를 기울이며 천천히 화요가 노래를 시작하였다.

"'잘 자라, 우리 아가.'"

내심 그녀가 무슨 노래를 부를까 기대하던 우진은 의외의 선곡에 놀랐다. 자장가라니.

우진은 자신이 그렇게 덩치 큰 아이처럼 보이냐고 투덜거릴까 하다가 입을 꾹 다물었다. 이상하게도 이 노래가 귀에 익숙하게 들렸다. 화요가 자신을 위해 전에 한 번 이 노래를 몰래 불러 준 적이 있다는 걸 모르는 그로서는 그 익숙함이 의아할 뿐이었다.

"'앞뜰과 뒷동산에.'"

촉촉한 풀잎을 곱게 말리는 봄바람 같은 목소리에 우진의 눈꺼풀이 차츰 무거워지기 시작하였다.

잠에 빠지는 순간.

다른 사람은 매일 반복해서 익숙할 그 순간이 우진에게는 언제나 낯설었다. 마치 물속에 천천히 빠지는 것을 스스로 인지하고 있는 것 같은 감각이었다.

익숙하지 않은 감각으로 눈앞이 서서히 검게 변해 가는 것을 느끼며 우진이 완전히 눈을 감았다.

다음 순간, 눈을 떴을 때.

우진은 화사한 햇빛이 쏟아지는 넓은 들판에 서 있었다.

아아, 이건 꿈이구나.

그가 스스로 꿈을 자각하는 순간, 눈앞에서 화요가 노래를 부르고 있었다. 어째서인지 그녀는 처음 우진이 그녀를 봤던 9년 전 그날, 아직 교복을 입은 어린 소녀의 모습이었다.

혹시 나에게 이런 위험한 취향이라도 있었나. 엉뚱한 생각을 하면서도 우진은 화요의 노래에 귀를 기울였다.

너른 들판에 핀 꽃은 향기로웠고, 하늘은 눈이 부시도록 파랬으며, 노래하는 연인은 사랑스러웠다.

앞으로 매일 밤, 이런 꿈을 꾸게 된다면 틀림없이 이 꿈에, 그녀의 노래에 중독되어 버릴 것만 같았다.

어느새 화요의 노랫소리가 천천히 작아지고 있었다.

그것을 깨달은 우진이 화요를 향해 한 걸음 다가가려고 한 순간—

화요가 그대로 사라져 버렸다.

마치 파도에 부딪혀 산산조각이 난 물거품처럼, 애초에 존재하지 않았던 환상처럼.

아름답던 공간이 기형적으로 헝클어지기 시작하였다. 꽃이 가득하던 들판도, 아름답던 하늘도 온데간데없이 사라졌다.

무엇보다 그가 누구보다 사랑하는 사람이 이곳에 없었다.

이제 우진은 새카만 어둠 속에 서 있었다. 아무것도 보이지 않고, 아무것도 들리지 않는 그곳은 마치 깊은 바다 속 같았다.

화요를 찾아야 한다는 생각에 우진은 뛰기 시작하였다. 그가 걸음을 옮길 때마다 어디선가 푸석거리는, 메마른 소리가 들려왔다. 등에 땀이 차오르고, 숨이 가빴지만 멈출 수가 없었다.

그렇게 한참 혼자 화요를 찾아 헤매던 우진은 무언가 이상하다는 생각을 하였다. 화요의 노래를 들으면서 잠들었을 때, 그는 이제까지 단 한 번도 이런 꿈을 꾼 적이 없었다.

그녀의 노래는 언제나 그에게 행복하고 아름다운 것만을 보여 주었다.

불안한 마음이 밀려왔기에 그는 얼른 그 자리에 멈추었다. 그러자 갑자기 주변에 있는 모든 것이 바람에 휘날리는 먼지처럼 사라졌다. 시야가 차츰 밝게 변하였다.

우진은 자신이 화요와 함께 오페라 무대 앞에 서 있다는 걸 깨달았다.

그녀를 다시 찾았다는 안도감도 잠시. 눈앞에 있는 화요는 이제까지 그가 한 번도 본 적이 없는 얼굴로 그를 보고 있었다.

화요 씨?

그녀가 정말 그녀인지 확인하려는 것처럼 우진이 그녀의 이름을 불렀다. 그러자 화요가 한 걸음 뒤로 물러섰다. 우진은 그녀의 눈에 서린 감정이 분노와 혐오라는 것을 깨달았다.

우진 씨. 너무해요. 어떻게 나에게 그럴 수 있어요?

그게 무슨 말이냐고 묻고 싶었지만, 입이 차마 떨어지질 않았다. 그사이에도 화요는 천천히 우진에게서 멀어지고 있었다.

그동안 날 속여서 좋았어요? 당신이 원하는 대로 움직이는 나를 보며 즐거웠나요? 내가 당신을 믿는 게, 내가 당신을 좋아하는 게 당신 눈에는 얼마나 어리석어 보였나요?

화요가 자신을 향해 내뱉는 말은 분명 우진이 어디선가 들었던 말과 비슷했다.

'그동안 날 당신 마음대로 다뤄서 좋았어? 날 당신 인형

우진의 어머니가 아버지에게 쏟아 내뱉던 말들. 그 말이 마치 둑이 터져 흐르는 강물처럼 우진의 머릿속을 채웠다.

그리고 그 말은, 전부 눈앞에 있는 화요의 입을 통해 다시 흘러나오고 있었다. 우진의 눈앞이 새카맣게 변하였다. 그런 게 아니라고 변명을 하고 싶었지만 여전히 입이 떨어지질 않았다.

당신 같은 거짓말쟁이 정말 싫어. 다시는 보고 싶지 않아.

그렇게 말한 화요가 한 치의 망설임도 없이 단호하게 등을 돌렸다. 우진이 얼른 손을 뻗었다. 가지 말라고, 모든 게 다 오해라 말하고 그녀를 붙잡기 위해서.

하지만 우진이 아무리 손을 뻗어도 그의 손은 화요의 몸에 닿지 않았다.

그대로 그녀는 점점 우진에게서 멀어졌다.

입 안에 갇힌 소리가, 닿지 않는 손끝이 어둠 속에 휩싸였다. 숨이 막혔다. 마치 깊은, 아주 깊은 바다 속에 빠진 것 같은 절망과 아프도록 가슴을 조여 오는 통증에 우진이 발버둥 쳤다.

그것은 이제까지 그가 느낀 그 어떤 것보다도 더 크고 강한 아픔이었다.

그러니까 왜 거짓말을 했어, 오빠.

화요가 사라져 버린 자리에 이번에는 혜진이 라일락 꽃 한 다발을 들고 나타났다. 우진을 보는 혜진의 눈이 가여운 생물을 보는 것 같은 연민으로 가득했다. 그 뒤로 얼굴이 흰 물감으로 그린 것처럼 희미한 우진의 어머니도 나타났다.

피는 역시 못 속이는 거야.

자신에게 쏟아지는 비난에 디는 갈 곳이 없었다. 우진이 뒤로 물러섰다. 등골이 서늘하여 뒤를 돌아보니 뒤는 끝이 보이지 않는 절벽이었다.

어디선가 웃음소리가 들렸다. 기분 나쁜 까마귀 울음소리와 닮은 웃음소리였다.

섬뜩하고, 불길한 소리.

이건 꿈이야. 이건 꿈일 뿐이야. 우진이 고개를 저으며 눈을 감았다.

눈을 뜨면, 꿈에서 깨면 제 옆에는 언제나처럼 화요가 있을 것이다.

그러니까 이런 꿈은, 이런 꿈 따위는—

"우진 씨?"

자신을 부르는 목소리가 지나치게 선명했기에 우진은 감고 있던 눈을 번쩍 떴다. 자신이 거칠게 호흡을 내뱉는 것이, 자신의 피부를 타고 땀이 흥건하게 흐르는 것이 느껴졌다.

한동안 그는 자신이 어디에 있는 것인지 알 수 없어 눈을 깜빡거렸다.

흐렸던 시야가 차츰 희미해지자 자신의 얼굴을 걱정스레 들여다보는 화요의 얼굴이 보였다.

"화요 씨……."

우진이 갈라진 목소리로 화요의 이름을 불렀다. 화요가 얼른 우진의 이마에 맺힌 땀을 닦아 주었다.

"괜찮아요? 아무래도 안 좋은 꿈을 꾸는 것 같아서 깨웠― 꺅!"

화요가 미처 말을 끝내기도 전에 우진이 손을 뻗어 그녀를 제 쪽으로 잡아당겼다.

본의 아니게 우진의 몸에 올라타듯 넘어진 화요가 두 눈을 동그랗게 뜬 채 고개를 들어 올렸다가 더욱 깜짝 놀랐다.

자신을 보는 우진의 눈에 이제까지 한 번도 본 적 없는 불안감이 가득 차 있었다.

대체 얼마나 심한 악몽을 꿨기에 이 사람이 이런 얼굴을 하는 걸까.

화요는 당황한 기색을 지우곤 다시 우진의 얼굴을 쓰다듬어 주었다. 우진이 얼른 자신을 만지는 화요의 손을 잡더니 다시 다른 손으로 그녀의 얼굴을 끌어당겼다.

당황한 화요가 그의 이름을 부르기 위해 입을 열자 그 안으로 우진의 혀가 들어왔다.

이미 익숙해졌던 감각이 평소보다 더 선정적이고, 민감하게 느껴졌기에 화요가 눈을 질끈 감았다. 정신을 차릴 수 없을 만큼 깊은 키스가 이어졌다.

이대로 숨이 막힐 것 같다는 생각에 무서워질 정도로 긴 입맞춤에 화요가 우진의 어깨를 내리쳤다. 그러자 천천히, 아주 천천히 우진이 화요를 놓아주었다.

"하아— 하아—"

미처 삼키지 못한 타액이 우진의 입술을 적시고 있다는 것을 깨닫자 화요의 얼굴이 붉게 물들었다.

"우, 우진 씨. 왜, 갑자기…… 키스……."

화를 내야 하는 건지, 부끄러워해야 하는 건지 알 수 없어 화요가 애매한 목소리로 꺼낸 말에 우진은 엉뚱한 대답을 하였다.

"가지 마요, 화요 씨."

"네?"

"가지 마, 설화요. 다시는…… 나를 두고 가지 마."

평소와는 달리 거친 어조로 내뱉는 우진의 말에는 힘이 하나도 없었기에 전혀 난폭하게 느껴지지 않았다. 오히려 화요가 덩달아 불안해질 정도로 애처로웠다.

화요는 평소보다 탁한 빛을 띤 우진의 눈을 들여다보았다. 그가 어떤 꿈을 꾸고, 이렇게 불안해하는 것인지 비로소 짐작이 갔다.

"······안 가요."

당신을 두고 내가 어딜 갈 수 있을까. 이렇게 내가 사라지는 걸 두려워하는 당신을 두고.

"난 아무 데도 안 가요."

조용히 노래하듯 속삭이는 화요의 말에 우진이 깊게 숨을 들이켰다. 겁 많은 아이를 달래는 것처럼 화요가 우진의 머리를 쓰다듬어 주며 몸에서 스르르 힘을 뺐다.

두 사람의 몸이 더욱 바짝 달라붙자 그의 요란하게 뛰는 심장이 피부로 전해졌다.

"계속 우진 씨 옆에 있을게요."

화요의 속삭임에 우진이 다시 한 번 숨을 내쉬었다. 그녀에게서 들려오는 잔잔한 고동 소리에 맞추어 그의 심장이 뛰기 시작하였다.

우진은 양팔로 화요를 끌어안았다. 피부에 닿는 그녀가 뜨거웠다. 그 열기가 그에게 이것이 현실이라는 걸 알려 주었다.

역시 아까 그가 본 건 터무니없는 꿈에 불과했다고.

하지만 아무리 '꿈일 뿐'이라고 되뇌어도 마음 한구석에서 싹트기 시작한 그림자는 완전히 사라지지 않았다.

14.
한 걸음만 더 이리 와요

제법 멀다고 느껴졌던 결선 심사 날이 다가왔다.

이번에는 화요와 우진 모두 현장 심사가 아닌 최종 영상 심사에 참여하기로 했기 때문에 두 사람은 나란히 회의실로 향하고 있는 도중이었다.

평소 같으면 편하게 우진과 이런 저런 이야기를 했을 화요가 입을 꾹 다문 채, 우진을 힐끔거렸다.

"저기, 우진 씨."

"응?"

"괜찮아요? 어디 아프거나 하지는 않죠?"

망설이다가 화요가 걱정스레 던진 질문에 우진은 걸음을 멈추더니 고개를 돌려 그녀를 보았다.

"응? 괜찮은데. 왜요? 어디 안 좋아 보여요? 나 요새 컨디션 진짜 좋은데."

그렇게 말하는 우진은, 정말 겉으로 보기에는 평소보다 상태가 좋아 보였다.

하지만 매일 밤, 그와 피부를 맞대고 있는 화요는 우진의 말이 거짓말이라는 걸 알 수 있었다.

"화요 씨야말로 피곤하지 않아요? 어제는 내가 화요 씨를 너무—"

"우진 씨! 여기 회사!"

이 남자가 미쳤나 봐. 그녀가 그렇게 외치는 것과 동시에 복도를 지나던 김 대리의 인사 소리가 들려왔다.

"안녕하세요, 이사님. 설 작곡— 헉!"

발랄하게 인사를 하려던 김 대리가 헉, 소리를 내며 뒤로 물러섰다. 마침 옆을 지나던 다른 사원 역시 우진과 화요를 보고 인사를 하려다가 입을 헤, 벌리고 그 자리에 멈추어 섰다.

화요는 그 심정이 충분히 이해가 갔다.

"이, 이사님. 괜찮으세요?"

김 대리가 조심스럽게 꺼낸 질문에 우진이 팍 얼굴을 찌푸렸다.

"왜 그런 걸 묻는 겁니까, 김 대리. 내 상태가 그렇게 안 좋아 보입니까?"

"아, 아니요. 그런 건 아니고요."

상사의 기분이 점점 나빠지고 있다는 걸 깨달은 김 대리가 얼른 고개를 저었다. 눈치 빠른 다른 직원은 이미 저 멀리로 도망치고 없었다.

"그, 다크 서클이 좀 심해 보이어서."

일은 제법 잘하지만 눈치 없는 걸로도 유명한 김 대리의 말에 우진의 얼굴이 완전히 팍 구겨졌다.

화요는 자신이 우진에게 하지 못했던 말을 꺼낸 김 대리에게 고마워해야 하는 건지, 아니면 쓸데없는 말을 해서 우진의 심기를 불편하게 만드는 그를 가엽게 여겨야 하는 건지 알 수가 없었다.

"김 대리."

"네, 네!"

"괜한 소리 하지 말고, 일이나 해요."

모처럼 자신을 걱정해 준 김 대리에게 찬바람이 횡횡, 부는 대꾸를 한 우진이 화요를 힐끔 보더니 어서 가자는 눈빛을 하였다.

화요는 작게 한숨을 쉬며 얼른 우진의 뒤를 따랐다. 뒤를 돌아보니 복도에 서 있는 김 대리가 억울해 죽겠다는 얼굴을 하고 있었다.

그때, 그녀의 뒤에서 착 가라앉은 우진의 목소리가 들려왔다.

"─화요 씨. 고개 돌려요."

그 말대로 얼른 고개를 돌리니 심기가 여전히 불편해 보이는 우진이 보였다. 화요는 그가 왜 이렇게 기분이 안 좋은가 알 수 없어 고개를 갸웃하였다.

"왜 그래요, 우진 씨?"

"화요 씨가 다른 남자 보는 게 싫어서요."

생각하지도 못한 우진의 솔직한 답변에 화요는 잠시 할 말을 잃었다. 이 남자에게 대체 뭐라고 말해야 하나 고민하던 화요는 일단 그의 잘못된 태도에 대해 말해야겠다는 생각을 하였다.

"……우진 씨. 김 대리님은 우진 씨 걱정해서 말한 건데 우진 씨 태도가 너무 차가웠어요."

"난 원래 화요 씨 말고 다른 사람한테는 늘 이래요."

"그러면 안 되죠. 우진 씨는 여기 이사님이니까 사원들한테 조금 더 부드럽게 대해 주세요."

"뭐하러 그래요. 나 원래 그렇게 정 많은 사람도 아닌데. 내가 좋아하는 사람한테만 잘하면 되잖아요."

아, 이 말에 기분 좋아지면 안 되는 건데. 화요는 저도 모르게 픽 웃음이 새어 나올 뻔한 입꼬리에 얼른 힘을 주었다.

그녀는 자꾸 다른 말이 튀어나올 것 같은 걸 억누르고 얼른 입을 열었다.

"그, 어쨌든! 김 대리님 말대로 우진 씨 다크 서클이 심해요. 요새 잠은—"

"제대로 자고 있어요. 그건 화요 씨가 누구보다 잘 알 것 같은데요."

우진의 말에 화요는 얼른 고개를 끄덕였다. 그녀는 자신이 약속한 대로 매일 밤 우진을 위해 노래를 불러 주었다. 그리고 잠든 우진을 보고 나서야 화요는 잠자리에 들었다. 그렇게 벌써 일주일이 지났다.

그런데 어찌된 일인지 우진은 예전보다 오히려 더 상태가 안 좋아 보였다.

그녀는 우진의 생일날 밤을 떠올렸다. 처음에는 편안히 잠들었던 그가 곧 고통스러운 얼굴로 악몽에 시달렸던 모습이 그녀의 마음을 불안하게 만들었다.

'혹시 우진 씨는 내 노래 때문에 매일 악몽을 꾸는 건 아닐까?'

깊은 생각에 잠겨있던 화요는 어느새 자신들이 회의실 앞에 도착했다는 사실을 깨닫고 한숨을 쉬었다. 머릿속은 복잡했지만, 지금 당장은 일에 집중해야만 했다.

문을 여니 안에는 이미 도착해 있던 팀원들과 정 선생이 두 사람을 보고 반갑게 인사하였다.

"오, 차 이사랑 화요랑 오늘도 같이 오는 거야? 두 사람 정말 사이좋네."

둘이 사귀는 사이라는 걸 아직 모르는 정 선생의 말에 화요는 어색하게 웃었다. 우진은 정중하게 정 선생에게 인사하였다.

"정 선생님. 오랜만입니다."

"응? 아, 그러게. 정말 오랜만이네. 그동안 차 이사가 너무 바빠서 얼굴 보기 참 힘들더라. 나나 건은 잘 해결된 거 맞지?"

정 선생의 질문에 어느새 업무 모드로 돌아간 우진이 고개를 끄덕였다. 화요는 정 선생과 우진이 대화를 나누는 걸 보며 슬그머니 뒤로 물러섰다.

아직 회사 안에서 두 사람의 관계를 아는 건 소수에 불과하였기 때문에 그녀는 되도록 자신의 행동을 조심하고 있었다.

"―그래서 말인데, 난 개인적으로 이혜리라는 참가자 말이야."

정 선생이 우진에게 하던 말 중 유독 뚜렷하게 들리는 이름이 있었다. 그 익숙한 이름에 화요는 저도 모르게 정 선생과 우진이 있는 쪽을 보았다. 우진은 무심한 얼굴로 고개를 옆으로 기울였다.

"이혜리요?"

"응, 아. 차 이사는 아직 한 번도 심사에서 본 적 없는 친구인가 보네. 진짜 이번에 개인적으로는 제일 대박이라고 생각하는 아인데 말이지."

신이 난 얼굴로 정 선생이 말하는 것을 물끄러미 보며 화요는 자리에 앉았다.

여기까지 오면 사실상 결과는 정해진 것이나 마찬가지였다.

자신과는 다른 '힘'을 가진 로렐라이 혜리는 '릴라' 멤버가 될 게 분명했다.

화요는 혜리의 독특하면서도 아름다웠던 목소리를 떠올렸다. 그 아이에게 어울리는 노래를 만드는 작업이 꽤 즐거울 것 같았다.

하지만 그것과는 별개로 혜리의 이름이 화제로 나올 때마다 그녀는 묘한 불편함을 느꼈다.

그 이유가 대체 뭔지 화요가 머릿속으로 생각해 보는 사이, 우진이 자연스럽게 화요의 옆자리에 앉았다.

건너편에 자리를 잡고 정 선생과 대화를 나누던 윤 차장이 그것을 보고 히죽 웃었기에 화요는 얼른 고개를 돌렸다.

손을 자연스럽게 테이블 밑으로 내린 우진이 다른 사람들은 모르게 슬그머니 화요의 손을 잡았다.

그가 제 손을 만지작거릴 때마다 기쁜 것 같으면서도 부끄러운 감정에 화요는 혜리에 대해 생각하던 것을 새카맣게 잊어버리고 말았다.

제발 회사에선 이러지 말라고 잔소리라도 한번 해 줄까 하는 마음에 힐끔 옆을 보니 다크 서클이 생겨도 여전히 잘난 남자가 다정하게 자신을 보고 있었다.

그것이 안쓰러웠기에 화요는 잔소리를 하려던 것은 새카맣게 잊어버렸다. 대신 그녀는 회의가 끝나면 다시 한 번 그의 컨디션에 대해 이야기해 봐야겠다는 결심을 하였다.

"늦어서 죄송합니다, 다들— 아, 안녕하십니까, 이사님."

모두가 자리를 잡은 가운데, 헐레벌떡 회의실로 들어왔던 김 프로듀서가 화요의 옆 자리에 앉은 우진을 보고 머쓱한 얼굴을 하였다.

우진은 잔말 말고 어서 회의나 시작하라는 것처럼 고개를 한 번 까닥하였다. 우진의 말에 거스를 수 없는 김 프로듀서는 얼른 앞쪽에 있는 팀원에게 무언가를 지시하였다. 그러자 팀원 두 명이 제법 두께가 있는 서류뭉치를 팀원들에게 배부하였다.

화요는 자신의 앞에 놓인 서류를 힐끔 보고 그것이 결선 참가자의 심사평가표와 오디션 지원 신청서라는 걸 깨달았다. 다른 사람들도 화요처럼 서류를 확인하기 시작하자 앞에 선 김 프로듀서가 입을 열었다.

"일단 여러분. 그간 수고 많으셨다는 말을 먼저 드리겠습니다. 릴라 오디션 결선 심사가 오늘 끝났습니다. 이제 본 회의를 통해서 최종 릴라 멤버를 선발하게 될 겁니다. 여러분이 지금 보고 계신 그 서류는 결선 오디션을 본 참가자들의 인적사항이 적힌 참가 신청서와 다른 심사위원들의 평가가 적힌 평가표니 본 회의에서 큰 도움이 될 거라고 생각합니다."

제법 긴 말을 마친 김 프로듀서는 목이 마른 듯 작게 헛기침을 하였다. 그러자 서류를 다른 팀원들에게 나누어 주었던 팀원 중 한 명이 얼른 물을 내밀었다. 물로 목을 축인 김 프로듀서가 우진의 눈치를 힐끔 보더니 다시 말하였다.

"지금 이 최종심에 나온 멤버는 총 12명으로 우리는 이 중에서 다섯 명이나 여섯 명의 멤버 후보를 선발합니다. 아, 그리고 현재 중국에서 오디션을 통과한 멤버 후보 나나가 이틀 후쯤 한국에 도착할 예정이라고 하니 신인개발부에서는 슬슬 트레이닝 준비를 시작하는 게 좋을 것 같습니다."

김 프로듀서의 말을 들은 몇몇 사원이 얼른 저들끼리 무언가를 논의하는 것처럼 귓속말을 하기 시작하였다. 그러는 동안, 김 프로듀서는 리모컨으로 자신의 뒤에 있는 커다란 TV 스크린의 전원을 켰다.

곧 스크린에 최종심을 통과한 참가자의 명단이 떠올랐다.

"지금 여러분이 보고 계신 이 명단이 최종심에서 합산 결과로 나온 순위입니다. 1위부터 12위 간의 후보는―"

김 프로듀서는 후보 12명의 이름을 전부 읽어 내려갔다. 화요는 그중에서도 유독 뚜렷하게 들리는 '이혜리'라는 이름에 저도 모르게 어깨를 흠칫하였다. 아까 전과 마찬가지로 혜리의 이름이 들릴 때마다 마음이 불안해졌다. 그 이유가 뭘까 다시 한 번 곰곰이 생각하던 화요는 그제야 한 가지 중요한 것을 깨달았다.

혜리가 오디션에서 마치 우진을 잘 알기라도 하는 것처럼 그를 찾았었다는 사실을.

'저, 죄송한데. 혹시 차우진 이사님은 심사에 참가 안 하시나요?'

당돌하게 그렇게 묻던 소녀의 눈은 단순히 동경하는 연예인을 찾는 팬의 그것과는 달랐다.

무언가 말 못 할 간절함을 품고 있던 것 같은 눈.

그 눈 때문에 이상하게 불안한 생각이 들었던 기억이 아직도 생생하였다.

화요는 힐끔 자신의 옆자리에 있는 우진을 보았다. 평소보다 피곤해 보이는 남자의 얼굴에 그녀의 심장이 다시 불안함을 품고 쿵쿵 뛰었다.

왜일까. 우진 씨와 그 아이가 무슨 관계가 있을 리도 없는데, 왜 이렇게 불안한 마음이 드는 걸까.

"무슨 일이에요?"

화요가 심각한 얼굴로 생각에 잠겨 있자 그것을 눈치챈 우진이 작게 소리를 낮추어 물어왔다. 퍼뜩 정신을 차린 그녀는 아무것도 아니라는 것처럼 고개를 저었다.

우진이 다시 화요에게 말을 걸려는 찰나, 김 프로듀서가 다시 한 번 사람들을 주목하게 만들었다.

"이상 총 12명이 후보입니다. 그럼 지금부터는 최종심 현장 촬영 영상을 재생할 예정이니, 여러분은 받은 심사지에 자유롭게 내용을 기재해 주시면 됩니다. 이제까지 참가자들이 받은 심사 점수가 주로 반영되긴 하겠지만, 이 최종 회의에서 나오는 의견에 따라서는 점수 여부와 관계없이 참가자가 선정될 수도 있습니다. 다만 이건 충분히 공정성을 가지고 이루어지는 회의이기 때문에ー"

뭐가 그리 찔리는지 김 프로듀서가 구차할 정도로 열심히 떠들고 있었다. 그가 연신 우진의 눈치를 살피는 모양새가 아주 이상했기에 화요는 저도 모르게 우진을 힐끔 보았다.

때마침 화요의 얼굴을 물끄러미 보고 있던 우진은 그녀와 눈이 마주치자 씩 웃으면서 눈을 장난스럽게 깜빡여 보였다.

그의 장난에 가슴이 쿵쿵 뛰자 화요는 얼른 고개를 앞으로 다시 돌렸다. 훤히 드러난 제 귓불이 붉게 물들었다는 것도 모른 채.

"자, 그럼 영상 재생을 시작하겠습니다."

그렇게 말한 김 프로듀서가 리모컨의 버튼을 누르자 스크린에 참가자들의 오디션 모습을 녹화한 화면이 재생되기 시작하였다.

처음 화면에서 나온 얼굴은 화요가 본 적 없는 얼굴이었다. 아마도 그녀의 심사 시간이 아닌, 다른 심사 시간에 있었던 참가자인 모양이었다. 앞자리에 앉아 있는 팀원이 영상 속에 나오는 참가자의 참가 번호와 이름을 알려 주었다.

"참가 번호 5번 김솔입니다. 이 친구는 댄스 쪽으로 지원을 했습니다."

"아, 김솔! 춤 진짜 잘 추던데. 김솔 얘는 원래 유튜브에서도 좀 유명하다면서요?"

눈치 없는 걸로 둘째가라면 서러운 김 대리가 입을 열자 심각하던 회의실 안의 공기가 조금 가벼워졌다.

처음에는 오랜만에 회의에 참석한 우진 때문에 긴장하여 입을 선뜻 열지 못했던 다른 팀원들도 하나둘, 입을 열었다.

"노래는 그냥 그런 편인데 춤은 진짜 괜찮네요."

"노래야 아예 음치 박치 이런 게 아니니까 보컬 트레이닝 반년 정도만 빡세게 시켜도 괜찮아지지 않을까요?"

화요는 김솔이라는 이름의 참가자가 춤을 추는 모습을 물끄러미 바라보았다. 분명 보컬 실력은 다른 참가자들에 비해 부족하지만 저 정도로 뛰어난 댄스 실력을 가진 참가자는 그리 많지가 않았다.

아이돌은 기본적으로 노래도 춤도 모두 할 줄 알아야 하지만, 그렇다고 해서 그룹의 모든 멤버가 두 가지 모두를 잘 해낸다는 건 상당히 어려웠다.

기본적으로 한국에서 아이돌은 가수나 댄서가 아니라 엔터테이너의 역할을 강요받는 일이 많았다. 그러다 보니 그룹에서도 노래를 담당하는 멤버, 재치 있는 말솜씨를 자랑하는 멤버, 현란한 춤으로 존재감을 드러내는 멤버는 다 제각각일 수밖에 없었다.

화요 역시 그런 아이돌의 시스템을 이해하고 있었기에 '릴라'에 김솔이라는 춤꾼이 하나쯤은 있는 것도 나쁘지 않겠다고 생각하였다.

제 생각을 정리한 화요가 김솔의 이름 옆에 간략한 심사평과 점수를 써 내려가기가 무섭게 다른 참가자의 노래가 흘러나왔다.

이번에도 팀원들은 자유롭게 의견을 주고받으며 참가자들에 대한 평가를 매겼다.

그렇게 화요가 서너 명의 후보에 대한 심사를 막 끝낼 때였다.

'네가 죽였어. 내 심장을, 내 영혼을, 내 숨을.'

여러 가지 의미로 익숙한 목소리에 펜을 바삐 움직이던 화요가 저도 모르게 멈칫하였다.

스피커에서 흘러나오는 것은 혜리의 목소리였다.

"아, 이혜리! 이 친구 노래 정말 매력 있게 하지 않나? 예선 때부터 내가 심사 본 참가자들 중에서 단연 눈에 띄던데."

회의가 시작된 이후로 별말 없이 서류와 영상만 확인하던 정 선생이 반가운 얼굴로 외쳤다. 그러자 김 프로듀서도 얼른 그 말에 동조하였다.

"정 선생님 말씀이 맞는 것 같습니다. 저도 본선 때 이 아이 노래하는 거 들어봤는데 상당히 괜찮더라고요. 목소리가 특이한데 대중가요도 잘 소화하고, 또 다른 특이한 장르 노래도 잘할 것 같은 그런 느낌이 있어서 신선한 보이스인 것 같습니다."

영상을 통해 흘러나오는 노래를 가만히 들어본 다른 팀원들도 김 프로듀서의 말에 하나둘 동조하였다.

"오. 그러게요. 보통 촬영분으로 노래 들으면 현장에서 들은 것보다는 느낌이 안 오는데, 이 아이는 느낌이 팍 오네요."

"엄청 기교 있게 부르는 게 아닌데도 마음에 울리는 것 같아요."

다른 팀원들도 신나게 혜리에 대한 칭찬을 하자 정 선생은 마치 제 손녀가 칭찬받은 할아버지 같은 표정으로 웃었다.

정 선생은 원래부터 재능 있는 젊은이를 보면 어떻게든 도와주고 싶어 하는 사람이었다. 그것을 아는 화요가 슬그머니 웃으며 고개를 옆으로 돌렸다.

혜리의 이 특별한 노래를 들은 우진이 어떤 얼굴을 하고 있을지 궁금했기 때문이었다.

그 역시 다른 사람들이 그런 것처럼 슬프고 힘든 일을 모두 잊은 것 같은 편안함을 느끼고 있을까?

만일 그렇다면 기쁜 동시에 조금은 슬플 것 같았다. 우진에게 그런 편함을 주는 것은 자신이고 싶었으니까.

하지만 화요가 본 우진의 모습은, 화요가 예상한 그 어떤 모습과도 달랐다.

감당하기 어려운 고통을 억지로 집어삼키며 참고 있는 사람처럼 그의 얼굴이 잔뜩 일그러져 있었다. 심지어 혜리를 보는 그의 시선에는 원망 비슷한 것까지 느껴질 정도였다.

안 그래도 안색이 별로 좋지 않던 그의 얼굴이 이제는 정말 어디가 아픈 사람처럼 보였다.

그렇게 생각한 것은 화요만이 아니었는지 김 프로듀서가 우진을 보고 놀란 얼굴로 물었다.

"차 이사님. 왜 그러십니까? 혹시 어디 안 좋으십니까?"

멍하니 스크린 속 혜리를 보고 있던 우진이 그 말에 정신을 차린 것처럼 고개를 돌렸다. 그러더니 무어라 표현할 수 없는 얼굴을 한 채, 입을 열었다.

"……아무것도 아닙니다. 그나저나 김 프로듀서. 저 참가자 이름이 뭐라고 했죠?"

"이혜리라고 합니다."

"나이는?"

"어? 나이, 는…… 아, 열일곱입니다. 올해로 열일곱이네요."

서류를 체크한 김 프로듀서가 얼른 대답하자 우진이 "열일곱……."이라고 중얼거렸다. 다른 사람의 귀에는 들리지 않았을 그 목소리가 화요의 귀에는 아주 뚜렷하고 선명하게 들렸다.

저 소녀가 열일곱 살인 게 무슨 문제라도 있는 걸까?

우진은 어느새 다시 스크린 속 소녀를 보고 있었다. 조금 전 느꼈던 불안함이 어느새 풍선처럼 커다랗게 부풀어 오르고 있었다.

"저 정도면 호흡 나쁘지 않고, 고음 처리도 괜찮고, 무엇보다 여성 보컬치고 저음이 잘 나오잖아. 기존에 듣기 힘든 스타일이라서 난 좋은 것 같은데?"

얼마나 신이 났는지 정 선생은 우진이 오만상을 찌푸리고 있거나 말거나 계속해서 혜리에 대한 칭찬을 이어 하고 있었다. 다른 팀원들 역시 동감한다는 것처럼 고개를 끄덕였다.

그때, 화요는 우진의 표정이 차갑게 굳어 버리는 것을 목격하였다. 이제 스크린에서 완전히 시선을 뗀 우진은 정 선생을 향해 차가운 목소리를 냈다.

"……하지만 특별하게 실력이 좋은 건 아닌 것 같습니다."

우진이 한 말에 다시 한 번 회의실 안이 조용해졌다. 정 선생을 포함한 다른 사람들이 깜짝 놀란 얼굴로 우진을 보았다.

정 선생은 매우 이해가 안 간다는 얼굴로 말했다.

"특별히 실력이 좋지 않다고? 차 이사. 무슨 소리인가? 저 정도면 실력이 충분히 좋지."

대체 어떻게 저 애 실력에 트집을 잡을 수 있냐며 정 선생이 화를 내자 우진도 지지 않고 대답하였다.

"그렇게 따지자면 다른 참가자들도 저 정도 실력은 충분히 갖추었습니다. 이혜리 참가자와 동점이었던 이미화 참가자도 그렇지 않습니까? 보니까 어렸을 때 전국 어린이 합창대회 솔로 파트에서 금상 수상 경력을 보유하고 있더군요. 그리고 전문 보컬 트레이너에게 수년 간 트레이닝을 받았다고 되어 있고요. 선생님이 보시기에 이미화 참가자는 어떻습니까?"

우진의 질문에 정 선생이 잠시 생각에 잠긴 얼굴을 하였다. 그러자 대신 김 프로듀서가 얼른 입을 열어 우진의 말을 두둔하였다.

"제 생각에는 이미화 참가자가 기술적으로는 더 좋긴 한 것 같습니다. 이혜리 참가자가 분명 인상 깊게 노래를 하긴 하는데, 안정적인 면은 역시 이미화 참가자가 위죠."

아까까지는 함께 혜리를 칭찬하던 김 프로듀서가 갑자기 말을 바꾸자, 정 선생이 어이가 없다는 얼굴로 입을 열었다.

"아니, 무슨 소리야? 그거야 전문 트레이닝을 받은 사람이랑 안 받은 사람이 스킬 차이가 나는 건 당연하지. 그렇다고 해서 지금 이혜리 참가자가 이미화 참가자에 비해 노래를 떨어지게 못하는 것도 아니잖아?"

혜리가 정말 마음에 든 것인지 정 선생이 김 프로듀서의 말을 되짚었다. 화요 때와 마찬가지로 정 선생은 자신의 마음에 든 혜리를 적극적으로 밀어주려는 듯하였다.

"김 프로듀서, 자네도 저번까지는 이혜리 참가자 노래 좋았다고 칭찬하고 난리였으면 왜 갑자기 말을 바꾸고 그러는 거야?"

"아니, 제가 무슨 말을 바꾸고 그랬다고 그러십니까, 정 선생님? 전 그런 건 아니고, 그냥―"

거기까지 말한 김 프로듀서가 힐끔 우진의 눈치를 살폈다. 다른 팀원들도 모두 우진의 얼굴을 보고 있었다. 그것을 눈치챈 우진은 얼굴을 찌푸렸다.

"……김 프로듀서, 지금 제 편드느라고 마음에도 없는 말 하고 있는 겁니까?"

"아, 아, 아닙니다! 이사님, 그런 건 아니고요……."

김 프로듀서가 화들짝 놀라 손과 머리를 붕붕 저어대는 모습은 누가 봐도 '너 때문에 그런 거 맞아'라고 말하는 것만 같았다. 얼굴이 딱딱하게 굳어진 우진은 윤 차장을 향해 물었다.

"윤 차장 생각은 어떠십니까?"

그동안 말없이 상황을 지켜보고 있던 윤 차장이 시큰둥한 얼굴로 대답하였다.

"왜 이미화와 이혜리를 비교하는 구도가 된 건지는 모르겠는데, 둘 중 하나라면 전 이혜리네요. 이혜리의 노래에는 뭔가 특별한 매력 같은 게 있거든요."

"알겠습니다. 그럼 정 선생님은― 안 물어봐도 되겠군요."

우진은 정 선생이 내 대답은 뻔하지 않느냐는 얼굴을 하는 걸 보고, 고개를 돌려 화요를 보았다.

제 의견을 묻는 게 분명한 흐름에 화요는 심장이 덜컹 내려앉았다.

마음 같아서는 우진의 편을 들어주고 싶다는 생각도 있었다. 하지만 화요 역시 프로듀싱에 참가하는 작곡가의 입장에서는 이혜리의 가능성에 더 눈이 갔다.

그녀는 혜리가 무대 위에 서면 얼마나 찬란한 빛을 내는 가수가 될지 알고 있었다.

그 아이는 로렐라이였으니까.

"……설화요 씨. 솔직하게 말해 주세요. 제 눈치 볼 필요 없이."

우진은 화요가 자신 때문에 고민하고 있다는 것을 알아차리고, 얼른 부드러운 어조로 말하였다. 그 말에 조금 용기를 얻은 화요가 조심스럽게 입을 열었다.

"저는…… 저도, 다른 분들과 비슷하게 생각해요. 이혜리 참가자가 기술적으로 완벽한 건 아니지만, 그래도 저 정도면 충분히 평균 이상의 실력이에요. 지금이 열일곱 살이라는 걸 생각해 보면 발전 가능성도 충분하고요. 무엇보다 이혜리 양의 노래에 특별한 '힘'이 있는 것 같거든요."

화요가 우진에게 의미심장한 눈빛을 보내며 한 그 말에 우진이 잠시 흠칫하였다. 그 눈에는 분명 당황한 것 같은 기색이 서려있었다.

하지만 다른 사람들이 그것을 알아차리기 전에 우진은 얼른 표정을 관리하였다.

"알겠습니다. 아무래도 저보다야 A&R팀분들이나 작곡가분들 의견이 옳겠군요. 모두의 의견이 그러시다면 저 역시 이혜리 양의 심사 결과에는 이견이 없습니다. 시간을 지체해서 죄송합니다. 다음 참가자 영상으로 넘어가죠."

우진의 말에 정 선생이 제 의견이 받아들여졌다는 것을 기뻐하며 의기양양한 얼굴을 하였다. 다른 팀원들도 안도의 한숨을 내쉬는 가운데, 윤 차장만은 화요를 보더니 묘한 얼굴을 하였다.

화요는 우진과 자신의 사이를 알고 있는 윤 차장이 짓는 미소에 어쩐지 멋쩍어졌다.

"어— 정말 괜찮으시겠습니까, 이사님?"

"네, 빨리 다음으로 넘어가죠."

김 프로듀서의 말에 시큰둥하게 대답하는 우진은 겉보기에는 평소와는 다를 바가 없었다. 하지만 화요는 그가 평소와 다르다는 것을 알아차렸다.

펜을 쥔 그의 손끝이 아주 미세하게 떨리고 있었으니까.

놀란 화요가 우진의 얼굴을 쳐다보자 그녀의 시선을 느낀 우진이 화요를 보더니 조용히 웃었다. 평소 같았으면 그 미소에 덩달아 마주 웃어 주었을 화요는 도저히 웃을 수가 없었다.

그로부터 약 3시간이 넘는 회의 끝에, 결국 이혜리는 릴라 멤버 후보로 최종 확정되었다.

그녀를 포함한 5명의 멤버 선발이 끝났지만, 프로젝트 릴라는 이제부터가 본격적인 시작이나 다름없었다.

"그럼 일단 기본적으로 컨셉은 마케팅 팀하고도 이야기를……"

팀원들과 앞으로의 일정에 대해 논의하던 화요는 우진이 조용히 회의실을 빠져나가는 것을 알아차렸다. 회의 내내 계속 그가 신경 쓰였던 그녀는 얼른 우진을 따라 나갔다.

커다란 창 앞에 기대어 서 있는 우진을 본 화요는 얼른 그를 부르려고 하였다. 하지만 우진의 맞은편에 서 있는 김 비서를 발견하고, 그 자리에 멈추어 섰다.

두 사람은 화요가 그다지 멀지 않은 곳에 서 있다는 것을 모른 채, 대화를 나누고 있었다.

"그러니까 이혜리라는 이름의 참가자에게 개별적인 연락을 취하라는 말씀이십니까? 무슨 일 때문에─"

'어? 이혜리?'

김 비서의 입에서 나온 익숙한 이름에 화요는 깜짝 놀랐다.

"그건 김 비서가 상관한 일이 아닙니다. 이유는 상관 말고 그 아이에게 연락을 해서 약속을─ 아니, 내일 당장 회사로 오라고 하세요."

우진의 목소리에 전에 없는 초조한 기색이 서려 있었다. 화요는 저도 모르게 한 걸음 앞으로 나아갔다. 우진과 김 비서의 대화가 더욱 분명하게 들려왔다.

"이사님. 저는 어지간한 경우에는 이사님이 하시는 일에 대해서는 일절 간섭을 하지 않지만."

"네, 그럼 앞으로도 간섭하지 마세요."

화요는 지금 김 비서에게 저렇게 차가운 목소리를 내는 남자가 자신 앞에서는 설탕을 뿌린 꿀같이 구는 남자와 동일 인물이라는 게 믿기질 않았다. 모르는 사람이 봤다면 틀림없이 우진이 이중인격자라 의심했을지도 모른다.

"……아니요. 그래도 이번에는 한 말씀을 드려야겠습니다. 설화요 씨 일도 그렇지만, 오디션 참가자와 사적인 접촉을 하는 건 좋지 않습니다. 만일 이 일이 회장님 귀에 들어간다면…….."

"화요 씨 일은 괜찮습니다. 회장님이 뭐라고 하시건 간에 제가 그 사람 지킵니다."

다른 문제로 머리가 복잡한 와중에도, 우진이 딱 잘라 한 그말에 화요의 가슴이 세차게 뛰었다.

"그리고 이혜리, 그 아이 일도…… 회장님이 아서도 상관없습니다. 아니, 오히려 아시면 더 좋을지도 모르겠군요."

우진의 목소리에 조금 전과는 다른 감정이 어렸기에 이번에는 가슴이 철렁하였다. 그 목소리는 우진이 자신의 가족에 대한 이야기를 하던 때와 꼭 닮아 있었다.

김 비서의 얼굴은 우진에게 가려 보이지 않았지만, 화요는 그 역시 자신처럼 당황스러운 얼굴을 하고 있는 게 아닐까 생각하였다.

한동안 복도에 무거운 침묵이 감돌았다. 그리고 한참의 침묵후, 먼저 입을 연 것은 김 비서였다.

"이사님. 이혜리라는 그 참가자, 나이가 열일곱이라고 하셨죠. 혹시…… 혜진 양과—"

"김 비서. 말했죠? 김 비서가 상관할 일이 아니라고. 회장님이 아시게 되면 내가 알아서 처리합니다. 김 비서는 그냥 이혜리에게 연락을 하세요."

말을 마친 우진이 몸을 돌리려는 기척이 느껴졌기에 화요는 후다닥 근처에 있는 모퉁이로 몸을 숨겼다. 엿들으려고 했던 건 아니지만 본의 아니게 그의 대화를 엿들었던 탓에 가슴이 불안함과 미안함으로 요동쳤다.

저벅, 저벅―

빠른 걸음으로 복도를 걸어 나가는 우진의 구둣발 소리에 이어 조금 천천히 그의 뒤를 따라가는 김 비서의 발소리가 들렸다. 화요는 그 소리가 완전히 사라지자 벽에 기댄 채 주르륵 미끄러져 앉았다.

그녀의 머릿속에 김 비서가 조용한 목소리로 물었던 말이 떠올랐다.

'이혜리라는 그 참가자, 나이가 열일곱이라고 하셨죠. 혹시…… 혜진 양과―'

혜진은 대체 누구지? 그리고 왜 김 비서도 열일곱이라는 나이에 그렇게 민감하게 반응을 한 걸까?

분명 아까 전 혜리를 보았던 우진 역시 그 아이의 나이를 재차 확인했다.

열일곱의 소녀 혜리, 그리고 혜진.

"혜진⋯⋯."

화요가 그 이름을 입 밖으로 소리 내어 말하는 순간, 화요의 주머니 속에 있는 휴대전화가 울렸다. 깜짝 놀라 얼른 전화를 확인해 보니 우진에게 메시지가 한 통 도착해 있었다.

「**회의 끝나면 먼저 집에 돌아가 있어요. 오늘은 일이 있어서 좀 늦을 것 같아요.**」

평소에도 일이 있으면 따로 집에 돌아가는 경우가 있었다. 하지만 오늘은 그와 잠깐이라도 떨어져 있어야 한다는 사실이, 우진이 자신에게 무언가를 감추고 있다는 사실이 화요의 마음을 불안하게 만들었다.

한동안 메시지를 반복해서 읽던 화요는 깊게 한숨을 쉬었다.

무거운 무언가가 가슴 위에 올라앉은 것처럼 가슴이 답답했다.

"이혜리, 17살. 서울예술중학교 졸업. 현재 검정고시 준비 중⋯⋯ 서울예술중학교."

이혜리의 신상명세서를 확인하던 우진은 그 아이의 중학교를 한 번 더 소리 내어 읽어 보았다.

역시나. 우진은 자신의 서랍 속에 있는 낡은 사진 한 장을 꺼내 들었다. 동생 혜진과 한 소녀가 밝게 웃고 있는 사진.

사진 속의 그 소녀는 신상명세서에 있는 이혜리의 사진과 똑같았다.

그는 커다란 의자에 머리를 기대었다.

이혜리. 그래, 분명 혜진이 친구 중에 그런 이름을 가진 애가 한 명 있었지.

평소에는 의식적으로 생각하지 않으려고 했던, 혜진이와의 몇 안 되는 추억들이 우진의 머릿속에 파노라마처럼 스쳐 지나갔다.

유진이만큼이나 친구가 많았던 혜진이는 집으로 사람을 자주 데려왔다.

그중에서도 혜진이 우진과 유진을 모두 불러다 놓고는, 제 단짝친구라고 소개해 주었던 아이가 한 명 있었다.

까무잡잡한 피부에 고양이 같은 눈매를 가진 아이였다. 다른 아이들처럼 우진과 유진을 보고도 주눅 들지 않고 오히려 능청스럽게 굴던 소녀.

혜진이와 우정 반지라는 걸 맞춰서 끼고 다니던 그 아이는 혜진이의 장례식 날 가장 많이 울었다. 친오빠인 자신은 울지도 않는 그 자리에서, 유진과 함께 바닥을 흠뻑 적실 것만큼 울었던 아이.

그 아이의 모습을 떠올리자 우진의 머리가 다시 지끈거리며 아파 왔다.

그것은 마치 환상통(phantom pain)과도 같았다.

평소에는 정말 의식조차 하지 않다가도, 어떠한 작은 계기 때문에 통증이 생겨났다. 아니, 이번 일은 분명 작은 계기는 아니었다.

우진은 책상 위에 있는 신상명세서 속 혜리의 얼굴을 노려보았다.

동생과 가장 친했던, 그리고 동생의 죽음에 그토록 슬퍼했던 이 소녀를 보면 자연스럽게 혜진이 떠올랐다.

물론 우진이 혜진에 대해 잊으려고 한 적은 한 번도 없었다. 하지만 지금까지의 고통이 감당할 수 있는 정도였다면, 혜리를 통해 다시 새겨진 고통은 숨이 턱턱 막힐 정도로 강한 것이었다.

어느새 사진을 쥐고 있던 우진의 손에 힘이 들어갔다. 손 안의 사진이 바스락 소리를 내며 구겨졌다.

한동안 통증과 싸우던 우진은 누군가가 문을 두들기는 소리에 얼굴을 찌푸렸다. 우진은 구겨진 사진을 책상 위로 휙 던져 놓은 후, 신경질적인 어조로 답하였다.

"뭡니까."

"……우진 씨, 저예요."

우진은 문 너머에서 들릴 리 없는 목소리에 놀라 고개를 들었다. 창밖은 어느새 새카만 어둠이었고, 벽에 걸린 시계 역시 숫자 10을 가리키고 있었다. 놀란 우진이 자리에서 벌떡 일어서서 달려가 문을 벌컥 열었다.

"화요 씨."

반가운 마음과 놀란 마음에 우진이 그녀의 이름을 부르자, 화요가 머쓱한 얼굴로 웃었다.

"이 시간까지 회사에 있었어요?"

화요가 급하게 해야 할 일이라도 있었던 건가 싶어서 우진은 기억을 더듬어 보았다. 그러나 아무리 생각해 봐도 당장 그녀가 급히 해야 할 일은 없었다.

그것을 알고 있는 우진이 다시 한 번 화요에게 왜 여기에 있냐는 질문을 던지기 전에 화요가 먼저 입을 열었다.

"음…… 그게…… 우진 씨, 많이 늦나요?"

살짝 숙였던 고개를 들어 올리며 화요가 조심스럽게 한 질문에 우진이 천천히 눈을 깜빡였다.

"우진 씨가 보낸 메시지는 봤는데요. 그래도…… 같이 집에 가고 싶어서요."

제 말이 부끄러운지 화요가 얼른 다시 고개를 숙였다. 환히 켜진 복도의 불빛 아래서 그녀의 귓불이 붉게 물들어 있는 것이 또렷하게 보였다.

아. 우진은 무심코 입꼬리가 슬그머니 위로 올라가는 걸 느꼈다.

화요가 이 시간까지 회사에 남아 있던 이유가 자신 때문, 그것도 자신과 함께 집에 가고 싶어서라고 생각하니 웃음이 절로 나왔다.

거짓말처럼, 아까 전부터 느꼈던 기분 나쁜 통증이 눈 녹은 듯 사라지고 없었다.

"일이 있어도 오늘은 이만 집에 가면 안 될까요? 우진 씨 요즘은 상태도 안 좋아 보이는데, 야근은 안 좋을 것 같아서─"

요, 라는 마지막 말을 내뱉기도 전에 화요의 몸이 커다란 품에 휘감기듯 안겼다. 화요는 자신의 코에 닿는 익숙한 우진의 체취에 놀라기보다는 안심하였다.

자신의 서툰 행동과 달리 우진의 애정 표현은 언제나 알기 쉬웠고, 분명했다.

"화요 씨."

귓가에 닿는 우진의 숨이 간지러웠기에 화요는 살짝 목을 움츠리며 "네."라고 대답하였다.

"큰일 났어요."

"왜요?"

우진의 목소리가 전에 없이 진지하였기에 정말 무슨 일이라도 났나 싶어 화요가 묻자 우진이 여전히 심각하게 대답하였다.

"일이고 뭐고 그냥 다 때려치우고 화요 씨랑 이러고 있고 싶어서요."

정말 큰일 날 소리네. 화요는 말없이 자신의 몸을 단단히 감싼 우진의 팔을 찰싹 때려 주었다. 우진은 작게 웃었지만 팔을 풀지는 않았다. 화요 역시 곧 우진의 등을 손으로 감싸 안았다.

"우진 씨."

"응?"

"……이혜리 참가자가 마음에 안 드는 이유가 있나요?"

화요의 질문에 우진이 작게 흠칫하였다. 그와 몸이 맞닿아 있는 화요는 그것을 분명히 느낄 수 있었다.

"그런 건, 아니에요."

아, 이건 거짓말이구나. 평소에는 거짓말을 아주 능숙하게 하는 남자의 목소리에 기운이 없었다. 화요는 우진의 등을 천천히 쓰다듬으며 말했다.

"……그 아이는 로렐라이예요. 그것도 좋은 방향의 '힘'을 가진. 그 아이가 있는 릴라라면 틀림없이 성공할 거라고 생각해요."

화요의 설명에 우진이 천천히 몸을 떼어, 그녀와 얼굴을 마주하였다. 우진의 눈이 어느새 '차우진 대표이사'의 눈을 하고 있었다.

"이혜리가 로렐라이라고요?"

"네. 그 아이의 노래를 들은 사람들은 대부분 싫은 기억을 잊고 '행복'을 느끼게 될 거예요. 그게 그 아이가 가진 노래의 '힘'이거든요."

"그럼, 화요 씨가 이혜리를 지지한 건 그 아이가 로렐라이기 때문인가요?"

우진의 질문에 화요는 고개를 저었다. 분명 혜리가 로렐라이라는 점은 중요한 요소긴 하지만, 그렇다고 해서 그 이유 하나만으로 혜리를 좋게 평가한 건 아니었다.

"아니요. 이혜리 양은 일단 기본 실력 자체도 우수해요. 사실 노래를 듣다 보면 상대의 역량 같은 게 느껴질 때가 있어요. 200%의 힘을 낼 수 있는 사람이 지금 90%만 하고 있구나, 하는 생각이 들 때가 있는가 하면 100%가 한계인 사람이 100%를 다 하고 있구나, 하는 생각이 들 때도 있는데……."

"이혜리는 200%의 힘을 가지고 있다?"

화요가 고개를 끄덕이자 우진이 한숨을 폭 쉬었다. 화요가 이렇게까지 말하는데 강압적으로 이혜리를 릴라 멤버에서 제외시킬 수는 없었다.

하지만 적어도, 어째서 하필 그 아이가 ZIN으로 아이돌 오디션을 보러 온 것인지 확인하고, 가급적 스스로 포기하게끔 설득해야겠다 싶었다.

우진의 기억이 맞다면 분명 혜리는 바이올린을 전공하던 아이였다. 피아니스트가 꿈이었던 혜진은 언젠가 혜리와 합주를 할 거라고 웃으며 말했다.

'그때는 큰 오빠랑 둘째 오빠가 제일 앞에 있는 관객석에 앉아!'

활짝 웃으며 꿈을 이야기하던 아이의 얼굴에 오디션을 보던 혜리의 얼굴이 겹쳐졌다. 그 아이의 친구가 대체 왜 아이돌 지망생이 된 걸까.

생각이 깊어진 우진이 저도 모르게 화요의 허리에 두르고 있던 팔에 힘을 꾹 주자, 화요가 조심스럽게 입을 열었다.

"우진 씨. 만약에 우진 씨가 그 아이가 그렇게 껄끄러워서 그러는 거라면―"

"아뇨. 괜찮아요."

우진이 얼른 화요의 말을 가로막더니 화요의 입술에 살짝 입을 맞추었다. 갑작스러운 입맞춤에 놀란 화요가 눈을 휘둥그레 뜨자 우진이 씩 웃었다.

"괜찮아요. 나는 그냥― 그 아이가 내가 아는 어떤 아이랑 닮아서 좀 마음에 걸렸을 뿐이에요. 근데 내 착각이었어요. 그러니까 괜찮아요."

'혜진'이라는 이름이 목구멍까지 치밀어 올랐지만, 화요는 그것을 꾹 참아 냈다. 우진은 살짝 헝클어진 화요의 머리카락을 다정스럽게 쓰다듬어 주었다.

"오늘은 퇴근 안 할 예정이었는데, 집에 가야겠네요. 금방 준비할 테니까 잠깐 기다려요."

띠리릭.

우진이 말을 끝내기가 무섭게 대표실 안에 있는 내선 전화가 울렸다. 그 소리에 우진이 얼굴을 팍 찌푸리더니 한숨을 쉬었다.

'오늘 정말 우진 씨 퇴근 못 하는 거 아닐까?'

걱정이 된 화요가 우진의 얼굴을 살피자, 우진이 그녀의 마음을 읽기라도 한 것처럼 그녀의 볼을 손가락으로 부드럽게 문질렀다.

"아마 별거 아닐 거예요. 금방 끝날 테니까 안에 들어와서 기다려요."

그렇게 말한 우진이 먼저 사무실 안으로 들어서자 화요도 엉거주춤 우진의 뒤를 따랐다. 우진이 책상 위에 전화를 받으며 화요에게 눈짓으로 이쪽으로 오라는 시늉을 하였다.

화요가 순순히 그의 말에 따르자 우진은 그녀를 책상 앞 의자에 앉혔다. 그리고 자신은 책상 위에 걸터앉아 통화를 시작하였다.

화요는 우진의 전화 받는 모습을 잠시 멍하니 지켜보다가 책상 위에 구겨진 종이가 있다는 것을 깨달았다.

무심코 그것을 손에 쥐어 펴 본 화요는 그대로 굳어졌다.

사진 속에는 환하게 웃고 있는 두 명의 소녀가 있었다.

한 명은 처음 보는 낯선 소녀였지만, 다른 한 명은 그녀가 얼굴을 아는 아이였다.

이혜리. 사진 속 소녀의 이름을 속으로 중얼거린 화요는 딱딱하게 굳은 얼굴로 위를 올려다보았다. 통화에 열중하고 있는 우진은 그것을 전혀 눈치채지 못하고 있었다. 침을 꼴깍 삼킨 화요는 얼른 다시 사진을 처음처럼 구겨 책상 위에 두었다.

보면 안 될 걸 본 것처럼, 심장이 쿵쿵쿵 요란하게 뛰었다.

'그 아이가 내가 아는 어떤 아이랑 닮아서 좀 마음에 걸

렸을 뿐이에요. 근데 내 착각이었어요. 그러니까 괜찮아
요.'

우진은 아까 전 분명 자신의 착각이었다고, 괜찮다고 말했다. 하지만 책상 위 사진은 그것이 사실이 아님을 증명하고 있었다.

'이혜리라는 그 참가자, 나이가 열일곱이라고 하셨죠. 혹
시…… 혜진 양과―'

혜진, 이혜리. 두 소녀가 대체 우진과 무슨 관계가 있는 걸까. 그러고 보면 분명 오디션을 보던 혜리 역시 우진을 찾았었다. 마치 그에게 무언가 전하고 싶은 게 있는 것처럼.

머릿속이 혼란스러웠다. 그가 자신에게 사실을 말해 주지 않으려고 하는 이상, 이 문제에 자신이 더는 개입해서는 안 될지도 모른다.

하지만 요즘 우진이 다시 악몽을 꾸기 시작한 이유는 어쩌면 혜진이라는 이름의 소녀와 이혜리라는 이 아이 때문일지도 모른다.

'만일 그런 거라면 어떻게 하지?'

스스로에게 질문을 던져도 답은 쉽게 나오지 않았다.

화요는 눈을 천천히 감았다.

이제 사라졌다고 생각했던 우진과의 거리가, 자신들을 가로

막고 있는 벽이 오히려 더 견고하게 존재하고 있음을 깨달으며.

　다음 날, 오전 10시.

　대표실 의자에 앉아있는 우진의 얼굴이 그 어떤 때보다 차갑고 딱딱하였다. 다른 사람 같으면 그런 우진의 앞에서 주눅이 들었겠지만, 지금 우진의 앞에 있는 소녀는 전혀 겁먹은 얼굴이 아니었다.

　오히려 우진을 만나 반갑다는 듯 소녀는 눈을 반짝반짝 빛내고 있었다.

　"……이혜리."

　한참을 침묵하던 우진이 결국 나즈막한 목소리로 이름을 부르자 혜리도 입을 열었다.

　"안녕하세요, 우진 오빠."

　우진 오빠라는 호칭에 우진이 한쪽 눈썹을 찌푸렸다.

　그의 기억 속에서 자신을 오빠라고 부르던 작은 소녀는 딱 둘뿐이었다. 혜리와 혜진. 하필 앞 자가 같아 마치 자매 같은 아이들이었다. 혜진이도 혜리를 두고 '내 쌍둥이'라고 부르며 즐거워했던 기억이 아직도 그의 머릿속에 남아 있었다.

　"여기서 뭐하는 거지?"

　"꿈을 좇고 있죠."

　발칙한 대답에 우진이 피식 웃었다. 그는 자신이 보고 있던 서류를 내던지듯 책상 위에 올려 두었다.

"그럴 거면 계속 미국에 있는 게 나았을 텐데. 월넛힐 하이스쿨은 미국의 3대 예술 고등학교 중 하나 아닌가? 그곳에서 계속 공부하는 게 너의 장래를 위해서는 더—"

"바이올린은 그만두었어요. 이제 하지 않아요. 아니, 할 수가 없어요."

혜리가 한 말에 우진은 멈칫하였다. 얼음장처럼 차갑던 그의 얼굴에 순간적으로 동요에 가까운 감정이 스쳐 지나갔다.

"……혹시 후유증 때문이야?"

우진의 말에 혜리가 웃는 것처럼 보이는, 하지만 우는 것 같기도 한 얼굴을 하였다.

혜리는 혜진과 같은 콩쿠르에 참여하느라 같은 차를 타고 있었다. 두 소녀가 함께 탄 차가 사고가 났을 때, 혜진은 죽고 혜리는 살아남았다.

그게 이 아이의 삶을 어떻게 바꾸어 놓았던 걸까.

우진은 제 동생 일만으로도 마음이 복잡했기에 동생의 친구가 어떤 상황에 처해 있었는지는 생각해 본 적이 한 번도 없었다. 뒤늦게 그런 생각을 할 자격조차 자신에게는 없지만.

"뭐, 그 비슷한 거요."

씁쓰름하게 웃는 소녀의 얼굴은 열일곱 살의 얼굴로는 보이지 않았다. 우진은 3년간, 혜리에게 무슨 일이 있었는지 자세히는 알지 못했다.

하지만 이곳으로 오기까지 이 아이가 겪어야 했을 수많은 부딧힘과 좌절에 대해서는 짐작할 수 있었다.

우진은 미간 사이를 손끝으로 문질렀다. 만나서 혜리를 설득하여 스스로 이 오디션을 포기하게 만들 생각이었다.

그런데 막상 만나 보니, 별다른 말을 나누지 않아도 알 수 있었다. 자신이 절대 이 아이를 설득할 수 없음을.

"왜 하필 여기야?"

머릿속에 떠오른 질문을 우진은 그대로 입 밖으로 내었다. 그 질문을 들은 혜리가 처음으로 선뜻 대답을 하지 못하고 머뭇거렸다. 우진은 그녀가 스스로 입을 열 때까지 참을성 있게 기다려 주었다.

한참이 지난 후에야 천천히 혜리의 입이 열렸다.

"……유진 오빠를 만나고 싶었으니까요."

대표실 앞.

문을 두드리려던 화요는 안에서 말소리가 들려오는 것을 깨닫고 멈칫하였다. 누가 안에 있는 걸까, 생각하던 그녀는 어제 우진이 김 비서에게 내렸던 지시를 떠올렸다.

혹시— 화요의 손이 자신도 모르는 사이에 손잡이를 잡아 천천히, 아주 천천히 돌렸다.

소리 없이 열린 문틈 사이로 이번에는 또렷한 목소리가 들려왔다.

"……오빠를 만나고 싶었으니까요."

그녀가 예상한 대로 대표실 안에서 들려오는 목소리는 혜리의 것이었다. 이러면 안 된다는 생각을 하면서도 화요는 그 자리를 떠날 수가 없었다.

오빠를 만나고 싶었으니까요.

혜리의 그 말이 화요의 발을 단단히 바닥에 고정시켜 둔 것만 같았다.

오빠? 만나고 싶었다고?

"그렇다면 왜 하필 여긴데? 여기서 직접 만날 수 있는 것도 아니잖아."

"직접적인 만남은 무리더라도, 기회는 얻을 수 있을 거라고 생각했어요. 애초에 제가 쉽게 만날 수 있는 사람도 아니고요."

"그렇게까지 한 이유가 뭔데?"

우진의 목소리는 지나칠 정도로 담담하였다.

"오빠를 좋아하니까요."

두 사람의 대화를 숨죽여 엿듣던 화요의 눈앞이 순간적으로 하얗게 변하였다.

혜리가 장난이나 농담으로 이런 말을 하는 게 아니라는 걸 알 수 있었다. 아이의 목소리에는 특별한 사람을 그리워하는 감정이 차곡차곡 새겨져 있었다.

화요가 저도 모르게 주춤, 주춤 뒤로 물러섰다. 자신이 이 순간 취해야 할 적절한 행동이 무엇인지 아무것도 떠오르질 않았다.

"나랑은 상관없는 일이야."

혜리의 애절한 목소리와 달리 우진의 목소리는 서늘했다. 동요 때문에 머릿속이 하얗게 변했던 화요는 그 사실에 조금 안도하고 말았다. 그리고 동시에 이런 것에 안도하는 자신에게 혐오감을 느꼈다.

안 돼, 여기서 이 대화를 엿들으면.

지금이라도 못 들은 걸로 하자고 중얼거리며 화요는 얼른 문을 조용히 닫았다.

안에서 여전히 무언가 소리가 들려왔지만, 그녀는 귀를 틀어막고 뒤를 돌았다.

방금 들었던 소리를 전부 잊어버리려는 것처럼.

문밖에서 무슨 일이 벌어지고 있는지는 꿈에도 모른 채, 우진이 짜증스러운 얼굴로 말했다.

"네가 유진이를 좋아하건 말건 그건 나랑 상관이 없어. 하필 네가 이 회사로 온 의미도,"

"아까도 말씀드렸잖아요. 여기 오면 유진 오빠와의 접점이 하나라도 생긴다고 생각했어요. 저는⋯⋯."

긴 이야기를 시작하려는 것처럼 한 번 말을 끊은 혜리가 깊고 무겁게 숨을 들이켰다.

"혜진이 일이 있고 나서⋯⋯ 유진 오빠는 가끔 저에게 연락했어요. 제가 괜찮은지 물어보고, 가끔은 오빠가 그린 그림으로 만든 엽서도 보내 주고요."

우진은 한숨을 쉬었다. 차유진이라면, 그 오지랖 넓고 착해 빠진 제 동생이라면 그랬겠지 싶었다.

죽은 동생의 친구, 그리고 동생이 죽던 순간 함께 있던 어린 소녀에게 얼마나 측은한 마음을 느꼈을까?

하지만 유진의 그 배려가 혜리에게는 다른 감정으로 다가온 모양이었다.

"그 사고 이후에도…… 유진 오빠를 몇 번 만난 적이 있어요. 작년에 제가 완전히 바이올린을 잡을 수 없게 되었다고 했을 때, 절 만나러 메사추세츠까지 와 주기도 했고요. 그때 너무 기쁘고, 반가워서…… 도저히 감정을 억누를 수가 없어서 제가 고백을 했어요."

혜리의 말에 우진이 놀란 얼굴을 하였다. 그는 역시 아이는 대단하다고 중얼거리며 고개를 저었다.

아무리 좋아하는 마음을 억누를 수 없었다고 하더라도 죽은 친구의 오빠에게 고백을 하다니. 우진에게는 혜리의 고백이 무모하게 느껴질 정도였다.

그리고 동시에 동생이 어떤 말을 혜리에게 했을지 짐작이 되었다.

"'혜리야. 아마 그건 너의 착각일 거야. 조금 더 시간이 지나면 알게 될 거야.'"

우진이 유진의 흉내를 내듯 부드러운 목소리로 한 말에 혜리가 웃음을 터트렸다.

"하하. 대박. 역시 우진 오빠랑 유진 오빠는 형제네요. 닮았다. 맞아요. 유진 오빠는 그렇게 말하고, 그 이후에는……."

'아예 연락 자체가 안 되었겠지.'

안 봐도 뻔한 동생의 행동에 우진은 미간을 찌푸렸다. 죽은 동생을 대신하여 챙기던 아이가 갑자기 좋아한다고 고백을 하니 겁이 났을 것이다.

그러니 억지로 거리를 두었을 거고, 그렇게 하면 자연스럽게 혜리가 자신을 잊을 거라고 생각했을 것이다.

보통은 그렇게 끝날 일이었다.

하지만 문제는 유진의 생각과는 달리 혜리가 포기가 빠른 아이가 아니었다는 점이었다.

"대단하네."

우진의 입에서 나온 말은 빈정거림이 아닌 순수한 감탄이었다. 그는 자신의 앞에 있는 혜리를 다시 찬찬히 훑어보았다.

무엇이 이 소녀를 여기까지 오게 했을까. 그리고 무엇이 이 소녀에게 이런 용기와 힘을 주었던 걸까.

혜리는 마치 우진이 무슨 생각을 하고 있는지 알기라도 한 것처럼 빙그레 웃었다.

"누군가를 좋아하게 되면, 그 사람을 위해서 무엇이든 할 수 있잖아요."

무엇이든. 그 말에 우진은 이상하게 가슴이 답답해져 오는 것을 느꼈다. 그다지 오래되지 않은 기억 속에 혜리의 말과 비슷한 화요의 말이 남아 있었다.

'좋아하는 사람에게는 거짓말을 하고 싶지 않으니까요.'

우진은 차가운 손끝을 무릎 위에 올리고 한숨에 가까운 숨을 내뱉었다. 어째서 내 주변에 있는 여자는 모두 이렇게 강한 걸까.

화요도, 혜리도 상대에게 미움 받고 싶지 않다는 이유로 거짓말을 하는 자신과는, 그리고 상대의 감정에 당황하여 도망치고 있는 유진과는 달라도 너무 달랐다.

자괴감에 빠진 우진이 한동안 아무 말이 없자 혜리는 잠시 머뭇거리다가 긴장한 얼굴로 다시 입을 열었다.

"……우진 오빠가 제 지원 동기가 불순하다고 생각하셔도 어쩔 수 없다고 생각해요. 하지만 저, 절대로 가벼운 마음으로 지원한 건 아니에요. 이건 제 진심을 보이기 위한 첫걸음이에요. 그러니까 앞으로 그 어떤 힘든 트레이닝이 있더라도 견딜 수 있어요."

열일곱 살의 소녀의 입에서 나오는 포부는 당당하였다. 우진은 피식 웃었다.

"트레이닝이 문제가 아니지. 아이돌이 된다는 거, 대중 앞에서 엔터테이너로서의 삶을 산다는 건 쉬운 게 아니야. 네가 생각한 것보다 더 어렵고 힘든 일이 많을 거야."

"괜찮아요. 그 어떤 거라도 할 수 있어요. 저는 해낼 수 있어요."

우진에게 하는 대답이라기보다는 마치 스스로에게 하는 다짐과 같은 말이었다. 혜리의 흔들림 없는 눈빛을 보며 우진은 천천히 고개를 끄덕였다.

언젠가 보았던, 할 수 있다고 말하던 화요의 눈과 혜리의 눈은 어딘가 닮아 있었다. 그렇게 생각하니 정말 이 아이라면 잘 해낼 수 있을 것 같았다.

"정식 발표는 이틀 내로 날 거야. 하지만 최종 선발자에게는 미리 연락이 갈 예정이지. 오늘 11시쯤."

우진이 그 말을 하는 것과 동시에 혜리의 휴대전화가 울렸다. 얼른 휴대전화를 살펴본 혜리의 눈이 휘둥그레졌다. 아이의 얼굴에 좋아 죽겠다는 기색이 번지는 것을 본 우진이 조용히 웃었다.

"우진 오빠!"

"오빠 아니고 이사님. 호칭 실수하지 마라."

"네, 감사합니다, 이사님. 저 열심히 할게요!"

고개를 꾸벅 숙이는 혜리에게 우진은 별다른 말을 하지 않았다. 그저 고개를 한 번 끄덕일 뿐이었다. 우진은 가보라는 듯 혜리에게 고갯짓을 하였다.

혜리는 다시 한 번 깊게 고개를 숙이더니 신이 난 걸음으로 사무실을 빠져나갔다.

혼자 남겨진 우진은 가볍게 경련이 일어나는 눈가를 문질렀다. 요즘은 전에 없는 피곤함에 몸이 무거웠다. 이 피곤함의 이유가 무엇인지는 알고 있었다.

끝없이 이어지는 악몽, 화요에게 비밀을 감추고 있다는 불안감, 그녀가 언젠가 자신을 떠날지도 모른다는 끔찍한 생각.

'좋아하는 사람에게는 거짓말을 하고 싶지 않으니까요.'
'누군가를 좋아하게 되면, 그 사람을 위해서 무엇이든 할 수 있잖아요.'

화요와 혜리의 말이 교차되듯 떠올랐다. 우진은 주먹을 꾹 쥐었다. 지금 그에게도 무엇이든 할 수 있는 용기가 필요했다.

누구보다 사랑하는 사람을 위해서 자신의 거짓을 고할 수 있는 용기가.

15.
용서할 수 있는 거짓말

서울의 한 신경정신과 진료실 안.

초췌한 얼굴을 한 우진은 부드러운 미소를 짓고 있는 의사를 마주하고 있었다. 의사는 오랜만에 만난 우진에게 제법 반갑게 인사를 건넸다.

"오랜만에 뵙습니다. 차우진 씨. 그동안 잘 지내셨습니까?"

의사의 말에 우진은 내 얼굴을 보고도 그런 소리가 나오느냐는 빈정거림을 입 안에 꾹 묻어 두었다.

"……그다지 좋진 않았습니다."

"그렇군요. 불면증이 더 심해지셨습니까?"

불면증이라. 형식적인 의사의 질문에 우진은 픽 웃었다.

혜리와의 만남 이후, 그는 의도적으로 화요와 거리를 두었다.

매일 아침 그녀와 함께하던 출근도, 매일 저녁 그녀와 함께하던 퇴근도 이런 저런 핑계를 대고 전부 피하였다.

자신의 행동이 화요에게 어떤 식으로 보일지 생각할 마음의 여유가, 지금의 그에게는 없었다.

"불면증, 그렇군요. 네. 최근에는 악몽을 꿉니다. 그래서 처방받은 수면제를 먹고 침대에 눕는 것조차 고역이더군요."

"음, 그럼 요새 어떤 꿈을 꾸십니까?"

의사의 질문에 우진이 눈을 가늘게 좁혔다. 그가 요즘 꾸는 꿈의 내용은 늘 같았다.

"……연인이, 꿈속에 연인이 나옵니다."

처음에는 자신을 보는 화요의 눈이 평소와 같다.

자신을 전적으로 믿는, 그리고 애정 가득한 눈빛으로 그녀는 우진을 본다.

하지만 그 눈이 어느 순간, 돌변한다.

'거짓말쟁이.'

우진이 한 번도 들어본 적 없는 목소리로 그를 매도한 뒤, 화요는 등을 돌린다.

"그녀가 저를 거짓말쟁이라고 부르며…… 떠나갑니다. 저는 그녀를 잡기 위해 뒤를 따르지만, 우리 사이의 거리는 절대 가까워지지 않습니다. 그리고 그 다음에는……."

'역시 피는 못 속이는구나.'

자신을 원망하는 화요 다음에는 꼭 자신을 비웃는 어머니가 보였다.

그녀를 가만히 노려보고 있으면 곧, 마지막으로는 혜진이 나타났다.

자신을 가여운 사람 보듯 보는 어린 동생은 라일락 꽃다발을 들고 있었고, 피가 묻은 맨발이었다.

그 아이가 걸음을 옮길 때마다 바닥에는 핏방울이 뚝뚝 떨어지고, 우진은 그것을 바라본다.

혜진은 그대로 우진을 지나쳐서 사라진다. 우진은 그것이 무섭거나 두렵지는 않았다. 그저 슬프다는 생각을 하며 눈을 뜨면 온몸은 땀에 흠뻑 젖어 있었다.

화요의 노래를 듣고 처음으로 악몽을 꿨던 날처럼.

"음…… 연인이 자신을 떠나는 꿈이라."

우진의 이야기를 들은 의사가 고개를 끄덕거리며 무언가를 차트에 기록하였다.

"아무래도 차우진 씨께서 연인 분을 많이 소중하게 생각하시는 모양입니다."

우진은 그 말에 쓴웃음을 지으며 고개를 숙였다.

소중하다, 는 감정이란 게 뭘까.

사전적인 의미로 '소중하다'가 무엇인지는 알고 있었다. 매우 귀하고 중요한 것.

얼마 전의 우진은 화요가 자신에게 소중한 사람이라는 말에 한 치의 망설임 없이 그렇다고 대답할 수 있었다.

그런데 지금은 확신이 없었다.

정말 내가 화요 씨를 소중하게 여기고 있는 게 맞는 걸까? 내가 이제까지 그녀에게 했던 거짓말을 생각한다면 사실 난 그녀를 전혀 소중하게 대하지 않는 게 아닐까?

"차우진 씨 같은 경우는 원래부터 불면증이 '누군가를 잃을지 모르는' 불안 장애와 밀접한 관계가 있습니다. 그러니 상대에게 애착이 있으면 있을수록―"

"불안한 것 같습니다."

우진이 충동적으로 내뱉은 말은 아마 자신을 잘 아는 상대에게라면 섣불리 털어놓을 수 없을 말이었다.

한참 차트를 확인하며 우진에게 정해진 것 같은 멘트를 던지던 의사가 놀란 얼굴로 우진을 보았다. 그것을 깨달은 우진은 작게 한숨을 쉰 뒤, 말을 이었다.

"선생님. 저는 이제까지 다른 사람에게 잘 보이고 싶다고 생각한 적이 한 번도 없었습니다. 저에게는 타인은 두 부류입니다. 하나는 이용 가치가 있는 인간, 다른 하나는 이용 가치가 없는 인간. 제 그런 태도 때문에 남들에게 비난받고 있다는 걸 알지만 그걸 한 번도 신경 써 본 적은 없습니다."

처음에는 놀란 얼굴로 우진을 보고 있던 의사가 어느새 조금 흥미롭다는 눈으로 우진을 보고 있었다.

우진이 이 병원을 다닌 것은 벌써 3년째였지만, 그가 이렇게 자신의 속마음을 털어놓은 적은 한 번도 없었다.

의사는 어느새 손에 들고 있던 진료 차트를 책상 위에 내려놓았다.

"지금 제 연인 역시, 처음에는 그저 이용 가치가 있는 사람이라고 생각했습니다. 그런 의미에서 귀한 사람이라고 생각했죠. 그런데……."

어느 순간부터였을까. 화요가 자신을 향해 수줍게 웃는 얼굴을 보며 그 웃는 얼굴을 계속 지켜보고 싶다는 생각을 하게 되었다.

그뿐만이 아니라 무슨 일이든 최선을 다하려고 하는 그녀를 끌어안고 싶다는 충동을 느꼈고, 결국은 그녀를 세상 그 무엇으로부터라도 지켜 주겠다고 마음먹게 되었다.

"그녀를 좋아한다는 걸 알게 된 후에는 겁이 났습니다. 제가 처음 그녀에게 접근했던 이유를…… 그녀가 알게 된다면, 그녀가 상처를…… 아니. 아닙니다. 이것도 거짓말이군요. 네. 그녀가 저를 경멸하게 될까 봐 겁이 났습니다. 태어나서 처음 느끼는 공포였고, 불안함이었습니다. 그래서 거짓말을 했습니다. 저는 지금까지도 계속 그녀를 속이고 있죠. 이런 제가 정말 그녀를 소중하게 여기고 있는 건지…… 모르겠습니다."

마치 재판관 앞에서 죄를 고하는 죄인과 같은 심정으로 우진이 사실을 털어놓았다. 그 앞에 있는 의사가 어떤 얼굴을 하고 있는지는 보이지 않았다.

한 번에 많은 말을 쏟아 낸 우진은 크고 깊게 숨을 들이마셨다가 내쉬었다.

진료실 안은 한동안 조용하였다. 시간이 조금 지나자 우진은 자신이 쓸데없는 말을 했다는 후회가 들었다.

이런 말을 의사에게 털어놓는다고 해서 뭐가 해결이 되겠는가.

얼른 진료를 끝내고 나가자는 생각에 우진이 고개를 번쩍 들던 순간이었다.

무겁게 침묵하던 의사가 불쑥 입을 열었다.

"차우진 씨. 먼저 한 가지 말씀드리자면 차우진 씨가 가지고 있는 불안 요소는 쉽게 해결할 수 있는 게 아닙니다."

어렸을 때부터 우진을 미워하던 어머니는 결국 몰래 집을 나갔고, 몇 안 되는 소중한 사람 중 하나는 사고로 세상을 떠났다.

모두 우진이 깜빡 잠든 사이에 벌어진 일이었고, 우진은 그 때문에 더더욱 잠을 이룰 수 없게 되었다.

그런 사정을 전부 알고 있는 의사는 신중하게 한 마디, 한 마디를 이어 갔다.

"보통 불안 장애의 경우에는 약물치료뿐만이 아니라 환자가 불안을 일으키는 요인에 노출을 시켜서 그 불안증상을 완화시키는 치료법이 있습니다. 차우진 씨의 경우에는 약물치료도 전혀 효과가 없었는데, 그렇다고 해서 행동치료를 처방 할 수는 없었습니다. 이유는…… 인도적인 차원의 문제기도 하고, 사람의 감정이라는 게 억지로 되는 게 아니라서 그렇기도 했죠."

누군가를 좋아해야겠다고 결심하면서 좋아하는 사람은 없다. 여기서부터 여기까지만 이 사람을 좋아하자고 선을 그어 놓을 수도 없고, 벽을 세울 수도 없다. 사랑에는 정도가 없는 법이니까.

"솔직하게 말씀드리자면…… 저는 차우진 씨께서 앞으로 누군가를 아끼거나 연애를 하는 일은 어렵지 않을까 생각했습니다. 차우진 씨는 워낙 독립적인 데다가 자신의 아픔이나 감정을 잘 감추는 분이시라서요. 그래서 사실 오늘 저에게 스스로 속마음을 털어놓으셨다는 사실에 대해 저는 매우 놀랐습니다."

의사가 쓰고 있던 안경 콧등을 손가락으로 쓱 밀어 올렸다. 그 입가에는 사무적인 웃음과는 다른, 따뜻한 미소가 떠올라 있었다.

"차우진 씨는 지금 참 좋은 사랑을 하고 계시는 군요."

우진이 그 말에 놀란 눈을 하였다.

"좋은 사랑……?"

"사람은 좀처럼 변하지 않으려고 하는 습성이라고 할까, 관성에 가까운 성질이 있습니다. 그런데 그런 성질을 버리려고 할 때가 있습니다. 아이가 태어날 때 담배를 끊으려고 하는 아버지, 요리를 한 번도 해 본 적이 없지만 아내를 위해 생전 처음 칼을 잡는 남편, 하던 일을 그만두고라도 부모님을 요양하려는 자식,

회사에서 잘나가는 커리어 우먼이었지만 가족을 위해 전업주부를 택하는 아내. 모두, 사랑하는 사람을 위해서죠."

의사의 말에 떠오르는 사람들이 있었다.

무서움을 견디고 자신에게 비밀을 밝혔던 화요, 유진에게 제 마음을 증명하기 위해 모든 걸 버리고 한국으로 다시 돌아온 혜리.

"스스로는 잘 느끼시지 못하겠지만, 차우진 씨도 변하려고 하고 있습니다. 다른 누구를 위해 한 번도 해 본 적이 없는 문제를 고민하고, 또 해답을 내려고 하고 있죠. 지금 힘드시다는 건 압니다. 하지만 우진 씨는 앞으로 나아가기 위한 걸음을 내딛고 있는 겁니다."

앞으로 나아가기 위한 걸음. 그 말에 천천히, 아주 조금씩, 우진의 조각난 마음이 아프기를 멈추기 시작하였다.

"만일 그런 괴로움을 느끼지 않는다면 계속 연인분께 사실을 밝히지 않는 것도 관계를 지속하는 하나의 방법이겠죠. 하지만 그런 고민을 하고 있다면 사실 우진 씨 역시 모든 걸 털어놓고 싶다는 게 진심일 겁니다. 차우진 씨가 요새 꾼다는 그 꿈이 그걸 증명하고 있고요. 그러니―"

잠시 뜸을 들인 의사가 작게 숨을 내쉰 뒤, 우진을 향해 또렷한 목소리로 말했다.

"사실을 털어놓으세요."

자신이 예상했던 의사의 마지막 말에 우진의 얼굴이 더더욱 어두워졌다.

"……그로 인해 지금의 관계에 금이 갈지 모르는데도요?"

"그렇죠, 당장은 그럴 수도 있습니다. 하지만 거짓말을 그냥 계속 두면 나중에는 금이 가는 정도가 아니라 산산조각이 날지도 모릅니다."

신뢰를 얻기는 어렵지만 잃는 건 아주 쉽고 빠르다. 의사는 조용한 목소리로 우진의 어깨를 다독여 주었다.

"자신을 믿을 수 없을 때는, 자신이 사랑하는 상대를 믿는 것 또한 방법이죠. 쉽지는 않겠지만, 노력한다면 차우진 씨의 연인분이 당신을 이해하고, 받아들여 줄지도 모릅니다. 그것이 지금의 우진 씨에게는 약보다도, 다른 무엇보다도 제일 도움이 될 겁니다."

병원을 빠져나오는 우진의 발걸음이 무거웠다. 그는 자신의 손 안에 있는 약봉투를 힐끔 내려다보았다.

일주일치의 수면제와 진통제는 의사가 직접 처방해 준 것이었지만, 이것을 처방해 주던 의사는 정작 '약에 의존하지 말 것'이라는 엉뚱한 말을 하였다.

세워 두었던 제 차에 올라탄 우진은 조수석 위로 약을 대충 던져 둔 뒤, 한숨을 쉬었다. 핸들에 머리를 댄 우진은 잠시 눈을 감고 생각하였다.

'사실을 털어놓으세요.'

"하―"

우진은 소리 내어 짧게 웃은 뒤, 고개를 저었다.

사실을 말한다. 자신의 거짓을 고백한다.

말은 쉬웠다.

문제는 털어놓는 것이, 그리고 용서받는 것이 말처럼 쉽지가 않다는 점이었다.

충동적으로 우진은 주머니에서 휴대전화를 꺼내 화요와 주고받은 마지막 메시지를 확인해 보았다.

「**너무 무리하지 마세요. 무슨 일 있으면 꼭 연락 주세요.**」

그녀가 보냈던 메시지를 몇 번이나 입 속으로 읽어 본 뒤, 우진은 액정을 손끝으로 가볍게 두들겼다.

만나고 싶다. 보고 싶다. 설화요, 당신이.

그런데 동시에 만나는 것이 겁이 났다.

며칠 전부터 우진은 계속 같은 생각을 반복하고 있었다. 이제는 자신이 이렇게까지 나약한 인간이었나 하는 생각이 들기 시작하였다. 동시에 대체 언제까지 이럴 셈인가 싶어서 자신이 한심하고 어리석게 느껴졌다.

휴대폰을 쥔 손을 밑으로 내리며 우진은 고개를 저었다.

의사의 말대로였다. 언제까지나 이렇게 자신을, 그리고 그녀를 속일 수는 없었다. 언젠가는 털어놓아야 할 일이었다. 그 시기가 언제가 좋을지 고민하다가는 결국 아무것도 못 할 것이다.

화요가 용기를 내어 제 비밀을 털어놓았던 것처럼, 우진 역시 이제는 제 비겁함을, 그리고 마음속에 있는 어두움을 고백해야만 했다.

한동안 액정 화면만 들여다보던 우진이 전에 없이 긴장한 얼굴로 통화 버튼을 눌렀다.

몇 번의 신호음 후, 수화기 너머에서 평소보다 기운 없는 화요의 목소리가 들려왔다.

〈우진 씨?〉

"화요 씨. 무슨 일이에요? 어디 아파요?"

제 문제로 머리가 어지러운 와중에도 화요의 약한 목소리에 우진의 심장이 크게 튀었다. 걱정스레 우진이 묻는 말에 화요는 아니라고 짧게 대답하였다.

〈괜찮아요. 그냥…… 조금 피곤해서 그런가 봐요.〉

아, 그럼 오늘은 안 되겠구나. 우진은 마치 손도 대지 않은 숙제의 제출 기한이 하루 정도 늘어났을 때 같은 심정으로 한숨을 쉬었다.

〈근데 무슨 일이에요? 우진 씨 지금 어딘데요?〉

"아. 나는 병원이고, 잠깐 화요 씨 만나고—"

〈병원!? 우진 씨 어디 아파요? 다쳤어요? 어디 병원인데요?〉

병원이라는 말에 얼른 목소리를 높이는 화요 덕에 우진은 저도 모르게 웃음이 나왔다. 진심으로 자신을 걱정해 주는 그녀의 목소리가 우진의 지친 마음을 조금 편하게 만들어 주었다.

"아뇨, 그런 건 아니고요. 불면증 때문에 약 처방받으려고 왔거든요."

〈……우진 씨, 요새 더 심해진 거예요? 병원에서는 뭐래요?〉

우진은 바로 대답이 나오질 않아 잠시 침묵하였다. 화요 역시 대답을 재촉하지 않았기에 두 사람 사이에는 평소와는 다른 적막이 흘렀다. 마치 최근 두 사람의 사이를 단적으로 보여 주는 것 같은 어색함이었다.

역시 이 상태를 더는 버틸 수 없었다.

전화를 걸 때와 마찬가지로 망설이던 우진은 조용한 목소리로 화요를 불렀다.

"화요 씨."

〈네.〉

"정말 미안하지만, 괜찮다면…… 오늘 우리 만날 수 있을까요?"

거의 삼 일, 아니 어쩌면 사 일 만일지도 모른다. 화요는 오랜만에 제대로 얼굴을 마주하는 제 연인을 보고 약간 울 것 같은 기분을 느꼈다.

그만큼 우진의 집 거실에 있는 가죽 소파에 앉아 있는 그의 모습이 낯설게 느껴졌다.

"이상하게 오랜만에 만나는 기분이네요."

화요랑 같은 생각을 한 것인지 우진이 부드럽게 웃으며 한 말에 화요도 어색하게 웃었다. 그녀는 자신이 지금 제대로 웃고 있는지 알 수가 없었다.

"화요 씨는 왜 그렇게 안색이 안 좋아요? 혹시 몸이 많이 안 좋아요? 그럼 오늘은 그냥—"

"아뇨. 그런 거 아니에요. 그냥 좀 요새 생각이 많아서…… 그리고 저도 우진 씨한테 물어보고 싶은 게 있어서 오늘, 이야기하고 싶어요."

화요는 무릎 위에 가지런히 올려 둔 제 손끝이 점차 차가워지는 것을 느꼈다.

우진과 연락이 뜸해진 시간 동안 그녀는 머릿속으로 수없는 생각을 하고, 수없는 불안함을 맛보았다.

혜리는 대체 우진과 어떤 관계일까. 혜진이라는 이름의 사진 속 소녀는 또 누구인 걸까.

그녀의 불안은 우진이 자신을 묘하게 피한다는 생각이 들면서부터 더욱 커졌고, 이제 그 불안은 한계에 달해 있었다.

만약 오늘 우진에게 연락이 오지 않았다면 화요가 먼저 우진에게 연락을 했을지도 모르는 일이었다.

"물어보고 싶은 거? 뭔가요, 화요 씨."

우진의 말에 화요는 무릎 위에 올려 둔 손을 꼭 쥐었다. 긴장 때문에 심장이 목구멍 밖으로 튀어나올 것 같았지만, 그녀는 용기를 냈다.

"우진 씨. 이혜리 양…… 우진 씨가 개인적으로 아는 사이인가요?"

이혜리의 이름이 나온 순간, 우진의 얼굴이 순간적으로 굳어졌다.

역시나. 우진을 똑바로 바라보고 있던 화요는 가슴속에 무어라 표현할 수 없는 감정이 퍼져 나가는 것을 느꼈다.

화요는 떨리는 목소리로 입을 열었다.

"……미안해요, 우진 씨. 나 실은…… 들어 버렸어요. 우진 씨가 대표실에서 혜리 양이랑 이야기 나누는 거."

"대표실에서 나랑 혜리가……? 아―"

우진은 화요가 무슨 말을 하는 것인지 알아차리고, 얼른 고개를 저었다.

"화요 씨, 그건―"

"혜리 양이 우진 씨를 좋아한다고, 고백…… 그리고 우진 씨를, 오빠라고……."

감정이 북받쳐 오른 듯, 화요가 끝까지 말을 잇지 못하고 단편적인 문장을 내뱉었다.

만일 우진 씨 역시 혜리를 특별하게 생각하고 있는 거라면 어쩌지? 그 아이에게 특별한 마음이 있어서 오디션에 참여하는 걸 반대했던 거라면 어쩌지?

며칠간 그녀를 괴롭혔던 고민이 또다시 화요의 머릿속을 움켜쥐었다. 금방에라도 눈물이 터져 나올 것 같았기에 화요는 얼른 손을 꼭 쥐었다.

"화요 씨, 아니에요! 그게 아니에요."

화들짝 놀란 우진은 얼른 자리에서 일어나 화요 근처로 다가가 무릎을 꿇듯 앉았다.

"혜리가 좋아하는 건 내가 아니라 내 동생을 말하는 거예요."

"……우진 씨, 동생?"

화요는 눈가에 살짝 고인 눈물을 닦아내며 우진이 예전에 동생이 있다고 했던 것을 떠올렸다.

"네, 내 동생. 사실 혜리는 혜진이 친구인데…… 아, 처음부터 설명할게요. 설명이 뒤죽박죽이네요."

우진은 한숨을 쉬었다. 자신의 거짓을 밝히기 위해 그녀를 불러낸 자리였지만, 그것보다 먼저 알려야 할 진실이 있었다.

"화요 씨. 전에 내가 나한테 동생이 있다고 했죠. 기억나요?"

화요가 고개를 끄덕이자 우진은 다시 말을 이었다.

"나에게는 동생이 둘 있어요. 내 바로 밑에 있는 남동생이랑 나이 차가 많이 나는 여동생. 그 여자는 혜진이, 그러니까 막내 동생을 낳고 나서 바로 집을 나갔죠. 그래서 나에게 혜진이는 뭐랄까…… 조금 안된 아이였어요."

우진이야 원래 어머니의 애정을 받지 못하고 자란 아이였지만, 혜진이는 아예 태어나자마자 어머니에게 버림받은 아이였다.

남에게는 그다지 살갑지 않은 우진조차도 그것이 늘 마음에 걸렸다.

"혜진이는…… 피아노를 잘 쳤어요. 우리 중에 그 여자한테 음악적 재능을 물려받은 건 혜진이가 유일했던 것 같아요. 노래도 제법 잘했거든요."

거기까지 말한 우진이 작게 웃었다. 마치 지워지지 않는 연필 자국처럼 기억 속에 희미하게 남은 동생의 미소가, 노래가 떠올랐다.

"나는 회장님이 죽도록 싫었지만, 본가에서 27년을 살았어요. 혜진이 때문이었죠. 그 아이가 독립하게 될 때까지는 되도록 집에 있어야겠다 싶었거든요. 그런데…… 3년 전에 그 아이가 죽었어요. 교통사고로."

조용히 우진의 말을 듣고 있던 화요의 얼굴이 딱딱하게 굳어졌다.

"외국에서 열린 무슨 콩쿠르에 다녀오던 길이었어요. 그날 참가했던 콩쿠르에서 혜진이는 금상을 탔죠. 전화로 실컷 자랑을 하더니 한국에 오면 금상을 탔던 그 곡을 연주해 주겠다고 했어요. '어차피 큰 오빠는 들어도 잘 모르겠지만.'이라고 하면서."

자신의 비극을 말하는 우진의 목소리가 지나치게 조용하고, 지나치게 담담했기에 그녀는 자신이 듣고 있는 이야기가 마치 스크린 너머의 다른 세상일처럼 느껴질 정도였다.

"우진 씨."

화요가 목이 메인 것 같은 소리로 우진을 불렀다. 하지만 우진은 말을 멈추지 않았다.

"혜리는 혜진이의 가장 친한 친구였어요. 둘은 같은 차를 타고 있었고…… 혜진이가 죽고, 혜리가 살았죠. 나는 혜리까지 생각하고 신경 쓸 여유는 없었지만, 내 바로 밑에 있던 동생 놈은 그런 혜리를 많이 챙겨서—"

"우진 씨."

"혜리가 그 녀석을 좋아하게 되어서 우리 회사 오디션을 보러……."

"우진 씨, 됐어요! 이제 됐어요. 알았어요, 다 알았어요, 괜찮아요."

화요가 양손을 뻗어 자신의 바로 앞에 있는 우진의 머리를 끌어안았다. 오랜만에 닿은 우진의 몸이 사랑스럽고 동시에 애처로웠다.

당신은, 당신은 대체 얼마나 힘들었을까.

친모가 자신을 버리고 갔다는 사실만으로도 충분히 괴로웠을 터였다. 그런데 아끼는, 소중한 동생을 사고로 잃어야 했던 비극은 또 그를 얼마나 아프게 했을까. 이 사람에게 자신이 어떻게 힘이 될 수 있을까. 어떻게 하면 조금이라도 더, 당신을 안심시켜 주고 행복하게 해 줄 수 있을까.

자신보다 머리 하나는 더 큰 남자가 무릎 꿇듯 앉아 있는 모습이 미안하고 안타까웠다. 자신의 불안 때문에 그의 상처를 이렇게 들쑤신 스스로가 바보 같고 원망스러웠다.

화요는 눈을 감고, 우진의 머리를 쓰다듬었다.

"미안해요. 내가 이상한 오해를 해서, 괜히 우진 씨 신경 쓰이게 해서 미안해요."

"……아뇨, 화요 씨. 내가 미리 말했어야 했는데, 미안해요. 다만…… 혜진이 일은……."

말할 수가 없었다. 우진에게 있어서 어머니 일은 화요에게 쉽게 말할 수 있을 정도의 상처였다.

하지만 혜진의 일은 달랐다.

화요에게 자신의 커다란 상처를 드러내는 것은 제 바닥을 보이는 것과 마찬가지였다. 그것은 거짓을 고백하는 것과 같은 용기가 필요한 일이었다.

"그리고 화요 씨는 나한테 미안해하지 않아도 돼요. 미안해해야 하는 건 나니까."

"우진 씨가 왜요."

그렇게 대답하며 우진의 머리를 쓰다듬던 화요의 손이 여전히 상냥했다. 우진은 입술을 꾹 깨물었다. 지금 이 순간은, 그가 살면서 가장 큰 용기가 필요한 순간이었다.

"화요 씨. 사실, 나는—"

띠릭, 띡띡.

우진이 막 입을 여는 찰나, 현관에서 소리가 들려왔다.

문의 잠금장치가 해제되는 소리에 깜짝 놀란 우진이 하던 말을 멈추고 고개를 들었다. 화요 역시 덩달아 놀란 얼굴로 현관 쪽으로 고개를 돌렸다.

곧 현관문이 열리는 소리와 함께 누군가가 집 안으로 들어서는 기척이 느껴졌다.

우진은 놀라 그 자리에서 벌떡 일어섰다. 이 집의 출입 비밀번호를 알고 있는 사람, 그것도 경비업체에서 그냥 얼굴로 패스를 시킬 인물은 단 한 명밖에 없었다.

"어? 형 오늘 출근 안 했나 보네?"

현관에서 들려오는 익숙한 목소리에 우진의 가슴이 철컹 내려앉았다.

어째서? 이곳에 있을 리가 없는 사람의 목소리에 동요한 그가 소파에 앉아 있는 화요를 내려다보았다.

화요가 조금 의아하다는, 그리고 동시에 이상하다는 얼굴을 하고 있었다.

"우진 씨, 지금 누가 들어온 것 같아요."

"화요 씨."

머릿속이 새하얗게 변하였다. 그는 바짝 마른 입술을 혀끝으로 축이며 입을 열려고 하였다.

그때, 화요가 우진의 등 뒤를 보고 눈을 커다랗게 떴다.

마치 봐선 안 될 것을 본 것 같은 사람의 얼굴이었다.

"차유, 진……?"

화요가 집에 들어온 불청객의 이름을 나지막한 소리로 부르자, 불청객 역시 놀란 목소리로 답했다.

"어, 어? 설화요?"

우진은 눈을 질끈 감았다. 자신이 서 있는 바닥이 물컹거리는 진흙 바닥처럼 느껴졌다. 그가 아무런 행동을 취하지 못하는 사이 유진이 화요를 향해 반갑게 다가왔다.

"너 정말 화요 맞아? 야, 이게 대체 얼마만이야? 너 잘 지냈어? 아니, 잠깐. 근데 네가 왜 여기에…… 아! 맞아, 형이 너 ZIN이랑 계약했다고 했었네, 참!"

아무것도 모르고, 그저 반갑게 유진이 한 말에 우진은 이 이상 느낄 수 없을 정도로 깊은 절망을 느꼈다. 그는 차마 뒤를 돌아볼 수 없었다.

화요가 어떤 눈으로 자신을 보고 있는지 알 것만 같았으니까.

"형이 나한테 이것저것 물어볼 때는 좀 당황했는데, 계약 건이 잘 풀린 것 같아서―"

유진이 여전히 신나게 떠드는 말에 화요가 천천히 입을 열었다.

"……너한테, 물어봤다고? 나에 대해서?"

화요의 조용한 목소리가, 이제까지 우진을 다정하게 위로하던 것과는 전혀 다른 목소리가 들려왔다. 곧 이어 당황한 것 같은 유진의 목소리도 들려왔다.

"어? 어어. 어? 잠깐, 화요야. 너―"

우진의 등 뒤에서 유진이 무언가 말하는 것과 동시에 화요가 움직이는 기척이 느껴졌다. 우진의 몸이 결코 약하지 않은 힘에 의해 강제적으로 뒤를 돌아보게 되었다.

화요를 마주한 우진은 일순, 숨 쉬는 것을 잊었다.

그녀가 이제까지 한 번도 본 적 없는 얼굴을 하고 있었다.

아주 절박한, 동시에 부정하는, 그러나 믿고 싶은, 하지만 믿을 수 없는, 그 모든 감정들이 섞여 있는 얼굴이었다.

"사실, 사실이에요? 우진 씨, 내가 누군지 알았어요? 사실, 아니죠? 뭔가— 오해, 오해 같은 거죠? 우진 씨 내가 누군지 알고 나한테…… 나한테……."

아니라고 말해, 제발. 그녀가 온몸으로 외치는 그 말에 우진은 고개를 끄덕이고 싶었다. 오해가 맞다고, 유진이 한 말이 저 말이 사실이 아니라고 하고 싶었다. 그 말로 화요를 안심시켜 주고 싶었다. 그렇게 한 번 더 거짓말을 하고 싶었다.

하지만—

"……사실이에요."

할 수 없었다.

이제까지 해 왔던 것처럼 능숙하게, 자연스럽게 그는 거짓말을 할 수 없었다.

우진이 스스로의 목에 칼을 밀어 넣는 심정으로 한 마디, 한 마디를 내뱉었다.

"알고 있었습니다. 처음 화요 씨를 만났던 그때부터, 당신이 누구인지 알았어요. 다 알고 당신에게 접근했어요."

우진의 말을 들은 화요가 눈을 깜빡였다. 한 번, 두 번. 도저히 믿지 못하겠다는 듯, 뒤로 주춤주춤 물러섰다. 우진과 멀어진 그녀가 입을 열고 닫기를 반복하였다. 무슨 말을 해야 할지 모르겠다는 것처럼 멍하니 우진을 바라보기만 하던 화요가 물었다.

"날, 속인…… 거였어요?"

그녀의 목소리가 다시 한 번 우진에게 부탁했다. 제발 지금이라도 아니라고 말해 달라고. 우진이 눈을 질끈 감았다. 변명도, 용서를 구하는 말도, 더는 그 어떤 말조차 할 수 없었다.

"내 노래가 좋다는 말도, 나라면 할 수 있다는 말도…… 전부, 전부…… 나한테 접근하기 위한 말뿐이었어요?"

"화요 씨, 그건 아니―"

"거짓말쟁이."

우진의 말을 가로막는 화요의 목소리가 선명하고 또렷했다.

며칠 간 꿈에서 보았던 그것과 똑같은 목소리였다.

우진의 눈에 비친 화요의 얼굴이 슬픔으로도, 분노로도 완전히 표현할 수 없는 감정으로 일그러져 있었다. 우진은 입을 다무는 것도 여는 것도 하지 못한 채, 화요를 바라보았다.

어느새 그녀의 커다란 눈에 서서히 눈물이 고이고 있었다.

숨을 쉬는 게 고통스럽게 느껴질 정도로 아팠다. 그녀의 우는 모습이 자신이 이제까지 느꼈던 그 어떤 아픔보다도 지독한 아픔으로 다가왔다.

그리고 아이러니하게도 그녀가 지독하게 상처를 받은 이 순간, 그녀에게 죽을 만큼 미안한 감정을 품은 이 순간, 우진은 다시 한 번 느꼈다.

자신이 얼마나 그녀를 사랑하고 있는지를.

무언가, 무언가를 말해야 한다. 비록 처음에는 목적을 가지고 접근했지만, 어느 순간부터 그게 아니었다고, 당신을 정말 좋아하게 되었다고 말해야 한다.

그녀에게 모든 것이 거짓은 아니었다는 것을 말해야만 한다.

"화요 씨."

우진이 힘들게 그녀의 이름을 부르자, 눈물을 뚝뚝 흘리던 화요가 고개를 저었다. 아무 말도 듣고 싶지 않다는 것처럼. 그녀의 그 작은 행동에 우진의 마음이 다시 갈가리 찢어졌다.

"듣기 싫어요. 아무 말도 하지 마요. 아무것도 듣고 싶지 않아."

그 조용한 목소리는 화를 내는 것도, 소리를 지르는 것도 아니었다. 그런데도 그 어떤 외침보다도 더욱 또렷하고 커다랗게 우진의 마음을 두들겼다. 그녀의 말에 거스를 수 없었기에 우진은 목구멍까지 치밀어 오른 말을 집어삼켰다.

마치 고장 난 인형처럼 계속 고개를 젓던 화요가 그대로 문을 향해 뛰어 나갔다.

우진은 자신을 지나치는 화요를 잡아야 한다는 생각조차 하지 못한 채, 그 자리에 그대로 서 있었다.

복도를 뛰는 소리, 문이 열리고 닫히는 소리가 뒤이어 들려오는 동안 거실은 조용하였다.

"형. 내가 잘못한 거야? 나 무슨 실수했어?"

어쩔 줄 몰라 하며 유진이 물은 말에 우진은 천천히 고개를 돌렸다. 거실 한복판에 오도카니 서 있는 유진의 얼굴이 이루 말할 수 없는 죄책감에 물들어 있었다.

잘못? 실수?

하필 이 순간, 집을 찾아들어 온 동생을 탓해야 하나? 자신에게 더는 거짓말을 하지 말라며 부추겼던 의사를 원망해야 하나?

픽 웃은 우진은 근처에 있던 소파에 주르륵 미끄러지듯 앉으며 눈을 감았다.

"아니."

이 결과는 결코 유진 잘못도, 실수도 아니다.

그렇다고 해서 의사의 조언이 무책임했던 것도 아니다.

이 결과에 대한 책임은,

"내 잘못이야."

다른 누구도 아닌 우진의 것이었다.

쾅, 쾅, 쾅!

"야, 설화요! 밥 안 먹었냐? 야! 씹냐? 무시하냐?"

문밖에서 들려오는 요란한 소리에 화요는 이불을 머리끝까지 뒤집어썼다. 그래도 둘째 오빠 도현의 커다란 목소리는 이불 속까지 파고들었다.

"엄마! 설화요 밥 안 먹는다는데?! 저거 이번에는 대체 뭔 사고 치고 온 거야?"

뒷말은 화요가 들으라고 한 말은 아니지만, 도현의 목소리는 성량이 좋아도 지나치게 좋았다.

곧 멀어지는 발걸음 소리와 함께 부엌에서 엄마가 무어라 하는 소리가 들려왔다.

화요는 그제야 부스스 이불 속에서 고개를 내밀었다. 잔뜩 헝클어진 머리와 부은 눈을 한 채, 그녀는 코를 훌쩍거렸다.

우진의 집에서 유진을 마주한 지, 며칠이 지났을까.

그대로 우진의 집을 빠져나왔던 화요는 우진이 자신을 바로 뒤따라오지 않는다는 사실에 한 번 더 상처 받았다.

차라리 따라와서 자신을 붙잡고 무슨 말이라도 했다면, 용서를 구했다면―

'아니, 그렇다고 해도 어쩔 수는 없었어.'

화요는 고개를 저었다.

아무리 그 자리에서 우진이 그럴싸한, 앞뒤가 맞는 말을 했다고 하더라도 자신의 배신감과 슬픔이 사그라지지는 않았을 것이다.

퉁퉁 부은 눈을 손가락으로 비비며 화요는 눈을 감았다.

마치 고장 난 수도꼭지처럼 눈에서는 또다시 물이 주르륵 흐르고 있었다.

이제 몸속에 남은 수분이라고는 피 밖에 없을 것 같은데도 눈물이 계속 나오는 게 신기하게 느껴졌다.

"……민우 때도 안 이랬는데."

조용한 목소리로 혼잣말을 중얼거리던 화요가 자신이 한 말에 스스로 조금 놀랐다.

그래, 맞아. 민우 때도 안 이랬는데.

2년이나 사귀었던 남자 친구가 바람피우는 장면을 눈앞에서 보고 느꼈던 충격과 배신감보다 우진의 거짓말에 받았던 상처가 더 컸다.

그 이유가 무엇인지는 알고 있었다.

아마도 스스로 생각한 것보다 훨씬 더 많이 우진을 좋아했던 것이다.

"아."

다시 눈 안쪽이 뜨거워졌다. 마치 파블로프의 개처럼 우진에 대한 생각을 하는 것만으로도 자연스럽게 눈물이 흘렀다. 이제 아릿하게 당겨오는 볼에 눈물이 다시 흐르는 것을 느끼며 화요는 한숨을 쉬었다. 언제까지나 이렇게 계속 있을 수 없다는 것을 안다.

이 방 밖으로 나가 해야 할 일들이 있었다. ZIN과 전속 계약 해지를 해야 하고, 우진의 옆집에 둔 짐을 들고 나와야 했고, 또⋯⋯.

똑똑.

화요가 제일 마주하기 싫은 일에 대해서 생각하고 있는 순간, 방문을 두들기는 소리가 들렸다. 도현 때와는 다르게 차분하고 정중한 그 노크 소리에 화요는 문밖에 있는 사람이 누구인지 단번에 알아차렸다.

"화요야. 자니?"

큰 오빠 정하의 부드러운 목소리를 들은 화요는 다시 한 번 더 눈가에 눈물이 고였다.

"혹시 자는 게 아니면 오빠랑 잠깐 이야기 좀 할래? 힘들면 쉬어도 되지만, 오빠가 걱정되어서 그래."

조용조용한 그 목소리는 화요가 절대 거부할 수 없는 힘이 있었다. 화요는 부모님과 따로 사는 정하가 자신을 걱정하여 일부러 집을 찾았다는 걸 깨달았다. 침대에서 힘없이 일어선 그녀가 천천히 문으로 다가가 손잡이를 잡았다.

찰칵, 잠금장치가 풀리는 소리가 유독 크게 들렸다. 화요가 문을 열자 그 앞에는 화요에 대한 걱정이 가득한 얼굴을 한 정하가 서 있었다.

"정하 오빠."

어째서일까. 정하의 얼굴을 보니 안심이 되는 한편 또 서러워서 화요는 입을 삐죽거렸다. 마치 자신이 울며 떼쓰는 아이가 된 것 같았다. 하지만 정하는 그런 화요를 보고 어이없어하거나 다그치는 법 없이 얼른 다독여 주었다.

아무 말 없이 자신을 끌어안고 등을 토닥여 주는 정하의 품에서 화요는 또 엉엉 울었다. 그러자 뒤에서 얼굴을 오만상으로 찌푸린 도현이 빈정거리는 소리가 들려왔다.

"어이구. 아주 드라마 속 비극의 여주인공 납셨네. 이번에는 대체 뭔 사고를 치고 와서 눈물을 그렇게 짜내고 지—"

"설도현!"

정하가 낮고 무겁게 자신의 이름을 부르자 도현은 입을 다물었다. 화요는 코를 훌쩍거리며 정하의 가슴팍에 얼굴을 문질렀다. 다른 사람에게는 미안하고 부끄러워서 절대 못 할 행동이었다. 하지만 자신의 어리광을 모두 받아 주는 정하에게는 가끔 막내처럼 굴게 되는 화요였다.

"화요야. 밥은 먹었어?"

"아, 아까 말했잖아, 형. 걔 안 먹었다니까. 집에 와서 사흘 동안 먹은 게 전혀 없다고."

한 걸음 떨어진 곳에서 팔짱을 낀 채, 도현이 화요 대신 화요의 상태에 대해 설명하였다.

"설도현, 내가 지금 너한테 물었냐?"

화요를 달래는 목소리와 도현을 타박하는 목소리는 톤부터가 달랐다. 도현은 큰 형이 자신을 차별한다고 투덜거리며 소파에 털썩 주저앉았다. 정하는 그것을 힐끔 보더니 화요를 데리고 함께 소파에 가서 앉았다.

거실에 있는 커다란 소파에 삼남매가 나란히 앉았다. 정하도 도현도 한동안 아무 말 없이 화요의 울음이 잦아들기를 기다렸다. 화요의 눈물이 그사이에 천천히 말랐다.

"……엄마는?"

조금 갈라진 목소리로 화요가 묻자 도현이 입을 열었다.

"장 보러 가셨어. 저녁은 너 좋아하는 감자탕 해 주신다고."

도현의 말에 화요는 다시 고개를 숙였다. 자신이 가족들에게 정말 많이 걱정을 끼치고 있구나 하는 마음에 미안해졌다. 무슨 일이 있을 때마다 이렇게 방에 틀어박혀 아이처럼 우는 자신이 한심했다.

그리고 지금 이 순간에도 가족들에게 걱정을 끼치고 있다는 것도.

"화요야. 무슨 일이 있었어?"

정하의 물음에 화요는 천천히 숨을 들이마셨다. 어디서부터 설명해야 할지 알 수가 없었다.

"너 사귀던 그놈이랑 헤어져서 그러냐?"

입으로는 퉁명스러운 말을 내뱉으면서도 은근히 화요를 신경 쓰는 도현의 질문에 화요는 자신도 모르게 살짝 웃어 버렸다. 도현이 말한 '그놈'이 민우라는 걸 알고 있기 때문이었다.

"민우랑은 훨씬 전에 헤어졌어."

"뭐? 야, 진짜야? 잘했네! 내가 그놈은 영 눈깔이 마음에 안 들어서 그냥 빨리 헤어지는 게 낫다고 생각을……."

"설도현."

정하의 부름에 도현은 다시 바로 입을 다물었다. 두 오빠의 평소 같은 모습에 화요의 마음이 차츰 가벼워졌다. 덕분에 화요는 편안한 마음으로 말을 이을 수 있었다.

"민우가 바람피우는 걸 봤거든."

"뭐? 야, 와! 씨, 그래! 그놈 그거 처음 봤을 때부터 마음에 안 들었…… 야, 잠깐! 너 설마 헤어질 때 그냥 바보같이 질질 짜고 끝난 거 아니지? 엉?"

도현의 다그침이 이어졌지만 이번에는 정하도 도현의 말을 끊지 않았다. 화요는 고개를 저었다.

"아냐. 나 화 많이 냈어."

"야. 네가 화를 내 봤자지! 아주 벌레 한 마리도 못 죽일 것 같이 순해 빠진 게 무슨 화를 내면 얼마나 냈다고—"

"민우 기타 부셨어. 40만원짜리."

"……옳지, 옳지. 제대로 했구만. 잘했다. 그래야 내 동생이지."

도현이 거친 손길로 화요의 부시시한 머리칼을 마구 헤집어 놓았다. 그러자 정하가 자연스럽게 도현의 손을 밀어내고, 화요의 머리를 다시 정돈해 주었다.

"그럼 남자 친구 일은 아닐 테고……. 무슨 일이 있었어? 혹시 작곡 일이 잘 안 풀려서 그러니?"

화요는 이번에도 고개를 저었다.

"아냐. 나 ZIN이랑 계약했어. 전속 작곡가 계약."

"뭐? ZIN? ZIN이라면 그 엄청 유명한 연예기획사 말하는 거야?"

정하가 못 믿겠다는 얼굴로 묻자 도현도 못 믿겠다는 얼굴로 고개를 들이밀었다.

"설화요, 진짜야? 진짜 그 ZIN이야?"

화요가 대답 대신 고개를 끄덕이자 도현이 신이 난 얼굴로 외쳤다.

"야, 그럼 나 메이 싸인 좀― 악! 왜 때려, 형!"

눈치 없는 말을 하던 도현이 정하에게 한 대 맞고 머리를 쥐어
싸맸다. 정하는 제발 입 좀 다물라는 눈으로 도현을 본 뒤 화요
를 향해 다정스레 말했다.

"잘됐네. 거기서 일하면 작곡가로서는 성공할 수 있는 거 아
니야? 근데 왜 이렇게 울었어? 다른 무슨 안 좋은 일 있었어?"

벌써 세 번째 질문이었다. 화요는 더는 오빠들에게 감출 수 없
다는 생각에 천천히 입을 열었다.

"……사귀는 사람이 나한테 거짓말했어."

"헤어졌다면서?"

"민우 말고. 지금 애인."

화요의 폭탄선언에 형제는 잠시 굳어졌다. 도현과 정하는 화
요의 머리 위에서 시선을 교환한 뒤, 동시에 입을 열었다.

"누구니?"

"어떤 놈이야?"

화요는 그 질문에 왠지 순순히 대답을 하면 우진이 위험에 빠
질 것 같다는 이상한 생각이 들어서 아무 대답을 하지 않았다. 그
러자 정하가 언제나 그랬던 것처럼 다정스러운 목소리로 말했다.

"화요야. 대체 어떤 사람이기에 그러는 거야? 그리고 어떤 거
짓말을 했고?"

"그래, 설화요. 빨리 불어 봐. 가급적 사는 곳이랑 이름이랑 회

사 다니는 놈이면 회사도 알려 주고."

도현의 그 말에 화요는 고개를 저었다. 어릴 때, 그녀를 괴롭힌 애들 이름을 말하라던 도현과 정하의 목소리가 지금과 똑같다는 걸 깨달았으니까.

"야. 가만히 입만 다물고 있으면 우리가 대체 어떻게 아냐? 일단 말을 해야 내가 가서 그놈을 패 주거나 패 주거나 패 주지."

"……그럴 필요 없어."

혹시라도 도현이 정말 우진을 찾아가 주먹다짐을 하는 게 아닐까 덜컥 겁이 났다. 화요는 자신도 모르게 우진을 보호하려는 것처럼 입을 꾹 다물었다. 그러자 도현이 짜증스럽게 말했다.

"야, 설화요. 너 진짜 이럴래? 사람 답답하게 하는 것도 정도껏 해라. 아니, 무슨 일 터질 때마다 방에 틀어박혀서 질질 짜기만 하면 일이 해결되냐? 이럴 때는 그냥 확 가서 그놈―"

"무슨 거짓말이었어? 그 사람이 널 어떻게 상처 줬니?"

감정적인 도현을 쓱 밀어내며 정하가 차분히 화요에게 물었다. 그는 고집스럽게 입을 다물고 있던 화요의 입이 열릴 때까지 끈기 있게 기다려 주었다.

"……그 사람은 처음부터 내가 로렐라이라는 걸 알고 있었어. 그런데 그걸 모른 척했어."

그때 느꼈던 배신감에 다시 심장이 욱신거렸다. 차분히 생각해 보면 어느 순간 느꼈던 위화감이 있었다. 그가 사실은 자신이 가진 능력을 아는 게 아닐까 싶은 생각을 했던 순간도 있었다.

하지만 그건 전부 혼자만의 추측이었고, 우진과 연인이 된 후에는 생각해 본 적도 없는 문제였다.

그를 믿었으니까.

그의 진심을 단 한 번도 의심한 적이 없었으니까.

"……네가 놀랄까 봐 비밀로 한 건 아닐까?"

정하의 말에 화요는 고개를 저었다. 처음에는 자신도 그렇게 생각하고 싶었다. 다정한 사람이니 내가 놀랄까 봐 입을 다물었던 건지도 몰라, 라고.

하지만 그럴 리 없다는 걸 곧바로 알아차렸다. 우진은 중증의 불면증 환자였고, 화요의 노래가 어떤 힘을 가지고 있는지 알고 있었다.

"아니야. 그 사람…… 심한 불면증 환자야. 그래서 내 노래가 필요했을 거야."

'헬로우가 어찌 되건 말건 알 게 뭡니까? 결국 정 사장 그 정신 나간 인간이 지 뒤처리 하나 제대로 못 한 거잖아요? 내가 왜 그 인간 뒤를 닦아 줘야 합니까? 기분 더럽게.'

차우진은, 처음 화요가 보았던 그 남자는 지독하게 차가웠고 계산적이었다. 이용할 수 있는 것, 가치가 있는 것을 따져 움직이는 남자였다. 그러니까 화요를 찾아와 전속 작곡가 제의를 한 것도, 그 이후의 일도 모두 그의 계산이었으리라.

화요의 노래를 이용하기 위한 철저한 계획.

"사실 내가 ZIN이랑 일하게 된 거, 그 사람 소개였어. 그 후에도 여러 가지 일이 있었는데, 그때마다 그 사람이 도와줬고. 아마 그게 다—"

"니 환심 사려고 한 짓이네, 그거."

이제까지 가만히 정하와 화요의 대화를 듣고 있던 도현이 얼른 입을 열었다. 화요가 고개를 끄덕이자 도현이 이해가 안 간다는 얼굴로 물었다.

"그래서?"

화요는 도현이 던진 그 질문의 뜻을 알 수가 없어서 고개를 갸웃하였다. 그러자 도현이 답답해 죽겠다는 듯 말했다.

"그래서 그게 다야? 니 지금 애인이 너한테 환심 사려고 연기하고, 거짓말한 것 때문에 그렇게 펑펑 울고 난리를 친 거야?"

어라. 이상하다. 화요는 눈을 깜빡거리며 생각하였다. 분명 요약해 보면 도현의 말이 맞지만, 뭔가 좀 다르다는 생각이 들었다.

도현은 한숨을 푹 쉬며 다리 한 짝을 소파 위로 끌어 올렸다.

"아씨, 뭐야. 난 또 걱정해서 손해 봤네. 하여간 설화요 엄살은 더럽게 심해요. 난 또 무슨 일주일 내로 지구 멸망하는 문제인 줄 알았잖아."

"그, 그렇게 별거 아니야? 이게?"

어쩐지 억울한 기분이 들었기에 화요가 저도 모르게 조금 소리를 높이자 도현이 코웃음을 쳤다.

"어, 내가 보기에는 아주 아주 아주 별거 아니네."

"……그 사람이 거짓말, 했는데도?"

"거짓말? 아, 아까 그 네가 로렐라이인 거 알고 접근했다는 거? 흠…… 그거 말고 또 뭐 있어? 혹시 그놈이 애 열 정도 딸린 유부남인데 자기 싱글이라고 구라치고 너 꼬셨냐? 아냐? 그럼 너한테서 돈 뜯어내려고 거짓말했냐? 이것도 아냐? 그럼 끼고 노는 여자가 겁나 많은데 나한테는 너 하나뿐이라고 하고 이 여자 저 여자 만나고 다녔어? 이것도 아냐? 그럼 그놈이 한 거짓말 때문에 네가 엄청나게 나쁜 일 당한 적이 있어?"

도현이 예로 든 거짓말에 화요가 전부 고개를 젓자 도현은 픽 웃었다.

"그럼 내가 보기엔 진짜 별거 아닌데. 그놈이 너한테 정말 잘 보이고 싶었나 보지. 그렇게 거짓말을 해서라도."

'때로는 좋아하는 사람을 위해서 능숙한 거짓말을 하는 것도 하나의 방법이에요. 상대도, 나도 상처 입지 않을 수 있는 좋은 방법.'

도현의 말에 마치 오버랩 되듯 우진이 했던 말이 떠올랐다.

오페라를 보던 날, 우진은 분명 말했다. 좋아하는 사람을 위해서 능숙한 거짓말을 하는 것도 방법이라고. 마음 한구석이 바늘로 찌르는 것처럼 콕콕 쑤셔 오기 시작하였다.

"화요야."

이번에는 옆에서 정하가 화요를 불렀다. 그 부드러운 소리에 이끌리듯 화요가 고개를 옆으로 돌렸다.

"거짓말은 분명 나쁜 거고, 나는 그 사람이 잘못했다고 생각해. 무엇보다 네가 상처 받을 만한 일을 한 그 사람이 그리 좋게 생각되지도 않고."

거기까지 말한 정하가 잠시 말을 끊고 생각을 정리하는 것처럼 손끝으로 무릎 위를 툭툭 두들겼다.

"하지만 어쩌면…… 그 사람 마음이 바뀌었던 걸지도 모른다는 생각이 든다."

"바뀌어? 마음이?"

그게 무슨 소리인가 싶어서 화요가 눈을 깜빡거렸다.

"응. 처음에는 정말, 네 노래를 이용하려고 했을지도 모르지. 하지만 사람 마음이라는 건 바뀌는 법이잖아. 처음 생각했던 것과는 다른 그런 감정이 그 사람한테도 생겼을지도 모르지."

마치 자신의 경험담을 이야기하는 것처럼 정하의 목소리가 조금 애틋하였다. 화요는 저도 모르게 고개를 위로 끌어 올려 정하를 가만히 올려다보았다. 그것을 깨달은 정하는 다정하게 웃으며 화요의 머리를 쓰다듬어 주었다.

"때로는 열 마디의 말 중, 단 한 마디의 진실을 위해 아홉 마디의 거짓이 필요할 때가 있어. 그 사람은 어쩌면 하나의 진심 내문에 아홉 가지의 거짓이 필요했던 건지도 몰라."

물론 거짓말이 좋은 건 아니지만, 이라고 덧붙인 정하가 한숨을 쉬었다.

"어쩌면 그 남자는 너에게 사실을 털어놓고 용서를 구하려고 했었을 지도 몰라. 단지 겁이 나서 시간을 끈 걸 수도 있고. 좋아하는 사람한테 한 거짓말을 밝히는 건 아주 많이 용기가 필요하니까."

정하의 가정에 화요가 천천히 기억을 되짚어 보았다.

우진이 막내 동생 혜진에 대해 이야기하던 날. 유진이 문을 열고 들어오기 직전, 우진이 했던 말이 떠올랐다.

'그리고 화요 씨는 나한테 미안해하지 않아도 돼요. 미안해해야 하는 건 나니까.'

"……아."

화요는 무언가를 깨달은 얼굴을 하였다. 어쩌면, 아니 분명 우진이 말하려고 했던 건 '진실'이었을 것이다.

그는 그 순간, 자신이 화요에 대해 이미 알고 있었다는 걸 밝히고, 정하의 말처럼 용서를 구하려고 했던 것이다.

화요는 마지막으로 보았던 우진의 얼굴이 잊히지 않았다. 마치 낭떠러지 밑으로 끝없이 떨어지고 있는 사람 같은 얼굴로, 그는 화요를 바라보았다.

우진의 그런 얼굴은 화요가 생전 처음 보는 것이었다.

"그리고 애초에 말이야. 화요 너 그렇게 울고불고 난리를 치는 시점에서 아직 그놈한테 미련 있는 거잖아."

도현이 불쑥 던진 말에 화요가 또다시 고개를 옆으로 돌렸다. 도현은 이제 정말 흥미를 잃어버린 것 같은 심드렁한 얼굴을 하고 있었다.

"정말 정나미 떨어지면 그렇게 생각할 필요도 없이 바로 마음 정리 들어가는 건데, 넌 지금 그게 아니잖아. 내 말이 틀려?"

틀리지 않아. 오빠 말이 맞아. 그렇게 작게 중얼거린 화요는 눈을 감으며 한숨을 쉬었다.

결국 이렇게 심하게 상처 받고 배신감을 느낀 건 그를 누구보다 좋아하기 때문이었고, 그에 대해 계속 생각하는 건 그의 거짓말을 용서하고 싶기 때문이었다.

"정 그놈 용서 못 하겠으면 집 주소랑 회사 이름 불러. 내가 빠따라도 들고 가— 아, 좀! 형 머리 좀 그만 쳐! 내 머리 나빠지면 어쩌려고!"

"그런 표현 쓰지 말고 말 좀 예쁘게 해. 그리고 넌 원래 머리 나쁘잖아."

평소 같은 오빠들의 대화에 화요는 작게 웃음을 터트렸다. 방에 처박혀서 헤어 나올 수 없는 절망감에 빠져 있을 때와는 비교할 수 없을만큼 기분이 상쾌하였다. 화요가 천천히 입을 열었다.

"그 사람, 어쩌면 사실을 말하려고 했던 것 같아. 집에 오기 전에 그 사람을 만났었는데…… 나한테 뭔가를 말하려고 했거든. 자신이 나한테 미안한 게 있다고 하기도 했고."

그 말을 들은 도현은 고개를 끄덕였다.

"그럼 완전 쓰레기는 아니네, 그거. 대화를 해 볼 여지는 있는 것 같아. 안 그래, 형?"

도현의 말에 정하도 고개를 끄덕였다.

"그 이후에는 그 사람과 전혀 대화하지 않은 거지?"

"형, 얘가 그럴 틈인들 있었겠어? 갑자기 다른 짐도 없이 집에 들어와서는 방에 박혀서 울기만 했는데?"

도현이 콧방귀를 끼며 한 말에 정하는 다시 한 번 눈치를 주었다. 도현이 조용해지자 화요가 입을 열었다.

"나 휴대폰 꺼 놨어……."

화요의 고백에 도현이 절레절레 고개를 저으며 "하여간 더럽게 소심해. 너 진짜 누굴 닮았냐?"라고 핀잔을 주었다.

정하는 다시 한 번 도현의 머리를 손바닥으로 때려 주려다가 실패하고 얼굴을 찌푸렸다. 도현은 정하를 향해 히죽 웃은 뒤, 화요의 머리를 손끝으로 쿡 찔렀다.

"야. 어쨌든 이제 해결된 거지? 너 이제 방에 처박혀서 질질 짜지 마라? 형도 출장 갔다가 너 이러고 있단 소리에 헐레벌떡 달려오고, 엄마도 너 걱정하시느라고 매일 어떻게 밥 먹일지 고민하시고, 나도……."

"너는 매일 걱정 없이 술이나 퍼마셨겠지."

"아, 형! 내가 얼마나 우리 귀여운 막내 동생을 걱정해서 밤에 잠도 못 잤는지 알아?"

"그래서 매일 그렇게 술 마셨냐?"

도현과 정하의 실없는 말다툼에 화요가 다시 한 번 작게 웃음을 터트렸다.

울다가 웃는다고 자신을 흰 눈으로 보는 도현의 얄미운 모습조차 좋았다.

몇 달 만에, 몇 년 만에 다시 돌아와도 이 집은 언제나 똑같을 거라는 생각이 들었다.

자신을 누구보다 걱정해 주는 큰 오빠, 아닌 척하면서도 은근히 걱정하는 둘째 오빠, 말없이 등을 토닥여 주고, 맛있는 음식을 준비해 주시는 부모님.

소심하고 겁 많은 화요가 이제까지 씩씩하게 버틸 수 있었던 이유, 원동력.

'사랑받고 있구나, 나.'

화요는 무릎을 끌어 모았다.

자신이 작은 실패를 해도, 자신이 상처 받아도 돌아올 곳이 있다는 건, 자신을 걱정하고 아껴 주는 사람이 있다는 건 정말 행복한 일이었다.

'하지만 당신은 그런 행복과 너무 멀리 있었던 거겠지.'

화요는 가족에 대해 말하던 우진의 얼굴을 떠올렸다.

아버지에 대해 말할 때는 누구보다 증오하는 사람을 말하는 것 같은 얼굴을, 어머니에 대해 말할 때는 마치 길가에 있는 돌멩이를 말하는 것 같은 얼굴을, 그리고 죽은 동생에 대해 말할 때는 이 세상에서 가장 큰 고통을 짊어진 죄인 같은 얼굴을 한 사람이었다.

어느새 우진이 한 거짓말에 대한 원망이 마음 안에서 조금씩, 조금씩 줄어들고 있었다.

일단은 그와 다시 한 번 대화를 나눠 봐야겠다는 생각이 들었다. 처음에는 거짓말을 하며 접근해서 자신을 이용하려고 했던 우진에 대한 배신감이 강했지만, 마음이 가라앉자 도현의 말대로 '그게 뭐 어때서?'라는 생각도 들었다.

화요 역시 그동안 우진이 자신에게 했던 말이, 보인 모습이 전부 거짓이라는 생각은 들지 않았다.

설령 아홉 번 거짓말을 했더라도, 단 한 번이라도 진심이 있었다면, 그것이 자신을 향한 마음이었다면 괜찮을 것 같았다. 아픔을 홀홀 털어 버리고 그를 다시 마주할 수 있을 것 같았다.

설령 처음이 어쨌건 간에 우진은 자신에게 특별한 사람이었다. 지금 이 순간조차도.

마음을 정리한 화요는 크고 깊게 숨을 내뱉었다.

"나, 그 사람한테 연락해 볼래."

그렇게 말한 화요가 전화를 찾기 위해 자리에서 일어섰다. 그러자 도현이 툭 화요의 팔을 쳤다.

"연락은 이따 하고, 일단 뭐라도 먹어라. 얼굴이 완전 산송장

꼴이거든, 인마?"

"그래, 화요야. 저녁은 어머니가 해 주시는 감자탕 먹고, 지금
은 간단히 죽이라도 먹자. 오빠가 해 줄—"

"아, 형이 했다간 살기 위해 먹는 죽이 아니라 먹으면 죽는 죽
이 나오겠지. 야, 내가 끓일 테니까 기다려."

입으로는 미운 말을 툭툭 해도 정하만큼이나 화요를 걱정하
는 도현이었다. 그가 얼른 부엌으로 향하자 그 뒷모습을 보던 정
하와 화요가 마주 보고 빙그레 웃었다.

"화요야."

"응?"

"만일 대화를 해 보고도 정말 용서할 수 없겠다 싶으면⋯⋯."

정하가 조심스럽게 꺼낸 말에 화요는 고개를 저었다.

"괜찮아, 오빠. 아직 아무것도 하질 않았는데, 벌써부터 뭔가
걱정하진 않을게."

화요가 작게 웃으며 한 말에 정하가 기특하다는 듯 그녀의 머
리를 쓰다듬어 주었다.

"그래. 무슨 일 있으면 언제든 말하고. 알았지?"

고개를 끄덕인 화요가 이번에는 자리에서 일어섰다. 연락은
뒤로 미루더라도 일단 휴대전화를 찾아 전원을 켜 두어야겠다
는 생각 때문이었다.

제 방으로 들어서자 전원을 꺼 둔 휴대전화가 책상 위를 뒹굴
고 있는 것이 보였다.

그것을 집어 올린 화요는 전원 버튼을 길게 눌렀다.

혹시나 우진 씨한테 연락이 와 있으면 어쩌지? 아니, 아예 연락이 안 왔으면 어쩌지?

상반되는 불안으로 심장이 요란하게 뛰었다. 그리고 전원을 켜는 것과 동시에 화요는 깜짝 놀랐다.

메신저 프로그램으로 온 수신 메시지는 300개를 넘어가고 있었고, 문자도 100통이나 와 있었다.

화요는 얼른 손가락을 움직여 문자를 확인하였다.

「화요 씨, 나 윤 차장인데 전화 안 받아서 문자 남겨요. 우리 오늘 미팅 있는 거 혹시 까먹었어요?」

「혹시 무슨 일 생겼어요?」

「화요 씨, 제발 연락 좀……」

아, 미쳤구나, 설화요.

화요는 자신의 머리를 부여잡았다. 대체 무슨 생각으로 휴대폰을 꺼놓고 잠수를 탔던 걸까.

화요는 얼른 윤 차장에게 연락을 넣어야겠다는 생각을 하면서도 다른 메시지를 몇 개 더 살펴보았다.

「제발 한 번만이라도 좋으니 만나서 이야기해요.」

「화요 씨, 어디예요? 지금 대체 어디 있는 거예요?」

「혹시 무슨 일이 있는 건 아니죠? 그냥 무사하다고, 잘 있다고만이라도 알려 줘요.」

「미안해요, 정말 미안해요.」

「제발」

300개가 넘는 그리고 100개에 달하는 대부분의 메시지는 한 사람이 보낸 것이었다. 화요는 '우진 씨'라고 적혀 있는 글자 위를 떨리는 손끝으로 쓰다듬었다.

제발.

연락을 끊고 사라진 자신을 걱정하는 그의 마음이 절절하게 느껴지는 한 단어였다. 그것을 보니 또다시 눈물이 울컥 나올 것 같았다.

화요는 제일 먼저 윤 차장에게 연락을 해야겠다고 생각했던 것도 잊고, 도현이 뭐라도 먹고 나서 우진에게 연락하라고 한 것도 잊고, 통화 버튼을 눌렀다.

아팠던 만큼 참았던, 보고 싶다는 마음이 그대로 터져 버린 것처럼.

따르르ー 따르르ー

평소보다 유독 길게 느껴지는 통화 대기음에 가슴이 요란하게 방망이질 쳤다.

한 번, 두 번, 세 번. 그리고 정확히 네 번째 신호음이 울릴 때.

상대방이 전화를 받는 소리가 들렸다. 우진 씨. 그의 이름을 그렇게 부르고 싶었지만, 지나친 긴장 때문에 목이 메말라 소리가 나오질 않았다.

그때, 수화기 너머에서는 예상 밖의 목소리가 들려왔다.

〈혹시 화요니?〉

"……유진아?"

왜 네가 우진 씨 전화를 받는 걸까. 무언가 딱 집어 설명할 수 없는 불안함이 화요의 가슴을 더욱 세차게 두들겼다. 화요가 미처 무슨 말을 하기도 전에 수화기 너머의 유진이 안도의 한숨을 내쉬었다.

〈……하아, 다행이다. 진짜 다행이다. 설화요. 내가 이대로 너 연락이 안 될까봐 얼마나 걱정했는지 모른다, 진짜.〉

"무슨 일이야?"

화요의 질문에 유진이 잠시 침묵하였다. 아마도 그리 길지 않았을 몇 초의 침묵이 화요에게는 마치 끝나지 않는 순간처럼 길게 느껴졌다.

〈화요야. 우리 형이 한 일 때문에 네가 많이 상처 받고, 당황했을 거라고 생각하고, 다 이해해. 그래도…… 잠깐이라도 좋으니까, 형 좀 만나러 와 주면 안 될까?〉

유진의 조심스러운 말투에 화요는 이상한 기분이 들었다.

잠깐이라도? 만나러 와 주면 안 되냐고?

"우진 씨……를? 집으로? 아님, 회사로?"

차우진이라는 남자가 갈 만한 곳에 대해 생각하면 떠오르는 것은 언제나 이 두 가지였다. 집, 아니면 회사. 생각해 보면 그는 정말 쉴 줄도 모르는 사람이었다.

자신과 동물원을 간 게 태어나서 처음이었다고 말하던 그의 얼굴이, 자신과 함께 요리를 하며 어린아이처럼 기뻐 보이던 그의 얼굴이 떠올랐다.

그리 오래되지 않은 추억에 젖어 화요가 애틋한 눈으로 허공을 바라보는 사이, 그녀의 귀에 유진의 떨리는 목소리가 들려왔다.

〈아니, 집도 아니고, 회사도 아니야. 여기, 지금…… 병원이야.〉

병원 특유의 소독약 냄새가 코끝에 거슬리게 느껴졌다. 화요는 되도록 숨을 얕게 쉬며 인적이 드문 복도를 걸어갔다.

병실 앞에 있는 문패를 하나, 하나 확인하던 화요는 마침내 「차우진」이라는 이름을 발견하고 멈추어 섰다.

문 앞에서 화요는 노크를 하려다가 곧 고개를 저었다. 우진의 상태를 생각하면 노크를 하는 것보다는 그냥 조용히 문을 여는 게 나을 것 같았다.

그녀가 심호흡을 한 번 한 뒤, 문을 열려는 찰나.

"화요야."

자신을 부르는 유진의 목소리에 화요가 놀라 고개를 돌렸다. 그러자 복도 저편에서 반가운 얼굴을 하고 있는 유진의 모습이 보였다. 화요는 서둘러 그를 향해 다가갔다.

"유진아. 우진 씨는?"

다급하게 묻는 그녀의 물음에 유진은 괜찮다고 말하는 것처럼 고개를 끄덕였다.

"지금 막 주사 맞고 잠들었어. 오래가지는 못하겠지만."

"많, 이 심해?"

전화로 대략적인 상태를 듣고 왔어도 걱정이 되는 건 어쩔 수 없었다. 유진은 무어라 대답해야 좋을지 모르겠다는 얼굴을 하였다.

"화요야. 잠깐…… 얘기 좀 할래?"

유진의 제안에 화요는 고개를 끄덕였다. 그러자 유진은 화요에게 따라오라는 손짓을 한 후, 그녀를 복도 모퉁이에 있는 휴게실로 데리고 갔다.

자판기 앞에 선 유진은 아무 말 없이 복숭아 맛 음료를 뽑아 화요에게 건네었다. 그것을 받아 든 화요는 반가움과 놀라움이 뒤섞인 목소리로 말했다.

"용케 기억하고 있네."

"응? 아아. 응. 당연히 기억하지. 넌 학교에서도 매일 그것만 먹었잖아."

유진이 손끝으로 가리키는 음료는 화요가 가장 좋아하는 음료였다. 벌써 몇 년 전 일인데도 자신이 좋아하는 것을 아직도 기억하는 친구의 기억력이 신기했다.

화요가 캔을 만지작거리는 사이 유진이 자신이 마실 음료를 뽑아 화요의 옆자리에 앉았다.

두 사람은 한동안 아무 말 없이 서로의 손에 쥔 음료캔을 만지작거렸다. 공기가 무겁게 느껴질 정도의 침묵 끝에, 이윽고 먼저 입을 연 건 화요였다.

"우진 씨, 언제 입원했어?"

"내가 형네 집에 간 다음 날 바로. 그전부터 상태가 별로 좋지 않았었나 봐. 영양실조에 수면부족 때문에."

유진의 입에서 나온 말에 화요는 입술을 꾹 깨물었다. 영양실조? 수면부족? 어느 것도 우진과는 어울리지 않았다.

"화요야. 사실 형이…… 이렇게 된 건 이번이 두 번째야. 혜진이─ 아, 혜진이가 누구냐면."

유진이 혜진에 대해 설명하려고 하자 화요는 얼른 고개를 저었다.

"알아. 너랑 우진 씨 막내 동생."

"……형이 혜진이에 대해서도 말했구나. 응. 혜진이 장례식 후에, 그때도 형이 한 번 쓰러졌던 적이 있어. 바로 직후는 아니고 두 달쯤 있다가. 두 달 동안 다 합쳐서 다섯 시간도 못 잤다고 했어. 그때도 지금처럼 독한 약으로 간신히 잠을 재우면 얼마 안 있다가 깨고, 무한 반복이었지. 난 그때도 형이 죽는 줄 알았어, 진짜."

웃음처럼 한숨을 내뱉으며 유진이 한 말에 화요의 얼굴이 굳어졌다.

"유진아."

"응, 알아. 쉽게 하면 안 될 소리인 거. 근데 그때는 정말 그렇게 생각했어. ……그리고 지금도 그런 생각을 했고."

화요가 숙이고 있던 고개를 들어 올려 유진을 돌아보았다. 유진의 표정이 마치 산산조각 난 얼음조각 같았다.

"화요야. 형이…… 너한테 거짓말을 했던 거, 일부러 너에게 접근했던 게 어떤 이유 때문인지는 난 몰라. 이런 내가 함부로 이런 저런 말을 할 수도 없고. 하지만 한 가지는 말하고 싶어."

유진은 차가운 캔 커피를 만지작거렸다. 미국에 있을 때, 그리고 한국에 돌아와서 우진과 몇 번 통화를 했던 때의 기억이 떠올랐다.

"형이 말이지. 나한테 그런 말을 했어. 자기가 어떤 사람한테 관심이 생겼는데 어떻게 해야 하냐고. 무슨 중학생이 첫사랑 하는 것도 아니고, 정말. 천하의 차우진이 나한테 연애 상담을 했다는 게 믿겨져?"

유진이 정말 말도 안 된다는 얼굴로 한 말에 화요는 어리둥절한 얼굴을 하였다. 그러자 유진이 픽 웃으면서 화요를 가리켰다. 그 손끝을 따라 시선을 움직이던 화요가 놀란 듯 눈을 커다랗게 떴다.

"나?"

"응, 너. 널 좋아하는데, 너무 너무 좋아해서 어떻게 해야 할지 모르겠다고 털어놓더라니까, 우리 잘난 형이."

유진이 거짓말을 할 리 없다는 걸 알고 있는 화요는 얼굴이 화끈거리는 것을 느꼈다. 차우진, 그 남자는 대체 동생에게 무슨 소리를 했던 걸까.

"처음이었어. 형이 나한테 뭔가를 상담한 건. 그리고 형이 누군가를 좋아하게 되었다고 말한 것도."

유진은 기억 속에 있는 형이 어떤 사람인지를 떠올렸다.

무언가를 진심으로 원하는 사람을, 누군가를 정말로 좋아하게 되는 사람을 먼눈으로 바라보던 사람이었다.

자신과는 다른 생물을 보는 것 같은 눈으로.

그랬던 사람이 막상 자신이 그런 상황이 되니 얼마나 당황스러웠을까. 그는 어떻게 하면 이것을 화요에게 잘 전할 수 있을까 생각하며 입을 열었다.

"아까도 말했지만 난 두 사람 사이에 무슨 일이 있었던 건지는 몰라. 그런 내가 이렇게 말하는 건 주제넘은 참견이겠지만…… 형이 너를 아끼던, 원하던 그 마음은 분명 거짓이 아니었어. 그것만은 믿어 줬으면 좋겠다."

혹시라도 자신이 한 말이 화요에게 다르게 전달될까 봐, 형의 마음이 조금이라도 잘못 닿을까 걱정하며 말하는 유진의 목소리가 조심스러웠다.

화요는 아무 말 없이 유진이 사 준 복숭아 맛 음료를 한 모금 마셨다.

분명 달콤할 음료의 맛이 어째서인지 조금 짜게 느껴졌다.

유진과 헤어진 후, 화요는 우진의 병실 앞으로 돌아왔다.

이상한 기분이었다.

이 문 너머에는 문만 열면 만날 수 있는 그녀의 남자가 있었다.

그 사람을 만나고 싶다는, 동시에 만나고 싶지 않다는 모순된 감정에 망설이던 화요가 결국 조심스럽게 병실 문을 열었다.

살짝 열린 문틈 사이로 보이는 병실 안은 어두웠다. 조금 더 힘을 주어 문을 열자 커다란 침대 위에 누워 있는 우진의 모습이 희미하게 보였다. 멀리서 보기에도 초췌해진 그의 모습에 화요는 크게 숨을 들이켰다.

안으로 들어선 화요는 한 걸음, 한 걸음 그에게 다가갔다. 하얀 시트 위에 누워 있는 남자의 모습이 낯설게, 그리고 그립게 느껴졌다.

눈을 감고 있는 우진의 얼굴에 어려 있는 고통의 감정이 너무나 완연하여 그를 바라보는 것이 아플 정도였다.

「제발」

그가 자신에게 보냈던 마지막 메시지를 떠올린 화요는 주저앉듯 침상 옆에 있던 의자에 앉았다. 그 짧은 단어를 입력하면서 당신은 무슨 생각을 하고 있었을까.

화요는 죽은 듯 잠들어 있는 우진을 보며 이루 말할 수 없는 불안함을 느꼈다.

당장에라도 그의 손을 잡아 그가 살아 있음을 확인하고 싶은 충동을 억누르며 화요는 눈을 조용히 감았다.

이곳에 오기 전까지 머릿속에서 했던 좋지 않은 생각들을 털어 버리려는 것처럼 그녀가 천천히 호흡을 하는 순간―

무언가가 움직이는 기척이 느껴졌다.

놀라 눈을 뜨니 방금 전까지 죽은 것처럼 눈을 감고 있던 우진이 자신을 보고 있었다.

조용한 병실 안에서는 오로지 자신의 심장 뛰는 소리만이 커다랗게 들려왔다.

뭐라고 해야 할까. 당신에게 나는 무슨 말을 해야 할까. 바짝 마른 입술을 혀끝으로 축이며 화요가 입을 열려고 하였다.

하지만 그것보다도 먼저 우진이 입을 열었다.

"……이번에는."

바짝 메마른 낙엽이 그대로 부서지는 것 같은 목소리였다. 그 소리가 지나치게 작아 그가 무슨 말을 하는 지 들리지 않았다.

화요가 조금이라도 더 가까이서 우진의 말을 듣기 위해 고개를 숙이자 그제야 우진의 말이 들려왔다.

"정말 진짜 같은 환상이네."

아― 지금 눈앞에 있는 나를, 당신은 환상이라고 생각하는 걸까.

다시 몸을 뒤로 민 화요가 우진의 얼굴을 바라보았다.

메마른 입술, 생기가 느껴지지 않는 눈동자, 그럼에도 불구하고 아름다운 얼굴.

이제까지 화요가 몇 번이나 넋을 놓으며 바라보았던 그 얼굴이었다.

"……환상을 봤나요?"

화요의 질문에 우진이 한쪽 눈을 깜빡였다. 마치 그렇다고 답하는 것만 같았다.

대체 무슨 환상이었던 걸까. 화요가 다시 물으려는 걸 알아차린 것처럼 우진이 말했다.

"9년 전부터 계속."

"9년 전?"

"……교복을 입은 소녀가 노래를 부르고 있는 환상."

화요는 그제야 우진이 말하는 환상이 무엇인지를 알아차렸다. 그녀는 우진의 드러난 이마를 보고 손을 뻗었다. 모양 좋은 이마 한구석에는 오래된 흉터가 하나 있었다. 그 맨들거리는 흉터를 만지작거리자 우진이 작게 한숨을 내쉬었다.

"날 만지는 손이 진짜 같네."

"우진 씨."

"날 부르는 목소리도 진짜 같아."

"우진 씨."

"내가 사랑하는 여자랑 똑같아."

화요는 우진의 이름을 부르는 것을 멈추었다. 우진이 주삿바늘이 꽂혀 있는 손을 들어 올리려고 하였다. 놀란 화요가 얼른 그의 손을 잡으며 그것을 만류하였다.

"정말 진짜 같아."

"진짜예요. 진짜 설화요."

우진이 물끄러미 화요를 보았다. 그녀의 말을 도저히 믿지 못하겠다는 것처럼 한참을.

화요는 우진의 팔을 붙잡았던 손을 들어 올려 그 손끝으로 우진의 입술을 가만히 만졌다. 바짝 마른 그의 입술이 전과 달랐기에 그녀는 그의 입술을 적셔 주고 싶다는 생각을 하였다.

"……화요 씨."

그가 입술을 벌려 말을 하자 따듯한 입김에 손가락에 닿았다. 그 사실에 화요는 안심했다. 조금 전 죽은 사람처럼 누워 있던 우진을 볼 때 느꼈던 무서움이 차츰 비에 씻기듯 사라지는 것 같았다.

"미안해요."

미안해요. 마치 그 말 외에 다른 말은 배우지 못한 사람처럼 우진이 같은 말을 반복하였다.

미안해요. 내가 이기적이라서 미안해요. 당신을 상처 줄 걸 알면서도 거짓말해서 미안해요. 내가 당신을 욕심내서 미안해요. 미안해요.

끝없이 이어지는 그 사과에 화요는 입술을 꾹 깨물었다. 눈 안쪽이, 코끝이 다시 시큰거리며 아파 왔다.

하지만 그녀는 울지 않았다. 이 사람 앞에서 울면 안 된다고,

지금 눈물을 보이면 안 된다고 생각하며 절대 울지 않기 위해 이를 악물었다.

"우진 씨. 한 가지 물어보고 싶은 게 있어요."

화요가 잠긴 목소리로 묻자 우진이 고개를 끄덕이는 대신 눈을 천천히 깜빡거렸다.

"유진이가 우진 씨네 집에 왔던 날…… 우진 씨가 막내 동생에 대해 이야기했던 날, 있잖아요. 유진이가 오기 직전에 우진 씨가 나한테 무슨 말을 하려고 했었죠? 그때, 무슨 말을 하려고 했었어요?"

화요가 조심스럽게 물은 말에 우진이 잠시 망설이듯 시선을 아래로 내리깔았다. 하지만 그는 곧 순순히 사실을 털어놓았다.

"말하려고 했어요. 모든 걸."

"어째서?"

"'좋아하는 사람에게는 거짓말을 하고 싶지 않으니까.'"

그 익숙한 말에 화요가 멈칫하였다.

언젠가, 자신이 우진에게 했던 말이었다.

"꿈을 꿨어요. 꿈속에서 화요 씨는 모든 걸 알고 말해요. '거짓말쟁이'라고. 그리고 당신이 나를 떠나. 뒤도 돌아보지 않고, 그대로. ……무서웠어요. 한 번도 느껴 본 적 없는 그런 공포였어."

우진의 목소리가 물에 잠긴 것처럼 무겁고 탁했다. 화요는 울지 않으려고 했던 노력이 무색하게, 속눈썹 끝이 물기로 무거워지는 것을 느꼈다.

당신은 대체 어떤 심정이었던 걸까. 어떤 마음으로 그 악몽을 견뎠던 걸까.

"거짓말의 무게라는 게, 진짜 있더라고요. 그걸 태어나서 처음으로 느꼈어요. 화요 씨한테 했던 거짓말 때문에. 이럴 줄 알았으면 차라리 처음부터…… 말했더라면, 차라리 모든 걸 말하고 다가가서 당신이 아무리 싫어해도 그대로 붙잡았더라면 좋았을 거라고 생각했어요. 그 끝도 그리 좋진 않았겠지만."

우진이 자조적인 웃음을 지으며 한 말에 화요는 천천히 그의 이마를 쓰다듬었다. 그의 흉터가 마치 벽에서 튀어나온 못처럼 그녀의 손끝에 걸렸다.

"후회했어. 죽을 만큼. 태어나서 처음이었어요. 정말 죽을 것 같았어요. 이러고 싶지 않은데, 내 의지대로, 내 마음대로 무엇 하나 되질 않았어요. 당신이…… 당신이 떠나 버렸다는 생각만으로 나는 죽어 버린 것 같았어."

처음에는 덤덤하던 우진의 어조가 점차 다른 것으로 변해 갔다. 정말 죽음을 경험한 사람처럼 두려움이 가득한 그 목소리에 화요는 아무 말도 할 수 없었다.

"'이게 사랑인 줄 알았다면, 절대 너를 사랑하지 않을 텐데.'"

우진이 중얼거리듯 내뱉은 말은 화요가 만든 '상사병'의 가사였다. 우진은 그 가사대로라며 또다시 웃었다.

"이럴 줄 알았으면 정말 아예 다시 만나지 말았어야 했다고, 아니, 아예 처음부터 몰랐으면 좋았다고 생각했어요. 나는 사랑이 이렇게 잔인한 건 줄 몰랐어요. 한 번도 가져 본 적 없어서, 잃게 되면 한 번이라도 가져 본 걸 후회하게 될 거라는 걸…… 몰랐어요."

화요에게 연락이 닿지 않는 동안, 그녀를 만날 수 없는 동안 무슨 생각을 했는지는 차마 입 밖으로 낼 수조차 없었다. 이런 기분을 느끼며 영원히 살 바에는 정말 죽는 게 낫다고 생각했다.

그 정도로 그에게 화요의 부재는 절박한 괴로움이었다.

"ZIN은…… ZIN과의 계약은 걱정할 필요 없어요. 처음 말했던 대로 나는 당신이 가진 아티스트로서의 능력도 눈여겨봤어요. 그래서 전속 계약 제안을 했던 거예요. 물론 다른 계산이 없었다고는 말 못 하지만, 그래도 당신이 만든 노래 자체에도 끌린 건 사실이에요. 그러니까 만일 화요 씨가 날 보게 되는 게 괴로울 것 같으면 내가 사라질게요."

"……"

놀란 화요가 자신을 위해, 모두가 부러워하는 위치도 명예도 전부 내던지겠다고 말하는 남자를 바라보았다. 이 남자는 자기가 지금 무슨 말을 하고 있는지 알고 있는 걸까?

그가 거짓말을 하는 게 아니라는 건, 그의 눈을 보면 알 수 있었다.

"그러니까 걱정하지 말고 화요 씨는 하던 대로 하면 돼요. 지금 살고 있는 집도, 회사와의 계약도 전부 그대로예요."

"그럼 당신은요?"

참지 못하고 화요가 한 말에 우진이 힘없이 웃는 얼굴을 하였다.

"나는…… 자신이 없어요. 내 사람이 아닌 당신을 옆에서 지켜볼 수 있는 자신이."

꿈에서 몇 번이나 보았던 장면이 현실에서 반복될 때, 그는 세상이 무너지는 기분이었다.

모든 것이 빛을 잃고, 색을 잃고, 의미를 잃었다.

이제까지 자신이 아름답다고 느꼈던 것이 사실은 모두 존재하지 않았던 것이라고 생각하게 될 만큼 모든 게 멀고 아득했다.

그의 세상이 그렇게 죽어 버렸다.

한 여자의 부재로, 한 순간에 그렇게.

"내가 이걸 어떻게 견뎌요."

당신이 없는 세상을.

우진이 떨리는 목소리로 한 말에 화요의 눈에 고여 있던 눈물이 툭, 떨어졌다.

나는 어째서 의심했던 걸까. 내가 없으면 죽는다고 말하는 이 사람의 마음을.

"우진 씨."

눈물이 묻어 목소리가 떨렸다. 그 울음을 죽이기 위해 숨을 크고 깊게 들이쉰 화요가 천천히 입을 열었다.

"내가, 한 가지를 말하는 걸 깜빡했었어요. 아주 중요한 거."

의자에서 일어선 화요가 우진에게 더욱 가까이 다가가기 위해 몸을 숙였다.

두 사람의 거리가 차츰 가까워졌다. 서로의 숨소리가 또렷하게 들릴 수 있을 정도로 가까워지자 화요가 우진을 향해 다정스레 웃었다.

"설화요에게 차우진은 '절대'적인 사람이라는 거."

이 말이 어떤 의미를 가지고 있는지 당신이 알고 있을까 생각하며 화요가 천천히 말을 이었다.

"나는 당신이 무슨 말을 하건, 당신이 어떤 행동을 하건, 당신이 설령 어떤 존재이건 간에 나는 절대 당신을 싫어할 수 없어요. 내가 당신을 기분 나쁘게 생각할 일 또한 없어요."

우진이 자신에게 주었던 말을 한 마디, 한 마디, 한 글자도 틀리지 않고 화요가 풀어놓았다.

그녀를 누구보다 행복한 사람으로 만들어 주었던 마법의 말. 이 말 때문에 걸린 마법은 아직도 유효하였다.

"나는 당신을 미워할 수 없어요. 싫어할 수도 없어요."

진실을 알아 괴로워하고 마음 아파하던 동안에도 화요는 그를 미워했던 적이 한 번도 없었다. 그를 싫어했던 적조차 없었다.

그저 괴로웠다. 어째서 자신이 남들과 다른지, 그리고 왜 하필 자신의 힘 때문에 우진이 거짓말을 하게 되었는지.

"······화 안 나요? 내가 당신을 속였던 건 사실인데?"

믿을 수 없다는 듯 묻는 우진의 입술이 조금 떨리고 있었다. 그것을 본 화요가 애틋하게 웃었다.

물론 처음에는 화가 났다. 하지만 조금 시간이 지나니, 그의 거짓말이 이해가 안 되는 건 아니었다.

우진은 차라리 모든 걸 밝히고 접근했으면 좋았을 거라고 후회했지만, 그건 아니었다.

그렇게 되었다면 애초부터 우진과 화요 사이의 연은 생겨나지 않았을 게 분명했다.

달려드는 우진에게 겁먹은 화요가 모든 것을 피해 아주 꽁꽁 숨어 버렸을 테니까.

"도현 오빠가, 우리 둘째 오빠가요. 우진 씨가 한 거짓말은 별거 아니래요. 나한테 잘 보이고 싶어서 한 거짓말이고, 나한테 해를 끼친 것도 아니니까. 처음에는 조금 당황했는데, 생각해 보니까…… 응, 맞는 것 같았어요. 우진 씨가 나한테 한 거짓말은 그렇게 큰 잘못은 아닌 것 같기도 하고…… 그리고 큰 오빠가요. 우진 씨가…… 처음에는 내 능력을 이용하려고 접근했어도, 어쩌면 진짜 날 좋아하게 된 걸지도 모른다고 했어요."

오빠들에게 들었던 말을 하나하나 떠올리며 화요가 천천히 말을 골랐다.

"그래서 확인하고 싶었어요. 우진 씨가 정말로 나를 좋아한다고 해 주었던 그 말만큼은, 거짓이 아니라고."

화요의 말에 우진은 전에 없이 다급하고 단호하게 대답하였다.

"화요 씨, 그건 거짓이 아니에요. 나는 감정으로 거짓말을 한 적이 한 번도 없어요."

알아요. 화요는 고개를 끄덕였다. 자신 때문에 다 죽어 가는 얼굴로 병실 침대에 누워 있는 이 남자의 진심을 부정할 수 있을 리가 없었다.

"우진 씨가 날 좋아하는 게 진짜라면…… 그게 사실이라면, 다른 건 다 괜찮아요. 우진 씨가 왜 날 속였는지 이해가 가기도 하니까."

우진이 천천히 눈을 깜빡였다. 지금 이 상황이야말로 사실은 꿈이 아닐까. 자신이 너무나 간절히 원한 나머지 제 형편 좋을 때로 꾸며 낸 망상이라거나.

"……나를 용서해 줄 수 있나요?"

그녀와 연락이 되지 않는 동안 그가 했던 무수한 각오에는 화요를 다시 만날 수 없다는 것도 포함되어 있었다. 그는 그 각오를 되새길 때마다 심장이 갈려 없어지는 것 같은 통증을 느꼈다.

평생, 아마 죽을 때까지 그 통증으로 살아가야 한다고 생각했던 기억이 아직도 생생하였다.

그래서 지금 이것이 현실이라고 도저히 믿을 수 없었다.

9년 전, 어느 소녀의 노래를 들었던 그날처럼.

"……우진 씨가 내 사과를 받아 준다면, 나도 사과를 받아들일게요."

"사과? 화요 씨가?"

대체 당신이 사과할 게 뭐가 있냐는 우진의 얼굴을 본 화요가 손을 뻗었다. 그녀는 이제는 눈 감고도 찾을 수 있는 위치에 있는 흉터를 쓰다듬었다.

"미안해요, 이 상처. 줄곧…… 줄곧 당신을 다시 만난다면 사과하고 싶었어요. 겁이 나서, 용기가 없어서 사과가 9년이나 늦어졌지만."

이제야 드디어 사과를 하게 되었다며 화요가 우진에게 다시 한 번 미안하다 말하였다. 그러자 우진이 안타까운 목소리로 답했다.

"이건 당신 잘못이 아니었어요. 그냥 운이 나빴던 것뿐이에요."

"아뇨. 내가 그 자리에 없었다면 당신에게 생기지 않았을 상처였어요."

고개를 저으며 화요가 한 말에 우진 역시 고개를 저었다.

"이 상처 때문에 당신을 만나게 된 거라면, 나한테는 그 무엇보다 필요한 상처였어요."

당신이 주는 것이라면 상처조차도 좋다고 말하며 우진이 화요의 손등 위로 자신의 빈손을 올렸다.

"그게 만일 당신의 사과라면, 사과는 애초부터 필요 없어요. 내가 말했잖아요. 당신은 나의 '절대'라고."

우진의 목소리에 담긴 감정이 애처롭고, 아름다워서 울 것 같은 기분이 들었다. 그동안 계속 마음 깊은 곳에 가지고 있던 죄책감이 조각난 물방울처럼 전부 멀리 사라지는 것 같았다.

"……그럼 나도 사과는 필요 없어요. 우진 씨의 거짓말이 한 가지 진심을 위한 것이었으니까. 나에게도 당신이 '절대'니까."

화요의 말에 우진이 천천히 크게 숨을 들이마셨다가 내쉬었다.

그의 얼굴에 스치는 감정이 기쁨인지, 아니면 의심인지 혹은 아픔인지 알 수가 없었다.

그저 자신의 손을 아플 정도로 쥐어 오는 우진의 체온이 점차 평소와 비슷해지고 있다는 사실에 화요는 안도하였다.

"화요 씨."

"응."

"고마워요."

미안하다는 말과 똑같은 글자 수의 그 말은, 미안하다는 말보다 훨씬 더 듣기가 좋았다.

화요는 웃었다. 나도요, 라는 말을 작게 중얼거린 후 화요가 고개를 숙였다. 닿을 듯 말 듯하던 숨이 코끝으로 이어졌다.

화요는 사막의 모래알처럼 메마른 우진의 입술에 자신의 입술을 문질렀다.

짧게, 입맞춤을 끝낸 화요가 서서히 고개를 들어 올렸다. 다 죽어 가던 남자의 눈에 어렴풋이 빛이 돌아와 있었다. 화요가 좋아하는 카페라떼 색의 눈동자는 늘 그래 왔던 것처럼 아름다웠다.

"화요 씨가 해 주는 키스가 좋아요."

"나도 우진 씨랑 하는 키스가 좋아요."

부끄러움을 무릅쓰고 화요가 한 말에 우진이 웃었다. 세상에서 제일 행복한 사람 같은 얼굴로. 하지만 그는 곧 몰려오는 잠에 취한 사람처럼 눈을 깜빡였다.

"이상하네요."

"뭐가요?"

"졸려요. 이런 적 한 번도 없는데."

정말 이상하다는 그의 어조에 화요는 웃을 뻔하였다. 우진 씨, 지금 안심했나 보구나. 보통 잠을 못 자던 사람이 안심하게 되면 잠이 쏟아지는 법이에요. 그런 말을 속삭이며 화요가 우진의 머리칼을 쓰다듬어 주었다.

"그럼 자요. 우진 씨 잠 못 자서 쓰러진 거 알죠?"

"……자기 싫어요. 그사이에 화요 씨가 없어지면 어떻게 해요."

마치 아이가 떼를 쓰는 것 같은 말투는 다 큰 성인 남자와는 어울리지 않았다. 그래도 그 말을 한 사람이 우진이라는 점에서 기분이 나쁘기는커녕 오히려 귀엽게 느껴졌다.

"안 가요. 옆에 있을게요."

"계속?"

"응, 계속."

우진이 눈꺼풀을 깜박이는 속도가 차츰차츰 느려졌다. 여전히 그의 머리칼을 만지작거리며 화요가 물었다.

"우진 씨. 노래 불러 줄까요?"

이전의 그는 거짓말을 하고 있다는 죄책감에 화요의 노래를 듣고 잠들어도 악몽을 꾸었다.

그러나 모든 걸 털어낸 지금이라면 틀림없이 좋은 꿈을 꿀 수 있으리라. 그렇게 생각하며 화요가 한 제안에 우진이 고개를 저었다.

"괜찮아요. 지금이라면…… 그냥, 자도…… 화요 씨가 옆에 있어만 주면…… 좋은 꿈을 꿀 수…….."

거기까지 말한 후, 우진이 입을 다물었다. 머지않아 그의 호흡 소리가 규칙적인 것으로 바뀌었다. 화요는 편안한 얼굴로 잠든 우진을 잠시 지켜보았다. 혹시라도 그가 전에 그랬던 것처럼 악몽에 시달릴까 봐 걱정스러운 눈으로.

하지만 아무리 살펴보아도 그의 얼굴은 계속 평온하였다. 아니, 오히려 아주 좋은 꿈을 꾸는 것처럼 행복한 미소를 짓고 있을 정도였다.

이런 우진의 얼굴을 한 번 본 적이 있었다.

꽤 오래 전에, 두 사람이 연인이 되기 전.

대표실에서 잠들어 있던 우진에게 자장가를 불러 주었던 그 날도, 우진은 이렇게 잠들었다.

그 잠든 모습을 보고 지금과 비슷한 안도감을 느꼈던 기억이 떠올랐다.

"어쩌면 그때부터였을지도 모르겠네요."

내가 당신을 좋아했던 건. 잠든 우진을 향해 속삭이듯 중얼거린 화요가 우진의 입술에 짧게 다시 입을 맞추었다.

그가 꾸는 꿈이 부디, 그 무엇보다 행복하고 아름다운 것이기를 바라며.

오랜만에 꾸는 환한 꿈이었다. 우진은 텅 빈 공간에서 누군가를 기다리고 있었다.

곧 우진을 향해 한 사람이 다가왔다.

라일락 꽃다발을 한 아름 안은 혜진이었다. 콩쿠르에 나가던 날 입었던 교복 차림의 소녀는 맨발이 아니었다.

혜진은 자신이 안고 있던 꽃다발을 우진에게 내밀었다. 우진이 천천히 손을 뻗자 혜진은 기쁜 듯이 활짝 웃었다.

그가 꽃다발을 받는 순간, 혜진의 모습이 사라졌다.

텅 비었던 공간이 흑백의 초원으로 바뀌었다.

무수히 핀 꽃에서 피어나는 달콤한 향기, 그 모든 것을 끌어안듯 부는 따뜻하고 부드러운 바람.

그 끝에는 한 사람이 서 있었다.

우진이 그녀를 향하는 것과 동시에 그녀도 우진을 향해 걸어왔다.

한 걸음, 두 걸음, 세 걸음.

두 사람의 거리가 차츰 가까워질수록 점차 세상이 색을 입었다. 빨갛게, 파랗게, 노랗게, 하얗게.

마침내 모든 것이 제 색을 되찾을 때, 우진은 앞에 서 있는 화요를 끌어안았다.

다시는 볼 수 없을까 걱정이 될 정도로, 행복한 꿈이었다.

16.
나의 절대, 당신

"별처럼 반짝이는…… 아냐, 이건…… 으으, 뭔가 다른 거."

ZIN에 있는 작업실 안. 화요는 머리를 쥐어 싸매고, 작사에 열중하고 있었다. 그녀는 별이라는 글자 위에 줄을 쫙쫙 그은 후, 태양을 넣어 본 뒤 다시 머리를 저었다.

"어느 쪽이든 느낌이 안 사네……."

화요가 그렇게 중얼거리는 것과 동시에 문을 똑똑 두들기는 소리가 들렸다. 화요가 들어오시라고 대답을 하자 문이 열리고 윤 차장이 빼꼼 고개를 들이밀었다.

"설 작곡가님, 들어가도 되나요?"

장난스러운 윤 차장의 말투에 화요는 쿡쿡 웃으며 고개를 끄덕였다. 덩달아 웃으면서 안으로 들어온 윤 차장은 책상 위에 엉

망진창으로 늘어져 있는 종이 더미를 보고 놀란 얼굴을 하였다. 그것을 눈치챈 화요는 머쓱하게 종이를 긁어모았다.

"화요 씨, 혹시 많이 바쁜데 내가 방해한 거예요? 릴라 싱글앨범 준비 중인 거죠?"

"아, 아니에요! 괜찮아요. 작곡은 다 끝났고, 가사 붙여 보는 중인데…….아무래도 이번에는 영 좋은 가사가 나오질 않네요."

화요는 끌어모은 종이 더미를 안고 한숨을 푹 쉬었다. 그동안 자신이 해 왔던 작사 스타일과 이번 릴라의 싱글 타이틀의 가사는 스타일이 맞지 않았다.

릴라의 이번 노래 컨셉, 아니 릴라 자체의 이미지 컨셉은 '갓 핀 라일락처럼 귀엽고 사랑스러운 소녀들'이었는데, 화요는 도저히 그 컨셉에 맞는 가사를 쓸 자신이 없었다.

화요의 고민을 들은 윤 차장이 좀 의외라는 얼굴로 말했다.

"이상하네. 화요 씨는 생긴 게 귀여우니까 노랫말도 귀여운 걸로 잘 쓸 것 같은데, 막상 쓰는 가사는 되게 다크하더라. 이번에 베일 노래도 가사가 은근 무게 있어요, 보면. 뭐, 그게 인기 요소인가 싶지만."

윤 차장은 웃으면서 화요 앞에 태블릿 PC를 내려놓았다. 이게 뭐냐는 얼굴로 화요가 눈을 깜빡이자, 윤 차장은 액정을 보라는 것처럼 화면을 툭툭 두들겼다. 그러자 곧 화면에 음원 사이트의 실시간 순위를 한 번에 비교한 자료가 나왔다.

"여기. 음원 차트 순위도 각 사이트별로 차이는 조금씩 있지만, 다섯 개 사이트 중 세 곳에서 1위예요. 나머지 두 곳도 전부 3위 안에 들어 있고요. 그리고 유튜브 조회수는……."

잠시 말을 끊은 윤 차장은 바로 유튜브 사이트에 접속하여 베일 신곡 티저 영상이 업로드 된 주소로 들어갔다.

곧 영상이 떠오르는 것과 동시에 밑에 보이는 숫자에 화요가 눈을 동그랗게 떴다.

"어? 베일 신곡 어제 공개된 거잖아요?"

"그죠. 어제 공개되었죠."

"근데…… 조회수가 이상한데요? 이거 일, 십, 백, 천, 만, 십만, 백…… 2백 만?!"

화요가 믿을 수 없다는 얼굴로 작게 소리를 지르자 윤 차장이 쿡쿡 웃었다.

"실시간으로 계속 늘어나고 있는데, 아직도 상승세예요. 당분간은 이 추세가 꺾일 것 같지가 않아요. 실시간 차트도 마찬가지예요. 다른 노래와의 순위 차가 매우 확고해요. 지상파 3사에서도 어렵지 않게 1위 트리플을 찍을 수 있을 것 같네요."

"……우와."

화요는 윤 차장의 설명을 들으면서도, 태블릿 PC에 있는 화면을 보면서도 믿을 수 없었다. 자신이 작곡한 노래가 이렇게 사람들에게 사랑받는다는 게 그녀에게는 마치 꿈같은 일이었다.

태블릿 PC 화면을 멍하니 보고 있던 화요는 무심코 동영상 밑에 달려 있는 댓글 중 하나를 읽어 보았다.

"너무 좋아서 오늘 하루 종일 무한 반복 중……."

그 댓글 밑으로도 각양각색의 댓글이 화요가 작곡한 베일의 신곡을 칭찬하고 있었다. 심지어 외국어로 작성된 댓글도 상당히 많았다. 그중에는 노래와는 전혀 상관없는 댓글의 내용도 있었지만, 그래도 화요는 신이 나서 그 댓글들을 하나하나 읽어 보았다.

"좋아요?"

그렇게 좋으냐며 윤 차장이 고개를 쓱 들이밀었다. 화요는 쑥스럽게 웃으면서 윤 차장에게 태블릿 PC를 돌려주었다.

"몇 달 전까지만 하더라도 한 번도 생각해 본 적 없는 일이에요. 제 이름으로 세상에 노래가 나오고, 그 노래가 이렇게 주목받고 사랑받는 거."

내가 너무 욕심을 부리고 있는 게 아닐까. 그런 생각을 했던 나날이었다. 포기하지 않으려고 하는 것조차 나의 어리석은 고집이 아닐까, 하고.

"쥐구멍에도 볕 들 날은 온다는 말이 있잖아요. 그 말을 생각하면서 버티고, 또 버티고……."

"버티니까 좋은 날이 왔네요. 안 그래요?"

윤 차장이 빙긋 웃으면서 한 말에 화요는 조금 착잡한 얼굴을 하였다.

"결국은 온전한 제 힘이 아니지만요. 만일 우진 씨가 저에게 ZIN과의 계약을 권하지 않았다면, 이런 일은 없었겠죠. 전 아직도 포트폴리오를 이곳저곳에 돌리고 있거나 다른 길을 찾았을지도 몰라요."

노래를 포기하지는 않았겠지만, 더 많은 시간이 걸렸을 건 분명했다. 그래서 순전히 나의 힘으로 이런 결과를 냈다고 당당하게 말할 수는 없었다.

애초에 우진이 자신에게 주목한 것은 화요가 특이한 힘을 가진 로렐라이기 때문이다.

화요는 지금 이 순간에도 자신과 같은 기회를 간절히 바랄 사람들을 생각하며 눈을 내리감았다. 마치 자신이 반칙을 저지른 기분이었다. 그러자 윤 차장이 화요의 어깨를 가볍게 툭툭 쳤다.

"하지만 화요 씨. 포기하지 않았잖아요."

"네?"

"물론 이사님이 화요 씨의 데뷔에 아주 굉장히 중요한 영향을 미친 건 사실이지만, 하지만 이사님을 만날 때까지 화요 씨 버텼잖아요."

윤 차장이 손에 든 태블릿 PC 화면 위에서 손가락을 몇 번 움직이자 곧 베일의 '상사병'이 흘러나왔다. 화요는 윤 차장이 그 노래를 튼 이유를 짐작하지 못하여 고개를 갸웃하였다. 윤 차장은 웃으며 말을 이었다.

"화요 씨가 만약 이사님을 알기 전에 포기했으면 ZIN과 만날 일도 없었을 거예요. 화요 씨가 열심히 버틴 증거가 이거잖아요."

열심히 버틴 증거? 화요는 태블릿 PC에서 흘러나오는 노래를 들으며 눈을 천천히 깜빡였다.

자신의 이름으로 세상에 내보내지 못했던 노래, 하지만 사람들에게 처음으로 들려줄 수 있었던 노래.

때때로 마음의 짐이 되었던 이 노래가 자신의 노력을 증명하는 것이라고 생각하니 기분이 이상했다.

당시에는 아무 의미가 없던 어떤 일들이 때로는 시간이 지나서 아주 큰 의미를 갖기도 한다는 걸 처음으로 깨달은 느낌이었다.

"화요 씨는 잘했어요. 앞으로도 잘할 거고."

윤 차장은 화요가 무슨 생각을 하고 있는지 알고 있는 것처럼 웃고 있었다. 정말 언니가 있다면 이런 느낌이 아닐까 생각하며 화요가 마주 웃었다.

"아, 그치만 앞으로 말없이 잠수 타는 것만 좀 하지 말아 줄래요?"

장난스럽게 그녀가 한 말에 화요는 얼른 고개를 숙였다. 벌써 몇 번째 사과인지는 모르겠지만, 그때 일을 생각하면 앞으로도 윤 차장 앞에서는 제대로 고개를 들기 어려울 것 같았다.

"같이 가이드 음원 체크하기로 한 사람이 갑자기 연락이 안 되는데, 회사에도 안 오고…… 그때 나만 걱정한 거 아니고, 다들 했거든요? 베일 멤버들도 그렇고, A&R팀도 그렇지만…… 이사님은 정말 장난 아니었다니까요? 그때 사람이 산 사람 같지가 않더라고요. 화요 씨 앞으로 사람 하나 죽는 꼴 안 보려면 이사님 옆에서 떠나지 말아야겠더라."

네, 저 이제 우진 씨 옆 못 떠나요. 그런 말을 가슴에 묻고 화요는 고개를 끄덕였다. 그것을 물끄러미 보던 윤 차장이 히죽 웃으며 화요의 어깨를 쿡쿡 찔렀다.

"그래서?"

"네?"

"그때 잠수 탄 거 이사님이랑 사랑싸움이 격해져서 화요 씨가 열 받아 이사님 걷어차고 연락 끊어 버렸다는 게 사실이에요?"

"네엣!? 대체 어디서 그런 말이 나왔어요?"

"어, 몰랐어요? 요새 사내에서 도는 소문인데 이게 두 가지가 있어요. 하나는 이사님이 화요 씨 몰래 바람피우다가 걸려서 화요 씨가 너무 충격 먹고 잠수를 탔다는 설이랑 다른 하나는 아까 내가 말한 그거. 근데 이사님이 화요 씨한테 하는 걸 보고 첫 번째 소문은 거의 사라졌죠."

"왜요?"

어느 쪽이든 황당한 소문이긴 했지만, 왜 첫 번째 소문이 먼저 사라진 것인지 알 수 없었다. 그러자 윤 차장은 정말 모르겠냐는 얼굴로 대답했다.

"그거야 이사님이 화요 씨 엄청 좋아하잖아. 화요 씨 보는 눈에서 완전 꿀이 뚝뚝 떨어지는데, 그런 남자에게 화요 씨 말고 다른 여자가 눈에 들어오기나 하겠어요?"

화요는 당장 쥐구멍에라도 들어가고 싶은 기분이 들었다. 윤 차장은 귀까지 새빨갛게 물든 화요를 보면서 히죽히죽 웃었다.

"이사님 예전에는 진짜 알기 어려운 사람이었는데, 요새는 너무 알기 쉬운 거 알아요? 심지어 요새 상태 계속 좋아 보이시더라."

"……그쵸."

윤 차장의 말에 연신 부끄러워 어쩔 줄 몰라 하던 화요의 얼굴이 순간적으로 어두워졌다. 그것을 눈치챈 윤 차장은 고개를 가우뚱하며 "왜요? 무슨 일 있어요?"라는 질문을 던졌다. 화요는 얼른 고개를 저으며 웃었다.

"아뇨, 아무것도 아니에요."

"흐음……."

미심쩍다는 얼굴로 화요를 보던 윤 차장은 무언가 기막힌 장난을 생각해 낸 사람처럼 웃더니 손에 들고 있던 태블릿 PC를 화요에게 내밀었다.

화요가 어리둥절한 얼굴로 그것을 보자 윤 차장은 화요의 손을 강제로 끌어당겨 손에 쥐여 주었다.

"윤 차장님?"

"미안한데, 화요 씨가 나 대신 이사님에게 가서 직접 보고해 줄래요?"

"네? 제가요?"

"응, 실은 나 이 다음에는 릴라 연습실 가서 애들 개별 트레이닝 상황 체크해야 하거든요. 그 다음에는 마케팅부랑 싱글 타이틀 발표 일정 논의하고, 그 다음에는 또 영상촬영부에서 MV—"

"알겠습니다! 제가 다녀올게요."

윤 차장의 하드한 스케줄에 놀란 화요는 얼른 손을 들고, 자신이 대표실로 가겠다고 선언하였다. 그것을 들은 윤 차장이 만족스레 화요의 어깨를 두들겼다.

"응, 좋아요. 좋은 시간 보내요."

"네?"

그게 무슨 소리냐고 물을 새도 없이 윤 차장은 부리나케 작업실을 빠져나갔다. 멍하니 그 뒷모습을 바라보던 화요는 고개를 갸웃하였다.

"좋은 시간?"

이제는 자신의 작업실만큼이나 친숙한 우진의 대표실 앞에서 화요는 잠시 멈칫하였다. 장난기가 발동한 그녀는 소리 없이 조심스럽게 문을 열었다.

대표실 안에서는 우진이 문을 등진 채 커다란 창 앞에 서서 누군가와 통화를 하고 있었다.

"그러니까, 그 문제에 대해서는— 네, 맞습니다. 네, 그러니까 그날을 아예 전부 비워 주셨으면 합니다. 네. 금액이라면 얼마든지 지불하겠습니다."

대표실 안으로 소리 없이 들어온 화요는 손에 들고 있던 태블릿 PC를 손님용 테이블 위에 올려 두었다. 그사이에도 우진의 통화는 계속 이어지고 있었다.

"무대 세팅은…… 전 그런 쪽은 잘 몰라서 알아서 해 주시면 좋을 것 같습니다. 네. 솔로 라이브로. 네."

솔로 라이브? 누구 콘서트 일정이라도 잡혔나? 화요는 고개를 갸웃하며 생각에 잠겼다.

"네, 그럼 일자는 나오는 대로 바로…… 알겠습니다. 잘 부탁합니다."

우진이 슬슬 전화를 끊을 기색이 느껴지자 화요는 얼른 우진의 뒤로 다가갔다.

그녀는 발소리를 죽인 고양이처럼 슬금슬금 우진의 뒤에 숨었다. 그리고 우진이 전화를 끊는 것과 동시에 얼른 손을 앞으로 뻗었다.

우진의 등을 가볍게 치며 큰 소리를 내어서 그를 놀라게 해 줄 계획이었다. 하지만,

"꺅!"

그녀는 계획과 다르게 큰 소리를 내며 넓은 가슴에 푹 안겼다. 우진의 가슴에 얼굴을 댄 채, 화요는 한숨을 내쉬었다.

언제부터 알아차렸던 걸까. 그녀의 머리 위에서 우진의 웃음소리가 작게 들려왔다. 장난을 실패한 사실이 부끄러워진 화요는 우진에게 놓아 달라는 것처럼 가볍게 그의 가슴을 두들겼다. 하지만 우진은 그녀를 놓아주지 않았다.

"어떻게 알았어요?"

그의 품에서 벗어나기를 포기한 화요가 한숨을 쉬며 묻자 우진이 여전히 웃음기 어린 목소리로 대답하였다.

"화요 씨 냄새가 나서요."

"나, 무슨 냄새 나요?"

혹시나 자신한테 이상한 냄새라도 나는 건가 싶어 당황한 화요가 얼른 우진의 가슴을 힘주어 밀어냈다. 그러자 우진이 이번에는 순순히 그녀를 놓아주며 대답했다.

"응, 좋은 냄새나요. 화요 씨한테만 나는 냄새."

그렇게 말한 그가 화요의 목덜미에 얼굴을 묻더니 소리를 내어 입을 맞추었다. 그 간질간질한 감각에 화요는 기겁하며 우진을 노려보았다.

"……우진 씨, 지금 엄청 변태 같았어요."

"고작 이런 걸로?"

우진이 장난스럽게 웃으며 한 말에 화요는 더더욱 눈에 힘을 주었다. 그래 봐야 우진의 눈에는 그냥 예쁜 애인의 귀여운 투정으로밖에 안 보였지만.

"그나저나 무슨 일이에요? 오늘은 벌써 퇴근할 거예요?"

화요가 보통 퇴근 시간에 맞추어 대표실로 오기 때문에 우진이 이상하다는 듯 벽시계를 확인해 보았다. 그제야 화요는 자신이 왜 우진을 찾아온 건지 목적을 떠올리고 얼른 입을 열었다.

"아, 저 윤 차장님 대신해서 왔는데요. 베일 이번 신곡 현황 보고를……."

"베일 신곡 현황 보고? 그거라면 윤 차장이 오전에 하고 갔는데요?"

어라? 화요가 커다란 눈을 깜빡거렸다. 윤 차장님이 오전에 보고를? 그렇다면 대체 왜—

 '응, 좋아요. 좋은 시간 보내요.'

"아!"

윤 차장이 했던 말을 떠올린 화요는 이마를 부여잡았다. 아무래도 순간적으로 어두워진 제 얼굴을 보고 윤 차장이 무언가를 오해한 모양이었다. 사정을 알 리 없는 우진은 이상하다는 얼굴로 화요의 얼굴을 들여다보았다.

"화요 씨?"

"응, 아무것도 아니에요. 미안해요. 아무래도 착오가 있었나 봐요. 방해해서 미안해요, 나 이만—"

"가려고요?"

화요가 가겠다는 말을 하는 것보다 먼저 우진이 시무룩한 얼굴을 하였다.

"……퇴근할 때 올게요."

"그냥 그러지 말고 퇴근 시간 때까지 여기 있어요."

우진 씨. 우리 퇴근하고 나서 회사 오기 전까지는 계속 붙어 있는 거 알아요? 그리고 심지어 회사 안에서도 틈만 나면 같이 있는 건 기억해요? 대체 뭐가 아쉬워서 그렇게 또 시무룩한 얼굴을 하고 있는 거죠?

화요는 마음속에 있는 솔직한 말을 입 밖으로 꺼내는 대신 한숨을 쉬었다. 우진은 얼른 화요의 손을 잡아 그녀의 손가락에 입맞춤을 하였다. 그리고 그대로 화요를 향해 눈을 가늘게 좁히며 애절한 목소리로 말했다.

"잠깐이라도 좋으니까, 응?"

절대 '잠깐'으로 끝날 리 없다는 걸 알면서도 화요는 결국 고개를 끄덕였다. 자신이 대체 이 남자를 어떻게 당하겠는가 싶었다.

화요의 허락이 떨어지자 우진은 환한 얼굴로 웃었다. 그 웃음이 좋아 결국 화요도 웃어 버렸다.

우진은 커다란 의자에 털썩 앉으며 그대로 화요를 자신의 무릎 위에 앉혔다. 얼마 전까지만 해도 부끄러워서 당장 내려가려고 했지만, 이제는 이 상태에 꽤 익숙해진 화요가 여유롭게 편한 자세를 잡았다. 우진은 그대로 화요를 꼭 끌어안고 그녀의 목덜미에 입술을 대었다.

"우, 우진 씨. 목, 좀⋯⋯."

이 사람은 대체 왜 이렇게 목에 입 맞추는 걸 좋아하는지 모르겠다고 생각하며 화요가 눈가를 붉혔다. 우진은 숨이 닿는 거리에서 입을 열었다.

"목이 왜요?"

"⋯⋯간지러워요."

부끄럽다는 말 대신 화요가 한 말에 우진이 작게 웃더니 혀끝으로 목덜미를 훑어 버렸다.

"우진 씨!"

이러다가 누가 오기라도 하면 어쩌나 하는 불안과 묘한 기분에 화요가 빽 소리를 지르자 우진이 또다시 소리를 내어 웃었다. 그는 차가운 손끝으로 화요의 목덜미를 쓰다듬었다.

"화요 씨 목덜미가 너무 예뻐요. 그래서 자꾸 키스하고 싶어요."

이걸 지금 변명이라고 하는 걸까. 기가 막혔지만, 어차피 자신의 말을 순순히 들어줄 남자가 아니라는 걸 알기에 화요는 몸에 힘을 빼었다.

우진은 그사이 화요의 머리카락을 만지작거리고 있었다.

아, 좋다.

인정하는 게 많이, 아주 많이 부끄럽긴 했지만, 화요는 이런 순간이 좋았다.

우진과 별거 아닌 일로 투닥거리고, 또 웃을 수 있고, 그리고 맞닿아 있을 수 있는 시간. 이런 시간이 무척 소중하다는 걸, 그녀는 매일같이 깨닫고 있었다.

"우진 씨."

우진이 화요의 머리칼에 입을 맞추는 것과 동시에 화요가 입을 열었다. 우진은 듣고 있다는 것처럼 그녀의 머리칼에 다시 한 번 입을 맞추었다.

"요새는 괜찮은 거죠?"

화요의 머리칼을 만지며 장난을 치던 우진이 움직이던 손을 그대로 멈추었다. 그녀가 무엇을 물은 것인지, 그는 바로 알아차렸다. 그는 얼른 화요의 몸을 돌려 자신과 마주 보도록 하였다.

우진은 자신의 눈높이보다 조금 더 높은 위치에 있는 화요의 얼굴을 올려다보며 말했다.

"화요 씨가 보기에는 어때 보여요?"

우진의 질문에 화요는 천천히 우진의 얼굴을 살펴보았다. 칼로 베어 만든 것 같은 날카로운 턱 선, 맹수의 눈을 떠올리게 하는 예리한 눈초리, 계산하고 세운 것 같은 완벽한 콧날, 무심코 만지고 싶을 정도로 모양 좋은 입술.

얼마 전에 병원 신세를 질 때 보았던 초췌함은 흔적도 찾을 수 없었다.

전처럼 건강한 척하는 게 아니라, 이제 그는 어딜 보나 건강해 보였다. 그것은 우진이 밤에 악몽을 꾸지 않는다는 걸, 그래서 그의 불면증이 점차 좋아지고 있다는 것을 알려 주고 있었다.

"……좋아 보여요."

정말 다행이라고 생각하면서도 입 밖으로 나온 화요의 말은 마냥 밝지만은 않았다.

물론 우진의 몸 상태가 좋은 건 기쁜 일이었지만 그만큼 불안하기도 했다.

그리고 그녀는 자신이 느끼는 불안감의 원인이 무엇인지 알고 있었다.

'내 노래는 이제 당신에게 아무 의미가 없는 걸까?'

병원에서 퇴원을 한 후, 화요는 우진과 계속 함께 밤을 보냈다.

하지만 이제까지 단 한 번도, 그를 위해 노래를 부른 적은 없었다. 화요가 먼저 노래를 불러 주겠다는 말을 꺼내도 우진은 괜찮다며 고개를 저었다.

사람 마음이 참 간사하다는 걸, 화요는 그때 알았다.

전에는 우진이 자신의 노래 때문에 접근했다는 걸 알고 배신감을 느꼈으면서, 이제는 그가 자신의 노래를 필요로 하지 않는다는 사실에 불안을 느꼈다.

당신을 위해서라면 매일 밤 몇 시간이고라도, 새벽이 올 때까지라도 노래할 수 있는데.

"……내 노래 없이도 잠들 수 있게 되어서 다행이에요."

속마음과는 전혀 다른 말을 하며 화요가 억지로 웃었다. 눈이 마주친 우진은 아무 말 없이 화요를 보고 있었다. 그녀는 자신의 유치한 이기심이 들킬까 봐 겁이 나 고개를 푹 숙였다.

"화요 씨."

자신을 조용히 부르는 우진이 무슨 말을 할까 겁내 하며 화요가 고개를 끄덕였다.

"오늘 저녁 뭐 먹을래요?"

"……네?"

너무나 예상 밖의 말에 놀란 그녀가 고개를 들어 올리자 정말 진지한 얼굴을 한 우진이 말했다.

"어제는 인도 요리였으니까 오늘은 밥도 괜찮을 것 같은데. 화요 씨 좋아하는 감자탕 먹으러 갈까?"

사실 이 사람은 내 불안이 무엇인지 알고 있는 게 아닐까? 만일 그런 거라면, 그래서 아무것도 말하지 않고 그저 이렇게 평소처럼 나를 대해 주는 거라면……

화요는 손을 뻗어 우진의 목을 끌어안았다.

"감자탕 먹자는 말이 그렇게 좋았어요?"

장난스럽게 묻는 우진의 질문에 화요는 일부러 우진을 끌어안은 팔에 힘을 꾹 주었다. 별로 아프지도 않을 텐데 우진이 엄살을 부리며 항복 선언을 하였다.

"화요 씨, 아파요, 아파."

"거짓말. 하나도 안 아프면서."

화요가 토라진 아이 같은 말투로 한 말에 우진이 억울하다는 얼굴이었다.

"아니에요, 진짜 아파요. 화요 씨 손힘이 장난 아니에요."

"……정말 아파요?"

혹시라도 정말 자신이 우진을 아프게 한 걸까 걱정이 된 화요가 얼른 손을 떼고, 우진을 들여다보았다. 우진은 화요를 속일 때 늘 짓는 시무룩한 표정으로 고개를 끄덕였다.

"응, 진짜 아파요. 그러니까 키스해 줘요."

키스를 조르는 방법도 참 가지가지라고 생각하면서 화요는 얄미운 남자의 입술을 손끝으로 툭 때려 주었다. 힘이라고는 하나도 안 들어가 있는 그 손길에 우진이 쿡쿡 웃으며 입을 열었다.

"걱정할 필요 없어요."

"뭐가요."

또 무슨 농담을 꺼내는 건가 싶어 화요가 뚱하니 대답하자 우진은 그녀의 허리를 끌어안은 팔에 힘을 주며 대답했다.

"내가 괜찮은 건 당신이 옆에 있어서예요. 당신의 존재 그 자체가 내 삶을 유지하게 만들고 있어요."

아, 알고 있었구나. 화요는 우진이 자신의 불안을 전부 알아차리고 있었다는 걸 깨닫고, 눈썹을 축 늘어뜨렸다.

"우진 씨, 나―"

"당신의 노래가 필요 없어진 게 아니에요. 처음에는 당신의 노래만 필요했다면 지금은 당신이 필요한 거예요. 나는 지금 당신이라는 사람을 전부 욕심내고 있거든요."

할 수만 있다면 통째로 집어삼키고 싶다고, 단 한 순간도 떨어지고 싶지 않다고 중얼거리며 우진이 화요의 뺨을 쓰다듬었다.

"전부 줘요. 노래뿐만이 아니라 그 예쁜 목소리도, 반짝이는 눈동자도, 귀여운 입술도, 좋은 향기가 나는 머리카락도, 부드러운 몸도, 다정한 마음도 전부 나에게 줘요."

"……이미 전부 우진 씨 거예요."

부끄러움을 이기고 화요가 조심스럽게 한 말에 우진이 웃었다. 세상에서 가장 좋은 선물을 받은 사람처럼 기쁘게.

"그럼 불안해하지 마요. 화요 씨가 내 것인 것보다 더 많이, 난 당신 거니까. 말했잖아요. 차우진에게 설화요는 절대라고."

그렇게 말한 우진이 부드럽게 화요의 머리를 쓰다듬어 주던 순간, 책상 위에 있는 휴대폰이 울렸다.

깜짝 놀란 화요가 뒤를 돌아보자 우진이 자연스러운 손놀림으로 휴대전화를 집어 액정을 확인하였다.

메시지를 확인하는 우진의 입가에 짓궂은 장난을 꾸미는 악동 같은 미소가 떠올랐다. 묘하게 그것이 불안하였기에 화요는 의심스러운 눈으로 우진을 보았다.

그 시선을 눈치챈 우진이 얼른 휴대전화를 다시 책상 위에 올려 두었다.

"……방금 뭐였어요?"

또 내가 모르는 곳에서 이 남자가 뭘 하고 다니나 싶어서 화요가 물은 말에 우진이 장난기를 감추지 않은 얼굴로 대답하였다.

"으음…… 비밀?"

"우진 씨? 우리 약속하지 않았어요? 앞으로 무슨 일 있으면 바로바로 서로한테 말하기로?"

"응, 그랬죠."

"그럼 지금 대체 왜 그렇게 음흉하게 웃었는지 말해 봐요."

"어? 나 음흉하게 웃었어요? 남들은 내가 이렇게 웃으면 좋아하던데."

화요의 동그란 눈이 뒤집어 놓은 삼각형이 되었다는 걸 깨달은 우진이 쿡쿡 웃으며 그녀의 하얀 뺨에 입을 맞추었다.

"조만간 말해 줄게요. 별거 아니에요."

별거 아니라면서 왜 말해 주지 않는 걸까. 화요는 여전히 의심스러운 눈으로 그를 보면서도 고개를 끄덕이는 수밖에 없었다. 조만간 말해 준다는 말을 믿는 수밖에.

우진은 다시 한 번 같은 자리에 입을 맞추며 속삭였다.

"대신 한 가지는 말해 줄게요."

그녀의 귀에만 닿도록 낮게 중얼거리는 우진의 목소리가 듣기 좋았다. 이 목소리야말로 근사한 음악 같다고 생각하면서 화요가 그의 말에 귀를 기울였다.

"화요 씨가 좋아할 거예요."

"내가요?"

눈을 동그랗게 뜬 화요가 물은 말에 우진이 고개를 끄덕였다.

내가 좋아할 만한 거? 그게 대체 뭘까 생각하면서 화요는 다시 한 번 우진을 물끄러미 쳐다보았다. 그 눈빛에는 자신이 보내는 무언의 압력에 진 우진이 입을 열지 않을까 기대가 담겨있었다.

하지만 하루가 끝날 때까지도 결국, 우진은 입을 열지 않았다.

화요가 우진의 비밀을 캐내지 못한 채, 일주일 정도의 시간이 흘렀다. 그 동안 화요는 릴라의 싱글 타이틀곡에 붙일 가사를 간신히 마무리하였다.

작업 하는 내내 그녀는 죽는 시늉도 하고, 우는 소리도 많이 했다. 하지만 덕분에 앞으로도 이렇게 달달하고, 귀여운 노래가 나올까 싶을 정도로 좋은 곡이 나왔다. 정 선생의 반응도 좋았고, 김 프로듀서와 윤 차장을 포함한 A&R팀에게도 호응을 얻었다.

무엇보다도 노래를 부르는 릴라 멤버들이 이 노래를 너무나 마음에 들어 하였다.

"잠깐만요. 스톱."

릴라 멤버들의 연습실 안.

화요는 이제 제법 얼굴이 익숙해진 릴라 멤버들과 함께 신곡 연습에 참여하고 있는 중이었다.

"나나야. 거기 그 부분, 다시 한 번만 불러 볼래?"

화요의 지적에 멤버 중 한 명인 나나가 그녀가 시키는 대로 자신이 조금 전 부른 파트를 다시 한 번 반복하였다.

"내 마음이 두근해요, 당신이 너무 좋다고. 러브 미 온리, 허니 ―"

"응, 그 러브 미 부분은 조금 더 호흡을 길게 잡아도 될 것 같아. 그렇게 고음 파트가 아니니까. 다른 부분은 그대로 오케이. 좋아요."

화요의 칭찬에 나나가 기쁜 듯 활짝 웃었다. 그 웃는 얼굴이 얼마나 귀여운지 화요 역시 자신도 모르게 마주 웃을 뻔했다.

중국에서 온 나나는 한국어로 된 가사를 곧잘 소화해내고 있었다. 타국 생활이 쉽지 않을 텐데, 공부를 게을리 하지 않는 어린 소녀가 기특했다.

화요가 무심코 나나의 머리를 쓰다듬어 주려던 찰나였다.

"언니, 저는요?"

옆에서 자기는 왜 안 챙겨 주냐고 투정부리듯 예쁜 소녀 한 명이 얼굴을 쑥 들이밀었다. 화요가 웃으며 대답하였다.

"응, 솔이도 잘했어. 몇 달 동안 트레이닝해서 벌써 이렇게 음정이 좋아지다니 대단하다."

"훗, 제가 원래 마음만 먹으면 뭐든 잘하거든요."

솔이가 제 잘난 척을 하며 어깨를 으쓱거리는 모습에 다른 멤버들이 야유를 보냈다. 몇 달 간의 합숙 훈련 덕에 소녀들은 이제 제법 친해진 상태였다.

"김솔— 너 지금 아직도 갈길 먼데 칭찬 좀 받았다고 너무 좋아하는 거 아니야?"

혜리의 트집에 솔이가 입술을 삐죽였다.

"뭐야, 어제는 너도 잘했다고 했으면서 오늘은 왜 시어머니 모드야?"

"칭찬 좀 받았다고 풀어질까봐 내가 독한 마음먹고 쪼아주는 거지. 이게 다 내 넘치는 애정이란다."

"아, 이혜리 진짜!"

솔이가 혜리의 뺨을 꼬집으려는 시늉을 하자 혜리가 얼른 몸을 피했다.

화요는 다른 아이들과 함께 웃으며 장난을 치고 있는 혜리를 보고 조용히 웃었다. 유진을 짝사랑한다는 혜리를, 그녀는 은근히 응원하고 있었다.

친구 유진 역시 우진만큼이나 외로움을 많이 타는, 사랑이 필요한 사람이라는 생각이 들었으니까.

"아, 근데 진짜 '두근해요' 가사 너무 귀여운 것 같아요. 이거 화요 언니가 하신 거죠?"

가사를 입 안으로 반복해서 중얼거리던 나나의 말에 다른 멤버들도 얼른 동조하였다.

"맞아! 이거 보는데 막 나도 내가 연애하는 기분 들더라."

"나도, 나도! 마음이 막 두근두근! 역시 지금 연애하고 있는 분이 만든 노래라 그런지 노래가 아주 달달한 것 같아."

멤버 중에서 제일 말 잘하는 유리의 발언에 다른 멤버들이 쿡쿡 웃었다. 화요는 아이들이 하는 말이 무슨 뜻인지 알았기에 얼굴이 화끈 달아오르는 것을 느꼈다.

"아, 화요 언니 부럽다. 나도 우리 이사님처럼 돈 많고, 얼굴 잘생겼고, 몸 좋은데 나만 좋아해 주는 남자랑 연애하고 싶다."

"야, 이유리. 데뷔하기 전부터 그런 발칙한 생각할래?"

"생각도 못 하냐? 생각은 사람의 자유지."

아이들이 금방 자기들끼리 투덕거리기 시작하자 화요는 얼른 중재에 나섰다.

"애들아, 잠깐. 지금 휴식 시간 아니거든? 연습 계속—"

"언니! 근데 대체 어떻게 이사님이랑 연애하게 되신 거예요? 두 사람 첫 만남은 어땠어요? 누가 먼저 고백했어요?"

"아, 나도 궁금한 거 있는데— 전에 이사님 병원에 입원했던 게 화요 언니가 헤어지자고 해서 충격 받은 이사님이 밥 안 먹어서 쓰러진 거였다는 게 사실이에요?"

갑작스러운 아이들의 질문 공세에 화요는 당황하였다.

무엇보다도 솔이가 눈을 빛내며 던진 질문이 진실에 제법 가깝다는 사실에 더더욱 당황스러웠다. 하지만 저렇게 한 줄로 요약해서 말하니 이상하게도 우진이 바보 같은 느낌이 들었기에 고개를 저었다.

"누가 그런 말을 해? 자꾸 너희들 쓸데없는 소리 할래?"

"그래, 맞아. 그렇게 쓸데없는 말 할 시간에 연습을 한 번이라도 더 해야지."

화요는 자신이 하지 않은 말이 제 등 뒤에서 들려오자 깜짝 놀라 뒤를 돌아보았다. 문가에는 어느새 우진이 시큰둥한 얼굴을 한 채 서 있었다.

"이사님!"

아이들 앞이라 화요가 얼른 그를 '이사'라는 호칭으로 부르자 우진은 그게 또 못마땅하다는 듯 얼굴을 찌푸렸다. 그래도 별말 없이 안으로 들어와서 화요와 아이들이 있는 곳까지 다가왔다.

연습실 안에 들어온 우진은 '차우진 대표이사'의 얼굴을 하고 있었다.

"지금이 연습하는 시간이지 잡담하는 시간이야?"

우진이 차갑게 내뱉은 말에 아이들이 바짝 긴장한 얼굴로 고개를 저었다. 리더인 혜리가 얼른 입을 열려고 하자, 우진은 듣기 싫다는 듯 손을 휘저었다.

"오늘 연습은 어디까지 진행했어?"

군기가 바짝 든 혜리는 우진의 질문에 바로 답하였다.

"설화요 작곡가님에게 개별 파트 체크 받았습니다. 이제 내일은 가이드 음원과 함께 비교 들어간다고 하셨고요."

"그래? 그럼 오늘 연습은 다 끝난 건가요, 화요 씨?"

우진이 갑자기 자신을 향해 질문을 던지자 놀란 화요가 엉겁결에 고개를 끄덕였다. 그러자 우진은 아까 전의 얼굴과는 딴판으로 기분 좋게 웃으며 말했다.

"그럼 잠깐 시간 좀 내줘요, 화요 씨. 같이 가야 할 곳이 있거든요."

"가야 할 곳이요? 어디—"

"응, 비밀."

어라? 전에도 이런 말을 한 번 주고받은 적이 있는 것 같은데?

화요는 몇 주 전쯤에 우진이 자신에게 조만간 말해 준다는 '비밀'이 있었다는 것을 떠올렸다. 혹시 그거랑 관계가 있는 건가 생각하며 화요가 엉거주춤하게 자리에서 일어섰다. 그러자 우진이 얼른 그녀의 어깨에 팔을 둘렀다.

"우진 씨!"

우진은 화요가 자신을 매서운 눈길로 쏘아보거나 말거나 무시하며 릴라 멤버들을 향해 말했다.

"아! 한 가지 너희가 잘못 알고 있는 게 있어서 말해 두자면. 내가 쓰러진 건 밥을 못 먹어서가 아니라 잠을 못 자서였어. 난 이 사람이 옆에 없으면 못 자거든. 연습 열심히 해라."

멋대로 제 할 말만 끝낸 우진이 화요의 몸을 끌어당겨 연습실을 빠져나왔다. 문이 닫히는 것과 동시에 연습실에서 소녀들의 새된 비명이 터져 나왔다. 화요는 내일부터 대체 아이들을 어떤 얼굴로 마주해야 하는 걸까 생각하며 우진에게 질질 끌려갔다.

"우진 씨."

"응?"

"진짜 못됐어요."

다른 할 말을 찾지 못한 화요의 투정에 우진이 쿡쿡 웃었다. 그 웃는 얼굴에 화요도 결국 스르르 토라진 표정을 풀어 버리고 말았다.

두 사람은 화요의 작업실에 들러 짐을 챙긴 뒤, 엘리베이터로 향하였다.

우진의 제멋대로인 돌발 행동에 반쯤 체념한 화요가 "그래서 우리가 지금 어디를 가는 건데요?"라고 묻는 찰나였다.

갑자기 우진이 얼굴을 팍 찌푸리더니 휴대전화를 쥐었다.

"미안해요. 화요 씨. 전화 좀."

화요의 허락을 구한 우진은 통화 버튼을 눌러 짜증스러운 목소리를 냈다.

"김 비서. 내가 오늘은 더는 연락하지 말— 아…… 그건. 하아…… 알았어요. 그럼 지금 바로 가서 확인하고 결재하겠습니다. 그래요, 알았습니다."

전화를 끊은 우진이 매우 미안하다는 얼굴로 무언가를 말하려고 하였다. 하지만 그가 입을 열기 전에 화요가 먼저 말했다.

"괜찮아요. 다녀오세요. 기다릴게요."

"……응, 금방 다녀올게요. 화요 씨는 먼저 차에 가서 기다려요."

그렇게 말한 우진이 차 키를 내밀었다. 화요가 그것을 받아들자 그는 서둘러서 복도 너머로 향하였다.

괜히 아쉬운 마음에 화요는 그 뒷모습을 잠시 제자리에서 지켜보았다. 그리고 우진이 시야에서 완전히 사라지자 그제야 엘리베이터를 향해 걸음을 옮겼다.

엘리베이터 앞에 선 화요는 버튼을 누르고 잠시 동안 기다렸다. 7, 6. 화요가 있는 층에 도착한 엘리베이터가 열리자 그녀는 얼른 올라타려고 하였다.

하지만 엘리베이터 안에 있는 인물을 보고 놀라 저도 모르게 앞으로 내딛던 발걸음을 멈추었다.

"……안 타나?"

엘리베이터에 타고 있던 사람이 던진 질문에 화요는 얼른 고개를 젓고 안으로 들어갔다.

"몇 층에 가지?"

"지하 주차장이요."

화요의 말에 그가 지하 주차장 버튼을 눌러 주었다. 화요는 그의 눈치를 살피면서 조심스럽게 고맙다는 인사를 하였다.

엘리베이터 안에서 한동안 무거운 침묵이 이어졌다. 원래 지하 주차장까지 이렇게 시간이 오래 걸렸나 생각하며 옆에 있는 남자를 힐끔 보는 순간, 화요는 그와 눈이 마주쳤다.

죄지은 것도 없으면서 괜히 당황한 화요가 고개를 푹 숙이자, 그가 불쑥 입을 열었다.

"설화요가 자네인가?"

"네? 네, 제가 설화요입니다."

"차우진 이사가 자넬 많이 아낀다던데."

남자의 말에 화요가 흠칫하였다. 그가 무슨 의도로 이런 말을 하는가 싶어서 화요는 고개를 다시 돌려 그를 보았다. 남자는 더는 화요를 보지 않은 채, 앞을 바라보고 있었다.

"아무래도 차 이사 성격이 별로 좋진 않아서 불편할 때가 있을 것 같군."

"아뇨. 불편한 적 없습니다."

평소와는 달리 톤이 높은 목소리로 화요가 남자의 말을 부정하였다.

"차 이사님은…… 분명 조금 자기중심적인 면이 있긴 하지만 그렇다고 해서 정이 없는 분이 아니에요. 다른 사람은 어떨지 몰라도 저는 이사님의 좋은 부분을 많이, 아주 많이 알고 있습니다."

"……."

한동안 아무 말이 없던 남자가 감정의 높낮이가 없는 어조로 말했다.

"지금은 그럴지 몰라도 시간이 지나면 생각이 달라질 수도 있네. 젊은 치기로 모든 걸 판단하면, 나중에 후회하는 순간이 올 수도 있어. 그 선택 때문에 나는 불행해졌다, 라고."

무덤덤한 말 속에는 많은 감정이 담겨 있었다. 화요는 그가 어떤 심정으로 이 말을 하는 걸까 생각하며 대답하였다.

"제 생각은 달라지지 않을 거고, 후회도 하지 않을 거예요. 그리고 불행하다고 생각할 일도 없어요. 제가 그 사람을 행복하게 해 줄 거니까요."

스스로도 놀랄 만큼 화요는 자신 있게 남자에게 선언하였다.

나는 우진 씨를 행복하게 해 줄 거라고.

그 말에 무표정하던 남자의 얼굴이 묘하게 일그러졌다. 기분 나빠 하거나 화가 난 것 같지는 않았다. 그저 조금 놀라는 것처럼 보이는 그런 얼굴이었다.

"행복, 이라."

마치 처음으로 그런 말을 들어 본 사람처럼 남자가 그 말을 반복해서 중얼거렸다.

"……나쁘지 않겠군. 불행한 것보다야."

그가 그렇게 말하는 것과 동시에 띵— 하는 소리와 함께 엘리베이터가 멈추었다.

1층에 멈춘 엘리베이터 문이 열리자 남자가 화요를 힐끔 한 번 본 뒤, 잘 가라는 인사도 없이 그대로 나가려고 하였다.

화요는 그가 막 바깥으로 발을 내딛는 순간, 입을 열었다.

"회장님!"

그녀의 부름에 차 회장이 놀란 얼굴로 뒤를 돌아보았다. 화요는 깊게 고개를 숙이며 그에게 인사하였다.

"다음에 찾아뵙겠습니다."

화요가 고개를 서서히 들자 닫히는 엘리베이터 문 사이로 오묘한 표정을 지은 차 회장의 얼굴이 보였다.

이윽고 문이 완전히 닫혀 그의 모습이 보이지 않게 되자 화요는 한숨을 내쉬었다.

차성규 회장. 그는 자신이 좋아하는 남자가 누구보다 미워하는 사람이었다.

그래서일까. 그동안 혼자 상상해 왔던 우진의 아버지는 화요에게 있어서 '나쁜 사람'이었다.

사랑으로 보살펴야 할 아이들을 제대로 돌보지 않고 방치했고, 다치고 상처 받은 아이들을 돌아본 적도 없으며, 죽은 아이의 장례식에는 오지도 않았던 사람.

하지만 막상, 마주한 그는 나쁜 사람으로 보이지는 않았다.

그저 조금 고집이 센, 그리고 삶에 지독하게 지친 중년 남자처럼 보일 뿐이었다. 그래서 그를 향해 어째서 우진을 괴롭게 만들었냐는 원망을 할 수는 없었다.

그 역시 지독하게 상처 받은 사람처럼 보였으니까.

차가운 엘리베이터 벽에 기댄 화요는 눈을 감았다. 언젠간, 우진이 가족의 이야기를 할 때 더는 슬프거나 괴롭지 않은 얼굴을 하는 날이 왔으면 좋겠다는 생각을 하며.

약 삼십분 후, 우진의 차 안.

"그래서 지금 어딜 가는 건데요?"

조수석에 있는 화요의 질문에 우진이 어깨를 으쓱하였다.

"음…… 맞춰 봐요. 힌트는 화요 씨가 좋아할만한 곳."

오호라, 또 이렇게 나오시겠다. 화요는 눈을 가늘게 뜨고 우진을 보았다. 우진의 입가에는 장난스러운 미소가 떠올라 있었다.

내가 좋아할 만한 곳이 어디지? 화요는 열심히 머리를 굴려보았다.

"……동물원?"

화요가 고심 끝에 꺼낸 대답에 우진이 소리를 내어 웃었다. 대화 주제를 다른 곳으로 돌릴 궁리를 하고 있던 참이라 그녀가 꺼낸 이 생뚱맞은 화제가 반가웠다.

"동물원 또 가고 싶어요? 그럼 조만간 시간 잡아야겠네."

"아, 동물원을 딱히 좋아하는 건 아니고 그냥 동물을 보고 싶어서요. 예전에 봤던 애기 여우 너무 귀여웠잖아요."

우진과 함께 보고 왔던 아기 여우를 떠올리며 화요가 헤실헤실 웃었다.

'벌써 시간이 좀 지났으니 많이 컸겠지?'

아직도 그녀의 휴대전화에는 아기 여우의 사진이 잔뜩 남아 있었다. 화요는 그 부드러워 보이는 갈색 털을 쓰다듬어 보고 싶다는 생각을 하며 한숨을 푹 쉬었다.

"화요 씨가 그렇게 여우를 좋아하는지 몰랐어요. 흠…… 여우라. 여우는 얼마나 하려나."

"……네?"

"아니, 화요 씨가 여우를 좋아하니까 여우를―"

"선물해야겠다, 뭐 그런 생각을 하는 건 아니죠, 우진 씨?"

설마 하며 화요가 물은 말에 우진이 씩 웃었다. 맙소사. 화요는 우진의 어깨를 찰싹 때려 주었다.

우진은 농담이었다며 웃었지만, 화요에게는 그것이 도저히 농담으로 보이질 않았다.

'나중에 김 비서님에게 우진 씨가 여우를 사지 못하도록 감시하라고 미리 말해 둬야지.'

이제 차우진이라는 남자를 어느 정도 파악하고 있는 화요가 옆을 힐끔 보았다.

운전석에 있는 우진은 평소처럼 선글라스를 낀 채, 운전 중이었다. 남들보다 머리칼과 눈의 색소가 옅은 그는 유독 햇빛을 눈부셔 했다. 그렇기 때문에 낮 시간대에 밖에 있을 때는, 선글라스를 자주 착용하였다.

물끄러미 우진을 보던 화요는 그가 무언가와 닮았다는 생각이 들었다.

갈색의 부드러운 머리칼, 갈색의 예쁜 눈. 뭐더라?

"아―"

"왜요?"

"닮았어요."

"뭐가요?"

"우진 씨가 여우랑요."

어째서 지금 깨달은 걸까. 빛을 받으면 도드라지는 카페라떼 색의 머리칼도, 머리칼처럼 은은한 갈빛이 도는 눈동자도 전부 여우와 닮았다.

화요가 반짝반짝 눈을 빛내며 한 말에 우진은 당황한 것처럼 어정쩡하게 고개를 갸웃하였다.

"여우요? 내가? 처음 듣는 말인데."

"눈 색이랑 머리색이요. 여우 털색이랑 비슷해서요."

"흐음, 여우라."

사람들이 생각하는 여우의 이미지라는 건 대부분 교활한 동물, 하지만 동시에 자신보다 약한 동물에게 속아 어리석은 실수를 반복하는 멍청한 동물이기도 하였다.

우진의 안에서 여우의 이미지는 딱히 좋은 것이 아니었다. 그래도 화요가 여우를 좋아하니 여우를 닮았다는 그녀의 말이 그

렿게 싫지는 않았다.

"아, 혹시 싫어요? 여우 귀여운데."

화요가 얼른 덧붙인 말에 그가 소리를 내어 웃었다.

"아뇨, 싫지 않아요. 화요 씨 여우 좋아하죠?"

"네."

"나 여우랑 닮았죠?"

"네."

"그럼 나도 좋아하죠?"

"네."

우진의 유도신문에 걸려 넘어간 화요가 순순히 고개를 끄덕
이자 그가 만족스러운 얼굴을 하였다.

"하지만 우진 씨가 여우랑 안 닮아도 좋아요. 우진 씨는 우진
씨라서 좋은 걸요."

화요가 조용한 미소를 지으며 한 말에 우진은 한 방 먹은 기
분이었다. 평소에는 정말 별거 아닌 일로 부끄러워하면서 어째
서 이런 중요한 말은 부끄럼 없이, 솔직하게 말해 주는 걸까.

그게 고맙고 또 좋았다.

우진은 괜히 얼굴이 뜨거워지는 것 같은 기분에 선글라스를
고쳐 썼다.

"그래서 결국 어디로 가는 건데요?"

아무래도 그녀는 말을 딴 데로 돌리려던 우진의 속내를 훤히
파악하고 있던 모양이었다. 우진은 점점 그녀를 속이는 게 쉽지

않다고 생각하며 한숨을 쉬었다.

"가 보면 알아요."

"도착하기 전에 말해 줘도 되잖아요."

"이제 거의 다 왔어요."

"응? 이제 거의 다 왔다고요? 어? 여기……."

창밖으로 차가 있는 위치를 확인해 보던 화요가 놀란 것처럼 눈을 깜빡거렸다.

우진은 능숙하게 핸들을 돌려 차를 주차장 안으로 몰았다. 평일인 데다가 시간이 애매해서인지 주차장은 거의 텅텅 비어 있었다.

넓은 공간에 차를 세운 우진이 내리자 화요도 그를 따라 차에서 내렸다.

그녀는 눈앞에 있는 올림픽 경기장을 보면서 어리둥절한 얼굴을 하였다.

여기가 내가 좋아하는 곳이라고? 화요는 혹시나 자신이 우진에게 그런 말을 한 적이 있던가 고민에 빠졌다. 우진은 그사이에 누군가에게 전화를 걸어 무언가를 확인하고 있었다.

확인을 끝낸 우진은 화요에게 손짓하였다.

"화요 씨, 가요."

"어디를요?"

"제1경기장이요."

제1경기장이라면 공연에 주로 쓰이는 곳일 텐데. 화요는 자신이 좋아하는 뮤지션의 콘서트를 보기 위해 이곳에 왔던 기억을 떠올리며 우진을 따라갔다.

혹시 오늘 누군가의 공연이라도 있나 싶었지만, 텅 빈 주차장이며 조용한 주변을 보면 그런 것 같지는 않았다.

공연이 아니면 뭐지? 혹시 조만간 ZIN 소속 가수 중 누군가가 공연을 하나? 그래서 무대 준비 과정을 체크하려고 나를 여기로 데리고 온—

"화요 씨, 이쪽."

여러 가지 가능성을 생각하던 화요는 우진의 목소리에 퍼뜩 현실로 돌아왔다. 우진은 제1체육관이라고 크게 적힌 입구 앞에 서 있었다.

걸음이 뒤쳐졌던 화요가 얼른 우진이 있는 곳을 향해 달려갔다. 그가 서 있는 입구 너머로 경기장으로 향하는 문이 열려 있는 것이 보였다.

"우진 씨. 여기에 뭐가—"

"화요 씨는 저쪽 모퉁이로 가요. 저 길을 따라서 쭉 걷기만 하면 되니까."

"네? 어?"

가라고? 저쪽으로? 왜? 이게 대체 무슨 상황인지 몰라 화요는 우진에게 설명을 요구하는 시선을 보냈다. 하지만 우진은 대답을 하는 대신 화요의 등을 가볍게 툭 밀어 주었다. 어서 빨리 가보라는 것처럼.

당황스러운 마음에 그를 보자 우진은 싱글벙글 웃고 있었다.

에이, 모르겠다. 일단 한번 가 보자.

우진이 자신에게 해가 될 만한 일을 할 리 없다는 걸 아는 화요가 우진의 말대로 앞으로 나아갔다.

긴 복도 끝을 따라 가자 바로 앞에 철제문이 보였다. 더는 다른 길이 없었기에 화요는 그 문을 열었다.

그 순간, 쏟아지는 눈부신 빛에 그녀는 자신도 모르게 눈을 감았다. 마치 영화 속에서 가끔 나오는 장면처럼, 커다란 빛의 소용돌이에 휘말린 것 같았다.

하지만 그 빛은 그렇게 오래가지 않았다.

빛의 강도가 차츰 약해지기 시작하였다. 그 덕에 눈이 금방 빛에 익숙해졌기에 화요는 천천히 눈을 떴다.

눈을 떠 보니 자신이 서 있는 문 앞에는 넓은 길이 있었다. 그리고 그 길은 저 멀리에 있는 커다란 무대로 이어지고 있었다.

무대는 누군가의 공연을 위해 준비된 것처럼 보였다.

이게 대체 무슨 일이지? 화요는 여전히 상황을 짐작할 수 없었기에 제자리에서 가만히 공연장을 바라보았다. 그러자 천장에 매달려 있는 모든 조명이 일제히 꺼졌다.

화요를 에워싸는 것처럼 빛나던 빛무리가 한순간에 사라지자 공연장이 탁한 어둠에 잠겼다. 동시에 화요에게 가장 가까운 쪽에 있는 바닥 조명이 켜지더니 곧 순차적으로 다른 바닥 조명이 길을 밝혔다. 이 길을 그대로 따라오라고 말하는 것 같았다.

화요는 무언가에 홀린 사람처럼 불빛이 향하는 방향으로 천천히 걸어 나갔다. 무대까지 이어지는 길은 결코 길지 않았지만, 동시에 까마득하게 먼 것처럼 느껴졌다.

마치 이제까지 자신이 살아왔던 모든 순간처럼.

그럼에도 불구하고 그녀는 끝까지 걸어 결국 무대 위에 섰다.

무대 위에 선 화요가 깊은 숨을 내쉬며 무대 위를 둘러보았다.

묘한 기분이었다. 태어나서 처음 선 무대 바닥은 다른 바닥과 아무런 차이점을 찾을 수 없었다. 물론 그게 당연하다는 걸 알면서도 마음이 이상하였다.

TV 속에서 노래하는 이들을 보았을 때, 공연장에서 노래하는 이들을 보았을 때, 그녀는 언제나 궁금했다.

저곳에 서면 세상이 어떻게 보이는 걸까, 라고.

"……이런 느낌이구나, 무대라는 거."

모든 것이 아주 크게, 그리고 동시에 자신은 작게 느껴졌다. 태어나서 처음 느끼는 감각이었다.

무대에서 바라본 수많은 관중석의 모든 자리는 텅 비어 있었지만, 그 자리에 대신 작은 불빛이 하나씩 놓여 있었다. 처음에는 그것이 무엇인지 알 수 없었지만, 눈이 어둠에 익숙해지자 그것이 야광봉이라는 것을 알 수 있었다.

수천 석 이상의 자리에 놓여 있는 야광봉은 밤하늘의 무수한 별처럼 빛나고 있었다.

마치 자신이 아름다운 밤하늘 위에 서 있는 것 같다는 생각을 하며 화요는 관중석을 천천히 훑어보았다.

그중 단 한 자리, 불빛이 없는 자리가 있었다.

"우진 씨."

자신과 가장 가까운 자리에 앉아 있는 남자를 발견한 화요가 그의 이름을 중얼거렸다. 자리에 앉은 우진은 양손을 무릎 위에 올린 채 가만히 화요를 바라보고 있었다.

'한 번이라도, 한 명이라도 좋으니 누군가에게 내 노래를 끝까지 들려주고 싶어요.'

그것은 언젠가 농담처럼 우진에게 말했던 진심이었다.

'무대는 올림픽 경기장 정도면 좋겠고요, 음, 관중석에는 야광봉을 든 관객이 잔뜩 있는 거예요. 그리고 그 앞에서 노래를 부르는 거죠. 아하하. 기분 엄청 좋겠다.'

농담처럼 했던 말이었는데.

화요의 눈 안쪽이 따끔거리며 아파 왔다.

앞에 있는 이 남자는 자신이 했던 사소한 말을 무엇 하나 잊지 않고 기억해 주었다. 그리고 단지 기억해 주는 것뿐만이 아니라 그것을 현실로 만들어 주었다.

"아르바이트를 고용해서 관객석을 다 채울까 했는데, 그건 안 되겠더라고요."

넓지만 조용한 공연장 안에서 우진의 목소리가 매우 선명하게 들렸다. 화요는 조금이라도 더 그에게 가까워지고 싶어서 무대 앞으로 한 걸음 나아갔다.

"화요 씨가 이해해 줘요. 다른 사람이 당신 노래를 듣는 게 싫어서―"

"언제부터?"

우진이 술술 내뱉는 낯 간지러운 말을 끊으며 화요가 물었다. 언제부터 이것을 준비했던 거냐는 질문에 우진이 빙긋 웃었다.

"화요 씨가 얘기했던 순간부터 생각했어요."

"어째서요?"

당신은 이미 내가 만든 곡을 내 이름으로 세상에 내보내고 싶다는 나의 소망을 도와주었다. 그것만으로도 이미 충분했다.

그런데―

"그건 '작곡가' 설화요의 꿈이었고, 이건 당신의 꿈이잖아요. 설화요라는 한 사람의 꿈."

당신에게 소중한 건 나한테도 소중하다고 말하는 남자의 얼굴이 다정했다. 눈물이 날 것 같았기에 화요는 눈을 꼭 감았다. 눈을 감은 그녀의 귀로 우진의 목소리가 들려왔다.

"노래를 불러 줘요."

"……의미가 없어요. 내 노래는,"

"있어요, 의미."

자리에서 벌떡 일어선 우진이 무대 앞으로 다가왔다. 목을 뒤로 힘껏 젖힌 그가 화요를 올려다보며 말했다.

"내가 당신의 노래를 듣고 싶어요. 나라는 관중이 있어요. 당신의 노래를 원하는."

화요가 천천히 눈을 떴다. 그녀는 무대 아래에 있는 우진의 얼굴을 가만히 바라보았다.

자신을 위해, 이 한 순간을 위해 이 사람이 대체 얼마를 쓴 걸까. 그런 생각을 하던 화요는 피식 웃어 버렸다.

아마도 우진에게 그것은 아무래도 좋은, 사소한 일일 터였다. 그리고 지금은 화요에게도 아무래도 좋은 일이었다.

"……듣고 싶은 노래, 있어요?"

화요가 굳은 결의를 한 얼굴로 묻자 우진이 조용히 웃으며 입을 열었다. 그가 말한 노래 제목을 들은 화요가 눈을 동그랗게 떴지만 고개를 끄덕였다.

화요가 무대 중앙에 세워져 있는 스탠드 마이크 앞으로 다가가자 우진이 자리로 돌아가 앉았다. 그녀가 마이크 앞에 서는 것과 동시에 스피커에서 익숙한 노래의 반주가 흘러나왔다.

'당신은 오늘도 절망했고, 외로웠을 테죠.'

화요의 목소리가 음악을 타고 넓은 공연장 안을 채우기 시작하였다. 그 소리에 취한 것처럼 우진은 가만히 눈을 감았다.

9년 전과 같은, 아니 9년 전보다 더욱 아름다운 소리가 그의 마음에 아로새겨졌다.

한참을 잠들었다 갓 피기 시작한 꽃잎처럼, 겨우내 얼었다 흐르기 시작한 강물처럼.

'아무리 노력해도 달라지는 건 아무것도 없다고 눈을 감아 버렸을 거예요.'

깊게, 느리게 숨을 들이켰다.

그녀의 노래가 자신에게 닿는 순간마다 감사하는 마음이, 사랑하는 마음이 더더욱 커져 왔다.

당신을 만나지 못했다면 절대로 몰랐을 사실이 몇 가지 있다.

'절망의 끝에 있는 것은 희망, 무지개의 끝에 있는 것은 행복.'

아무리 오랜 시간이 걸리더라도 만나게 될 인연은 반드시 다시 닿게 된다는 것. 어렵게 만난 인연은 그 어떤 일이 있어도 절대로 쉽게 헤어지지 않는다는 것.

'내일도 오늘과 같다고 생각하지 마요. 당신에게는 그녀가 있어요.'

누군가를 사랑하는 건 사랑받는 것만큼이나 혹은 사랑받는 것보다도 더 사람을 행복하게 만들어 준다는 것. 사랑하는 사람을 위해서는 무엇이든 해 주고 싶고, 할 수 있다는 것.

'그녀의 웃음소리가 당신의 절망을 밀어내고, 그녀의 체온이 당신을 외롭지 않게 해 주죠.'

단 한 사람을 위해 노래하는 당신이, 나를 '절대'라고 말해 주는 당신이, 세상에서 가장 아름다운 존재라는 것.

'사랑을 포기하지 마요. 그녀를 포기하지 마요. 그녀는 당신의 희망이에요.'

어느새 스피커에서 들려오는 마지막 구절이 끝나 갔다. 그녀의 노래가 이대로 끝나는 것이 아쉽다고 생각하며 우진은 천천히 눈을 떴다.

노래를 마친 채, 무대 위에 서 있는 화요가 울 것 같은 얼굴을 하고 서 있었다.

"……어째서?"

그녀의 질문에 우진이 빙그레 웃었다.

자리에서 일어선 우진이 단숨에 성큼성큼 무대로 다가와 가볍게 위로 뛰어 올라왔다.

화요는 눈을 깜빡이지도 않은 채, 자신의 앞까지 다가온 우진을 보고 있었다.

그 커다란 눈에 눈물이 고여 있는 것이 애처롭고, 또 사랑스러웠다.

그녀가 그 어떤 일로도 울지 않기를 바라는 한편, 이 아름다운 눈물을 마음껏 보고 싶다는 모순된 마음이 들었다.

"……보통은 잠들어요, 내 노래는……. 우진 씨도 이제까지는 그랬잖아요."

물기 어린 목소리로 말하던 그녀는 결국 눈물을 한 방울 툭 흘렸다. 우진은 손을 들어 올려 그녀의 눈물을 닦아 주었다. 그역시 지금 이 상황을 논리적으로 설명할 수 없지만 그래도 괜찮지 않을까.

사랑은 원래 그런 거니까.

"말했잖아요. 나는 당신의 '절대'라고. 만일 당신이 당신의 노래를 들어 줄 누군가를 원한다면 그건 세상에서 단 한 사람뿐이에요."

우진의 대답에 화요가 작은 목소리로 물었다.

"……그게 누군데요?"

대답을 이미 알면서도 일부러 묻는 화요가 귀엽다는 것처럼 우진은 그녀의 뺨을 쓰다듬었다.

"화요 씨 눈앞에 있는 남자. 차우진. 나 말고 다른 사람이 있어요?"

화요는 고개를 저었다. 태어나서 처음으로 다른 누군가에게 노래를 들려주었다는, 그리고 그 노래를 들은 사람이 잠들지 않았다는 이 상황이 믿기지가 않았다.

누군가의 앞에서 끝까지 노래를 불렀다. 남들이 보기에는 그게 뭐 대단하냐고 비웃을지도 모르는 그런 사소한 일이었다.

하지만 그 사소한 일이 지금의 화요에게는 다시없을 기적처럼 느껴졌다.

"우진 씨."

하고 싶은 말이 많은데 그 어떤 말도 나오질 않았다.

이상했다. 이제까지 화요는 사랑이란, 받는 것보다 주는 게 더 많다 느끼는 거라고 생각했다.

그런데 아니었다.

우진을 사랑하게 되면서, 그녀는 늘 자신이 더 많이 받는 것 같아 미안했다.

어떻게 하면 당신에게 나도 이만큼 같은 것을 돌려줄 수 있을까, 늘 생각하게 될 정도로.

"고마, 워요."

울먹이면서 화요가 더듬거리는 말에 우진이 "천만에요."라고 속삭였다. 그의 입술이 화요의 눈가에 남아 있는 눈물에 닿았다.

"화요 씨."

"응."

"나는 화요 씨에게 주고 싶은 게 너무 많아요."

"……지금도 충분히 많이 받았어요."

"아뇨. 내가 화요 씨한테 받은 게 더 많아요."

내가 당신에게 준 것이 대체 뭐가 있을까. 설령 준 것이 있다고 해도 어떻게 당신이 준 것보다 더 많을 수가 있을까.

화요가 고개를 저으며 우진의 말을 부정하려고 하였지만, 우진이 그것을 허락하지 않았다.

"아직도…… 아직도 부족해요. 더 많이 주고 싶어서 나는 늘 조바심이 나. 그래서 줄곧 생각했어요."

우진이 오른 손을 앞으로 내밀었다. 그의 손바닥 위에는 작고 붉은 상자가 올려져 있었다. 그것을 보는 화요의 눈이 혼란과 당황으로 굳어졌다.

"한 번에 전부 줄 수 없으니 대신 이걸 줄게요."

"우진 씨—"

"나의 과거도, 현재도, 미래도."

달칵, 하는 소리와 함께 상자가 열렸다. 상자 안에는 난생처음 보는 아름다운 반지가 반짝이고 있었다. 그것을 상자에서 꺼내 든 우진이 반대쪽 손을 화요에게 내밀었다.

"그러니까…… 화요 씨의 과거도, 현재도, 미래도— 전부 나에게 주세요."

이제 멎은 줄 알았던 눈물이 다시 나올 것 같다는 생각에 화요는 눈을 깜빡였다. 무언가 따듯하고, 부드러운 것이 그녀의 심장을 문지르고 있는 것 같은 달콤한 통증에 숨이 막혔다.

"내가…… 나로…… 괜찮아요?"

차우진이라면, 당신이라면 얼마든지 선택할 수 있다. 나보다
더 아름다운 사람도, 나보다 더 능력 있는 사람도, 나보다 더 좋
은 사람을 택할 수 있는 사람이었다.

"화요 씨. 나는 당신이 아니면 아무 의미가 없어요. 말했잖아
요. 당신이 없는 세상을, 나는 견디지 못해요. 당신만이 내 세상
이고, 내 희망이고, 내 전부예요. 당신은 나의 절대예요."

우진의 말에 화요가 결국 다시 눈물을 흘렸다. 언젠가, 병원
침대에 누워 있던 그와 나눈 대화가 떠올랐다.

'나에게도 당신이 '절대'니까.'

화요가 우진을 향해 왼손을 내밀었다. 우진이 웃으며 그녀의
네 번째 손가락에 반지를 끼워 주었다. 마치 잰 것처럼 반지가
꼭 들어맞았다.

언제 내 사이즈는 알아본 걸까. 역시 이 사람은 못 당하겠다
고 생각하며 화요가 작게 웃었다.

우진이 팔을 벌려 그녀를 힘껏 안아 주었다.

자신을 끌어안은 남자의 몸이 조금 떨리고 있다는 것을 화요
가 눈치챘다. 어울리지도 않게 그가 긴장을 했던 모양이라 생각
하며 화요는 우진을 마주 안아 주었다.

"화요 씨."

"응?"

"화요 씨가 해 주는 키스가 좋아요."

언젠가 어디선가 들었던 말이었다. 화요는 그것이 우진이 병실 침대에서 잠들기 직전에 했던 말이라는 걸 깨닫고 조용히 웃었다. 그녀가 살그머니 몸을 뒤로 빼내어 우진의 얼굴을 올려다보았다. 그녀가 좋아하는 카페라떼 색의 눈동자가 은밀한 기대를 품고 있었다.

"나도 우진 씨랑 하는 키스가 좋아요."

화요는 있는 힘껏 발돋움을 하였다. 그것이 귀엽다는 듯 눈을 가늘게 뜬 우진이 고개를 숙였다.

조금만, 조금만 더.

두 사람의 거리가 차츰 가까워지고, 입술이 닿았다.

환하게 빛나는 스포트라이트 아래서 나누는 키스는 평소보다 조금 더 깊었고, 평소보다 훨씬 더 뜨거웠다. 입술을 살그머니 떼어 낸 두 사람의 거리는 여전히 가까웠다.

얼굴을 맞댄 채, 가볍게 숨을 몰아쉰 두 사람이 서로를 보고 웃음을 터트렸다.

처음이자 마지막으로 그녀가 선 무대의 마지막은—

절대 잊지 못할 달콤한 키스로 끝이 났다.

에필로그.
라일락의 꽃말

'네가 죽었어. 내 심장을, 내 영혼을, 내 숨을.'

흔들리는 버스 안에서 익숙한 멜로디가 흘러나오기 시작하였다. 멍하니 창밖을 보며 다음 노래를 구상하던 화요는 깜짝 놀라 고개를 들었다.

가만히 살펴보니 버스 앞에 있는 스피커에서 들려오는 노랫소리였다. 노래가 끝나자마자 바로 라디오 DJ의 멘트가 들려왔다.

'네, 릴라의 혜리 양 솔로 타이틀곡인 '숨' 이었습니다. 개인적으로는 저도 이 노래 정말 좋아하는데, 아무리 들어도 질리지가 않더라고요.'

'저도요! 아, 그러고 보니 그거 아세요? 사실 이 노래가 ZIN 내부에서 쟁탈전이 벌어졌던 곡이래요?'

'어, 진짜요?'

'네, 베일의 요셉 군이랑 혜리 양이 서로 이 노래 갖겠다고 싸웠다는 소문이 있더라고요. 근데 진짜 그럴 만도 하지 않나요? 이 노래가요, 사실—'

라디오에서 들리는 이야기를 무심코 가만히 듣고 있던 화요는 쿡쿡 웃음을 터트렸다.

출연한 게스트의 말대로 요셉과 혜리가 '숨'을 두고 서로 다툼을 벌인 건 사실이었다. 두 사람은 이 노래를 얻기 위해 한 치의 양보도 없이 싸웠지만, 결국 최후의 승리자는 혜리였다. 이제 열여덟이 되는 소녀의 집착은 여간 무서운 게 아니었다.

그때 모습을 떠올린 화요가 아련하게 허공을 쳐다보았다.

'하긴 그 정도로 뚝심이 있으니 아직도 유진이를 포기하지 않은 거겠지.'

화요는 혜리를 피해 도망가는 유진과 그런 유진을 계속 뒤쫓는 혜리의 관계를 떠올리고 작게 한숨을 쉬었다.

자신이 나서서 뭐라고 할 수 있는 문제는 아니었지만, 앗— 아닌가. 이제 형수님 된 입장으로서 조금 잔소리를 해도 되는 건가. 아니, 그래도 역시 이건 유진이와 혜리의 문제니까 내가 나서서 참견하는 건 좀 아니겠지? 우진 씨도 알면 엄청 삐질 테고.

음, 그래도 기왕이면 어떻게…….

'내 마음이 두근해요'

화요가 대답이 나오지 않는 고민에 빠져 있는 찰나, 그녀의 휴대전화가 울렸다. 그 소리에 퍼뜩 정신을 차린 화요는 얼른 전화를 확인하고 빙그레 웃었다.

액정에는 '나의 절대'라는 글자가 떠올라 있었다. 그것은 화요가 세상에서 오로지 단 한 명에게만 쓰는 애칭이었다.

"여보세요?"

〈어디에요?〉

"지금 가고 있는 중이에요. 아! 여기다."

마침 자신이 내릴 정류장이 되자 화요는 급하게 버스에서 뛰어 내렸다. 정류장 근처에 서 있던 우진이 그녀를 발견하고 빙긋 웃으며 얼른 그녀를 향해 왔다.

그녀의 앞에 다가온 우진은 아주 자연스럽게 양손을 펼쳤고, 화요는 아주 잠깐 망설인 후에 우진의 품으로 뛰어들었다.

우진은 양팔로 숨이 막힐 정도로 화요를 꼭 끌어안아 준 후, 당연하다는 것처럼 그녀의 입술에 키스를 하였다. 화요는 지나가는 사람이 거의 없다는 사실에 안심하는 동시에 근처에 있는 꽃가게 직원이 놀란 눈으로 자신들을 보고 있다는 사실은 모른 체하였다.

"버스 타고 오는 거 힘들지 않았어요? 역시 내가 데리러―"

"아니에요. 가끔은 버스 타는 게 좋아요. 곡 아이디어도 떠오르고."

밖에서 외부 아티스트와 미팅이 있었던 화요는 우진이 자신을 데리러 온다는 것을 한사코 거절하였다.

물론 그는 서운해 하였다. 하지만 화요는 오랜만에 버스를 탄게 꽤 즐거웠다는 사실에 들떠있었다. 시무룩한 얼굴을 하고 있던 우진은 화요의 웃는 얼굴을 보더니 금세 기분이 좋아진 것처럼 웃었다. 그는 화요의 웃는 모습을 황홀하게 바라보며 속삭였다.

"오늘도 내 부인은 예쁘네요."

매일 아침, 매일 밤, 아니 매순간 그가 반복하는 그 말에 화요는 멋쩍게 웃었다.

"우진 씨도 참. 아까도 봤잖아요. 우리 지금 딱 몇 시간 만에 만난 거예요. 누가 들으면 며칠은 떨어져 있다 본 줄 알겠어요."

화요가 고개를 절레절레 젓자 우진은 한숨을 푹 쉬었다.

"화요 씨가 없으면 1시간도 100년 같아요. 아, 대표실을 그냥 화요 씨 작업실 안으로 옮겨 버릴까. 그럼 회사에서도 계속 같이 있을 수 있을 텐데."

화요는 터무니없는 말을 하는 우진의 팔을 찰싹 때려 주었다. 말도 안 되는 소리였지만, 자신의 남편이라면 그 말도 안 되는 소리를 현실로 만들 가능성이 있었다.

화요는 요 1년 사이에 그걸 온몸으로 실감하고 있었다.

처음 우진의 프로포즈를 받은 이후, 그녀는 분명 결혼식은 조금 여유를 두고 올리자고 말했다. 우진은 아주 이해심 넘치는 사람처럼 당연히 그러겠다고 대답하였다.

하지만 어찌 된 일인지 몇 개월이 지나지도 않았는데 그녀는 웨딩드레스를 입고 우진의 옆에 서 있었다. 물론 그 전에 예상치 못한 방해— 주로 도현의 트집 같은 장애물이 있긴 했지만, 우진은 그 모든 문제를 매우 신속하게 처리하였다. 그것을 옆에서 줄곧 지켜본 유진은 형이 얼마나 너랑 결혼하고 싶으면 저렇게 발악을 하는 거냐며 고개를 절레절레 내저을 정도였다.

그 당시 일을 회상하던 화요는, 문득 우진과 자신의 결혼식을 떠올렸다.

촉촉한 눈으로 고개를 연신 끄덕이던 아빠와 엄마, 조용히 고개를 옆으로 돌리고 있던 정하, 그리고 어린아이처럼 엉엉 울던 도현. 평소에는 화요를 막무가내로 괴롭히는 심술 맞은 오빠였으면서 막상 화요가 결혼하는 날 누구보다 많이 운 건 바로 도현이었다.

그때 일이 떠오르자 괜스레 또 코끝이 시린 것 같아 화요는 괜히 헛기침을 한 뒤, 입을 열었다.

"꽃은요?"

"화요 씨 말대로 부탁해 뒀어요."

우진이 꽃가게를 가리키자 우진과 화요를 힐끔거리며 구경하던 직원이 머쓱한 얼굴을 하였다.

가게 앞에 선 우진은 아무 말 없이 손을 내밀었고, 화요는 자연스럽게 그 손을 잡았다. 손을 맞잡은 두 사람은 꽃가게에서 포장된 꽃다발을 받아 든 뒤, 걷기 시작하였다.

새파란 하늘 아래 햇빛은 따뜻하고, 어디선가 달콤한 향이 자욱하게 몰려왔다. 꿈에서 본 어느 풍경과 무척 닮은 날이었다.

우진은 자신의 옆에서 조심스럽게 꽃다발을 끌어안고 있는 화요를 바라보았다.

내가 사랑하는 사람이 똑같은 감정을 나에게 돌려준다는 것.

잠에서 깼을 때 그 사람이 자신을 보고 다정스레 웃어 준다는 것.

상대에게 받는 것보다 주는 것이 더 고마운 순간을 느끼게 될 때가 있다는 것.

이렇게 행복해도 될까 싶을 정도로, 그의 행복이 새롭게 다시 적혔다. 침대 위에서 눈을 떠서, 다시 침대 위에서 눈을 감기까지 매일이 그야말로 꿈같은 나날이었다.

그리고, 그렇기에 오히려 우진이 잊을 수 없는 단 한 사람이 있었다.

"106단 B구역이라고 했죠? 이쪽인가 보다."

처음 와 보는 것인데도 화요는 곧잘 길을 찾았다. 우진은 말없이 고개를 끄덕인 후, 그녀와 함께 복도를 걸어갔다. B라고 크게 적힌 구역에서 화요는 혜진의 이름을 중얼거리더니 한곳을 가만히 바라보았다. 우진 역시 그녀를 따라 시선을 돌렸다.

봉안당 한구석에는 환하게 웃는 소녀의 사진이 놓여 있는 유골함이 있었다. 우진과 화요는 혜진의 유골함 앞에 섰다. 화요는 데스크에서 미리 받아 온 작은 열쇠로 유리문을 열어 그 안에 조심스럽게 라일락 꽃다발을 올려 두었다. 환히 웃는 소녀의 얼굴에 색이 은은한 라일락 꽃다발이 예쁘게 잘 어울렸다.

라일락 꽃다발. 그것은 화요가 우진에게 미리 준비해 달라고 한 꽃다발이었다. 우진은 군이 라일락 꽃을 준비해 달라는 화요의 부탁에서 기묘한 느낌을 받았다.

그는 그녀에게 한 번도 라일락 꽃에 대해 말한 적이 없었다.

혜진의 마지막 생일 선물이 이 꽃이었다는 사실을.

그런데 어째서 하필 그녀는 라일락 꽃다발을 혜진에게 가져다줄 생각을 한 걸까.

"안녕하세요. 혜진 씨. 인사를 너무 늦게 하러 와서 미안해요. 설화요라고 해요."

화요가 혜진을 향해 다정히 인사하는 사이, 우진도 혜진의 사진을 가만히 바라보았다. 참 이상하게도 사진 속 혜진의 얼굴이 예전에 보았던 것과는 달리 행복하게 보였다.

"이 꽃다발은요. 올해는 라일락 향이 참 좋은 것 같기도 하고, 꽃말이 예뻐서 준비했어요. 혜진 씨 마음에도 들면 좋겠다."

열쇠를 주머니에 다시 넣은 화요가 손을 뻗어 얼른 우진의 손을 다시 잡았다.

"라일락 꽃말이 뭔지 알아요? 첫사랑, 젊은 날의 추억…… 그리고, 아름다운 맹세."

우진의 손을 잡은 화요가 손에 힘을 꾹 주었다.

"혜진 씨. 나 맹세할게요. 혜진 씨의 소중한 큰 오빠는, 나한테도 정말 너무 소중한 사람이니까. 앞으로 내가 반드시 행복하게 해 줄게요."

사진을 바라보고 있는 우진의 눈앞이 일순간, 흐려졌다. 우진은 천천히 눈을 깜빡이며 자신의 눈앞이 흐린 것은 먼지가 눈에 들어갔기 때문이라고 생각하였다.

'사랑을 포기하지 마요. 그녀를 포기하지 마요. 그녀는 당신의 희망이에요.'

9년 전, 그리고 1년 전. 화요가 자신에게 불러 주었던 노래 가사가 떠올랐다.

그가 조용히 웃었다.

포기하지 않길 잘했다고, 앞으로도 절대 이 손을 놓지 않을 것이라고 다짐하며 우진은 화요와 마주 잡은 손에 조금 더 힘을 주었다.

잠 못 이루던 그의 밤이, 이제 끝났다.

그를 위해 노래해 주는 그녀가 바로 그의 옆에 있기에.

〈완결〉

외전 1.
결혼 전의 약속

"야, 설화요. 너 지금 뭐라고 했어? 다시 말해 봐!"

화요는 자신의 앞에서 눈을 부라리는 도현의 얼굴을 보고 무거운 한숨을 내쉬었다.

그 얼굴은 누가 보면 자신이 지금 못 할 말이라도 한 것 같은 얼굴이었다. 그렇게 생각한 건 화요만이 아닌지 화요의 아빠 영식이 점잖게 헛기침을 두어 번 하였다.

"도현아. 지금 화요가 말하고 있는데, 갑자기 말을 그렇게 끊으면—"

"아! 아버지! 지금 그렇게 침착하실 때예요?! 화요 애가 지금 뭐라고 했는지 못 들으셨냐구요?!"

"나 귀 안 먹었다. 다 들었어. 우리 막내딸이 결혼하고 싶은 사람이 생겼다고 했잖냐. 다 들었어."

그게 뭐 그리 놀랄 일이냐는 것처럼 영식은 침착하게 고개를 끄덕거렸다. 그에 반해 도현은 속이 터져 죽겠다는 얼굴로 영식과 화요를 번갈아 보았다. 불같은 성질머리를 자랑하는 둘째 오빠의 눈빛이 영 심상치 않았다.

'대체 왜 제 둘째 오빠가 저렇게 어이없어 하는 걸까? 내가 못할 말을 한 것도 아닌데.'

당황한 화요는 다른 가족들과 달리 침묵을 지키고 있던 엄마 미란을 힐끔 보았다. 화요와 눈이 마주친 엄마는 걱정스러운 얼굴로 조심스레 입을 열었다.

"화요야. 그 결혼하고 싶다고 하는 사람…… 혹시 네가 로렐라이인 걸 알고도 접근했다던 그 남자니?"

"……응, 맞아요. 그 사람이—"

"안 돼! 절대 안 돼!"

화요가 말을 채 끝내기도 전에 도현이 자신은 무조건 반대라며 자리를 박차고 일어섰다. 식탁 의자가 우당탕 소리를 내며 요란하게 나뒹구는 가운데 다른 식구들이 황당해하는 얼굴로 도현을 바라보았다.

"아니, 대체 왜 네가 그렇게 난리야, 도현아?"

정작 화요 아빠인 내가 가만히 있는데? 영식이 도저히 이해할 수 없다는 얼굴로 묻자 도현이 씩씩거리며 대답했다.

"그거야 그놈이 영 마음에 안 드니까 그렇죠! 아버지랑 어머니도 아시잖아요. 화요 쟤, 그놈 때문에 방구석에 처박혀서 몇 날 며칠을 우느라 밥도 제대로 안 먹었는데.”

“잠깐, 오빠. 나보고 그 사람이랑 다시 이야기해 보라고 격려해 준 건 도현 오빠랑 정하 오빠였잖아?”

그때는 그렇게 나쁜 놈 같지는 않다고 우진을 두둔하더니 인제 와서 갑자기 왜 말이 바뀌는 건지 도저히 알 수가 없었다. 그러자 도현은 그것도 모르겠냐는 얼굴로 대답하였다.

“그거야 일단 너 달래느라 그랬지! 거기서 내가 ‘와, 그놈 진짜 나쁜 새끼네!’이러고 그놈 욕하고 헤어지라고 했어 봐. 너 그랬겠냐? 안 그랬겠지? 그러니까 당연히 일단 달래 놓고, 상황 봐서 그놈을 형이랑 내가 직접 만나 보려고 했는데…… 근데 뭐? 결혼? 너 그놈이랑 사귄 지 얼마나 되었다고 벌써 결혼 이야기를 해?”

도현의 질문에 화요는 자신도 모르게 손가락을 접으며 생각에 잠겼다. 그러고 보니 자신은 사귀기 시작한 지 세 달 만에 프러포즈를 받은 셈이었다.

공연장에서 반지를 건네주었던 우진을 향해 화요는 ‘결혼은 서두르고 싶지 않아요.’라고 말했고, 우진은 당연히 화요의 의사를 존중한다고 대답하였다.

그런데 어찌 된 영문인지 정신을 차리고 보니 자연스럽게 우진이 화요의 부모님께 인사를 드리러 오는 흐름으로 이야기가 진행되고 있었다.

우진의 터무니없는 행동에 화를 내려고 해도 그가 자신을 향해 눈을 가늘게 접으며 웃으면 아무럼 어떠냐 하는 생각이 드는 게 문제인 것 같았다.

이런 식이니 매번 우진 씨한테 내가 휘둘리기만 하지. 화요가 복잡한 마음으로 한숨을 푹 쉬는 가운데, 그녀를 제외한 가족들은 한창 '그 나쁜 놈'에 대한 이야기를 하고 있었다.

"만난 지 얼마 되지도 않았는데, 벌써 결혼 이야기 하는 거 보면 그놈 좀 이상해! 야, 설화요. 혹시 그 인간 나이 많냐?"

도현이 의심스럽다는 눈으로 던진 질문에 화요는 고개를 갸웃하였다.

가만 있어보자, 우진 씨가 올해로—

"나이 별로 안 많은데. 오빠보다 한 살 어려."

"뭐!? 나보다 어려? 음…… 그럼 혹시 집에 뭐 빚 있는 거 아니야? 그래서 사기 결혼을—"

집에 빚? 사기 결혼? 차우진이?

도저히 있을 수 없는 말에 화요는 웃음이 터져 나올 뻔하였다.

"아냐. 그 사람 돈, 많아. 부자야. 엄청 부자."

"……나랑 동갑인데 부자라고? 으, 음…… 그럼 혹시 못생겼냐? 아님 키 작아? 뭐 신체에 하자라도 있는 거 아니야?"

"아냐! 키 크고, 잘생겼고, 아무 문제없어!"

물론 과거에는 불면증이라는 지병이 있었지만, 최근에는 좋아졌으니 이건 말하지 않아도 되겠지.

그렇게 생각한 화요는 눈을 반짝 빛내며 우진에 대한 칭찬을 늘어놓았다.

"그 사람 진짜 멋있고, 다정하고, 엄청 나 아껴 주는 사람이란 말이야."

화요의 말에 도현이 기가 막힌다는 얼굴로 물었다.

"너 속였다면서? 근데 멋있고, 다정하고 너 엄청 아껴 준다고?"

"그, 그건…… 사정이 있었다니까! 그리고 그 사람도 그 사실에 죄책감을 느껴서 나한테 털어놓으려고 했었단 말이야."

서둘러 우진을 두둔하던 화요는 여전히 가족들의 표정이 밝지 않다는 것을 깨달았다.

그녀는 그제야 비로소 자신이 가족들에게 그동안 걱정을 참 많이 끼쳤다는 걸 깨닫는 동시에 가족들에게 우진의 인상이 썩 좋지 않다는 것도 알아차렸다.

'도현 오빠야 그렇다 치더라도 부모님이나 정하 오빠마저 우진 씨를 마음에 안 들어 하면 어쩌지?'

화요가 안절부절못하며 부모님의 눈치를 살피자 그것을 깨달은 영식이 심각한 얼굴로 물었다.

"일단은 그 청년이 우리 집에 인사를 하러 오고 싶다 이 말이지? 음, 그럼 한번 오라고 해라."

"아빠!"

"여보!"

반가움에 찬 화요의 목소리에 이어 미란이 깜짝 놀란 얼굴로 자신의 남편을 보았다. 그러자 영식이 어깨를 으쓱하며 미란에게 대답하였다.

"일단 만나 보고 어떤 사람인지 판단해 보면 되겠지. 만나기 전부터 색안경을 끼고 볼 필요야 있겠어?"

"하지만 암만 그래도…… 한 번이라도 화요를 그렇게 힘들게 했던 사람이라면 나는 영 좋게 볼 수가 없어요."

"맞아, 맞아! 어머니 말씀이 맞아요, 아버지! 어쨌든 그놈 아니었으면 화요 얘가 그렇게 정신줄 놓을 일도 없었잖아요?"

"그래도 화요가 좋다고 한 사람이니 난 한번 만나 보고 싶구나."

화요는 영식의 말에 입가가 실룩거리는 것을 느꼈다. 영식은 화요가 작곡가의 길을 택했을 때도 걱정 때문에 반대하던 미란과 달리 말없이 어깨를 두들기며 응원해 주었던 다정한 아빠였다.

그녀는 당장에라도 양팔을 벌려 영식을 번쩍 끌어안고 싶은 것을 꾹 참고 입을 열었다.

"응! 아빠도 만나 보시면 마음에 드실 거예요. 우진 씨 진짜 괜찮은 사람이에요."

화요가 신이 나서 우진의 편을 들자마자 도현이 얼른 소리를 높였다.

"아냐! 그놈이 절대 괜찮은 놈일 리가 없어."

거듭되는 도현의 시비에 서서히 성질이 나기 시작한 화요가 제법 매섭게 도현을 노려보았다.

"오빠. 도현 오빠는 왜 아직도 만나 보지도 않은 사람을 그렇게 멋대로 판단하려고 해? 아까 아빠가 말씀하신 대로 색안경을 끼고 보면 안 되는 거잖아."

"야, 색안경이고 나발이고. 그놈은 절대 괜찮은 놈일 리가 없어. 뭐? 키 크고, 잘생기고, 돈 많고, 멋지고 다정해? 하! 그런 놈이 왜 널 좋아하겠냐? 그거야말로 말도 안 되는 소리지!"

그리 잘난 남자가 널 절대 좋아할 리 없다며 도현이 의기양양하게 외치는 말에 화요가 얼굴을 찌푸렸다. 참으로 짜증이 나긴 하지만 도현의 말은 정론이었다.

그래, 조건만 듣고 보면 정말 완벽한 그 남자가 왜 하필 나를—

"설도현! 그게 무슨 소리니? 네 동생이 어디가 어때서 지금 그렇게 말하는 거야? 우리 딸 인물이며 성품이며 얼마나 고운데!"

화요가 아무 말도 못 하고 있자 정작 화가 잔뜩 난 목소리를 낸 것은 미란이었다. 고슴도치도 제 새끼는 예쁜 법이었다. 막내딸의 험담을 도저히 들어줄 수 없다는 듯, 미란이 테이블을 탁 내리쳤다.

"설화요!"

"네, 네!"

"이번 주 내로 그 사람 데리고 오렴. 엄마도 한번 만나 봐야겠어. 어디 한번, 그 남자가 얼마나 잘난 남자인지 좀 보게!"

으름장에 가까운 미란의 말에 화요는 웃는 듯 마는 듯한 얼굴을 하였다.

우진에게 이 상황을 뭐라고 설명해야 할지 고민되어 벌써부터 머리가 아파 오기 시작했다.

　오랜만에 집에서 저녁을 먹고, 가족들의 걱정 어린 배웅을 맞은 후.

　화요는 자연스럽게 우진의 집으로 향하였다.

　"다녀왔습니다."

　이제는 제 집처럼 편하게 우진의 집으로 들어간 그녀가 소리 내어 인사를 하자 마침 욕실에 있던 우진이 대충 수건으로 몸을 감싼 채 현관으로 나왔다.

　"어서 와요, 화요 씨."

　"응, 다녀─ 우진 씨! 또 머리 안 말리고 그냥 나왔죠?"

　"화요 씨 목소리 들리니까 급해서."

　한번 봐 달라고 말하는 것처럼 우진이 눈을 가늘게 뜨며 웃어 보였다. 화요는 얼른 우진의 앞으로 다가와 그가 머리에 대충 걸쳐 둔 수건을 잡아 목 줄기며 이마를 타고 흐르는 물방울을 닦아 주었다.

　"아무리 난방이 잘 되어도 이렇게 다니면 감기 걸린단 말이에요."

　걱정스레 화요가 잔소리를 했지만, 우진은 그 잔소리마저도 듣기 좋다는 듯 웃으며 양팔로 화요를 덥석 끌어안았다.

　"우진 씨!"

　얼른 떨어지라는 말 대신 화요가 그의 이름을 불렀지만, 우진은 화요를 놓아주지 않았다. 오히려 더더욱 강하게 그녀를 끌어 안으며 화요의 귓불이며 머리칼을 만지작거렸다.

어쩔 수 없이 그를 밀어내기 위해 손을 움직이던 화요는 자신의 손에 우진의 단단한 복근이 닿자 멈칫하였다. 매끄럽고 탄력 있는 살갗의 감촉에 얼굴이 화끈 달아오른다.

이미 수없이 보고 닿았던 그의 부분인데도 이럴 때마다 부끄러움을 느끼게 되는 건 여전했다.

그것을 눈치챈 우진은 팔에 더욱 힘을 주었다.

"……맛있는 거 먹고 왔어요?"

귓가에 소곤거리는 나직한 그 목소리에 가슴이 달게 떨렸다. 화요는 어깨에 얼굴을 묻은 채, 짧게 숨을 뱉었다.

자신의 머리칼을 만지작거리던 우진의 손이 어느새 차츰 아래를 향하고 있었다.

화요는 입을 열지 못하고 그저 고개만 끄덕였다. 그러자 우진이 재촉하듯 입술로 가볍게 화요의 귓불을 물었다.

"뭐 먹었어요?"

그녀가 입을 열 때까지 이대로 물러나지 않겠다는 것처럼 우진의 손이 그녀의 몸을 더듬거리기 시작했다.

화요는 필사적으로 기억을 더듬어서 집에서 먹고 온 저녁 메뉴를 말해 주었다. 우진은 만족한 것처럼 웃더니 혀끝으로 그녀의 귓불을 핥아 내렸다.

꺅— 그 생생한 감각에 화요가 작게 비명을 질렀지만, 우진은 시치미를 뚝 뗀 채 말했다.

"맛있었겠네. 나도 뭐 먹었는지 물어봐 줘요."

"우진, 씨는…… 뭐 먹었어요?"

"음, 카페에서 커피랑 베이글 먹었어요."

"왜 그것만 먹었―"

"맛있는 거 먹으려면 속을 적당히 비워 둬야죠."

우진이 얼굴을 뒤로 슬그머니 빼내어 화요의 얼굴을 가만히 들여다보았다. 평소에는 생각을 읽기 어려운 갈색 눈동자가 굶주린 짐승 같은 빛을 띠고 있었다.

자신을 탐내는 욕망을 감추지 않는 남자의 시선 앞에서 화요는 또 다시 부끄러워지고 말았다. 그래도 이대로 우진의 페이스에 휘말려들 수 없다는 생각에 화요는 어떻게든 입을 열었다.

"……난 음식이 아니에요."

"어라? 난 화요 씨를 먹겠다고 한 적 없는데?"

아, 또 당했다. 우진이 장난을 치고 있다는 걸 알아차린 화요가 잔뜩 성이 난 얼굴로 그를 노려보았다. 우진이 너털웃음을 터트리며 화요의 뺨에 입을 맞추었다.

"미안해요, 화요 씨가 너무 귀여워서."

"……오늘 나 같이 안 잘래요."

새침한 목소리로 화요가 한 말에 우진의 얼굴색이 단번에 변하였다.

"화요 씨, 화났어요? 미안해요. 응?"

"몰라요. 난 우진 씨 걱정해서 기껏 말했는데, 우진 씨는 장난만 치고."

입으로는 투덜거리면서도 화요의 얼굴은 정말 화가 나거나 불쾌해 보이지는 않았다. 우진은 그 사실에 안심하면서 말 대신 화요의 이마며 콧등에 키스를 퍼부었다.

처음에는 아무 반응 없이 뚱한 얼굴을 하고 있던 화요의 입가가 몇 번 씰룩거리더니, 결국 그녀는 작게 웃음을 터트리고 말았다.

"우진 씨, 간지러워요."

"응. 화 이제 풀렸어요? 화요 씨 화내면 나 무서워요."

마치 덩치 큰 짐승이 애교를 부리는 것처럼 몸을 비벼대자 화요는 마음속으로 양팔을 들어 항복할 수밖에 없었다. 그녀는 여전히 물기에 젖은 우진의 머리카락을 쓸어내리며 말했다.

"거짓말. 나 화내도 우진 씨는 하나도 안 무서워하잖아요."

"거짓말 아닌데. 화요 씨, 내가 세상에서 제일 무서워하는 세 가지가 뭔지 몰라요?"

그의 대답이 뭔지 알 것 같았지만 그래도 호기심이 동했기에 화요는 "뭔데요?"라고 물었다.

"첫 번째는 화요 씨가 나한테 화내는 거. 두 번째는 화요 씨가 날 싫어하게 되는 거. 마지막은 화요 씨가 아픈 거."

처음에는 장난처럼 시작했던 말이 뒤로 가면 갈수록 진심 어린 말이 되었다. 화요는 가슴이 뻐근하게 당겨 오는 감정에 눈을 천천히 깜빡였다. 눈앞에 있는 우진은 정말 곤란하다는 얼굴로 웃고 있었다.

"이게 내가 제일 무서워하는 세 가지예요."

"……바보."

한참 동안의 침묵 후, 화요가 내뱉은 말이 조용히 허공을 맴돌았다.

첫 번째와 두 번째는 있을 수 없는 일이고, 세 번째는 어쩔 수 없는 일이었다. 그런 일을 벌써부터 걱정하고 무서워할 필요는 없다는 말 대신, 화요가 우진의 넓은 등을 다정스레 쓸어내려 주었다.

"우진 씨."

"응."

"사랑해요."

평소에는 좀처럼 하지 않는 말을 한 화요의 귓불에 붉은 물이 들었다. 그래도 그녀는 다시 한 번, 또렷한 목소리로 속삭였다.

"사랑해요, 우진 씨."

그녀의 고백에 우진은 한동안 아무 말이 없었다. 그녀는 우진의 넓은 어깨가 딱딱하게 굳어 있다는 것을 깨달았기에 서서히 몸을 뒤로 밀어 그의 얼굴을 살펴보았다.

그녀가 좋아하는 카페라떼 색 눈동자가 기분 탓인지, 혹은 아직 씻고 나온 물기가 남아 있어서인지 조금 촉촉한 것 같았다.

"화요 씨, 나도—"

그가 애틋한 목소리로 시작한 말은 콜록거리는 기침에 의해 중단되었다. 화요는 그제야 우진이 계속 홀딱 벗은 상태로 현관 근처에 서 있었다는 것을 깨닫고 얼른 그를 집 안으로 밀어 넣었다.

"알았어요, 우진 씨! 일단 빨리 머리 말려요. 이러다가 진짜 감기 걸리겠어요."

"어, 잠깐만요. 화요 씨. 우리 지금 되게 애절한—"

"네, 네, 알았어요. 빨리 머리 말리고 옷 갈아입고 오세요. 나 우진 씨한테 할 말 있으니까."

토라진 아이 같은 얼굴을 한 채, 화요에게 엉겨 붙으려던 우진은 고개를 갸웃하였다.

"할 말? 뭔데요?"

"엄청 중요한 이야기예요. 그러니까 빨리 다녀오세요."

화요의 얼굴이 제법 진지하다는 것을 깨달은 우진이 고개를 끄덕이고, 뒤로 물러섰다. 그가 얼른 드레스룸으로 향하자 화요는 한숨을 푹 내쉬었다.

우진에게 제 식구들의 반응과 저녁 식사 초대를 어떻게 전해 줘야 할지 고민하며.

얼마 후. 집에서 있었던 일을 간략하게 설명한 화요는 맞은편 소파에 앉아 있는 우진을 향해 한숨과 함께 고개를 숙였다.

"미안해요, 우진 씨. 내가 하필 그때 집에 가서 방에 틀어박히는 바람에—"

"아니에요, 괜찮아요. 화요 씨. 그때 일은 내가 잘못한 거 맞잖아요. 그리고 화요 씨네 가족 분들이 날 안 좋게 생각하는 것도 이해해요. 내가 그 입장이어도 당연히 날 좋게 생각할 수 없었을 거예요."

"그래도……"

화요가 불안한 눈으로 자신을 보자 우진은 조용히 웃더니 화요에게 이리로 오라는 것처럼 팔을 벌렸다.

이제는 익숙해진 그 신호에 화요가 자리에서 일어서서 우진에게 다가가자 우진은 얼른 그녀를 자신의 앞에 앉히듯 끌어안았다.

화요는 단단한 우진의 어깨에 자연스럽게 머리를 기대었다. 그에게 이렇게 안겨 있으면 마치 커다랗고 상냥한 맹수가 자신을 보호해 주는 것 같은 안도감이 느껴졌다.

"부모님께서는 이번 주 내로 오라고 하셨죠? 그럼 이번 주는 아무 때나 괜찮으실까요?"

"네. 아빠는 보통 7시쯤 퇴근해서 8시에는 집에 계시고, 도현 오빠도 7시에는 집에 거의 있을 테고…… 아! 그리고 정하 오빠도 올지 모른다고 했어요."

여동생을 눈에 보이게 예뻐하는 큰 오빠와 안 그런 척 아끼는 둘째 오빠. 남들과 다른 비밀을 가진 딸을 은밀하게 보호해 왔던 부모님.

그 가족들에게 천하의 둘도 없는 나쁜 놈으로 인식이 박힌 제 입장을 생각하면 아무래도 마음의 준비가, 아니 실질적인 준비가 단단히 필요할 것 같았다.

'어디 보자, 선물은 뭘 준비해 가야 할까?'

우진은 재빠르게 머리를 굴리기 시작하였다. 화요에게 직접 무슨 선물을 준비해야 할지 상담하면 그녀는 선물은 필요 없다고 말할 게 분명했다.

그는 화요가 눈치채지 못하게 그녀의 가족들을 위한 선물을 준비할 수 있는 방법을 고심하였다.

"그럼 금요일에는 어떨까요?"

"괜찮을 것 같아요. 제가 내일 아침에 연락 한번 드려 볼게요."

화요의 말에 고개를 끄덕인 우진이 깊은 한숨을 내쉬며 그녀의 어깨에 제 이마를 가져다 대었다.

"우진 씨?"

"벌써부터 긴장되네요."

화요는 부드럽게 웃으며 뒤로 손을 뻗어 우진의 머리를 쓰다듬어 주었다. 잘 마른 머리칼이 마치 고운 털실처럼 손가락 사이를 간질이는 것이 기분이 좋았다.

"괜찮아요. 우리 집 분위기가 그렇게 딱딱하진 않거든요."

"……응, 그래도 조금 떨려요. 첫 인사잖아요."

세상에서 제일 사랑하는 사람의 가족들을 만나러 가는 것이 어찌 떨리지 않을 수 있을까. 화요는 자신이 우진의 아버지께 인사를 드리러 가는 상황을 상상해 보았다. 자신 역시 우진만큼,

아니 우진보다 더 많이 떨고 긴장할 것 같았다.

"걱정 마요. 우진 씨. 내가 같이 있잖아요."

그에게 기운을 주기 위해 화요가 있는 힘껏 밝은 목소리를 내었다. 그녀는 자신의 뒤에 있는 우진이, 절호의 기회를 잡은 사람처럼 눈을 반짝 빛내고 있다는 것을 전혀 알아차리지 못하였다.

"웅, 그럼 화요 씨 가족 분들에 대해서 미리 말해 주지 않을래요? 뭘 좋아하고 싫어하시는지, 그런 것들요."

"좋아하는 거나 싫어하는 거요? 음…… 일단 도현 오빠는 엄청나게 술을 좋아해서 거의 하루가 멀다 하고 마셔요. 자기 말로는 영업맨은 원래 술을 잘 마셔야 하는 거라고 그러는데, 내가 보기엔 그냥 술을 좋아해서 그런 것 같아요. 도현 오빠는 질보다 양이거든요."

"흐음, 그럼 양주 같은 건 잘 안 드시겠네요?"

우진이 무슨 의도로 그런 질문을 던지는지 깨닫지 못한 화요는 풋, 웃으며 대답하였다.

"아뇨. 그렇지 않아요. 솔직히 양주 같은 비싼 술은 없어서 못 먹을 거예요."

좋아, 하나 해결. 우진은 재빨리 머릿속으로 선물 리스트에 고급 양주 선물 세트의 이름을 적어 두었다.

"그럼 아버님도 술 좋아하세요?"

"아빠요? 아뇨, 아빠는 술 안 드세요. 술 사 먹을 돈으로 차라리 돌을 산다고요."

"돌, 이요?"

생각지도 못한 말에 우진이 의아하다는 목소리를 내자 화요가 얼른 설명을 덧붙였다.

"아! 그게요, 저희 아빠 취미가 돌 모으시는 거거든요. 물론 그냥 돌은 아니고, 그 뭐더라…… 그걸 뭐라고 하지."

아빠가 모으는 돌의 이름이 떠오르지 않자 화요가 미간을 잔뜩 찌푸리고 생각에 잠겼다. 그러자 우진이 조심스레 물었다.

"혹시 수석 같은 종류를 모으시는 건가요?"

"아! 맞아요, 그거! 수석! 그거 모으세요. 전에 아빠가 생일 선물로 큰 오빠한테 되게 이상하게 생긴 돌 받고 엄청 좋아하셨거든요. 나중에 알고 보니까 그게 육십만 원짜리 돌이었대요."

그때 일을 떠올리며 화요가 한숨을 쉬었다. 화요가 보기에는 육십만 원이 아니라 육십 원을 줘도 안 받을 것 같은 돌을 들고 아이처럼 기뻐하던 아빠의 모습이 떠올랐기 때문이었다. 그렇기에 그녀는 우진이 의미심장하게 중얼거리는 목소리를 미처 듣지 못하였다.

"흐음, 수석이라……"

"도현 오빠가 그거 보고 차라리 저 돌 살 돈으로 술이나 사 먹으면 좋겠다고 했다가 아빠한테 엄청 혼났거든요. 엄마도 가격 듣고 좀 어이없어 하셨어요. 그 돈이면 엄마가 좋아하는 브랜드의 접시를 살 수 있을 거라고 하시면서요."

"접시? 어머니가 좋아하시는 브랜드가 뭔데요?"

자신이 우진의 유도심문에 걸려들었다는 건 꿈에도 모른 채, 화요는 엄마의 취향에 대해 술술 털어놓았다.

우진은 화요의 입에서 나온 브랜드의 이름을 머릿속에 단단히 입력해 두었다. 이로써 벌써 세 개의 선물이 해결된 셈이었다.

'자, 그렇다면 남은 건 큰 형님뿐이군.'

우진은 어떻게 하면 자연스럽게 정하에게 건넬 선물을 마련할 수 있을지 생각하며 입을 열었다.

"아버님은 수석, 어머니는 접시, 작은 형님은 술이시라. 그럼 큰 형님은 뭘 좋아하세요?"

"아! 정하 오빠는 골프 좋아해요. 원래 회사 일 때문에 억지로 시작하게 되었는데, 지금은 엄청 좋아해서 일부러 주말에도 골프 치러 다니고 그러더라고요."

화요가 별 의심 없이 정하가 좋아하는 것까지 술술 털어놓자 우진은 씨익 웃었다.

이로써 화요의 집에 인사하러 갈 때 간신히 체면치레는 할 수 있겠다 싶었다.

고급 양주 세트, 희귀한 수석, 유명 브랜드의 한정판 접시, 그리고 마지막으로 명품 브랜드 골프 클럽 세트.

그는 당장 김 비서를 시켜서 선물 준비를 시켜야겠다는 계획을 세웠다. 그리고 웃으며 자신의 턱에 닿는 그녀의 정수리에 가볍게 키스를 하였다.

자신을 끌어안은 남자의 계획이 무엇인지도 모른 채, 화요는 간지럽다며 키득거리고 웃었다.

그 천진난만한 모습에 우진 역시 입가에 환한 웃음이 걸렸다.

매일 보고 있어도, 이렇게 안고 있어도 아직도 부족했다.

어서 사람들에게 이 여자가 내 여자라고, 내 사람이라고, 내 평생의 동반자라고 말하고 싶었다.

단 몇 개월이라도, 단 며칠이라도 더 빨리.

남들은 고작 몇 개월의 연애가 전부면서 뭐가 그리 결혼이 급하냐고 비웃을지도 모른다.

하지만 그에게는 단 몇 개월이 아니었다. 그가 그의 환상인 설화요를 기다려온 시간은 자그마치 9년이었다.

그녀 없이 살았던 9년이라는 시간은 그의 삶에서 가장 고독한, 그리고 무의미한 나날이었다.

그러니까 빨리, 단 하루라도 더 빨리 당신을 더 많이 갖고 싶다.

입 속으로 그런 말을 중얼거리며 우진이 이번에는 화요의 목덜미에 부드럽게 키스하였다.

그는 그대로 제 입술을 부드러운 살결에 문지르며 이를 세웠다. 그녀의 숨소리가 코끝에 걸리는 것 같은 달고, 야릇한 것이 되었다.

어느새 우진의 긴 손가락이 그녀의 옷 속을 파고들었다.

"우진 씨……"

조금 애타는 목소리로 화요가 자신을 부르자 우진은 씩 웃었다.

"응?"

"⋯⋯나 내일, 일찍 나가야 하는데."

"응, 알고 있어요."

고개를 끄덕인 우진이 화요의 고개를 돌리게 하여 벚꽃처럼 분홍빛으로 물든 사랑스러운 입술에 키스하였다.

고개를 돌린 채 나누는 키스는 조금 불편할 법도 한데, 유연한 그녀의 몸은 우진이 요구하는 자세를 곧잘 받아들였다.

"근데 나 배고파요."

아까 말했잖아요. 맛있는 거 먹으려고 속을 비워 두었다고. 그렇게 속삭이는 목소리는 소름이 오싹하게 돋을 만큼 낮고, 섹시하였다.

어느 틈엔가 우진의 손이 화요의 맨살을 만지작거리고 있었지만, 화요는 그 손을 밀어낼 수 없었다. 그와 나누는 행위가 얼마나 기분 좋은 것인지 그녀는 이미 알고 있었다.

꿀을 뿌린 설탕같이 달콤한 아찔함을 예감하며 화요가 달게 숨을 내쉬었다. 그녀는 반쯤 자신의 상의를 벗겨내는 우진의 손을 약한 힘으로 잡았다.

"우, 우진 씨."

"응?"

왜 그러냐고 묻는 것처럼 짧게 대꾸를 하면서도 우진의 손은 멈추지 않고 있었다.

"여기서는, 안⋯⋯ 되니까, 침실⋯⋯"

침실로 가자고 말하면 마치 자신이 재촉하는 것 같아 부끄러웠지만 어쩔 수 없었다. 불이 환히 켜진 이곳에서 이대로 그를 받아들이는 것보다는 어두운 침실 쪽이 훨씬 나았다.

"침실로 가고 싶어요?"

다 알면서도 일부러 물어오는 우진이 얄미웠지만 화요는 고개를 끄덕였다.

"그럼 아까 했던 말 다시 해 줘요."

"아까 했던 말?"

우진이 무슨 말을 하는지 몰라 화요가 천천히 눈을 깜박거렸다. 그러자 우진이 그녀의 귀에 입술을 바짝 댄 채, 그녀에게만 들릴 목소리로 작게 속삭였다.

자신이 지금 이 순간, 그 무엇보다 간절하게 원하는 말을.

귓속말을 들은 화요의 얼굴이 석류처럼 붉게 달아올랐다. 그녀는 기대 어린 눈을 하고 있는 우진 앞에서 부끄러움에 속눈썹을 파르르 떨었다.

몇 번이나 입술을 달싹거리던 화요가 조그맣게 입을 열었다.

"사랑해요."

수줍게 사랑한다 속삭이는 그녀가 너무 사랑스러워서 우진의 머릿속이, 가슴속이, 온몸이 뜨거워졌다.

살면서 단 한 번도 느껴본 적 없었던 행복을 눈앞에 있는 이 여자가 알려 주고 있었다.

보고 싶을 때 볼 수 있고, 만지고 싶을 때 만질 수 있고, 사랑한다 말해 달라 원할 때, 원하는 말을 들려준다.

자신이 사랑하는 사람이 자신과 똑같은 감정을 되돌려 준다는 기쁨에 우진의 가슴속이 뜨거워졌다.

당신이 나에게 얼마나 소중한 사람인지 당신은 알고 있을까.

병원에서 그녀에게 했던 말처럼, 자신은 이제 설화요라는 사람이 없는 삶은 상상조차 할 수 없었다.

"나도 사랑해요. 화요 씨."

그는 이제 제 삶의 모든 순간을 이 사람과 함께 하길 원했다.

그리고 그러기 위해서는 이번 '인사'가 아주 중요하다는 걸, 아주 잘 알고 있었다.

"엄마, 저희 왔어요."

"실례하겠습니다."

"어머나, 세상에."

화요는 자신의 옆에 선 우진이 고개를 꾸벅 숙이며 집 안으로 들어서는 순간, 현관 앞에 있는 엄마의 눈이 휘둥그레지는 것을 목격하였다.

미란은 현관 앞을 꽉 채우다시피 한 우진의 키에 놀란 것인지, 아니면 TV에서나 볼 법한 우진의 외모에 놀란 것인지 한동안 입을 다물지 못하였다. 아니면 양쪽 다일지도 모르지만.

우진은 그런 미란을 향해 평소에 화요를 향해 웃는 것처럼 다정스레 웃었다. 화요가 아닌 다른 사람은 좀처럼 보기 드문, 귀하디귀한 차우진의 진짜 웃음이었다.

"처음 뵙겠습니다, 어머님. 차우진이라고 합니다."

"아, 안녕하세요. 어머, 어머."

미란은 마치 태어나서 처음으로 연예인을 본 사람처럼 연신 감탄사를 내뱉었다. 우진은 그런 미란을 향해 정중하게 손에 들고 있던 선물을 내밀었다.

"오늘은 저녁 식사에 초대해 주셔서 감사합니다. 별 건 아니지만 빈손으로 올 수 없어서 들고 온 물건입니다."

"어머, 뭘 이런 걸 다 가지고 오셨어요. 안 그래도 되는데."

우진이 입을 열기 전에 옆에 있던 화요가 얼른 나서서 한숨을 쉬며 대답하였다.

"나도 따로 선물 준비할 필요는 없다고 했는데, 우진 씨가 혼자 선물을 다 준비해 왔더라고."

"세상에. 굳이 이러지 않고, 그냥 가볍게 와도 괜찮은데."

그렇게 말하면서도 미란은 선물을 한 아름 가져온 우진을 향해 호감 어린 눈빛을 보내었다. 우진은 부드러운 미소를 지으며 고개를 저었다.

"아닙니다. 아, 무거우니까 이건 제가 안까지 가지고 가겠습니다, 어머님."

우진의 신사적인 태도와 근사한 목소리에 어느새 미란의 얼굴이 아이스크림 녹듯 사르륵 녹아내렸다.

화요는 며칠 전 '우리 딸내미 울린 놈 얼굴 좀 보자.'라고 말하던 엄마의 모습을 떠올리고 미묘한 얼굴을 하였다.

일단 걱정한 것보다는 미란이 우진을 훨씬 마음에 들어 하는 것 같아서 다행이긴 한데, 뭔가 좀 기분이 이상했다.

"어머, 그나저나 짐이 정말 많네. 이건 혼자 옮기기에는 힘들 텐데…… 아, 도현아! 잠깐 나오렴!"

미란은 우진의 양손에 들려 있는 것으로도 모자라 현관 앞에까지 놓여 있는 선물 꾸러미를 보고 눈을 휘둥그레 뜨며 도현을 불렀다. 그러자 거칠게 방문을 연 도현이 쿵쿵 발소리를 내며 거실로 나왔다.

그는 선물을 한가득 가지고 온 우진을 머리끝에서 발끝까지 훑더니 한쪽 눈썹을 꿈틀하였다. 누가 보기에도 무례한 도현의 행동에 미란은 얼른 도현의 옆구리를 쿡 찔렀다.

"도현아! 뭐 하니, 빨리 짐 옮기는 거 돕지 않고?"

미란의 재촉에 도현은 입을 삐죽이더니 우진에게 손을 내밀었다.

"괜찮습니다, 제가 가지고 가도―"

"잔말 말고 얼른 들어오기나 하지 그래요?"

삐딱한 도현의 말에 우진이 머쓱한 표정을 지었다. 화요가 얼른 도현을 향해 불만을 쏟아 내려는 찰나, 화요보다 빠르게 미란이 도현의 등을 찰싹 내리쳤다.

"도현이 너 손님한테 그게 무슨 말버릇이니? 죄송합니다, 어서 안으로 들어오세요."

미란은 짐을 한가득 받아든 도현의 등을 거실 쪽으로 떠밀며 우진에게 웃어 보였다.

우진은 다시 한 번 정중하게 고개를 숙이더니 화요를 힐끔 보았다. 우진과 눈이 마주친 화요는 저도 모르게 웃음이 비죽 새어 나오는 걸 느꼈다.

'우리 엄마가 우진 씨 마음에 들었나 봐요.'

그녀의 웃음에 담긴 의미를 알아차린 것인지 우진도 기분 좋은 얼굴로 한쪽 눈을 깜빡하더니 자연스럽게 제 손으로 화요의 손등을 스쳤다.

별거 아닌 그 스킨십만으로도 괜히 가슴이 두근두근하였다.

우진과 도현이 한 아름이나 되는 선물을 거실로 옮기는 사이, 미란은 정하와 아빠에게 연락을 해 본다며 잠시 자리를 비웠다.

세 사람만 덩그러니 남은 거실에서는 어색한 침묵이 흘렀다.

도현은 트집 잡을 구석을 찾는 사람처럼 연신 우진을 힐끔거리고 있었다. 우진은 그래도 좋다며 연신 싱글벙글 웃고 있었지만, 정작 화요는 썩 기분이 좋지 않았다.

"도현 오빠. 왜 우진 씨를 그렇게 자꾸 쳐다봐?"

"엉? 왜 보냐고? 내 동생 정신 나간 애처럼 엉엉 울린 놈이 면상 하나는 그럴싸해서 구경 좀 하는— 야, 설화요! 이게 뭐하는 짓이야!"

빈정거리던 도현은 화요가 집어 들어 던진 쿠션을 양손으로 받아 내며 버럭 소리를 질렀다. 화요는 붉게 달아오른 얼굴로 더

듬더듬 입을 열었다.

"누, 누가 정신 나간 애처럼 엉엉 울었다고 그래!?"

"누구긴 누구야! 너! 모질이 설화요, 너지!"

아, 정말. 미치겠다. 우진 씨 앞에서 대체 왜 이러는 거야. 화요는 화끈거리는 얼굴을 감추기 위해 양손으로 얼굴을 감쌌다.

그때, 옆에서 아주 심각하고 진지한 우진의 목소리가 들려왔다.

"화요 씨. 그때 나 때문에 그렇게 많이 힘들었어요?"

그 목소리에 가득한 죄책감에 놀란 화요가 얼른 고개를 들어 옆을 보니, 우진이 정말 미안해 죽을 것 같은 얼굴로 화요를 보고 있었다. 그 얼굴에 약한 화요가 얼른 고개를 저었다.

"아니에요! 괜찮았어요. 도현 오빠가 오버하는 거예요."

화요가 한 말에 도현이 "오버는 무슨."이라고 꿍얼거렸지만, 우진과 화요는 모두 도현을 무시하였다.

"그래도 나 때문에 화요 씨가 그렇게 힘들어했다고 생각하면 힘드네요. 미안해요, 화요 씨."

우진이 커다란 손으로 화요의 뺨을 감싸며 애틋한 목소리로 말하였다.

평소 같으면 남들 보는 앞에서 이런다고 얼른 그를 야단쳤을 화요였지만, 그녀는 자신을 향한 우진의 눈에서 정말 깊은 죄책감을 엿보았다. 그랬기에 그녀는 조용히 그의 손 위로 자신의 손을 올렸다.

"괜찮아요, 정말로. 우진 씨도 많이 힘들었잖아요. 우리 그건 더는, 사과하지 말자고 약속도 했고. 응?"

그러니까 이제 괜찮다며 화요가 예쁘게 웃는 찰나, 옆에서 도현이 찬물을 끼얹었다.

"아주 영화를 찍어라, 찍어. 쯧쯧."

그 소리에 화요는 퍼뜩 정신을 차렸다. 도현은 새빨갛게 달아오른 얼굴로 고개를 푹 숙인 화요를 향해 혀를 끌끌 차더니, 그 옆에 있는 우진을 못마땅하다는 얼굴로 보았다.

"이봐요. 차─ 뭐더라?"

"우진입니다. 차우진."

"아, 그래요. 차우진 씨. 일단 뭐 하나 좀 물어 봅시다. 당신 얘가 왜 좋습니까?"

단도직입적으로 물은 도현이 화요를 가리키며 도저히 이해할 수 없다는 얼굴로 말을 이었다.

"듣자하니 당신 돈도 좀 있고, 능력도 있고, 얼굴도 뭐…… 실물 보니 괜찮은데. 당신 정도 되면 내 동생 아니어도 만날 만한 여자 많을 것 같은데, 왜 하필 좀 딸딸한 애가 좋다고 결혼까지 하자는 겁니까? 내 동생이 당신 스펙에는 좀 부족하지 않나?"

딸딸하다니? 부족하다니? 저게 친오빠가 할 소리야? 성질이 난 화요가 눈에 잔뜩 힘을 주고 노려보는 데도 도현은 눈길조차 주지 않았다. 그는 줄곧 우진에게서 시선을 떼지 않고 있었다.

그의 시선을 마주하고 있는 우진은 자신에게 향한 도현의 눈길이 호전적이라는 것을 깨달았다. 입으로는 이러니저러니 말해도 도현이 얼마나 화요를 아끼는지 알 수 있는 눈빛이었다.

우진은 그게 좋았다. 화요의 가족들이 자신을 이토록 경계하는 건, 자신이 세상에서 제일 사랑하는 이가 가족에게 사랑받으며 따뜻하고 예쁘게 지내왔다는 증거였으니까.

그러니 화요가 우진에게 부족한 사람인 게 아니다. 사실은 그 반대라고 생각하며 우진은 입을 열었다.

"……화요 씨는 모자라지 않습니다. 오히려 제가 많이 부족할 정도로 저에게 과분한 사람입니다."

우진이 진심을 담아 조용히 한 말에 도현이 묘한 표정으로 우진을 보았다. 마치 생각 외의 대답을 들었기에 놀라는 것 같은, 혹은 기대보다 더 좋은 대답을 들어 만족한 것 같은 얼굴이었다.

"아빠 밑에서 올라오는 중이시고, 정하도 같이 온다― 어머, 무슨 일 있나요? 혹시 도현이가 뭔가 또 실례되는 말이라도……?"

전화 통화를 끝내고 나온 미란이 거실에 감도는 이상한 분위기를 감지하고 불안한 얼굴로 세 사람의 얼굴을 번갈아 보았다. 우진은 얼른 웃으며 고개를 저었다.

"아닙니다, 어머님. 아, 참. 이건 어머님을 위해 준비한 건데, 먼저 확인해 보시는 게 좋을 것 같습니다."

화제를 다른 곳으로 돌리기 위해 우진이 선물 중 하나를 앞으로 내밀자 미란이 엉겁결에 그것을 받아 들었다.

제법 묵직한 무게에 고개를 갸웃하던 그녀는 쇼핑백에 새겨져 있는 로고를 보고 곧 깜짝 놀란 얼굴을 하였다.

"어머, 세상에!"

그녀는 설마, 하는 얼굴로 쇼핑백을 내려다본 후 우진의 얼굴을 쳐다보았다. 이걸 정말 자신에게 주는 거냐고 묻는 것 같은 표정이었다. 우진은 아이처럼 신이 난 미란의 얼굴을 보고 웃음이 터질 것 같은 걸 억지로 참아야만 했다.

그녀의 그 얼굴은 처음으로 생긴 제 작업실에 가보고 놀라던 화요의 얼굴과 꼭 닮아 있었다.

"화요 씨에게 들으니 어머님이 이 브랜드의 접시를 좋아한다고 들으셔서 준비했습니다. 급하게 준비하느라 제가 임의로 골라서 마음에 드실지는 모르겠지만."

우진의 말에 엄마는 얼른 고개를 저었다.

"아휴, 그냥 식사라도 하자고 초대한 거라 이런 건 안 사 와도 괜찮은데."

그렇게 말하면서도 미란은 연신 쇼핑백을 힐끔거리느라 정신이 없었다. 당장에라도 안에 든 내용물을 확인해 보고 싶다는 게 역력한 얼굴이었다.

화요는 새삼스럽게 '내가 거짓말 못하는 건 엄마 닮아서구나.'라는 생각을 하였다. 도현도 같은 생각을 했는지, 못 말린다는 듯 말했다.

"우리 이미란 여사님, 겉치레로 하는 말인 거 너무 티 나시네. 어머니, 그냥 그러지 말고 안에 뭐 들었나 보시면─ 악!"

또 눈치 없는 말을 한 도현의 옆구리를 가볍게 꼬집어 준 미란이 정말 미안하다는 얼굴로 우진을 보며 물었다.

"정말 받아도 괜찮나 모르겠네요. 여기 그릇이 좀 비싼 게 아니라."

"어머님 드리려고 준비한 거니까 안 받아 주시면 오히려 제가 곤란합니다. 아, 혹시 모르니 안에 든 걸, 한번 확인해 보시는 게 어떨까 싶습니다. 어머님 마음에 안 드시면 교환하시면 됩니다."

"에이, 그럴 필요까지는……."

입으로는 그렇게 말하면서도 어느새 미란은 주섬주섬 포장지를 뜯기 시작하였다. 그리고 안에 든 내용물이 국내에서는 매우 구하기 힘든 한정판 접시 세트라는 걸 깨닫고 잠시 동안 그대로 굳어 버렸다.

그 접시의 가격을 제대로 모르는 화요와 도현은 엄마가 왜 저러나 싶어서 어리둥절할 따름이었다.

"이, 이거, 이거…… 이거, 정말."

접시를 든 미란의 손이 부들부들 떨리는 걸 본 화요는 그제야 저 접시의 가격이 아무래도 심상치 않다는 생각이 들었기에 얼른 우진에게 귓속말로 물었다.

"우진 씨. 저거 얼마였어요?"

"음, 모르겠는데요."

앗, 그래. 이 사람 부자였지. 화요는 이 남자에게 물건의 가격을 묻는 게 아무 의미가 없다는 것을 새삼 깨닫고 제 이마를 찰싹 내리치고 싶었다.

이럴 줄 알았으면 우진이 이것저것 물을 때 아예 아무 대답도 하지 말 걸 그랬다는 후회가 뒤늦게 들었다.

그때는 우진과 가족들을 만나게 한다는 사실에 설레어 우진이 무슨 생각을 하고 있는지 미처 눈치채지 못했지만, 지금 생각해 보면 뻔해도 너무 뻔한 수법이었다.

"이렇게 비싼 걸 받는 건, 좀…… 이건 국내에서도 제대로 들어오지 않는 한정판이라서 너무 희귀한 건데."

이걸 내가 어찌 받느냐고 말하는 것처럼 미란의 눈동자가 연신 흔들리고 있었다. 화요는 대체 저 접시 몇 장이 얼마짜리기에 엄마가 저렇게까지 말하는 걸까 심히 겁이 났다.

그녀는 아직까지 포장을 뜯지 않은 다른 선물을 힐끔 본 뒤, 헉 소리를 냈다. 엄마에게 준비한 선물이 이 정도인데, 다른 선물들은 대체 어떤 것들일지 짐작조차 되질 않았다.

"우, 우진 씨! 저거 다 얼마짜리예요?!"

제 질문이 매우 쓸데없다는 걸 알면서도 화요는 그렇게 물을 수밖에 없었다. 우진은 그녀가 예상한 대로 빙긋 웃으며 답했다.

"모르겠는데요. 그냥 산 거라서."

"……돈 진짜 엄청 많긴 한가 보네."

가만히 상황을 지켜보고 있던 도현이 빈정거리듯 한 마디 말을 내뱉자, 우진이 그제야 생각났다는 듯 선물 꾸러미 중 하나를 도현 앞으로 내밀었다.

"아, 둘째 형님께서는 술 좋아하신다고 하셔서 형님께는 이걸 준비했습니다."

"오오, 나한테도 바치는 뇌물이 있어요? 용의주도―"

연신 이죽거리느라 바쁘던 도현의 얼굴이 쇼핑백 안에서 나온 상자를 보고 굳어졌다.

화요는 엄마 때와 마찬가지로 도현의 동공이 심하게 흔들리는 것을 보고 한숨을 내쉬었다. 모르긴 몰라도 지금 우진의 손에서 도현의 손으로 넘어간 저 술 역시 여간 구하기 어려운 게 아니리라.

"잠깐, 와! 이거 진짜 나한테 주는 거예요?!"

"네, 이것도 급하게 준비한 것이라 마음에 드실지는 모르겠습니다."

이미 도현의 표정이 모든 걸 다 말하고 있는데도, 우진은 짐짓 모르는 척 정중히 대답하였다. 도현은 신이 난 얼굴로 술병을 끌어안으며 화요를 보았다.

"야, 설화요. 네 애인 진짜 장난 아닌데?"

뭐야. 저번에는 절대 안 된다면서 팔팔 뛰더니만. 화요는 현관에서부터 경계가 스르르 무너졌던 엄마를 볼 때와 마찬가지의 심정으로 도현을 보았다. 술병을 보물단지 안듯 끌어안은 도현이 환히 웃으며 우진에게 말했다.

"말로만 들었을 때는 영 불안했는데, 이렇게 보니까 사람이 좀 괜찮은 것 같네."

화요는 창피함에 다시 한 번 얼굴을 양손으로 감싸고 싶어졌다.

그게 아니라 그 술 때문에 이 사람이 괜찮아 보이는 거겠지. 혹시 우진 씨가 우리 식구들이 물건에 낚이는 속물이라고 생각하면 어쩌지.

그런 걱정을 하며 화요가 우진을 보자, 화요의 시선을 눈치챈 우진이 그녀를 마주 보고 싱긋 웃더니 입을 작게 움직였다.

그가 소리 없이 무언가를 말하고 있다는 것을 깨달은 화요는 집중하여 입모양을 읽었다.

다, 행, 이, 다?

우진은 자신이 준비해 온 선물을 받고 기뻐하는 도현과 미란의 모습에 진심으로 안심한 것 같았다. 다른 가족 모르게 화요의 손을 슬그머니 잡는 우진의 손이 평소보다 조금 차가웠다. 그것에 놀란 화요는 문득 그가 했던 말을 떠올렸다.

'……응, 그래도 조금 떨려요. 첫 인사잖아요.'

화요는 긴장이라는 말이 도무지 어울리지 않는 우진의 얼굴을 가만히 바라보았다.

기분 탓이 아니라면 미란과 도현을 향해 연신 부드러운 미소를 짓고 있는 그의 어깨가 평소보다 조금 더 굳어 있는 것처럼 보였다.

'아, 진심이구나. 당신은 진심이었구나.'

화요는 자신의 손을 잡은 우진의 손을 마주 꼭 잡아 주었다. 괜찮아요. 내가 같이 있으니까. 그날 속삭였던 그 마음을 고스란히 담은 따뜻한 손길이었다. 차가웠던 우진의 손이 평소의 온도를 서서히 되찾기 시작하였다.

화요가 그것에 안심하는 사이, 불현듯 현관에서 문이 열리는 소리와 함께 정하와 영식의 목소리가 들려왔다.

"다녀왔습니다."

"다녀왔어요."

오랜만에 만난 정하에 대한 반가움과 어서 빨리 아빠에게 우진을 인사시키고 싶다는 생각에 화요는 벌떡 자리에서 일어서서 두 사람을 불렀다.

"아빠! 정하 오빠!"

화요의 목소리를 들은 영식과 정하는 바로 거실로 왔다가 멈칫하였다.

그들은 접시 세트를 바닥에 놓고 머쓱하게 웃는 엄마와 술병을 끌어안고 실실 웃고 있는 도현을 보고 잠시 아무 말이 없었다.

"어, 어머. 내 정신 좀 봐. 얼른 저녁 차려야겠네. 여보, 당신 옷 갈아입고 오세요. 정하 너도."

미란은 호호 웃으며 일어서더니 바닥에 있는 접시 세트를 걱정스럽게 보았다. 그녀는 조심스럽게 그것을 들어 테이블 위에 안전하게 올려 두고, 부리나케 부엌으로 사라졌다.

"어, 아버지, 다녀오셨어요. 형도."

술병을 안고 실실 웃으며 도현이 성의 없는 인사를 하였다. 영식과 정하가 어처구니없다는 얼굴로 그런 도현을 바라보고 서 있자, 우진은 얼른 자리에서 일어섰다.

"안녕하십니까. 인사가 늦어 죄송합니다. 차우진이라고 합니다."

우진의 말에 제일 먼저 정신을 차린 것은 영식이었다. 그는 우진에게 손을 내밀며 부드러운 어조로 인사하였다.

"그래, 만나서 반갑네. 설영식이라고 하네."

우진은 얼른 고개를 숙이며 영식의 손을 마주 잡았다. 간단한 인사를 끝낸 영식은 먼저 옷부터 갈아입겠다며 안방으로 사라졌다. 그러자 기다리고 있었다는 것처럼 정하가 우진에게 인사하였다.

"설정하라고 합니다. 화요에게 말 많이 들었습니다."

정하가 의미심장하게 덧붙인 말에 우진은 웃으며 대답하였다.

"저도 화요 씨에게 큰 형님 말씀 많이 들었습니다. 앞으로 잘 부탁드립니다."

우진의 대답에 정하는 도현이 그랬던 것처럼 우진을 머리끝부터 발끝까지 한 번 훑어보았다. 하지만 도현과는 달리 무례하지 않은 선에서 시선을 거두고, 뒤로 한 걸음 물러섰다.

"저도 옷 좀 갈아입고 오겠습니다. 대화는 조금 이따가 나누죠."

콧등에 걸친 안경테를 고쳐 쓰고 방으로 향하는 정하의 뒷모습을 보며 우진은 한숨을 쉬었다. 도현과 이미란 여사는 알기 쉬웠지만, 정하와 영식은 도저히 속내를 알기가 어려웠다.

'일단 이 정도면 그럭저럭 괜찮은 인상을 남긴 걸까.'

마치 처음 배우는 과목의 숙제를 처음으로 제출한 아이처럼 그의 가슴이 떨렸다. 불안한 마음에 그는 힐끔 화요를 바라보았다.

화요는 우진이 무슨 생각을 하는지 알고 있는 것처럼 웃어 주었다. 그 웃는 얼굴에 불안함은 온데간데없이 사라졌다.

우진은 습관적으로 화요에게 당장 입 맞추고 싶다는 충동을 억눌러야만 했다.

그는 아직도 세상에서 가장 어려운 시험을 치루고 있는 도중이었으니까.

우진을 손님 자리에 앉히려던 화요는 밥상을 보고 깜짝 놀랐다. 상다리가 휘어진다는 건 이럴 때 쓰는 말이구나 싶을 정도로 상차림이 호화로웠다. 그렇게 생각한 건 화요만이 아닌지 도현이 큰소리로 중얼거렸다.

"와…… 화요 대학 붙었을 때보다 더 대박인데?"

재수 끝에 화요가 예종대에 붙었을 때도 눈이 휘둥그레질 만큼 호화로운 상이 차려졌지만, 오늘은 그에 비할 바가 아니었다. 미란이 우진 앞에 수북하게 푼 밥공기를 가져다주며 상냥하게 말하였다.

"차린 건 별로 없지만, 많이 드세요."

"아닙니다. 어머님. 이렇게 멋진 저녁상은 처음인 걸요."

우진이 환하게 웃으며 하는 말에 미란은 쑥스럽다는 듯 웃었다. 화요는 도현이 정하를 향해 '어머니는 벌써 넘어가셨어.'라고 소곤거리는 소리를 들었다.

'음, 우리 엄마도 보기보다는 얼굴을 많이 보시나 봐.'

화요는 진지하게 자신이 우진의 얼굴에 약한 건 유전자의 영향이 아닐까 하는 생각해 보았다.

준비를 하느라 분주하게 움직이던 미란까지 자리에 앉자 영식이 먼저 숟가락을 들었다.

평소와는 달리 조용한 분위기에서 식사가 시작되었다. 한동안 말없이 밥을 몇 술 뜬 영식이 불현듯 담담한 목소리로 입을 열었다.

"차우진 군이라고 했나?"

"네, 아버님."

마치 준비하고 있었다는 것처럼 우진은 영식의 부름에 바로 답하였다. 영식은 들고 있던 숟가락을 식탁 위에 올려둔 후 우진을 보았다.

"우리 딸이랑 결혼을 생각 중이라고 들었는데."

"네. 가족분들께서 허락해 주신다면―"

우진이 조심스럽게 한 말에 영식의 눈이 예리하게 번뜩였다.

"그 말은 우리 가족이 반대하면 결혼은 하지 않겠다는 뜻인가?"

우진은 저도 모르게 등이 꼿꼿해지는 것을 느꼈다. 겉보기에는 부드럽고 순한 인상을 한, 어찌 보면 화요와 닮은 얼굴을 한 영식에게서는 한두 마디로는 표현할 수 없는 무게감이 느껴졌다.

"아빠, 그런 말투는 좀—"

"화요야. 지금 아빠는 너랑 이야기 하는 게 아니야. 대답은 네가 아니라 우진 군이 해야지."

소리를 높여 말하는 것도 아니건만 영식의 목소리에는 거스를 수 없는 힘이 있었다.

우진은 처음으로, 제 아버지에게조차 느껴본 적 없는 아버지의 위압감이라는 게 무언지 알 것만 같았다. 역시나 만만치 않은 분이시겠구나.

우진은 속으로 깊은 숨을 내쉰 후, 생각을 정리하였다.

'지금 이 순간 난 어떤 말을 해야 할까? 어떤 말을 해야 이 사람들을 이해시킬 수 있을까? 나를 받아들이게 할 수 있을까?'

시간으로는 몇 초 안 되는 짧은 순간이었지만, 그 순간 동안 우진의 머릿속에서 수만 가지 생각이 교차하였다.

이윽고, 수없는 생각 끝에 결론을 내린 우진이 입을 열었다.

"그 점에 대해서는 먼저 사과를 드려야 할 것 같습니다. 죄송합니다, 아버님. 저는 가족분들이 아무리 반대하더라도 결코 화요 씨를 포기할 마음이 없습니다."

정중하지만 굳은 의지가 느껴지는 그 말에 영식이 눈을 가늘게 떴다. 다른 가족들 역시 흥미롭다는 얼굴로 우진을 바라보았다.

"······그런가? 그럼 한 가지 좀 물어봐야겠군. 우리 화요가 우진 군에게는 어떤 의미인가?"

의미, 설화요가 차우진에게 어떤 의미냐고?

그것은 그가 이제까지 수없이 예상했던 질문 중에는 없는 물음이었다.

하지만 결국 이 질문은 거실에서 조금 전, 도현이 했던 것과 같은 의미였다.

우진은 자신의 옆에서 불안한 얼굴을 하고 있는 화요를 힐끔 본 뒤 입을 열었다.

"화요 씨는······ 제가 처음으로 다른 누군가를 소중하게 여기고 싶다고 생각하게 만든 사람입니다."

다소 상투적인 우진의 대답에 영식뿐만이 아니라 정하까지 미묘한 얼굴을 하였다. 하지만 우진의 말은 거기서 끝이 아니었다.

"그리고 동시에······ 화요 씨를 위해서, 저 자신도 소중하게 여기고 싶다고 생각하게 만드는 그런 사람입니다."

이번 대답에는 다른 가족뿐만이 아니라 화요 역시 어리둥절한 얼굴을 하였다.

나를 위해서 스스로를 소중히? 무슨 뜻이지? 화요가 고개를 갸웃거리는 사이, 영식이 의아하다는 얼굴로 물었다.

"그게 무슨 말인가?"

"부끄러워서 드리기 어려운 말씀이지만, 사실 저는 이제까지

저 스스로에게 그 어떠한 가치가 있다고 생각해 본 적이 없습니다. 물론 남들이 보기에는 성공한 것 같은, 괜찮은 삶을 살고 있다는 자각은 있습니다. 하지만 그저 그것뿐이었습니다. 숨을 쉬고, 심장이 뛰어서 사는 삶. 심지어 그런 자신에 대해 깊이 생각해 본 적조차 없었습니다."

성공한 모델로서의 삶, 그 후에는 유명 연예 기획사의 대표 이사로서의 삶.

고급 외제차, 고급 빌라, 유명 브랜드의 옷과 시계.

남들이 부러워하는, 그런 모든 것을 손에 쥐고 있음에도 불구하고 우진은 행복하다고, 자신이 가치 있는 사람이라고 느낀 적은 단 한 번도 없었다.

그런데, 화요를 만난 후에는 모든 게 달라졌다.

"처음이었습니다. 누군가를 사랑하게 되면 그 사람에 대한 생각을 단 한 순간도 멈출 수 없다는 걸 알게 된 것도, 누군가를 원하게 되면 자존심도 체면도 상관없이 그 사람이 나와 같은 마음이길 간절히 바라게 된다는 것도. 심지어 제가 사랑하는 사람을 위해 다른 사람에게 제가 잘 보이길 바라게 되는 것까지. 이 모든 게 전부 저에게는 처음입니다."

우진은 크게 숨을 들이쉬었다. 듣기 좋은, 허울 좋은 말로 상황을 대하는 것에 익숙하던 그에게 진심을 말한다는 건 아직까지도 어려운 일이었다.

하지만 지금은 바로 그 진심이 필요했다.

"화요 씨는 저에게 그 어떤 다른 것으로 대체할 수 없는 귀한 사람입니다. 처음으로 저에게 모든 좋은 감정의 의미를 알려 주었고, 모든 아름다운 것의 의미를 생각하게 만들어 주었습니다. 그래서 저는…… 이런 저를 받아들여 준 화요 씨를 위해서라도 스스로를 조금 더 가치 있는 사람으로 생각할 수 있게 되었고요."

번지르르한 말을 할 때와 달리 진심이 담긴 말은 너무나 투박하고 거칠게 느껴졌다. 우진은 자신의 진심이 제대로 전해지고 있을까 생각하면서 천천히 마지막 말을 내뱉었다.

"그러니까 이 사람은 저에게 절대적인 의미입니다."

그 어떤 것으로도 대신할 수 없는 단 하나뿐인 존재.

차우진에게 설화요는 그런 의미였다.

"……절대적인, 이라."

한동안 말없이 생각에 잠겨 있던 영식이 나지막한 목소리로 중얼거렸다. 그는 여전히 생각을 알 수 없는 얼굴로 고개를 끄덕이더니 숟가락을 다시 들었다. 우진이 여전히 긴장하여 그런 영식을 지켜보고 있자 영식이 그것을 깨닫고 말했다.

"뭐하나? 밥 다 식겠네. 얼른 식사하게."

이제까지 말을 잔뜩 하게 만든 장본인은 시치미를 뚝 떼더니 부지런히 식사를 하기 시작하였다. 정하도, 미란도, 도현도 모두 말없이 식사를 계속하고 있었다. 우진은 자신의 대답이 혹시 뭔가 잘못되기라도 한 걸까 싶어 옆을 힐끔 보았다.

옆자리에 있는 화요는 고개를 가만히 숙이고 있었다. 얼핏 보기에는 식사에 집중하고 있는 것처럼 보이는 그녀의 귓불이 새빨간 사과처럼 붉게 달아올라 있다는 걸 눈치챈 우진이 속으로 빙그레 웃었다.

아무래도 제 대답이 영 빵점짜리는 아닌 모양이었다.

식사를 마친 후, 거실에 다시 모인 화요의 가족들과 우진은 아직 포장을 뜯지 않은 선물을 전부 개봉하였다.

눈에 띄게 기뻐하던 미란이나 도현과는 달리 영식과 정하는 두어 번의 사양 끝에 정중하게 그것을 받아들였다.

차를 마시며 우진은 다시 여러 질문 세례에 시달려야 했다.

우진의 가족 관계나 두 사람이 처음 만난 경위처럼 대답하기 어려운 질문도 있었으며 우진의 하는 일이 무엇인지 같은 대답하기 쉬운 질문도 있었다.

정신없이 질문에 답하고 대화를 나누는 사이, 어느새 시곗바늘이 10이라는 숫자를 가리키고 있었다.

평소에 일찍 잠자리에 드는 편인 영식과 미란은 밀려오는 졸음기를 도저히 견딜 수 없었는지 양해를 구하고 자리에서 일어섰다.

우진에게 조만간 한 번 정식으로 자리를 만들자는 반가운 말을 남긴 채.

화요는 이제 슬슬 자신들도 집으로 돌아가야겠다고 생각하며 자리에서 일어서려고 하였지만, 도현이 그것을 막고 나섰다.

"잠깐, 잠깐, 스톱! 벌써 가겠다고? 그럼 쓰나. 이제까지는 아버지랑 어머니랑 이야길 했으니 지금부터는 우리랑 얘기를 좀 해야지. 안 그래, 큰형?"

"설도현. 초면인데 너무 실례하면 안 되지."

정하가 점잖게 도현을 꾸짖자, 우진이 얼른 나섰다.

"아닙니다. 저도 마침 형님들과 조금 더 대화를 나누고 싶었습니다."

"이것 봐, 형! 차우진 씨도 괜찮다잖아. 마침 여기 상가에 닭똥집 아주 기가 막히게 잘 튀기는 호프집 있으니까 거기서 가볍게 한잔하면서―"

"도현 오빠. 그냥 오빠 지금 술 마시고 싶은 거지? 괜히 우진 씨 괴롭힐 생각하지 마."

도현의 말을 가만히 듣고 있던 화요가 인상을 찌푸리며 끼어들자 우진이 얼른 화요의 손을 토닥였다.

"괜찮아요, 화요 씨. 나도 형님들이랑 술 한잔하고 싶으니까."

"그치만 도현 오빠 술버릇 진짜 고약한데."

혹시라도 도현이 우진에게 괜한 트집을 잡을까 염려된 화요가 걱정스레 우진을 바라보자 정하가 불쑥 입을 열었다.

"괜찮아, 화요야. 오빠가 알아서 할게."

화요는 그 말에 조금 안심한 얼굴을 하였다. 덤벙거리기가 저보다 더 심한 도현은 도저히 믿을 수 없었지만, 반대로 정하는 화요에게 있어서 누구보다 든든한 큰 오빠였다.

"그럼 큰 오빠가 도현 오빠 잘 챙겨 줘. 우진 씨도 너무 술 많이 먹이지 말고. 알았지?"

"벌써부터 애인 편만 드네. 오빠 섭하게."

정하가 다정스레 웃으며 화요의 이마를 손가락으로 약하게 튕겼다. 화요가 아프다며 헤헤 웃는 그 모습에 우진은 묘한 기분을 느꼈다.

아무리 가족이라도 그녀가 자신 외의 사람에게 저렇게 천진난만한 모습을 보이는 게 썩 기분 좋지는 않았다. 유치하다는 걸 알면서도 그녀의 웃는 얼굴을 홀로 모조리 독점하고 싶었다.

바보 같다며 우진은 한숨을 쉬었다. 예전에는 자신이 이렇게까지 속 좁은 인간인 줄 미처 알지 못했다는 생각 때문이었다.

"차우진 씨, 뭐해요? 빨리 갑시다아."

어느새 준비를 마치고, 현관 앞에 서 있던 도현이 떠들썩하게 우진을 불러댔다. 정하도 벌써 현관으로 나가는 중이라는 걸 깨달은 우진이 서둘러 그들의 뒤를 따랐다.

너무 늦지 말라는 화요의 배웅을 받으며 세 남자는 집 밖으로 나섰다.

상가까지 향하는 약 5분 정도의 시간 동안 그들 사이에서는 무거운 침묵만이 흘렀다.

마치 대학 조별과제 첫날 모임 같은 분위기였다.

그 무거운 침묵이 깨진 것은 호프집에서 맥주 한 잔씩을 돌려 마신 다음부터였다.

주로 떠드는 것은 도현뿐이고, 정하는 답답할 정도로 아무 말이 없었지만.

도현은 ZIN 소속 가수인 메이에 대해 이것저것 우진에게 물었다. 아무래도 그는 메이의 열렬한 팬인 모양이었다. 우진은 도현을 회사로 한 번 초대해서 메이를 만나게 해 주자는 생각을 하였다.

제법 빈 술병이 테이블을 가득 채울 때쯤.

얼굴이 불그죽죽해진 도현은 잠시 화장실에 다녀오겠다며 자리를 비웠다. 도현 덕에 조금 화기애애했던 자리는 그가 사라지자마자 다시 어색해졌다.

우진은 무표정하게 술잔을 기울이는 정하를 힐끔 보았다. 아까 전 화요를 향해 다정하게 웃던 얼굴과는 영 딴판인 얼굴이었다.

그에게 마땅히 말 붙일 화제가 없었기에 우진은 정하가 그러는 것처럼 조용히 술만 마셨다.

그 순간, 갑자기 정하가 입을 열었다.

"사실."

그는 시선을 여전히 술잔에 고정한 채, 말을 이었다.

"화요가 당신을 우리 가족에게 인사시키고 싶다는 말을 했을 때, 여러 가지로 마음이 복잡했습니다. 두 사람이 사귀기 시작한

지 얼마 되지 않은 걸로 알고 있는데, 벌써 결혼 이야기가 나오는 게 좀."

정하의 목소리에는 정말 착잡한 기색이 서려 있었다. 어떤 의미에서는 그 심정이 이해가 갔기에 우진은 조심스럽게 입을 열었다.

"염려하시는 거 압니다. 제가 화요 씨에게 처음에 거짓말을 했던 것을, 가족 분들은 다 아실 테니까요. 하지만 결코 짧은 생각으로 화요 씨의 부모님과 형님분들을 뵈러 온 게 아닙니다. 저는 화요 씨를 아주 오래 기다렸습니다."

"오래, 기다렸다고요?"

그게 무슨 말이냐고 묻는 것처럼 정하가 안경알 너머로 우진을 물끄러미 바라보았다.

"혹시 9년 전에 화요 씨가 친구네 집에서 노래를 불렀던 적이 있다는 걸 알고 계십니까?"

"9년 전? 아아— 네, 기억하고 있습니다. 그때에도 화요가 방에 틀어박혀서……"

거기까지 말한 정하는 멈칫하더니 설마, 하는 얼굴로 우진을 보았다. 우진은 자신의 이마에 있는 오래된 흉터를 만지작거렸다.

"그때부터였습니다. 제가 이름도 모르는 한 소녀를 계속 생각하고 그리워한 것은."

눈을 가늘게 내리깐 우진은 화요를 처음 다시 보았던 순간을 떠올렸다.

헬로우 건물 앞에서 스쳐지나가듯 한 번, 그 후에 녹음실에서 몰래 숨어들어 온 그녀를 또 한 번.

그녀가 9년 전의 그 소녀라는 걸 알았을 때, 얼마나 조바심을 냈던지 아직도 그때의 기분이 생생하였다.

우진은 자신이 처음부터 화요가 탐나 안절부절못했다는 걸 분명 자각하고 있었다.

처음에는 그저 단순히 그녀의 그 특이한 힘을 이용하기 위해서라고 생각했지만, 지금 와서 생각해 보면 그건 잘못된 생각이었다.

처음 만났던 그 순간부터 자신은 그녀에게 사로잡혔던 것이 분명하였다.

그것을 너무 늦지 않게 깨달아서 얼마나 다행인가.

"저에게는 길고, 아주 긴 기다림이었습니다. 그래서 처음에 화요 씨한테도 선뜻 사실을 밝히고 다가갈 수 없었습니다. 겁 많은 사람이잖습니까, 화요 씨."

"……."

오랫동안 화요를 보아온 정하는 침묵으로 우진의 말에 동의하였다.

"물론 제가 잘했다고 생각하지는 않습니다. 아직 형님을 비롯한 다른 분들이 절 믿지 못하셔도 어쩔 수 없다고 생각합니다. 하지만 아버님께 말씀드린 것처럼 저는 절대 포기 못 합니다. 화요 씨가 없는 세상을, 저는 살 자신이 없습니다."

그녀와 아무 연락이 닿지 않던 며칠간은 정말 끔찍했다. 혹시라도 그녀에게 무슨 일이 있는 건 아닐까 생각하기를 수십 번, 그녀가 자신과 이대로 영영 얼굴을 보지 않을 거란 생각에 절망하기를 수백 번. 이대로 죽는 게 낫겠다는 생각을 또 다시 반복했다.

혜진이가 죽었던 때보다도 더한 고통의 나날이었다.

더는 무언가를 잃는 것에 아파하지 않는 심장이라 생각했는데, 아니었다. 그의 심장은 단 한 여자의 부재에 완전히 산산조각이 났다.

그런 상실을, 우진은 다시는 겪고 싶지 않았다.

"……당신이 화요를 결코 가벼운 마음으로 대하는 게 아니라는 건, 알고 있었습니다. 병원까지 화요를 데려다주었던 게 바로 저이니까요."

우진은 숙이고 있던 고개를 들어 올려 정하를 보았다. 생각을 알 수 없는 얼굴이라 생각했던 정하의 얼굴이, 기분 탓인지 조금 부드러워 보였다.

"차우진 씨가 병원에 있다는 사실을 알고 화요가 충격을 받았을 때, 그대로 뒀다간 안 될 것 같아서 제 차에 태워 직접 데리고 갔었습니다."

병원에 가는 동안, 화요는 울지도 않고, 그저 새파랗게 질린 얼굴로 눈을 꼭 감고 있었다. 그런 동생의 얼굴을 생전 처음 봤었다고 말하며 정하는 안경테를 밀어 올렸다.

"사실 저는 당신이 매우 어리석다고 생각하였습니다. 자업자득이라고도 생각했고요. 하지만…… 동시에 내 동생이 당신에게 얼마나 큰 의미인지는 알겠더군요."

정하는 우진의 얼굴을 찬찬히 훑어보았다. 이 남자는 화요가 곁에 없다는 이유만으로 삶을 포기하다시피 했던 남자였다.

아버지나 도현이라면 몰라도 정하는 우진의 진심을 의심하지는 않았다.

다만, 그에게는 한 가지 걱정이 남아 있었다.

"차우진 씨."

"네."

"아버지는 당신에게 화요가 어떤 의미냐고 물으셨지만, 전 당신에게 좀 다른 걸 묻고 싶습니다."

정하는 어느새 텅 빈 자신의 잔을 옆으로 쓱 밀며 말했다.

"당신은 지킬 각오가 되어 있습니까?"

생각지도 못한 정하의 질문에 우진은 잠시 말없이 눈을 깜빡였다.

누구를 지킬 각오가 되어 있냐는 거지? 화요에 대해 묻는 거라면 두말할 필요 없이 대답은 예스였다.

하지만 우진은 정하가 묻는 질문의 대상이 단지 화요만을 뜻하는 게 아니라는 것을 알 수 있었다.

"아, 죄송합니다. 제가 말이 너무 짧았군요."

눈치 빠른 정하는 우진이 느끼는 혼란을 깨달은 듯, 말을 덧붙였다.

"가족. 화요 한 사람뿐만이 아니라 당신과 화요의 아이. 그들을 지킬 각오가 있습니까?"

정하의 말에 우진은 조금 허탈한 기분으로 그를 보았다. 정하가 심각하게 꺼낸 질문은 우진의 입장에서는 조금도 망설이거나 주저할 필요가 없는 것이었다.

"그거야 당연히ㅡ"

하지만 정하는 망설임 없는 우진의 대답을 끊으며 말했다.

"어쩌면 당신과 화요의 아이는, 화요와 같은 힘을, 아니ㅡ 혹은 더 위험한 힘을 가진 로렐라이일지도 모릅니다. 그 아이를, 그리고 화요를 지켜 줄 수 있습니까?"

너무 앞선 걱정이 아니냐고 누군가는 비웃을지 모른다.

하지만 정하에게는 앞선 걱정이 아닌, 막내 동생에 관한 아주 중요한 문제였다.

로렐라이의 아이는 대부분 로렐라이로 태어난다. 아마도 화요가 아이를 낳는다면 그 아이는 높은 확률로 로렐라이일 것이다.

그리고 그 아이가 만일 강력한 '힘'을 가진 로렐라이라면ㅡ

"……로렐라이와 결혼한 남자 중에는 유독 불행한 파국을 맞이한 사람이 많다는 이야기를 아버지께 들은 적이 있습니다. 아내에게는 면역이 있더라도 자신의 아이가 남들과 다르다는 걸 견디지 못하는 사람도 생각보다 많으니까요. 차우진 씨는 그 각오까지 하고 있는 겁니까?"

연신 부드러운 미소를 짓고 있던 우진의 얼굴에 순간, 맹수 같은 예리한 빛이 어렸다 사라졌다. 하지만 정하는 그것이 불쾌하거나 두렵게 느껴지지는 않았다.

그것은 제 무리를 지키려는 짐승의 경계심과 비슷한 것이었으니까.

"제가 가진 모든 걸 다 써서라도 지킬 거라고 맹세합니다."

가진 게 제법 많은 우진의 선언에 정하는 피식 웃었다. 이 남자는 정말로 모든 걸 다 걸고라도 화요를, 그리고 언젠가 태어날 두 사람의 아이를 지킬 것이다. 그렇다면─

"그럼 됐습니다."

더는 아무 말도, 걱정도 필요 없다. 정하는 술잔을 들어 올려 앞으로 내밀었다. 우진 역시 얼른 제 앞에 있는 잔을 잡아 올렸다.

"내 동생, 잘 부탁합니다."

정하가 조용히 웃으며 한 말에 우진이 마주 웃었다. 그것은 화요가 누구보다 믿고 따르는 사람에게 인정받았다는 기쁨이 가득한 웃음이었다.

정하와 도현, 그리고 우진이 호프집을 나선 건 그로부터 한참 후였다.

고주망태가 된 도현을 정하와 우진이 사이좋게 집까지 데리고 오니, 그들을 기다리고 있던 화요가 이럴 줄 알았다며 한숨을 쉬었다.

술이 거나하게 취한 도현은 화요를 보며 막내 주제에 제일 먼저 결혼을 하느니 마느니 떠들어대다가 정하에게 매섭게 등짝을 얻어맞았다.

계속 주정을 부리는 도현을 침대 위에 대충 눕힌 후, 화요의 집을 나선 두 사람이 우진의 집에 다시 도착한 시간은 새벽에 가까운 시간이었다.

"내일이 휴일이어서 다행이에요. 안 그랬으면 우진 씨 진짜 피곤했을 텐데."

부엌에서 찬물을 떠온 화요가 우진에게 그것을 내밀었다. 소파에 축 늘어지듯 앉아 있던 우진은 그것을 감사히 받아 마셨다.

지친 기색이 역력한 우진의 얼굴에 화요는 걱정스레 그의 이마를 쓸어 넘겼다.

"괜찮아요?"

"으음—"

화요의 손이 자신의 이마를 쓰다듬는 것이 기분 좋다는 것처럼 우진이 눈을 가늘게 떴다.

마치 햇볕을 즐기는 고양이 같은 모습이라고 생각하며 화요가 속으로 몰래 웃었다. 우진은 컵을 테이블 위에 대충 올려두었다.

"도현 오빠가 술 많이 먹였죠?"

"뭐, 그 정도는 아니었어요. 사실 도현 형님 마시는 속도나 양은 따라갈 만했거든요. 근데 정하 형님은 술 정말 세시던데요."

술고래도 그런 술고래가 또 없을 거라고 생각하며 우진은 내심 혀를 내둘렀다.

"응. 정하 오빠 취한 건 나도 본 적 없어요. 우진 씨도 너무 오빠들 상대할 필요 없으니까 적당히 흘려 넘겨도 괜찮아요."

"그럼 안 되죠. 나 화요 씨 오빠 분들한테 잘 보여야 하는데."

"그래서 그렇게 선물을 바리바리 준비한 거였어요? 뇌물처럼 바치려고?"

화요가 야단치듯 눈을 가늘게 뜨고 쏘아보자 우진은 빙긋 웃으며 말을 돌렸다.

"아, 피곤하네. 이제 슬슬 쉴까요?"

속이 뻔히 보이는 말이었지만, 그의 얼굴이 정말 피곤해 보였기에 화요는 순순히 고개를 끄덕였다. 소파 위에 눕듯 걸터앉아 있던 우진이 장난스럽게 손을 앞으로 펼쳤다. 화요는 그 손을 가만히 내려다보다가 설마하는 얼굴로 우진을 보았다.

"······지금 나보고 일으켜 달라는 거예요?"

"응."

맙소사. 천하의 차우진이 대여섯 살 아이처럼 어리광을 부리는 모습이라니.

화요는 우진을 아는 사람에게 말한다면 그 누구도 믿지 못할 상황에 잠시 할 말을 잃었다. 우진이 스킨십이 잦은 편이기는 해도 이런 식으로 어리광을 부린 적은 한 번도 없었기에 당황스러웠다.

"……우진 씨, 지금 좀 취했어요?"

"안 취했어요. 근데 기분은 좋아요."

취한 거 맞네, 이 남자. 화요는 한숨을 푹 쉬며 고개를 절레절레 저었다. 그러니까 좀 덜 마실 것이지.

반쯤은 어쩔 수 없다는 체념으로, 그리고 반쯤은 이 상황이 조금 재미있다는 생각으로 화요는 우진의 손을 잡았다. 그녀가 손에 힘을 주어 당기자, 우진이 마치 꼭두각시 인형처럼 그녀가 시키는 대로 몸을 일으켰다.

화요가 앞장서서 침실로 향하자 우진이 순순히 그녀의 뒤를 따랐다. 어두운 침실 안에 들어섰을 때, 화요는 얌전히 제 뒤를 따르던 남자가 갑자기 자신을 번쩍 안아 올리는 것을 느꼈다. 그는 그대로 침대 위에 화요를 눕히더니 자연스럽게 그 위로 올라탔다.

어둠 속에서는 피부에 닿는 시트의 감촉이 평소보다 더 매끄럽게 느껴졌다. 화요는 앞으로 손을 뻗어 자신을 침대 위로 끌고 온 남자의 뺨을 더듬었다. 자신의 위에 있는 우진이 어떤 얼굴을 하고 있는지 보이지는 않았다.

하지만 어쩐지 그가 평소와 다르다는 생각에 화요가 조심스레 물었다.

"무슨 일 있었어요?"

혹시라도 오빠들이랑 호프집에서 무슨 일이라도 있던 게 아닐까. 화요가 그런 생각을 하고 있는 걸 알아차린 것처럼 우진이 고개를 저었다.

"아니요. 무슨 일이 있었던 건 아니고, 그냥 좀…… 긴장이 풀려서."

"긴장? 우진 씨 계속 긴장했었어요?"

화요는 거실에서 자신의 손을 잡았던 우진의 차가운 손끝을 기억해 냈다. 그 이후에는 우진이 평소와 전혀 다를 바가 없었기에 이제 괜찮은가보다 생각했는데, 아무래도 그렇지 않았던 모양이었다.

"응. 하아— 나 진짜 많이 긴장했었나 봐요. 손이 이렇잖아요."

그렇게 말한 우진이 제 손을 화요의 뺨에 대었다. 그 손끝이 아주 미세하게 떨리고 있었다.

"태어나서 이렇게 긴장한 건 진짜 처음이었던 것 같아요. 아무리 큰 쇼에 나갈 때도 이래 본 적 없는데."

비밀을 고백하는 것 같은 은근한 목소리에 화요는 웃음을 터트릴 뻔하였다.

"그렇게 많이 떨렸어요?"

"당연하죠. 나한테 세상에서 제일 소중한 사람의 가족한테 처음으로 인사하러 가는 날이었잖아요. 이거, 정말 많이 떨리는 거구나. 하아—"

안도의 한숨 같은 숨을 내뱉으며 우진이 화요의 목덜미에 얼굴을 묻었다. 부드러운 그의 머리칼이 귓불이며 뺨에 닿자 화요는 작게 어깨를 움츠렸다.

"……화요 씨 가족들이 날 좋아해 주면 좋겠어요."

평소와는 달리 불안함이 얼핏 엿보이는 그 목소리에 화요는 우진의 넓은 어깨에 팔을 둘렀다. 맞닿은 피부에서 서로의 고동 소리가 들리는 것 같아 기분이 좋았다.

"걱정할 필요 없어요. 엄마는 이미 우진 씨 너무 많이 좋아하던데."

화요는 우진과 오빠들이 술을 마시러 나갔을 때, 엄마가 소녀처럼 뺨을 붉히며 우진의 신사적인 태도에 대해 칭찬하던 것을 전해 주었다.

"다행이다. 일단 어머님이 제 편이라면 마음이 든든하네요. 아, 큰형님도."

"……정하 오빠랑 무슨 말 했어요?"

화요는 한 손으로 우진의 머리를 쓰다듬으며 물었다. 그 질문에 어떤 근거가 있는 건 아니었다. 그저 감이었다. 우진이 평소와는 달리 자신에게 어리광을 부리는 것처럼 구는 것이 어쩌면 정하 오빠 때문이 아닐까 하는 막연한 생각.

"음…… 여러 가지 이야기를 했어요. 화요 씨가 어렸을 때, 정하 형님 아프다고 고사리 같은 손으로 다 탄 죽을 끓여 왔던 일이라거나 초등학교 운동회 때 달리기를 하다가 넘어져서 엉엉 울던 모습이 귀여웠던 일이라거나—"

아니, 큰오빠는 대체 무슨 말을 한 거야!?

화요는 창피함에 얼굴이 화끈거리는 것을 느꼈다. 대체 그 몇 시간 사이에 얼마나 친해졌기에 정하가 우진에게 제 부끄러운 과거를 하나하나 다 알려 준 것인지 알 수가 없었다.

그녀가 부끄러워하는 사이에도 우진은 계속 화요의 어린 시절 에피소드를 하나하나 늘어놓고 있었다.

부끄러움을 견디지 못한 화요가 이제 그만하라며 우진의 입을 막으려던 찰나, 우진이 앞서 말하던 것과는 조금 다른 어조로 말했다.

"……그리고 각오에 대해서도 말했죠."

"각오?"

"응. 화요 씨를, 그리고 언젠가 생길 우리 아이를 지킬 각오."

우진의 머리를 쓰다듬던 화요가 멈칫하였다.

"우진 씨."

화요가 그의 이름을 부르자 우진이 그녀의 말을 막으려는 것처럼 몸을 일으켜 입술에 가볍게 키스를 하였다. 그는 화요가 짧은 숨을 내뱉는 사이, 입을 열었다.

"사실 부끄럽지만, 한 번도 생각해 본 적이 없어요. 아이에 대해서. 미안해요."

정말 부끄럽다는 듯 고개를 숙이고 중얼거린 우진을 탓할 생각은 없었다. 어찌 보면 당연한 일이었다.

우진과 화요가 만난 후, 서로에 대한 감정을 받아들이기까지 걸린 시간도 길었고, 지금 여기까지 오는 데 걸린 시간도 길었다. 그러니 아이에 대한 생각을 할 틈이 없었던 건 화요 역시 마찬가지였다.

하지만 우진의 사과는 화요의 그것과는 다른 의미에서 나온 것이었다.

"나는…… 내가 좋은 아빠가 될 거라는 생각을 해 본 적이 없어요. 부모에게 제대로 사랑받아 본 적 없는 내가…… 어떻게 내 아이를 제대로 사랑하고 아낄 수 있겠어요."

제 아버지를 떠올린 우진이 씁쓸한 미소를 지었다. 차 회장에게 있어서 아이들은 제 여자를 조금이라도 오래 제 옆에 묶어 두려는 수단 정도였으리라.

우진은 차 회장을 끔찍이 싫어했지만, 동시에 자신이 그를 닮았다는 자각 또한 있었다.

자신은 제 아버지 같은 그런 아버지가 되고 싶지 않았고, 동시에 자신 같은 아이를 세상에 남기고 싶지도 않았다. 그래서 아이에 대해 생각해 본 적도 없었다.

설화요라는 사람을 만나기 전까지는.

"그런데 이상하게 말이죠. 화요 씨와 내 아이는 괜찮을 것 같아요. 사랑할 수 있을 것 같아. 당신을 이렇게 생각하는 것만큼, 그 아이를."

사랑하는 이 사람이 낳아 주는 내 아이라면, 비록 나의 아이지만 당신의 피가 섞인 그 아이라면 분명 괜찮을 거다. 설령 그 아이가 나를 닮은 아이더라도 당신이 옆에 있어 준다면 나도, 아이도 행복할 것이다.

그것이 우진에게는 생전 한 번도 느껴본 적 없는 아주 커다란 전율로, 감동으로 다가왔다. 이런 생각을 하는 자신이 아주 생소했지만, 동시에 그의 안에서 새로운 결심이 생겼다.

"나, 정말 좋은 남편이 될게요. 화요 씨가 내 손을 잡아 준 걸 절대 후회하지 않게. 그리고 좋은 아빠도 될 수 있을 것 같아. 당신만 있어 준다면."

그러니까 앞으로도 계속 옆에 있어 줘요. 부드럽게, 하지만 애절하게 우진이 속삭인 말에 화요가 크게 숨을 들이켰다. 그녀는 우진이 영식 앞에서 했던 말을 기억하고 있었다.

'그리고 동시에…… 화요 씨를 위해서, 저 자신도 소중하게 여기고 싶다고 생각하게 만드는 그런 사람입니다.'

나를 위해서, 스스로를 소중하게 여기고 싶다고 생각한다는 우진의 그 말이 얼마나 기뻤던가. 그리고 지금 이 순간, 함께 행복하자고 말하는 이 말이 또 얼마나 기쁜가.

화요는 말로 하는 대답 대신 힘껏 손을 뻗어 우진의 얼굴을 제 쪽으로 끌어당겼다. 그녀의 입술이 우진의 입술에 맞닿았다. 어둠 속에서 한참 동안 두 그림자가 깊게 맞붙어 있었다.

이윽고 우진이 천천히 입술을 떼어 낼 때쯤에는, 어둠 속에서도 선명하게 보일 정도로 화요의 눈가가 붉게 물들어 있었다.

그 모습이 세상에서 제일 예쁘다는 생각을 하며 우진이 눈가에 입술을 문질렀다. 부드럽고 여린 살에 닿는 감촉이 한숨이 나올 만큼 좋았다.

지금 이 순간은 무엇과도 바꿀 수 없는 그의 행복이었다.

우진은 울음 같은 한숨을 삼키며 말했다.

"고마워요."

화요의 말없는 대답을 분명히 전해 들었다고 하는 것처럼.

햇볕이 따스하고, 달콤한 꽃향기가 자욱하게 깔린 아름다운 날이었다.

결혼식장 앞에는 기자들이 진을 치고 있었고, 연예인이며 유명 인사가 제법 많이 입구를 드나들었다.

그렇게 우진과 화요의 결혼식은 떠들썩하게 진행되었다.

주례사는 짧았고, 불필요한 순서를 생략한 식 자체가 즐거웠기에 자리에 앉아 있는 하객들의 표정이 밝았다.

이제는 대세 아이돌로 손꼽히는 릴라의 축가 공연이 끝나자 사회자인 유진이 밝은 목소리로 다음 순서를 소개하였다.

"대세 걸 그룹 릴라의 멋진 축가 잘 들었습니다. 그럼 다음은 신랑 신부가 양가 부모님께 인사 올리도록 하겠습니다. 먼저 신부 부모님께 인사를 올리겠습니다. 신랑, 신부는 신부 부모님을 향해 주시기 바랍니다."

우진과 화요는 영식과 미란 앞으로 한 걸음 나아갔다.

"신랑 신부 인사."

유진의 말에 맞추어 화요가 앞으로 천천히 고개를 숙이고, 우진은 무릎을 꿇어 큰절을 올렸다.

고운 한복을 차려입은 미란의 눈가가 어느덧 촉촉하게 젖어 있음을, 얼핏 보기에는 무표정해 보일 정도로 딱딱한 영식의 눈시울이 뜨거워져 있음을, 몸을 일으키던 우진은 알아차렸다.

"그럼 다음— 어?"

다음 순서를 진행하려던 유진은 당황하여 멈칫하였다. 우진이 식순과는 상관없이 멋대로 신부 가족 측 자리를 향해 다가갔기 때문이었다.

유진뿐만이 아니라 다른 하객들과 화요의 가족들 역시 당황한 기색이 역력한 얼굴로 우진을 보았다.

영식과 미란 바로 코앞에 선 우진은 그제야 걸음을 멈추었다. 그는 영식과 미란의 얼굴을 차례대로 본 후, 뒤에 있는 도현과 정하의 얼굴도 보았다.

"장인어른, 장모님. 그리고 큰형님, 둘째 형님."

사람들이 웅성거리는 가운데에도 우진의 목소리가 또렷하게 예식홀 안에 울려 퍼졌다.

"그 누구보다 예쁘고 귀한 이 사람을 저에게 보내 주셔서 감사합니다. 이제부터는 제가 이 사람을 지키고, 아끼겠습니다."

조금의 망설임도 없이 우진이 한 말에 도현이 다시 어깨를 들썩이기 시작했다. 식이 진행되는 동안 크게 코를 훌쩍이던 도현의 울음이 다시 터졌다. 하지만 울음이 터진 건 도현만이 아니었다. 저고리로 연신 눈가를 문지르던 미란의 눈에도 다시 눈물이 고였다.

씩씩하게 인사를 마친 우진이 뒤로 물러서서 화요에게 다시 돌아왔다. 화요는 괜스레 자신도 눈물을 흘릴 것 같아 얼른 고개를 숙여 얼굴을 가렸다.

"……라고 합니다. 네, 신랑이 신부를 사랑해도 너무 사랑하는 게 잘 느껴지네요."

유진의 장난스러운 덧붙임에 하객들 사이에서 잔잔하게 웃음이 퍼졌다. 그중에는 부러움 섞인 탄식도 있었다. 화요도 자신을 돌아보며 다정스레 웃는 남자를 향해 못 말린다는 듯한 미소를 지었다.

"그럼 다음으로 신랑과 신부는 신랑 부모님께 인사를 올리겠습니다. 신랑, 신부는 신랑 부모님을 향해 주시기 바랍니다."

우진과 화요는 몸을 틀어 차 회장이 있는 쪽을 향하였다. 두 사람은 조금 전 그랬던 것처럼 한 걸음 앞으로 나아갔다.

신랑 부모님 자리에는 차 회장이 혼자 덩그러니 앉아 있었다. 주름진 얼굴에는 감동이나 슬픔 같은 감정이 느껴지질 않았다. 그런데도 묘하게 그의 얼굴이 '아버지'처럼 보였다.

우진에게는 그런 그의 모습이 낯설게 느껴졌다.

저 사람이 저런 사람이었던가? 저런 눈으로 나를 보던, 저렇게 외로워 보이던 그런 사람이었던가?

우진은 이제는 기억 속에서 희미한 차 회장의 옛 모습을 더듬어 보았다.

하지만 기억 속에 있는 차 회장과 지금 자신들의 앞에 있는 차 회장은 마치 별개의 인물처럼 달랐다.

그 어색함에 우진이 당황하는 사이, 유진의 목소리가 들려왔다.

"신랑 신부 인사."

신호에 맞추어 두 사람은 차 회장을 향해 인사를 올렸다. 화요의 부모님에게 그랬던 것처럼 화요는 조금 깊게 고개를 숙였고, 우진은 무릎을 꿇어 큰 절을 올렸다.

태어나서 처음으로 아버지에게 올려보는 큰 절이었다. 아까부터 느꼈던 묘한 어색함이 더욱 큰 덩어리가 되어 우진의 가슴을 두들기고 있었다.

아픈 가슴을 무시하고, 우진이 무릎을 세워 몸을 일으키려는 찰나.

고개를 숙였다 들어 올린 화요가 앞으로 한 걸음 나아갔다.

우진이 조금 전 그랬던 것처럼.

"아버님."

자신을 부르는 소리에 차 회장이 조금 당황스러워 보이는 얼굴로 고개를 들어올렸다.

화요는 그 주름진 얼굴을 찬찬히 바라보았다. 몇 십 년 후의 우진을 보는 것 같은 그 얼굴이 화요는 싫지 않았다.

이제까지 차 회장은 우진과 화요의 결혼에 큰 관심을 보인 적이 없었다. 하지만 그는 양가 상견례에 나와 몇 마디라도 영식과 말을 주고받았으며 오늘 이 자리에 참석해 주었다.

우진은 자신이 버린 자식이나 다름없다고 생각하고 있었지만, 화요는 그렇지 않다고 생각했다. 만일 정말로 차 회장이 우진에게 관심이 없었다면, 그를 아무래도 좋은 아들로 생각했다면, 우진은 지금보다 더 많이 아프고 힘든 삶을 살았을 게 분명했다.

눈앞에 있는 이 사람은 단지 서툰 사람일 뿐이었다.

누군가를 사랑하는 것도, 누군가에게 사랑받는 것도 서툴러서 사랑에 실패한 사람. 그래서 외로운 사람.

왜 조금 더 우진을 따스하게 대해 주지 않았냐고 차 회장을 원망스럽게 생각했던 때도 있었다.

하지만 이제 화요에게는 그런 감정이 조금도 남아 있지 않다.

지금은 그저 고마웠다. 이 사람 덕에 이 세상에 차우진이라는 남자가 존재하는 거니까.

그런 마음을 담아 화요는 입을 열었다.

"정말 소중한 사람을 세상에 있게 해 주셔서 감사합니다. 제가 이 사람을 꼭 행복하게 하겠습니다. 그러니까⋯⋯."

아버님도 이제 행복해지시면 좋겠어요.

화요가 속삭이듯 덧붙인 뒷말은 우진과 차 회장의 귀에만 닿왔다. 우진은 제 아버지의 얼굴이 이제까지 한 번도 본 적 없는 표정을 짓고 있는 것을 보았다.

차 회장은 손을 들어 올려 눈가를 가렸다. 마치 눈을 감추려는 것처럼.

예쁘게 인사를 마친 화요가 조심스레 드레스 자락을 당기며 우진의 옆으로 돌아왔다. 그녀는 우진을 향해 장난스러운 표정을 지어 보였다. 우진의 눈에는 그 얼굴이 당신만 사람 놀라게 하는 재주가 있는 건 아니라고 말하는 것처럼 보였다.

유진이 무어라 떠들며 이제 하객에게 인사할 순서라고 말하는 것이 들려왔다.

우진은 화요의 손을 슬그머니 잡으며 그녀에게만 들릴 소리로 중얼거렸다.

"난 이미 충분히 행복한데."

사랑하는 사람이 자신을 사랑해 준다는 기적 같은 행복을 그는 손에 넣었다. 이 이상의 행복이 또 있을 리가 없다는 생각이 들 정도로.

하지만 화요가 작게 부정하였다.

"아직 아니에요."

더 많은 행복을 줄게요. 다시는 잠자는 게 무섭지 않을 만큼 아주 많은 행복을.

라일락 부케 너머로 화요가 환한 웃음을 지었다.

이것보다 더? 더 많은 행복이 세상에 존재한다고? 떨림을 닮은 기쁨에, 설렘을 닮은 감사함에 우진의 가슴이 아플 정도로 떨려왔다.

어느새 화요의 손을 잡은 우진의 손에 힘이 꾹 들어갔다. 화요가 같은 세기로 손을 마주 잡아주었다.

"신랑, 신부 내빈께 인사!"

커다란 홀이 떠나가도록 우렁찬 박수 소리가 들려왔다.

두 사람의 영원한 행복을 축복하듯이 아주 오랫동안, 길게.

외전 2.

결혼 후의 행복

혜나에게 있어 물감이며 각종 신기한 도구로 가득한 삼촌의 아틀리에는 세상에서 가장 신나는 놀이터였다. 덕분에 아빠와 엄마가 일 때문에 바빠도 삼촌과 함께 아틀리에 있으면 심심할 일이 없었다.

오늘은 뭘 그릴까 고민하던 아이는 삼촌이 가지고 놀라며 준 스케치북에 크레파스로 열심히 그림을 그리기 시작하였다.

그런 혜나의 뒤에서 물감 범벅인 앞치마를 두른 유진이 한창 통화 중이었다.

"형. 누누이 말하는데, 이럴 바에는 그냥 베이비시터를 따로 고용 좀 해. 물론 우리 조카가 눈에 넣어도 안 아플 정도로 예쁘고 귀여운 건 사실이지만, 나도 일 때문에 바쁠 때는 하루 종일은…… 아, 알았어, 알았어. 알았습니다. 앞으로도 내가 볼게! 앞으로도 나에게 맡겨 줘! 물론 내가 해야지! 하마터면 형이랑 형수 사이를 박살 낼 뻔했던 죄인인 제가 앞으로도 형님 일에 적극적으로 나서야죠, 네, 그렇고말고요."

반쯤 체념한 삼촌이 큰 소리를 내거나 말거나, 혜나는 무념무상으로 작은 손을 움직였다. 한숨과 함께 통화를 끝낸 유진은 뒤에서 그 모습을 보고 피식 웃으며 혜나를 향해 다가왔다.

"우리 작은 공주님. 뭐 그려요?"

유진의 질문에 혜나는 자신이 그리고 있던 스케치북을 들어 올려 보여 주었다.

8절지의 스케치북에는 키가 아주 크고 잘생긴 남자가 둘, 그리고 예쁘게 웃는 여자와 작은 아이가 그려져 있었다. 흥미롭게 그림을 살피던 유진은 가장 구석에 그려져 있는 또 다른 남자를 발견하였다.

"……이 사람은."

유진이 중얼거리며 그림 속 사내를 물끄러미 보자 혜나는 자랑스럽게 제 그림에 대해 설명하였다.

"아빠랑 삼촌이랑 엄마랑 혜나야."

"그럼 이 뒤에 있는 건 혹시…… 할아버지야?"

"응! 할아버지는 많이 못 만나니까 뒤에 있어."

"……"

혜나의 말에 유진이 웃는 듯 마는듯한 얼굴을 하였다.

우진과 화요가 식을 올리고, 혜나가 태어나고 나서도 부자 사이의 왕래는 빈번하지 않았다. 1년에 한 번씩 차 회장이 있는 본가를 찾는 것이 전부였다. 그때마다 우진도 차 회장도 마치 서로를 어떻게 대해야 할지 모르는 사람처럼 굴었다.

아주 오랜 시간 서로를 상처 주었던 만큼, 그들이 진심으로 서로를 이해하기 위해서는 아직은 좀 더 시간이 필요할 것 같았다.

"……혜나 그림 못 그렸어?"

멍하니 생각에 잠겨있던 유진을 보고 혜나가 불안한 얼굴로 물었다. 퍼뜩 정신을 차린 유진이 고개를 저었다.

"아니! 당연히 완전 잘 그렸지!"

유진은 호들갑을 떨며 혜나의 그림을 칭찬하였다. 찬찬히 보니 대충 그려 넣은 것 같은 이목구비가 제법 섬세하게 표현되어 있었다. 어쩌면 본격적으로 교육을 받으면 귀여운 우리 조카는 그림에 엄청난 두각을 나타낼지도 모른다.

자신이 팔불출 삼촌이라는 자각도 없이, 유진은 보들보들한 혜나의 머리칼을 쓰다듬어 주었다.

"혜나, 그림 그리는 거 좋아해?"

"응. 좋아. 그림 잔뜩 그릴 거야."

기분 좋게 유진의 말에 대답한 혜나는 스케치북을 한 장 넘기더니 거기에 또 다시 새로운 그림을 그리기 시작하였다.

유진은 혜나가 예쁜 분홍색 치마를 입은 여성을 그리는 걸 보고 고개를 갸웃하였다. 여자를 그리기에 화요를 그리나 싶었는데, 아무래도 그건 아닌 모양이었다.

"혜나야. 이 사람은 누구야?"

"혜리 언니."

혜나의 입에서 나온 낯익은 이름에 유진은 저도 모르게 얼굴을 팍 찌푸렸다. 제 삼촌이 복잡한 심정이 담긴 얼굴을 하고 있거나 말거나 혜나는 자신의 작품 설명을 시작하였다.

"이건 혜리 언니가 노래 부르는 모습이야. 혜리 언니 노래 부르는 거 굉장히 예뻐. 주변이 막 반짝반짝해."

혜나가 신이 나서 노란색으로 반짝이를 마구 그리기 시작하였다. 스케치북이 가득 찰 때까지 반짝이를 그린 혜나는 만족한 얼굴로 다시 스케치북을 한 장 넘겼다. 유진은 봄 꽃잎 같은 작은 손이 어쩜 저렇게 잘 움직이는 걸까 생각하며 신기하게 그 모습을 바라보았다.

우진을 닮아 인형 같은 귀여운 혜나는 벌써부터 ZIN이나 다른 기획사에서 아역 모델로 탐을 내고 있었다. 물론 우진은 제 딸이 어릴 때부터 모델 일을 하면 얼마나 고단하겠냐며 모든 제의를 거절하고 있었다.

그가 혜나를 얼마나 과보호하는지는 이미 주변에 소문이 파다하였다. 오죽하면 어린이집을 보내는 것조차 꺼려했을까.

유진은 혜나가 어린이집에 통원하던 첫날, 안절부절못하던 형의 모습을 떠올리고 피식 웃었다.

그 차우진이, 제 형이 이렇게까지 달라질 줄 누가 알았겠어?

유진은 혜나를 보며 조용히 미소 지었다. 형의 행복한 모습을 바라보고 있으면 자신 역시 행복한 것 같은 기분이 들었다.

9년 전, 그때 화요를 집으로 데리고 오길 참 잘했다.

형과 화요가 다시 만날 수 있어서 정말 다행이었다.

유진은 고개를 들어 자신이 그리다 만 캔버스를 힐끔 보았다. 캔버스에는 아직 그리다 만, 라일락 꽃을 쥔 소녀의 모습이 있었다.

"그치, 차혜진?"

그의 눈에는 꼭 그림 속 혜진이 그렇다며 웃는 것처럼 보였다.

유진이 애틋한 기분으로 제 그림을 물끄러미 바라보고 있던 그때, 휴대전화가 갑자기 울리기 시작하였다.

누군가 싶어 얼른 액정을 확인하니 형에게 이런 예쁜 행복을 준 제 친구이자 이제는 형수님이기도 한 화요의 이름이 떠있었다.

유진은 씩 웃으면서 통화 버튼을 눌렀다.

"형수님, 무슨 일이세요? 하하. 응. 아냐, 괜찮아. 응? 너 혹시 일 다 끝났어? 진짜? 아, 그럼 내가 혜나 데리고 회사로 갈게. 응? 아냐. 나도 혜나랑 좀 더 같이 있고 싶어서 그래. 마침 나갈 일도 있고. 응, 응."

전화기를 붙든 채로 유진은 응접실로 향하였다. 혜나의 어린이집 가방과 옷가지를 챙기기 위해서였다. 그사이에도 혜나는 계속 스케치북에 낙서에 가까운 그림을 끄적거리고 있었다.

예쁜 색의 크레파스로 스케치북을 잔뜩 매우는 일에 열중하던 혜나는 슬그머니 고개를 들었다.

창문에서 들어오는 밝은 햇살이 무언가를 가리키는 것처럼 뻗어 있었다. 그 햇살의 끝에는 사진 한 장이 놓여 있었다. 호기심에 있는 힘껏 발돋움을 하여 사진을 들고 보니 사진 속에서는 트로피를 든 소녀가 다른 한 소녀와 함께 환하게 웃고 있었다.

"혜리 언니다!"

자신이 좋아하는 예쁜 언니를 단번에 알아본 혜나가 환하게 웃었다. 혜나의 시선이 혜리 옆에서 트로피를 들고 있는 소녀에게로 옮겨갔다. 활짝 웃고 있는 소녀는 어딘지 모르게 삼촌과 아빠와 닮아 보였다.

혜나는 그 사진 속 소녀가 마음에 들었다.

"예뻐."

한동안 사진을 물끄러미 바라보고 있던 혜나가 무언가 좋은 생각이 났다는 얼굴로 크레파스를 다시 들어올렸다.

ZIN의 1층 로비 앞. 유진의 손을 잡고 입구에 들어선 혜나는 엘리베이터 근처에 선 화요를 보더니 얼른 유진의 손을 놓아 버렸다.

"엄마!"

신이 난 강아지처럼 아이는 화요에게 달려들었다. 화요도 반갑게 웃으며 얼른 아이를 안아 주었다. 혜나는 아주 당연하다는 얼굴로 화요의 양 뺨에 쪽쪽 뽀뽀를 하였다.

매번 아빠와 엄마가 뽀뽀하는 모습을 지켜보며 자란 혜나는, 좋아하는 사람은 볼 때마다 뽀뽀를 하는 거라고 생각하였다.

　화요 역시 혜나가 그런 것처럼 혜나의 통통한 볼에 소리 내어 입을 맞추었다.

　"혜나야. 엄마가 아침에 어린이집 못 데려다줘서 오늘 미안했어."

　일이 바빴던 화요는 우진에게 혜나를 맡겼던 아침을 떠올리고 한숨을 쉬었다. 우진은 기꺼이 혜나를 어린이집에 바래다주려고 하였지만, 그 역시 급한 일이 생기는 바람에 결국 유진이 혜나를 맡게 된 것이었다.

　"미안해, 유진아. 너도 전시전 준비 때문에 바쁠 텐데."

　저만치서 저벅저벅 걸어오는 유진을 발견한 화요가 미안함에 쓴웃음을 지었다. 그러자 유진은 무슨 그런 말을 하냐는 듯, 고개를 저었다.

　"별말씀을요, 형수님. 덕분에 나도 오랜만에 혜나랑 놀아서 좋았는걸."

　화요를 향해 장난스럽게 웃어 보인 유진은 무릎을 굽혀 혜나를 내려다보았다.

　"우리 작은 공주님. 이제 엄마랑 아빠랑 같이 놀고, 삼촌이랑은 다음에 또 놀자?"

　"응. 삼촌 바이바이."

　혜나가 의젓하게 인사를 하며 손을 흔들자 유진의 입가가 허

물어지듯 실룩거렸다. 화요는 유진이 급하게 인사를 하고, 회사를 빠져나가는 뒷모습을 보며 미안함을 느꼈다.

이제는 제법 잘나가는 작곡가가 된 자신이나, 새로운 프로젝트가 시작되어 정신없는 우진이 바쁠 때에는 혜나를 돌보는 게 유진의 몫이었다.

물론 화요는 유진 역시 바쁠 테니 베이비시터를 고용하자고 제안하였다. 하지만 우진은 혜나를 어떻게 남의 손에 맡길 수 있겠냐며 강하게 반대하며 유진을 무섭게 혹사시키고 있었다.

이제 슬슬 혜나에게 보디가드를 붙여야 하지 않겠냐고 진지하게 말하던 우진을 떠올리며 화요는 한숨을 쉬었다.

"……완전 딸 바보가 따로 없다니까."

"딸 바보?"

한숨과 함께 화요가 중얼거린 말에 혜나가 고개를 갸웃거렸다. 아무것도 아니라고 말하려던 화요는 문득 혜나의 가방이 평소보다 두툼하다는 것을 깨달았다.

"혜나야. 가방 안에 뭐 들었어? 왜 이렇게 빵빵해?"

화요의 질문에 혜나가 자랑스럽게 가슴을 펴고 대답하였다.

"응. 가방 안에 그림 있어. 많이. 전부 혜나가 그린 그림이야. 아빠 보여 줄 거야."

화가인 삼촌의 영향인지 혜나는 그림 그리는 걸 좋아하였다. 혜나가 그림을 한 장 그릴 때마다 우진은 그것을 전부 소중하게 액자에 넣어 걸어 두었다. 덕분에 집 벽에 더는 액자를 걸어 둘

공간이 없을 정도였다.

화요는 혜나의 그림을 본 우진이 또 액자를 새로 사라며 김 비서를 괴롭힐 모습을 생각해 보고 쓴웃음을 지었다. 아이에게 그림을 그리지 말라고 할 수는 없는 노릇이니, 아무래도 자신이 우진을 살살 잘 달래야 할 것 같았다.

"그래, 그럼 엄마랑 같이 아빠 만나러 가자."

"응!"

화요의 말에 혜나가 환하게 웃었다. 손을 잡은 두 사람은 엘리베이터에 올라탔다. 화요가 막 회장실이 있는 층수 버튼을 누르려는 찰나, 주머니에 있는 그녀의 휴대전화가 울리기 시작하였다.

"어머. 유 피디님이네. 혜나야, 잠깐만. 엄마 통화 좀."

"응."

혜나가 고개를 끄덕거리자 화요는 얼른 전화를 받았다.

"여보세요, 유 피디님. 무슨 일— 아! 가이드 아직 도착 안했다고요? 어머, 저 아까 분명 메일로 보내 드렸는데. 잠시만요. 지금 가서 확인을— 아."

정신없이 통화를 하던 화요는 자신의 옆에 있는 혜나를 보고 곤란한 얼굴을 하였다. 엘리베이터 안에 있는 TV를 물끄러미 보고 있던 혜나는 엄마가 자신을 보고 있다는 것을 깨닫고, 천천히 눈을 깜박거렸다.

"네, 일단 알겠습니다. 제가 가능한 빨리 확인해서 다시 연락 드릴게요, 네."

급하게 전화를 끊은 화요는 몸을 숙여 혜나와 눈높이를 맞추었다.

"혜나야. 정말, 정말, 너무 미안한데. 엄마가 지금—"

"일해야 해? 혜나 그럼 카페에서 엄마 기다릴래. 그리고 초콜릿 먹을래."

이미 회사에 몇 번 와서 이곳에 뭐가 있는지 훤히 아는 아이의 말에 화요가 작게 웃음을 터트렸다. 자신의 어렸을 때와는 달리 의젓해도 여간 의젓한 게 아니었다.

"알았어, 혜나야. 그럼 오늘만 특별히, 초콜릿 하나만 먹자. 대신 엄마가 올 때까지 카페에 얌전히 있어야 해. 알았지?"

혜나가 신이 나서 고개를 끄덕이자 화요는 얼른 카페가 있는 층수의 버튼을 눌렀다. 때마침 해당 층수에 도착한 엘리베이터 문이 열리자 혜나가 깡충거리며 앞으로 뛰어나갔다.

"혜나야, 뛰지 말고!"

화요가 뒤에서 외치는 소리에도 아랑곳없이 혜나는 단숨에 카페로 달려 들어가 자리를 잡고 앉았다. 뒤늦게 따라 들어온 화요는 그 모습을 보고 고개를 절레절레 저었다.

저렇게나 좋을까, 하는 생각이 드는 동시에 천진난만한 아이의 모습이 귀여워서 웃음이 나오기도 하였다. 입가에 미소를 머금은 그녀는 카운터에서 음료 하나와 초콜릿을 주문하였다.

"혜나야. 이따가 저기 있는 언니가 음료랑 초콜릿 가져다줄 테니까 그거 먹고 얌전히 있어야 해. 혹시라도—"

"모르는 사람 따라가면 안 돼! 움직이지 않고 얌전히 있어야 해."

더 말하지 않아도 된다는 것처럼 혜나가 화요의 말을 끊었다. 화요는 귀여운 아이의 뺨을 손끝으로 부드럽게 쓰다듬어 주었다.

"응, 우리 혜나 똑똑하네. 그럼 엄마 금방 다녀올게."

"응, 다녀오세요."

혜나의 배웅을 받으며 화요는 얼른 자리에서 일어섰다. 마침 음료가 담긴 쟁반을 든 종업원이 다가왔기에 그녀는 종업원에게 아이가 자리를 뜨지 않게 봐 달라는 짧은 부탁을 남겼다.

이미 혜나의 얼굴을 잘 아는 종업원이 웃으며 알겠다는 대답을 하자, 화요는 혜나의 이마에 뽀뽀를 해 준 뒤 카페를 빠져나갔다.

제 엄마의 뒷모습을 물끄러미 보고 있던 혜나는 화요가 사라지자마자 초콜릿을 입 안에 야무지게 넣었다.

천천히 시간을 들여 초콜릿 한 알을 먹어 치운 혜나는 아쉽다는 얼굴로 입맛을 다신 뒤, 가방에서 스케치북을 꺼내 들었다.

아빠에게 보여 주기 전에 한 번 더 깐깐하게 제 그림을 확인하기 위해서였다.

아주 값비싼 보석을 감정하는 전문 감정사처럼 혜나는 예리한 눈매로 그림을 살펴보았다. 조그만 아이가 심각한 얼굴로 스케치북을 들여다보는 모습은 여간 귀여운 게 아니었다. 그 모습을 흐뭇하게 지켜보던 종업원은 입구에 들어오는 손님을 향해 인사를 하려다가 깜짝 놀란 얼굴을 하였다.

그는 평소라면 이곳에서는 절대 볼 수 없는 손님이었다.

"회장—"

종업원이 허둥지둥 인사를 마치기도 전에 그가 입을 열었다.

"카페라떼 한 잔 주게."

짧게 주문을 마친 그는 가게 안을 둘러보다가 혼자 테이블에 자리를 잡고 앉아 있는 혜나를 발견하였다. 아이를 유심히 바라보는 눈가에 깊은 주름이 졌다. 그는 아이를 향해 저벅저벅 다가갔다.

여전히 그림을 보는 데 열중해 있던 혜나는 자신의 위로 긴 그림자가 지는 것을 뒤늦게 눈치챘다.

누군가 자신의 옆에 있다는 걸 알아차린 혜나가 고개를 들자 눈앞에는 정장을 말끔하게 차려입은 차 회장이 있었다.

"어, 할아버지다."

1년에 한 번 볼까 말까 한 어른이지만, 혜나는 할아버지를 아주 또렷하게 기억하고 있었다. 왜냐면 할아버지는 세상에서 제일 좋아하는 아빠와 아주 많이 닮은 얼굴이었으니까.

"안녕하세요, 할아버지!"

혜나가 반가움이 가득한 얼굴로 차 회장에게 꾸벅 인사를 하였다. 차 회장은 어색하게 고개를 끄덕이고 물었다.

"그래. 혜나 네가 왜 여기에 혼자 있지?"

"아빠는 일하고, 엄마도 일."

아이의 간단명료한 대답에 그가 미간을 찌푸렸다.

남들이 보기에는 무서운 표정이어도 혜나에게는 친숙한 얼굴이었다. 할아버지는 아빠나 삼촌이 그러듯 다정스레 웃으며 저를 반겨준 적이 없었다.

그래도 혜나는 할아버지가 싫지 않았다. 엄마가 혜나에게 '할아버지는 부끄러움이 많아서 우리 혜나한테 예쁘다는 말을 못 하시는 거야.'라고 알려주었기 때문이었다.

"그래서 혼자 여기 있는 거냐? 여기가 어딘지는 알아?"

차 회장이 여전히 무뚝뚝한 얼굴로 묻자 혜나가 고개를 세게 끄덕였다.

"응. 여기는 아빠랑 엄마가 일하는 곳이야. 엄마가 여기 잠깐 있으면 데리러 올 거랬어요. 할아버지는 일 다했어요?"

혜나의 질문에 잠시 머뭇거리던 차 회장은 아니라고 대답하였다. 할아버지에게 놀아달라고 하려던 혜나가 시무룩한 얼굴을 하였다. 조금 풀이 죽은 아이가 신경이 쓰였는지 차 회장이 한결 부드러운 목소리를 냈다.

"……엄마가 올 때까지 어디 딴 데 가고 그러면 안 된다."

"응! 할아버지도 일 힘내세요."

"……."

혜나의 응원에 차 회장이 어색한 표정을 지었다. 딱딱한 동작으로 고개를 끄덕인 그는 문득 테이블 위에 있는 스케치북을 발견하였다. 혜나가 그린 가족 그림에 그의 시선이 머물렀다. 그 시선을 알아차린 혜나가 먼저 스케치북을 들어 올려 차 회장 앞에 내밀었다.

"혜나가 그렸어요. 아빠랑 삼촌이랑 엄마랑 혜나! 할아버지는 자주 안 만나니까 뒤에 있어요."

천진난만한 아이의 설명에 차 회장이 무어라 형용할 수 없는 표정을 지었다. 주름진 눈가에 얼핏 복잡한 감정이 어렸다가 사라졌다.

"잘 그렸구나."

차 회장의 칭찬에 혜나가 몸을 배배 꼬며 좋아하였다. 무뚝뚝한 할아버지에게 칭찬받은 것이 적잖이 좋았는지 혜나가 눈을 빛내며 물었다.

"혜나가 다른 것도 보여 줄까요?"

엉겁결에 차 회장이 고개를 끄덕이자 혜나가 얼른 스케치북을 한 장, 한 장 넘겨 자신이 그린 다른 그림들도 보여 주었다.

무표정한 얼굴로 열심히 아이의 설명을 듣던 그는, 마지막으로 혜나가 보여 준 그림에 얼굴을 굳혔다.

"⋯⋯이건, 누구니?"

"몰라! 삼촌이 갖고 있는 사진을 보고 그렸어요. 예쁜 언니지?"

트로피를 들고 있는 소녀의 그림은 차 회장의 눈가에 진 주름을 더욱 깊게 만들었다.

혜나는 순간, 그의 눈에 아주 깊은 슬픔이 어리는 것을 보았다. 끝없는 바다처럼 깊고, 넓은 하늘처럼 커다란 슬픔이었다.

차 회장이 천천히 손을 뻗어 스케치북에 그려진 그림을 쓰다들었다.

"그래. 고운 아이구나."

혜나의 귀에는 그 작은 중얼거림이 마치 울음처럼 들렸다. 잠시 안절부절못하며 그의 눈치를 살피던 혜나는 얼른 스케치북을 그에게 내밀었다.

그 행동이 무슨 의미인지 알지 못한 차 회장은 갑작스러운 아이의 행동이 의아하다는 얼굴로 혜나를 바라볼 뿐이었다. 혜나는 제 뜻을 그렇게 모르겠냐는 듯, 한 번 더 스케치북을 앞으로 내밀며 말했다.

"할아버지한테 이거 줄래요."

"이걸 나한테? 왜?"

도저히 알 수 없다는 얼굴로 그가 묻자 혜나가 방긋 웃었다.

"여기 혜나의 행복이 잔뜩 있으니까, 나눠 주는 거예요. 엄마가 그랬어요. 좋은 건 나누면 더 많이 늘어나는 거래요. 행복은 좋은 거니까 할아버지한테도 나눠 줄게요. 혜나 행복."

아이의 말에 차 회장이 스르르 눈을 감았다. 혜나는 혹시 할아버지가 선 채로 잠든 게 아닐까 생각하며 걱정스레 그의 얼굴을 올려다보았다. 그러자 눈을 감은 채, 차 회장이 입을 열었다.

"……고맙다."

기어들어 가는 목소리로 작게 속삭인 그가 혜나의 손에서 스케치북을 받아들었다. 그 손은 마치 금방이라도 바스라질 것 같은 낙엽 잎을 받아드는 것처럼 떨리고 있었다.

어렵사리 스케치북을 넘겨받아 그림을 한참 내려다보던 차 회장이 혜나를 향해 말했다.

"귀한 걸 받았으니 혜나한테 보답을 해야겠구나. 뭐가 갖고 싶니? 뭐든 갖고 싶은 걸 말해 보렴."

차 회장의 말에 혜나는 열심히 생각에 잠겼다. 아빠나 엄마는 낯선 사람에게 뭔가를 받으면 안 된다고 했지만, 할아버지는 낯선 사람이 아니니까 괜찮을 것 같았다. 그리고 사실 지금 혜나는 아주 간절하게 갖고 싶은 게 하나 있었다.

혜나가 커다란 눈동자를 데굴데굴 굴리며 눈치를 보자 차 회장이 드물게 다정스레 미소 지었다.

"눈치 보지 말고 말해 보려무나."

그의 부추김에 힘을 입은 혜나가 주변을 한 번 둘러본 후, 자신을 야단칠 사람이 아무도 없다는 걸 재차 확인하고 조심스레 말했다.

"……혜나 초콜릿 먹고 싶어요."

"초콜릿?"

"응. 잔뜩! 많이!"

혜나가 작은 양팔을 활짝 펼치며 외치자 그가 너털웃음을 터트렸다.

"그거 말고 다른 더 좋은 것도 줄 수 있는데, 초콜릿이 좋으니?"

"응. 혜나는 초콜릿이 좋아."

고개를 끄덕이는 아이의 말에 그는 웃으며 혜나의 동그란 정수리를 부드럽게 쓰다듬어 주었다. 그 다정한 손은 혜나가 예쁘다고 말하며 쓰다듬어 주는 아빠의 손길과 꼭 닮아 있었다.

서툴지만 부드럽게 혜나의 머리를 쓰다듬어 준 그는 데스크로 향하였다. 차 회장이 종업원에게 무어라 말을 하자 곧 쟁반 위에 산처럼 가득 초콜릿이 담겨 혜나 앞에 놓였다.

"초콜릿!"

신이 난 혜나가 초콜릿이 담긴 쟁반과 저만치 서 있는 할아버지를 번갈아 보았다. 먹어도 된다고 말하는 것처럼 그가 고개를 끄덕이자 혜나가 얼른 포장지를 까서 초콜릿을 한 알 입에 넣었다. 입가에 초콜릿 가루를 잔뜩 묻힌 아이의 얼굴을 차 회장은 한참 동안 바라보았다.

아이에게 나누어 받은 행복을 손 안에 소중히 간직한 채.

30분 후. 급하게 일을 마치고 돌아온 화요는 의자에 얌전히 앉아 크레파스를 갖고 놀고 있는 혜나를 발견하고 미소 지었다. 자신이 말한 대로 정말 가만히 자리를 잘 지키고 있는 혜나가 기특하고 사랑스러웠다.

어쩜 이렇게 천사처럼 착하고 예쁠까. 화요는 천사 같은 자신의 딸아이가 몰래 초콜릿을 스무 개나 먹어 치웠다는 건 꿈에도 모른 채, 아이를 불렀다.

"혜나야. 엄마 왔어."

화요의 목소리를 들은 혜나가 신이 나서 손을 흔들었다.

"엄마!"

의자에서 뛰어내린 아이가 화요를 향해 달려왔다. 고작 30분 만에 보는 건데도 아이는 30년이나 지나 만난 것처럼 제 엄마를 반겼다. 화요 역시 양팔로 아이를 꼭 끌어안아 주었다.

"우리 혜나 얌전히 잘 있었지?"

"응! 잘 있었어. 이제 아빠한테 가?"

"그래, 아빠한테 가자."

몸을 일으킨 화요는 의자에 놓여 있던 혜나의 가방을 챙겨 테이블 위에 있던 크레파스를 가방 안에 넣었다. 빼트린 게 없나 꼼꼼히 확인한 후, 아이의 손을 잡은 화요가 카페 밖으로 막 나서려고 하는 찰나였다.

"아빠다!"

화요의 손을 휙, 뿌리친 혜나가 신이 나서 앞으로 달려 나갔다.

어라? 어리둥절한 얼굴로 화요가 고개를 들자 아이의 말대로 카페 입구로 향하는 복도에 서 있는 우진의 모습이 보였다.

우진은 자신에게 달려오는 혜나를 한 팔로 번쩍 안아 올리며 기분 좋게 웃었다.

화요는 우진이 아이의 이마며 뺨에 제 얼굴을 비비며 좋아하는 것을 보고 작게 웃었다. 세상을 전부 가진 사람처럼 우진의 얼굴이 환하였다.

"아빠, 나 간지러."

혜나가 이제 그만하라며 작은 손으로 우진의 어깨를 툭툭 치자 우진이 그제야 슬그머니 얼굴을 떼어 냈다. 화요는 혜나와 우진이 있는 곳으로 천천히 걸어갔다.

"우진 씨. 어떻게 알고 왔어요?"

"유진이가 아까 말해 줬거든요. 당신한테 혜나 데려다 줬다고. 근데 윤 차장이 당신이 작업실에 혼자 급하게 들어가는 모습을 봤다고 하길래 여기에 혜나가 있을 것 같았죠."

"혜나 얌전히 혼자 잘 있었어! 대단하지?"

우진의 목을 끌어안은 혜나가 뻐기듯 외친 말에 우진이 웃음을 터트렸다.

"응, 우리 작은 공주님. 대단해. 착하다."

아이를 칭찬해 주던 우진은 불안하다는 얼굴로 덧붙였다.

"근데 혹시 모르는 어른이 우리 혜나한테 말 걸거나 하지는 않았지?"

"괜찮을 거예요. 내가 카페 직원 분한테 말을—"

화요가 그렇게 말하며 우진을 안심시키려던 순간, 혜나가 재빠르게 고개를 끄덕였다.

"응! 모르는 어른 아니고, 할아버지 만났어!"

"뭐?"

"할아버지?"

화요와 우진의 얼굴이 단번에 굳어졌다. 우진의 미간 사이에 주름이 깊게 팬 것을 본 화요가 조용한 목소리로 말하였다.

"그러고 보니 오늘은 회장님이 회사에 나오셨다고 들었어요."

우진이 고개를 끄덕였다.

"……인수인계 문제가 있어서."

최근 들어 차 회장은 은퇴를 준비하느라 회사에 나오는 날보다 안 나오는 날이 더 많은 상태였다.

우진은 아무 말 없이 혜나를 고쳐 안으며 화요에게 손을 내밀었다. 처음에는 어리둥절한 얼굴로 그 손을 보던 화요는 곧 우진이 무엇을 달라하는 것인지 깨닫고 우진의 손을 잡아 주었다.

우진의 품에 안긴 혜나는 신나게 재잘거리고 있었다.

"할아버지를 엄청 오랜만에 봐서 혜나는 반가운데, 할아버지는 기분이 별로 안 좋아보였어. 그래서 혜나가 할아버지한테 혜나 행복을 나누어 주었어."

"혜나 행복?"

그게 뭐냐고 묻는 것처럼 우진이 화요에게 눈짓을 하였다. 자신도 모르겠다며 고개를 갸웃하던 화요는 문득 혜나의 가방이 아까 전보다 가볍다는 것을 눈치챘다.

"응, 혜나 행복. 아빠랑 엄마랑 예쁜 거랑 하늘이랑, 꽃이랑 초콜릿."

아. 화요는 그제야 혜나의 말이 무슨 뜻인지 알아차렸다. 혜나가 좋아하는 것을 잔뜩 그려둔 스케치북. 그 스케치북을 차 회장에게 준 것이리라.

"엄마가 그랬어. 좋은 건 많이 나누면 더 커진대. 그리고 행복은 좋은 거니까 나누면 자꾸자꾸 커져. 그래서 혜나 행복, 할아버지한테도 줬어. 그랬더니 할아버지가 웃었어."

그것이 좋았다며 혜나가 다시 환하게 웃었다.

행복은 좋은 거니까 나누면 자꾸 커져. 아이의 말을 따라 중얼거리던 화요는 마음 안에 따뜻함이 파도처럼 밀려왔다.

"우리 혜나, 참 착하다."

화요가 혜나의 머리를 쓰다듬으며 칭찬해 주자, 아이가 헤헤 소리를 내어 웃었다. 우진만이 여전히 뭐가 뭔지 모르겠다는 얼굴을 하고 있었다.

"화요 씨. 혜나가 무슨 말하는 거예요?"

우진의 질문에 화요는 대답 대신 빙그레 웃었다. 그녀는 자신의 손을 잡은 우진의 어깨에 기대듯 머리를 슬며시 가져다 대었다.

"우진 씨."

"응?"

"지금 행복해요?"

갑작스러운 화요의 질문에 우진이 걸음을 멈추었다. 그는 제품에 있는 혜나를 한 번, 그리고 자신의 손을 잡고 있는 화요를 한 번 보았다.

행복하냐고? 우진의 입가에 잔잔한 웃음이 어렸다. 그 질문에는 단 하나의 대답만이 존재했다.

그는 화요의 손을 잡고 있던 손을 스르르 풀어 그녀의 어깨를 끌어안았다.

감사하게도 그의 행복은 양손에 가득 차 있었다. 이 손을 놓치지 않고, 이 팔을 풀지만 않는다면 이 행복은 영원하리라.

　절대 잃지 말자고, 절대로 놓치지 말자고 다짐하며 우진이 대답하였다.

　"당신 옆에 있는 남자는 세상에서 가장 행복한 사람이에요."

　처음 그녀의 손에 반지를 끼워 주었던 날에는 누구보다 사랑하는 사람이 자신을 받아들여 주었다는 기쁨에 이것보다 더 행복할 수는 없을 거라 생각하였다.

　하지만 그녀와 함께 살게 되면서는 사랑하는 사람과 매일 얼굴을 마주하고, 사랑을 속삭일 수 있는 것보다 더 큰 행복이 있을까 생각하였다.

　그리고 지금은 제 얼굴을 꼭 닮은, 하지만 눈은 화요의 선하고 다정한 눈동자를 꼭 닮은 작은 아이 덕에, 이제까지 단 한 번도 느낀 적 없는 새로운 행복을 느끼고 있었다.

　그의 행복은 매일, 매순간 새롭게 쓰이고 있었다.

　"고마워요."

　무의미하던 삶을 송두리째 바꿔 준 사람에게 할 수 있는 인사는 고작 짧은 그 한 마디뿐이었다. 그것만으로는 부족하다는 생각에 우진이 고개를 돌려 화요의 귓불에 스치듯 입을 맞추었다. 간지럽다는 듯 어깨를 움츠린 화요가 웃으며 말했다.

　"아직 만족하면 안돼요. 아직 우진 씨가 모르는 행복이 잔뜩 있으니까."

"지금도 충분히 행복한데?"

"아직 아니에요. 더 많은 행복을 줄게요. 내가 우진 씨를 행복하게 해 줄 거니까."

두 사람의 결혼식 날 나누었던 대화가 다시 되풀이되었다. 우진은 양팔에 힘을 주었다.

그 무엇보다 소중한 그의 두 행복이 웃음을 터트렸다. 그 소리에 이끌린 것처럼 우진도 웃었다.

세상에서 가장 아름다운 행복의 소리였다.

〈외전 끝〉